战 庄

金链断裂

周雅男 著

北京联合出版公司
Beijing United Publishing Co.,Ltd.

图书在版编目（CIP）数据

战庄．金链断裂 / 周雅男著 .-- 北京：北京联合出版公司 , 2016.6

ISBN 978-7-5502-8128-8

Ⅰ．①战… Ⅱ．①周… Ⅲ．①长篇小说—中国—当代　Ⅳ．①I247.5

中国版本图书馆 CIP 数据核字（2016）第 152947 号

战庄：金链断裂

作　　者：周雅男
出 品 人：唐学雷
出版统筹：刘　凯
编辑统筹：马春华
责任编辑：赵晓秋　管　文
装帧设计：聯合書莊·宋微微

北京联合出版公司出版

（北京市西城区德外大街 83 号楼 9 层 100088）

北京山华苑印刷有限责任公司印刷　新华书店经销

字数 330 千字　787mm×1092mm　1/16　21.5 印张　插页 2

2016 年 8 月第 1 版　2016 年 8 月第 1 次印刷

ISBN 978-7-5502-8128-8

定价：42.00 元

目　录

第一章　大花裤衩

那是十多年前的哈尔滨……

别以为东北这地方就一定冻死人，八月份的哈尔滨其实也热得杠杠的。

陆军号那年十八岁，一头乱发，留着两撇小胡，穿一身蓝色运动服，一双破球鞋，其中一只露了脚趾头。他翘腿坐在公园门口的花池子上已经快一个小时了，始终没有进公园。他在等人，而这个人又迟迟未出现。昨天晚上他在地下室的车棚里辗转睡不着，想的就是这个问题，他预感到这个人不会出现了，果真就没有出现。他看看身边的几个十几岁的小孩，几个孩子看着他一片茫然。这几个算是他的小弟小妹吧，最大的是胖子，十七岁，每天不好好上学，放暑假更是一天到晚不着家，最小的是个女孩，叫小辫子，才十一岁，竟然已经是初三学生，保送升级，家庭环境也好，爸爸是当官的，家里住楼房，那个时候能住楼房的可不多。陆军号现在住的地下室就在她家楼下面。

"老大咱干吗非要等他啊？"胖子问。

"是不是生病了，不来了？"瘦点的说。

"老大如果他要是不来了怎么办？"小辫子问。

陆军号来回来去扫视着大家，一咧嘴笑着说："该咱们赚钱了。小辫子咱们手上还有多少张票？"

"一共三十张。"小辫子说。

"一会儿开市，大家分头把这三十张都卖掉，一张都不要留，价格便宜一点也可以，记住必须全部卖掉，一个小时后回来集合。"陆军号下命令。

虽然大家不知道为什么一定要都卖掉，但是也都点头，然后从小辫子那里分了票，进公园行动去了。毕竟这些孩子在市场中已经混了不止一天两天，执行力还是蛮强的。

这座公园在哈尔滨有点名气，里面虽没有帝王宫殿，也没有美丽景色，但它里面的一个邮票交易市场，每天上午十点开市，下午三点收市，人头攒动，车水马龙，大摊的小摊的门面的游散的批发的零售的倒买倒卖的骗人扒兜的，什么人都有，好不热闹。

半年前陆军号从王冈走到这里后，发现了这个赚钱的买卖，于是就拿身上仅有的五十元钱参与到买卖交易中，一来二去也混了这么久。开始的时候帮人家跑跑腿运个东西吃喝吃喝买卖，后来自己有点小钱了，也点个本玩玩散票啥的。这种人一般资金不大岁数也不大，所以被市场里那些老大们称为"小崽儿"。混着混着他就成了这里小崽儿的老大，那个年代不叫大哥不叫老板，喜欢叫"老大"，听说是从香港流传过来的称呼。

他带着小辫子找了个有树荫的地方坐下来，从书包里掏了一本书翻起来。

"老大你看的是什么书啊？"

"《纸戒》，一本金融传记小说，写了一个叫常云啸的大英雄，拯救了整个香港经济。"

"你就是我心中的大英雄啊。我妈妈说，我每天在外面疯，以后就是疯丫头，没有人要，嫁不出去，你娶我好不好？"

陆军号笑着摸摸她的头："你这么小，我怎么娶你啊，等你长大了我娶你。"

"哦，哦，我嫁出去了哦。"小辫子高兴地绕着大树蹦蹦跳跳。

陆军号笑得很灿烂说："小傻瓜，别跳了。"

小辫子是他到哈尔滨后认识的第一个朋友。他从王冈走到哈尔滨完全不知道自己要干什么，在哈尔滨转了两天，想当个搬运工却没人要他，说他太瘦。身上仅有几十元不敢花，一个馒头吃了一天，还被淋了雨。晚上就发烧了，迷迷糊糊地进了一个地下室，倒在了墙角里。醒过来的时候，眼前站的就是小辫子和她妈妈。那个女人他印象深刻，因为那个年代很少有女人烫头发，小辫子妈烫了一头卷发很漂亮。她们母女给他喂了药，还给他找了被子和褥子，就这样陆军号就在这个地下室的自行车库里住下了。

小辫子经常来找他，给他带家里的吃的。她爸也来过一次，后来让她妈拿了些旧衣服和鞋子给他。在陆军号眼里，这是一家恩人，心里想如果有一天自己出息了，一定要报答人家。后来陆军号在公园里买卖邮票，小辫子就跟着他来了。小辫子脑子特别聪明，是优秀学生，五年级就直升初一，又过了一年就跳级到初三了。陆军号自己初中都没有上过，可羡慕上学读书的人了，生怕把这个恩人妹妹带坏了，影响她学习，所以经常不带着她。现在是放暑假，被缠住了没办法。另外，陆军号也有点小私心，他需要一笔钱，做一把生意，以他自己那点小本钱想都别想，所以他只能让小辫子去家里偷点钱出来，交换的条件是带着她玩。

一个小时很快过去了，胖子是最后一个回来的，所有的票都出干净了，陆军号挨个收钱，小辫子跟在后面用小本子记录每人的业绩。

胖子擦着头上的汗，笑嘻嘻地对小辫子说："每天跟在老大后面，像小媳妇似的。"

"我就是老大的小媳妇，你管得着吗？"小辫子冲冲地回他。

"嘴欠，小心我抽你的嘴。"陆军号瞪他，胖子笑嘻嘻地躲一边去了。

"算清楚了吗？"陆军号转向小辫子。

"嗯，没问题了。"小辫子把本交给陆军号。

"现在开始分钱。"

一片欢呼……

陆军号把一信封钱交给小辫子："这是你拿出来的钱，回家赶紧把钱放回去，你爸没发现吧？"

"没有，他每天忙着上班呢。不过……"小辫子晃了晃头。

"不过什么？"

"我想吃雪糕。"

陆军号摸摸她的头："喜欢吃雪糕的跟我走，我请客每人一根。"

大家又是一片欢呼。

胖子忽然问："咱们就不做了？我看那个张儿还涨呢。咱们就这么卖了？"

陆军号嘿嘿一笑："你觉得还要涨？告诉你吧，不出三天这个张儿就得跌回姥姥家去。"

"真的？你怎么知道？"

"不信就等着看啊。今天就先这样，吃了雪糕赶紧回家，过两天万一老狗他们问什么，你们只管说不知道，都是听我说的就好了。"

胖子说的"那个张儿"，实际上是一枚叫作青铜编钟的小型张，行内人叫它"编张"。青铜编钟小型张是半年前发行的，由于发行量小，印制又精美，所以一上市就受到大家的追捧，价格从3元一路上升到10元，而后就徘徊在这价位。就在最近三个月，这个编张，从12元开始上涨，竟然一路狂飙到了420元，市场最高价格曾报470元，而且最近一个星期你想买还买不到。不是大家手上没有货，就是谁也不想卖。这个编张玩邪乎了，每天涨价，昨天卖了你今天就后悔，现在卖了一会儿就后悔。陆军号他们这次参与的就是这个小型张。

陆军号说的是三天，果真到了第三天市场开始骚动了，上午还算平稳，下午就一路下跌，从400多一路跌到360元收市。第四天又一路跌到300元。第五天上午跌到280元反弹了一下回到320元，突然就一下跌到了240元，勉强稳定直到收市。接下来的日子，也不知道从哪里冒出来这么多成箱的编张，市场价格一跌再跌，没到三个星期竟然破100元大关，还没有收手的迹象。

"哎呀妈呀，老大真让你说着了，咋跌得这么快啊，要不是咱们出来得早，那就都完了。"胖子说。

"你们没见老狗他们呢，脸都绿了，两眼直冒火，我看都快哭死了。"瘦子说。

小辫子自豪地晃着她的小辫："咱们老大能掐会算呗。"

"老大，快给咱们讲讲吧，你怎么知道要跌价了，也教教我们。"其他小崽儿们起哄。

陆军号挠挠头："其实老狗和半仙他们都被人家给骗了。"

"骗了？谁骗的，咋骗的？你说呗。"

"好好好，我给你们讲，"陆军号一蹲坐在花池子上，大家围上来，"我那天在门口等谁来着？"

"大花裤衩啊，他不是没来吗？"

"这两天看到他们几个了吗？"

大家摇头："没有。"

"这就对了，老狗他们就是被大花裤衩那伙儿给骗了。这个骗局是大花裤衩设计好的，总共分了四步，你们记得大花裤衩他们来了之后找咱们做什么来着？他叫咱们到市场上去给他收编张，然后汇集到他那里，这就是第一步，叫低位进货。他掏钱让咱们去买编张，这个时候市场价格还没有变动呢，见有人买，老狗他们当然会卖了，所以大花裤衩他们每天能买进不少。汇集到一定数量，他就开始一点一点地卖，而且每天他要求咱们抬高一点买价而他也抬高一点卖价。最关键的是，他的卖价总是比让咱们去市场上买的价格低一点点。"

"没错，当时我还问过老大呢，这不是赔钱吗。你跟我说甭管那个，人家给钱，咱们办事就行。"

"他这么一来，甚至有些散客都直接从他那里买了，转手再卖给咱们，等于就白白地赚了小利。开始我也想不通了，明摆着赔钱，后来回想起来这也是进货的一种手段，总数上他买得多卖得少，很多编张被他囤积了，同时交易的活跃程度开始加大，对编张的关注度也提高了。靠他自己每天左手倒右手，就把价格一点点地涨了起来。"

"一个月后，他的涨价幅度和速度就开始加大，还是每天给咱们钱让咱们提价去买，而他的卖价也水涨船高，他还挂个牌子大量收购。不同的是，这个时候他的卖价比买价高，也就是说开始赚钱了。这就是他们的第二步，叫拉升价格。先开始还有不少人拿出来卖，但是后来卖的人越来越少了。"

"为什么啊？"一个孩子问。

"别打岔，你笨啊，每天价格都涨谁还卖啊？"胖子打了他一下。

陆军号继续说："没错，每天都涨价谁还会卖呢？都认为明天卖的价格会更高。价格越是涨得快，卖的人就越少。之后他就进入了第三步，拉高出货。你们还记得后来来了一个香港老板吗？"

"我记得，"瘦子抢着说，"那个香港老板来了就指着他的鼻子骂，说香港那边这个编张都卖断了货了，让他到这里来收购，却总是进展太慢，限期交不了货要他小命。大花裤衩点头哈腰的像哈巴狗似的。"

陆军号跷跷大拇指："这就是大花裤衩的高明，如果没猜错那个香港老板是他请来的托儿，故意来演戏的，就是要让市场上的人都知道，大花裤衩摆这个摊位，是为了完成香港老板的收购任务，完不成任务就要小命，同时也告诉市场上的人，这个编钟小型张在香港卖疯了。当天编张就跳起脚地涨，大花裤衩也不往外卖了，搞了个大音响，放着广播收购编张，结果更没有人卖了，市场上的收购价格就涨疯了。大花裤衩他们偷偷把票给咱们，让咱们从买入变成了卖出，市场上没有人卖了啊，好多人就从咱们这里买。个别人从咱们这里低价买，去他那里高价卖，但是后来看价格一个小时一小时地涨，就谁也不舍得卖了，只剩往里买了。就这样，两个星期的时间，大花裤衩表面买入暗地由我们卖出，就基本上把以前的货全都出掉了。这时老狗他们还抱着一箱箱的编张做梦发财呢。大花裤衩的最后一步当然就是逃跑了，你现在再找他，他们不知道在哪里数钱呢。所以老狗他们估计跳楼的心都有了，他们在150的时候买了好多，后来又在360的时候从咱们这里买了不少吧，惦记在大花裤衩身上狠狠捞一把呢，结果现在不到100元，不吐血才怪。"

"哦，是这样啊，"一个孩子说，"那我们不是被利用了？"

陆军号笑了："利用你咋了，不是给你跑腿费了吗？咱们自个不是还赚了点吗？还怕被利用，你是玉皇大帝，用用你不行啊？"

"哎呀，这大花裤衩太厉害。"胖子说。

"那有什么啊，咱老大才厉害呢，一眼就识破了诡计。"小辫子晃着陆军号的胳膊很自豪地说。

"老大，以后跟着你多干几次，就发财了。"

陆军号摇摇头："我要上学去了。"

"上学？你没有爸爸妈妈怎么上学？"

"报纸上说哈尔滨一中来了个富翁，上不起学的孩子他给交学费，这叫帮贫助学。"

胖子嘟囔着："天天上课多烦啊，我就不喜欢上学，可惜假期太短就要开学了。"

"什么都不学，以后难道让大花裤衩这样的人来骗你？"

"去我们学校上学呗。"小辫子拉着他一副不愿意的样子。

"人家指定在一中。"

"那我们不赚钱了？"胖子说。

陆军号嘿嘿一笑。"咱这也算赚钱？"说着从包里掏出《纸戒》，"听说那个富翁就是这本书里的主人公常云啸，在香港股市里跟外国人打金融战，打得美国佬抱头鼠窜屁滚尿流，所向无敌，赚了多少个亿，那才叫赚钱呢。"

"那是小说，编的。"

"这叫纪实小说，写的是真的，不懂别乱说。"陆军号爱惜地吹掉书上的灰尘，"我以后就要像常云啸一样，成为大英雄。"

第二章　紫玉龙纹虎头佩

　　陆军号深吸了一口气，将思绪从十几年前收回来。从落地的大玻璃窗望出去，街面上车水马龙，一片繁荣景象。对面陶然亭宽阔的水面泛着波光，讲究风水的人喜欢房前有水，现代城市的楼房，就挑前面有湖的小区，说水能聚财。天恒投资公司能在业内如此出名，也许是这碧波绿水聚的财气。

　　"张名，执行计划的第二阶段，找两家证券研究所放出环保行业的分析报告。"

　　"收到。"耳麦那边的张名回答非常简洁。

　　陆军号靠在座椅里，看着电视墙上跳跃的数字。中国A股市场经历了五年熊市，从去年年底开始已经停止了连绵下跌，虽然没有整体反弹但个股已经跃跃欲试，这对于先知先觉的机构来说是大好时机，而对迟钝的股民来说还在等待冲锋的号角，甚至还有人说"我再也不炒股票了"。

　　偶像常云啸十年前写过一篇《中国经济要懂得居安思危》的博文，里面论证了中国经济十年一个经济波动周期的规律。按照此博文的计算，现在正好是经济下滑的尾声，周期波动的底部。对于常云啸的文章，陆军号是每篇必读而且坚信不疑，他相信未来三年中国经济将恢复活力，股市依托实体经济会形成一股巨大的合力，走出一段波澜壮阔的向上行情。

　　他伸手正了正母亲的相框，母亲的笑容还是那么好看，好像在看着自己。

　　在陆军号的记忆中没有父亲的印象。母亲说在他两岁的时候父亲失手杀了人就跑路了，从此再也没有回来。他出生的地方叫王冈，距离哈尔滨不远，有个小火车站，一些慢车或货车会在这里停留一会儿。王冈什么都不产，却批发煤炭和钢锭，"铁路游击队"们会在火车停留的短暂时间里，留下他们想要的东西。母亲跟着村里人去扒火车，遇到警察抓人，她就躲在车斗里直到火车开出车站，跳车的时候伤到了内脏，到了医院已经没救了。临走的时候母亲给了他一个物件，说凭借这个能找到父亲。那个时候他才十二岁。

那是一块紫色的玉佩，上面雕刻了虎头，旁边有龙纹。可惜虎头只有左半张脸，玉佩的另一半在父亲那里。在龙纹镂空的地方穿了一条金链子，金子那可是值钱的东西，陆军号不敢让别人知道，闯哈尔滨的时候在内裤上缝了一个兜，把玉佩随身携带。

张名敲门进来，抱了一摞资料："这是两个证券研究所写的环保行业的报告。我刚才问他们要的时候他们说早就准备好了，我大致看了一下，写了三个方面，水、空气和土壤，您看看。"

陆军号持着目录看完："跟他们说改一下结构。他们重点写的是水处理，这个不对。让他们按五大方向写，第一是检测，之后是空气、水、土壤，最后是垃圾处理，要注意这个顺序，重点突出检测。无论是哪个方面的污染，肯定是先检测后治理，PM2.5也要先检测啊。"

"这样逻辑上就通顺了。这些研究员啊，功夫都用在排名拉选票上了。"

"今天异常单子有多少？"

"占了今天成交量的百分之六。"

"果真越来越多了，调查了吗？"

"我已经联系了，估计明天应该有结果。"

"辛苦你了。"

张名退出去。陆军号用电脑对自己的稳定收益模型进行了数据更新，这是每天收盘后必须做的一件事。这个模型是他上大学的时候建立的，运用了六年，六年平均收益百分之三十二，已经超越了美国大奖章基金的詹姆斯，这是他自鸣得意的一点。重新运算的结果出来了，日K线风险系数百分之七十六，月K线风险系数百分之二十三，这说明日线距离调整的日子不远了，但是在下个月，股市将出现月线级别的反弹。

刚下班就被钱海拉住要吃饭，没辙。给唐雁打了个电话，约在簋街的胡大。

好在去得早，不然连排队都没资格。

钱海比陆军号大两岁，看上去却像大十岁，按他自己的话说就是长着急了。在公司他们两个算是好友，钱海很聪明很健谈而且观察力很好，他通过聊天和观察可以知道对方很多信息，所以有人说他是包打听。他最大的缺点就是贪财，跟他的名字很贴近。有时候陆军号都会想，公司把这个家伙安排在期货部做总经理，每天那么大的资金和交易量，不会哪天这家伙黑把钱跑路了。

"你就不能请我吃点好的啊，怎么每次都吃小龙虾啊？"坐在胡大门口排队等叫号，钱海一边磕瓜子一边嘴里嘟囔。

"第一呢，是唐雁喜欢吃这个；第二呢，谁说要请你客了？每次都是我请，这回AA制啊。"

"你这就不对了啊。"钱海晃晃大脑袋从书包里掏出两张票，"你说哥们儿费这么大力气帮你搞两张群星演唱会的票，你就这样对我？"

"你还真搞到了，佩服，我请，怎么能让你这个功臣请呢？"陆军号伸手去接，钱海却缩了回去。

"一千。一手交钱一手交货。"

"好好。"陆军号掏了一千拿过票，"喂，赠票啊，还要钱？"

"看清楚了这可是贵宾席的赠票，黄牛一张都炒到一千五，我这也就收点跑腿费。"

"行行，给你，谢了啊。"

"一会儿唐雁来了别说我管你收钱了啊，就当是我送她的生日礼物。"

"可真有你的，得便宜卖乖。你咋知道唐雁生日？"

"那天中午吃饭的时候你说的啊。"钱海这种能力实在让人佩服。

由于来得早很快就排到了，两人进去直接点了菜，唐雁应该也快到了。

"对了，你那天是不是给执委会写了份报告，说未来三年内股市要上涨百分之三百。"

陆军号看看他："不愧是包打听，这你也知道。"

"小意思。说真的，真能百分之三百？那做点什么股？"

"你做期货还看得上股市这点蝇头小利？"

"是不是哥们儿？有钱要大家挣嘛，别那么吝啬好不好？"

陆军号苦笑："每次让你说的我都多小气似的。你可以看看天兰信，这是一家环境检测公司，主要是空气和水的环境数据检测。"

"天兰信，北京那家？为什么选个环境检测？"

"从上一个国家五年规划开始，国家就将环境指标计入了各地方政府的政绩，但是地方上多年以来的GDP指标优先的思想改不过来，而且地方也需要财政，所以环保问题越演越烈。国际的碳排放交易更多的是冲着中国来的，国家层面对此很着急。去年年初，地方报投资项目预算时，高层传出消息对三高企业暂缓批复甚至取消。而今年北京的雾霾天数更是惊人，幸好几次重要的国际会议都没赶上雾霾，否则在世界上的影响会很大，北京已经制定了空气质量治理规划，国家层面的环保法也在制定之中。"

"那我买个治理空气的好了，脱硫脱硝的华电清新，空气含氧量的大国化学，何苦买天兰信。"

"先检测后治理，边检测边治理，治理后再检测，是这个逻辑吧。还有天兰信在北京，皇城的天空啊。反正说到这儿，你自己看。"

"明白了，我回去看。"

正说着唐雁进来："你们没点菜啊？"

"点了，没让他们上，这不是等你呢吗？"陆军号赶紧叫服务员。

"今天下班晚啊。"钱海和他们太熟悉了，所以也不用客气。

"上个季度公司业绩差，老板把人留下来发脾气。"

"那是业务部门的事情，你不是人力部吗？"

"老板才不管那个呢，全部的统统的。"

陆军号撇撇嘴："业绩差也不一定都是员工的问题啊，老板也有责任。我不是跟你说了吗，别去上这个班了，我的收入足以养活咱们俩的，不用去受累更不用去受气。"

唐雁笑着说："经济基础决定上层建筑，全靠你活着，不是要听你指手画脚，我还要唯命是从。"

钱海剥着小龙虾说："我太羡慕你了，多好的女朋友啊，现代女青年有几个还这样提倡独立自主的啊，都惦记嫁个好老公从此享受贵妇的生活呢。你看人家，抱个摇钱树也不动摇，要为自由而战，可以当自由女神。"

唐雁瞪他一眼："前半句以为你夸我呢，想你也没那么嘴甜，吃龙虾都塞不上你的嘴。"说着将剥好的龙虾一下舞到钱海面前，吓得他靠到了椅背上，龙虾直接顶在了嘴上，听唐雁笑道："来，妈妈喂。"钱海无处退了，只能张嘴让龙虾塞进去，一脸窘态。

"你惹她？"陆军号笑起来，"可是要吃亏的。"

唐雁是陆军号的大学学妹，比他小三届，人力资源专业。按年纪算可不是小三年这么简单，唐雁小了陆军号六岁多。她说小时候学习相当好，连续跳级，但是后来生过一场大病脑子就没有以前那么好了，不然能再追陆军号两年。陆军号哪里服气啊，每说到这里，他都会说神童用脑过度吧，或者这人不能太聪明的话来打击她。唐雁也会反驳，给你插个尾巴你比猴还精呢，还说别人。然后两人会相视而笑。

在大学的时候，是唐雁追的陆军号。那是一次舞会，陆军号是不会跳舞的，被同学硬拉了去，跳舞的时候撞到了后面的人，回头看是校篮球队队长杨威和一个姑娘。杨威一把将他推开了，陆军号也不示弱想上前理论的时候被同学拽住了，杨威也被边上的姑娘拉住，两边人也就散了。但陆军号注意到，那个姑娘一直在盯着他看。过了一会儿姑娘过来问："你叫陆军号？""是我，怎么了？"结果姑娘转身走了，之后她就开始猛烈的追求攻势，跟他去吃饭、去图书馆看书、晚上去跑步，走到哪跟到哪，这就是唐雁。

不过为了这个事情，可惹了不少麻烦。原本工业经济系的杨威一直在追求唐雁，百般献媚，唐雁都是爱搭不理，但杨威死皮赖脸地自称是唐雁的男朋友，不许任何男生接近她。这中间突然冒出个金融投资系的臭小子陆军号，杨威觉得脸上大没光彩，经常过来寻衅滋事。杨威可不好惹，打架全校一流，据说是专门学过。陆军号自然不是对手，每次都鼻青脸肿回来，但也从没认输过。后来是唐雁跟杨威谈过，事情才算慢慢平静下来。偶尔相遇，杨威只是狠狠地瞪着他，没有再说过什么。

陆军号问过唐雁，为什么会喜欢上自己，唐雁总是微笑着说是上辈子她欠了他的。也许女人喜欢男人就是一种感觉吧，要不说女人是感性的，男人是理性的呢？但是陆军号很明确地知道自己为什么喜欢唐雁，因为她像一个人，小辫子。那种感觉，那种温柔的眼神，甚至某一瞬间笑容在脸上的运动过程，都那么似曾相识，只是容貌上有太多的不一样。从年龄上来算，唐雁和小辫子应该是一年的，自从那年在公园大家分开，就再也没有了小辫子的消息。

那年他听说了帮贫助学，就去了哈尔滨一中。一个干瘦的三十多岁的男人接待了他，让他填写了表格，介绍了家里情况。

"那我问你，你为什么想上学？"

"我想跟他一样，成为大英雄。"他掏出了《纸戒》，指着书说。

男人皱了一下眉："你想当英雄？"他嘿嘿一笑："你很崇拜他吗？"

陆军号一撇嘴："怎么，不行啊？"

就这样稀里糊涂地上了哈尔滨一中高一。学校对几个贫困学生很照顾，管吃管住，还可以打扫校园挣点零花钱。他被录取后忙忙叨叨地办手续、领书领被褥、收拾宿舍等等，一个月后才穿了新校服回公园去看大家。大家也都开学了，周末凑到公园里玩了一个下午，只是没有看到小辫子。听胖子说小辫子家搬走了，说是去了很远很远的海边一个叫深圳的地方。

陆军号心里难过，穿新衣服去找大家其实就是想给小辫子看的，让她看看穿新衣服的自己，可惜人已经走了。这时才发现他连小辫子的真实姓名都不知道，人家帮了自己那么多，却连恩人家的姓都忘记了问，天天叫人家小辫子、叫阿姨，叫叔叔，真的是很惭愧。如果以后能有机会再见，一定好好谢谢人家。

后来他再也没有回过公园，他把时间都用在了学习上，以优异的成绩考上了大学。填报志愿的时候那个干瘦的面试官又来了，问他报什么系，他直接回答金融投资，他想追随常云啸的影子。

交给执委会的报告，论述了未来三年内股市要上涨百分之三百，引发了执委会的争论。在市场萎靡不振的时候，放出这个论调，相当于是丢了颗炸弹。因为如果执委会认同，就需要向董事会申请资金加大证券市场的投资力度，但一旦亏损，将造成重大决策失误，董事长可不是好惹的人。赞成的也有，认为文章论证得非常详细，而且陆军号一向对投资论证相当严谨；反对的也有，认为是陆军号年轻好张扬，想出风头。最终讨论无结果，决议不向董事会上报。

这样一来，陆军号申请增加资金的愿望算是落空了。好在总经理张荣很支持他，从别的项目中挪了部分资金过来。陆军号是他招聘来的，他看过陆军号的所有报告和投资记录，他相信这次的报告不是出风头，而是大有文章。

"老大，有人连续买进抬高了价格。"耳麦中张名在报告。

"还是那个账号吗？看来有人在试庄。你先砸下去一毛钱，敲山震虎看他什么反应。"

"收到，向下0.1元。"

半小时后，"老大，他通吃。"

"将其他六只环境检测股统一向下0.5%，网络上将普罗天新预期亏损的消息放出去，再看他什么反应。"

"收到，其他六只同时向下0.5%，放普罗天新预期亏损消息。"张名重复一遍命令，这是操盘的习惯，以防执行命令有误。张名是个很得力的助理，在陆军号看来不比一个基金经理差。去年陆军号就是助理的职位，助理是要帮助基金经理打理好一切指令的。

半小时不到，一篇关于普罗天新贷款纠纷的文章在网络上开始盛传，同时大量文章开始审度环境检测公司的财务报表，认为最终业绩不如各研究所预期的那么好。行业内几家上市公司的股价开始有所下滑。

"老大，对方动作小了，但是依然有小量资金在进入天兰信。"

"看来是感觉到我们的动作了，但是进场的决心没变。"

"这样吧，收市后我从交易所查一下，看看对手是谁。"

"嗯，顺便把对手近一年的交易记录给我，咱们看看是什么路数。"

"收到。"

唐雁下班和陆军号在国贸吃了饭，忽然下起了雨，于是去边上的北京亮酒吧喝点小酒。这个酒吧在六十五层楼上，真是一览众山小，建国门外大街上的车辆都成了小孩的玩具般，亮着红的和白的灯。雨很大，在空中划过蓝紫色的闪电，酒吧里的情侣们做在窗前欣赏着大自然的杰作，两个姑娘想用手机将闪电照下来，却怎么也赶不上，每次都惊呼然后拿着手机说笑在一起。

"生日快乐。"

唐雁甜甜地笑："明天呢？"

"明天你邀请了一堆狐朋狗友，我估计你都没有时间理我。"

"不理谁也要理咱家帅哥啊。"

"你啊还是照顾他们吧，晚上理我就可以了。"

唐雁假意瞪他："就你最坏。"

两人回到家已经是半夜，刚一开灯唐雁就被惊住了，满屋子都是玫瑰，一束一束的，点红了整个房间，茶几上的那束最大，应该是九十九朵。

"哇，你干吗？"

"九百九十九朵玫瑰啊，爱你。"陆军号从后面抱住她。

唐雁顺势靠在他怀里："你要一辈子对我这么好。"

"当然了，有了我的小雁，我对别人都懒得看了。"

唐雁闭上眼，享受着陆军号的亲吻，从耳垂到玉颈，身体随着呼吸开始一起一伏。陆军号一俯身将她抱起来向卧室走去，她依旧闭着眼，双手缠在他脖子上，继续贪婪地吮吸着他的嘴唇。

第三章　不是冤家不碰头

著名的天恒投资，在国内证券投资领域里那可是数一数二的，隶属于天恒集团，其董事长朴天恒是金融界的一位神秘人物，你不会在任何一个金融杂志上看到关于这个人的报道，也不会在任何一个金融界风云人物排名中看到他的身影。陆军号仅仅是在春节联欢会上见过他的庐山真面，那是一位五十多岁精力充沛的男人。外面对这个人的传说很多，据传朴天恒是东北黑道出身，曾经在广州火车站组织过黄牛党，又在广州卖过假烟。

此人在股市上的传奇，更是让人瞠目结舌。当年股票市场很混乱，在场外市场就可以完成股票交易，那时的成都红庙子股票交易都已经算是比较有秩序的了，而在广东简直就蔓延到了大街小巷。延中世业每股从100元涨到了1599元，豫园股份由100元竟然涨到了1万多元，朴天恒乐在其中。由于当时没有电脑，所以信息传递是不均衡的，广州地区和深圳地区就出现了很大的差价，他就骑着摩托车两地奔波利用价差套利。等到深圳证券交易所刚刚建立的时候，采用T+0交易且不设立涨跌幅，这就造成了一天内几元的股票可以上涨到百元的价格，他继续参与其中。经过几年的投机，朴天恒从一个倒卖假烟的混混成为了身价数千万的富豪。再后来得到了一个大老板的支持，成立了天恒集团做了董事长，正经八百地踏入了投资领域。

陆军号进入这家顶级投资公司可不是靠关系，他是被天恒投资挖来的，凭借的是他在岭西证券自营盘的优异收益。两年收益稳定在百分之五十以上，无论是公募还是私募，这个成绩都是骄人的。进入天恒做了一年的助理，今年他已经升职成为公司基金经理中最年轻的一个，而且资金量最大。

陆军号刚到楼梯口，财务的小妹妹笑嘻嘻地走过来，轻声告诉他去年的业绩提成下来了，他的奖金接近八百万。虽然自己算过这个数差不多，但是当陆军号听了这个数的时候，心里还是美了一下。这比证券公司挣得多多了，如果告诉唐雁，她会是什么表情？会不会惊讶得下巴脱臼，他假想着唐雁惊呆的样子，差点笑出声来。

他下了一层楼，准备去钱海那里聊会儿，当然不能告诉他自己的奖金，不然这小子还不流着口水来勒索。

刚路过的部门叫风险控制部，是由大股东指派的元老级别的人物组成，在他看来都是老朽。电梯那边还有一个内务部，很少能见到人影，据说是专门调查公司内部员工问题的。公司不怕赔钱，但对故意赔钱或出卖公司利益的行为极其痛恨，传说这个部门曾经让两个出卖公司利益的人彻底消失了。

钱海一见是他进来，从座椅上跳了起来一路小跑冲过来拥抱他。他就明白了，这个包打听肯定是已经知道了。

"发财了，发财了。"钱海嘴里念叨着，拉陆军号坐下，"你要请客，不，不是吃饭，是旅游，普吉岛如何？"

"什么呀？"陆军号假装糊涂。

"什么什么呀，你别装糊涂。你真的不知道？你简直是消息闭塞。"他一探身，做了个八的手势，"你去年的业绩提成这个数。"

"八十万？"

"八百万啊！你个八十万？"

陆军号心里说，真是啥也不用瞒了。"是吗，我去问问。"转身要走被拉住了。

"哎呦，我打听的还能错了？你先坐下，客你是一定要请的。另外我问个问题啊。你判断明年开始股市能上涨百分之三百，你必须给我讲讲清楚。"

"那不是讲故事吗？"陆军号想站起来，又被钱海按住了。

"八百万是真的，不要着急去问了。你告诉我你怎么判断的，我就不用你请客去马尔代夫了。"

"你刚才说普吉岛。"

"哦是普吉岛，这个不重要。别打岔，你怎么判断的？"

陆军号知道这个包打听如果真的想打听点什么事情，还是很钻牛角尖的，不给他讲点什么让他觉着靠谱的东西，他是不会放弃的。不过怎么讲呢？这有困难，因为在百分之三百这个判断上他是利用技术分析的。

技术派的投资者很少有人能讲到很深入的地方，不是没本事讲不出来，是因为很多东西不能讲。研究基本面的人可以从天南海北的信息中给你说上一大堆，甚至哥伦比亚下了场雨，都能和国内农业股的未来联系在一起。而研究技术的不一样，无非就是看图、看资金、看指标。一个好的技术派投资人，会将自己的看盘方法总结成一套很特殊的技术模型，可以说研究起来困难重重，但经过多年的磨炼测算出最后的结果却很简单，甚至几分钟就可以昭示天下。因此技术派的投资者一般是不愿意给别人深入地去讲的。如果对方也是高手，顺藤摸瓜可能很快就能明白模型的精髓。钱海绝对算高手。

"明年开始上涨百分之三百。"短短几个字，却动用了陆军号的两套研究体系，一套是基本面分析，利用国家政策、经济数据来判断上涨的启动时间；再利用技术面分析，利用模型计算来判断上涨的空间数值。这是精华啊，可怎么给钱海讲呢？

陆军号看了看表："过会儿开盘了，没那么多时间，只讲一遍。"

"OK，一遍就行。"

看着钱海认真的样子，陆军号有点想笑，赶紧喝了口水："打开行情吧。"

钱海赶紧打开行情，进入上证指数界面。

陆军号迅速地用鼠标在屏幕上开始指上指下："空间测算的黄金开方法则，是十几年前香港金融保卫战的总指挥常云啸创立的。他将黄金分割的基准数据1.618以开方的方法，确定了八个等级参数。我们以2001年6月的月K线收盘位置2218.02向下计算，除以1.618是1370.84，指数在这个位置得到长达22个月的支撑，从2003年10月收盘的1348.30反弹乘以黄金分割的开方1.272的系数，等于1715.04，实际上从2003年11月开始的反弹直到2004年3月收盘是1741.62，仅仅偏差1.5%。以1741.62向下除以1.618得到1076.04点，所以998的低点在15个月之前就可以计算出来了。好了，方法告诉你了，你现在能验算出现在我为什么说明年要大涨了吧。"

钱海还没有回过神来，喃喃地说：“黄金分割，我知道了，但是这怎么算呢？”

陆军号看看他的表情，知道他被讲晕了。利用黄金分割的开方来计算支撑和压力的确是常云啸当年所讲，但要注意的是常云啸还讲了另外一个事情，就是如何使用这八个等级参数。

“好了我必须走了，马上开盘了。”陆军号趁机赶紧溜。

“晚上我请客。”钱海在后面喊。

快下班的时候钱海打过来电话，说晚上一定要一起吃饭，说有重大新闻要发布，让陆军号去东方新天地等他。

陆军号开车接上唐雁先去逛了圈新天地，买了两件衣服。陆军号显得心不在焉，就像例行公事，他满脑子还在想白天盘口上跟他做对手盘的神秘资金。

好像男人都不太爱逛商场，当然这并不代表他不爱她，男人的爱和女人的爱不太一样。女人爱一个人就想要时刻在一起，然后她会照顾他的吃饭、睡觉、洗脸、穿衣，这就是女人对爱的表达方式。而男人却不同，他要考虑怎样安一个家，房子、孩子、教育、生活，简单地说，女人多半看重的是现在，而男人多数看重的是未来。如果颠倒过来，那么这个女人就成了女强人，而男人就是娘娘腔了。

“怎么，在想问题？”唐雁拉着他的手摇晃着，她是个聪明的女孩，不会因为他的心不在焉而怪罪或埋怨，更多的是理解和分担。

“在想工作上的事情，最近有资金一直在捣乱，不说这个。问你如果给你八百万，你打算做什么？”

唐雁平静地说：“你不是想开个孤儿院吗？”

“八百万还不够呢，最多算个启动资金。”

“没关系啊，那就多多努力，等你开个孤儿院，聘用我来当校长吧，到时候就让他们喊我小妈妈？”

陆军号笑了：“好漂亮的小妈妈啊，我也要。”

“讨厌。”

“哎说真的，咱们结婚吧。你什么时候让我去见见咱妈？”

"叫得真亲啊。年底吧，我要先回一趟深圳问问家里。"

"还要等啊。你看人家都是女方着急，哪有我这样的天天催你。"

唐雁凑到他面前笑笑地问："生气了？难道是没有自信怕我跑掉？"

"切，比我陆军号好的男人掰着手指头数不出几个。"他又开始自吹上了。"你想吃什么？"

"好久没吃日本料理了。"

"好啊，咱俩先去，我打电话通知一下钱海。"

他俩刚坐下，都还没来得及点菜钱海就进来了。

"一说开吃，你就从天而降，以后外号二师兄得了。"陆军号拿他打趣。

"这是赶得早不如赶得巧。吃什么？"

"帮我点个雪蟹，我去上厕所。"唐雁起身走了。

陆军号赶紧说："奖金的事情先别跟她说呢。"

"想自己当小金库啊？也好，万一有个三妻四妾呢。"

"你以为跟你似的呢，我是要给她个惊喜。"

"知道知道，瞪啥眼啊，你最专一了，新时代好男人。"

"冲你这话，这顿还是我请你。"

"还真的应该是你请我，你知道我今天打听到什么了吗？刚刚我还去确认了一下呢。"钱海神秘地向前探探身。

陆军号也探过去："什么？"

"咱们要换总经理了。张总被下了，来的是朴天恒的儿子，两个月以前刚从美国留学回来。"

"不是都说朴天恒没结婚吗？"

"包养了一个离过婚的女的，带了个儿子，就认成干儿子了。"

"这你都知道？叫什么啊？"

"应该叫杨威。"

"杨威？"陆军号心中一惊，重复了一遍。

"保不齐你还认识，他跟你一个大学。"

陆军号皱了一下眉："这个事情也不要跟唐雁说，听到没有？"

　　钱海正说到兴头上，突然被陆军号打断了，看着他很认真的样子，心里自然明白这其中必有故事，看来他认识杨威，便也不多说，只说："知道了，那你请客。"钱海是个聪明的滑头，听声辨意察言观色是他看家本领。

　　唐雁回来了，日本雪蟹的美味自然没得说，听着钱海讲笑话，三个人吃得很开心。不过陆军号心中却沉了一块石头。杨威，真的是他？真让老话说着了，不是冤家不碰头。

　　第二天要换新领导的消息就传遍公司上下了，而每一次传进陆军号的耳朵，都让他感觉到一种不舒服。他坐下来喝着咖啡看着上证指数的变化，心里开始反思，为什么听到这个名字会这么闹心？怕他？怕他什么呢？大不了像大学一样打架就是了。怕他把唐雁带走？别对自己这么没有信心嘛，唐雁已经是自己的人了，当年唐雁就是放弃了他跟的自己，不可能因为出国镀镀金就能蓬荜生辉。这小子也真是好命，有这么好的一个妈能让富翁老头包养。

　　一晃到了第二周的周一。钱海说今天公司例会上，杨威将做任职演说。果不其然，一身西装革履的杨威登台亮相了，做了一个激情澎湃的演讲。陆军号基本上没听见啥，一直玩着手机游戏，只知道员工们不停地鼓掌，像是迎接一位救世主那样的渴望。一群拍马屁的。不过也算是这小子没白留个学，也算是能说出点正经八百的事了。

　　总算熬到散会，刚一出会议室杨威就像幽灵一样忽然出现在了陆军号面前："这不是陆军号吗？投资系的高才生。咱们可是校友哦。要努力工作，不要辜负我对你的期望啊。"杨威用很亲切的口吻，简直就像是长辈在鼓励小孩。

　　陆军号看着同事们都围拢过来，也不好说什么，只能笑笑点点头。

　　"拿出点精神来，你看看天恒的发展劲头，这都是大家齐心协力的成果啊。"杨威环顾四周的员工得意地继续说，"大家的辛苦实际上领导们都是看得到的，像陆军号这样的同志，敢于大胆预测股市将有百分之三百上涨的，我是鼓励的，希望你的业绩能够超过这个数，当然超过这个数才刚刚是跑赢指数嘛，目标要更宏伟一些，更大胆一些。"

　　周边的人又是一阵掌声，陆军号看着杨威自鸣得意的样子哭笑不得。

大家慢慢散了。见陆军号要走，杨威拦住他低声说："我听说你在这里，我可是特意来这里的。"

"打算并肩奋斗，还是准备公报私仇？"陆军号假笑着问。

"你这叫狭隘的自尊。不过你的投资报告和资金申请我会重点关照的。"他将关照两个字念得特别重，这显然是反话。

陆军号盯着他慢慢地说："资金申请要风险控制委员会签字，不是你想怎样就能怎样的。"

"你看看，我能怎样啊？别主观臆断，搞得我们好像冤家一样。我刚才说关照，可没有说要怎样呀。"

"您刚来就对我这么关照，那是我的荣幸了？"

杨威嘿嘿一笑并未回答，转而问："向唐雁问好，就说我杨威回来了。"说完转身进了电梯。

陆军号抬头看看电梯变动的楼层数字，有点发愣。

正要离开，钱海冒了出来："你们两个很火药啊，听口气这是来者不善？"

陆军号知道什么事情都逃不过钱海这个包打听："小事儿，没什么。"

"你当小事儿？那完了，一看他的表情就知道他可没当小事儿，你小心了。"

"我做我的投资，他只要别影响我的项目，井水不犯河水。"

钱海叹气摇头："就知道你的项目，学学处人待事，做人油滑一点，不就没有那么多屁事了？要不你请领导吃个饭怎么样？地方我来给你选。"

"谢了，没这必要。"

"有你吃亏的一天。"

张名一早把统计数据送了进来，还附带了一份天兰信的流通股持股账户明细，上面已经标清了可疑的账户。陆军号仔细观察，至少有十几个账户的步调比较一致，虽然分布在不同的地区和不同的证券公司，但是他们的操作规律和买卖的波动基本一致，可以断定他们是受统一指挥的。

由于市场经过了长期的下跌，股民已经习惯了下跌的走势，处于见利就跑的状况，所以这个时候收集筹码是相当容易的。收集筹码的时候必定会将价格挑上去，但只要稍微向下回调，短期抢反弹的人立刻就会出局，而部分长线被套的人也会选择短期高点减仓，不用担心会有长期的跟风盘存在。所以这些账户并非一群普通股民的行为。他们显然不是些等闲之辈，有统一的指挥，有稳定的节奏，并不想激怒原来的老庄却又想取代其位置。

会是什么人呢？公募基金们现在的仓位还很低，他们对市场应该没有那么快的反应。有人统计过，当公募基金的仓位超过百分之八十五，就会迎来大幅下跌，跌到半山腰的时候基金开始减仓，等跌到底的时候，基金也已经减得差不多了，然后市场再涨，基金再追着建仓，等涨到山顶它们就满仓了。有时候会发现公募基金的基金经理中还有学历很高却入市不久的毛头小子，操作经验还不如老股民，应该不会对市场这么有经验，难道是私募？

按私募的手法，想做庄首先就要调查这个股票中有没有别的庄家资金，如果不知道老庄的底细没有必胜的把握，轻易不会冒险抢庄的。因为如果老庄资金雄厚，就可能出现僵持阶段，反正市场低靡再多熬上几个月也不算什么，资金大的一方还会用手中的筹码砸低价格，让资金小的一方亏损无法迅速逃离，很多资金是不肯浪费时间的，尤其是融资配资来的资金。如果双方实力差不多，就会出现二虎相争的局面，这也是大家不愿意看到的局面，往往到最后只好坐下来谈判。陆军号进入这只股票的时候也是经过数据统计和试盘工作的。难道是一群愣头青的新私募，或者是不讲道义的老江湖？

还有一种可能，就是我们的计划被泄露了，是来建老鼠仓的。他们知道你公司在做哪只股票，也知道你要拉升，偷偷进一些然后并不影响你的大计划，等你拉升，他坐轿子。可是如果是老鼠仓，用这么多个账户干吗？

陆军号脑子里闪现了好几个问号。

"我看是抢庄的，明知道我们在，简直就是虎口夺食。"张名看出了陆军号的疑问。

"你觉得我们怎么办呢？"

"我们可以先推高一个平台，抬高他的成本。"

陆军号摆手说道："按照现在的统计数字来看，他的持有量还很小，应该影响不了我们什么，先看看再说。现在市场很弱，如果我们强行逆市拉高，很可能会吸引更多的眼球，对我们建仓更不利。另外新领导来了，咱们申请的资金还没有批下来，先看看新领导的意思吧。再放出一部分空气净化行业的利空报告。"

"收到，我这就去办。"张名出去了。

第四章　旅行休假

临下班的时候来了一个电话。

对方很客气："是陆军号吧，你好你好，我是普信投资公司的总裁吴尚白。有没有时间出来一起坐坐？"

陆军号立刻警觉起来："是吴总，有什么事吗？"

"电话里三言两语说不太清楚啊，下班后咱们去海滨楼好好聊聊，一些事情需要请教啊。"

"还是说清楚一点的好。"

"别推辞了，我只是想讨论一下空气净化行业，尤其是天兰信。"

陆军号心里暗喜，真是踏破铁鞋无觅处啊，找曹操，曹操自己来报到了，很显然这段时间捣乱的账户是吴尚白的。聊聊也好，看看他想怎么样。"这样看来我们还真的有必要聊一聊。"

一间豪华包间，巨大的餐桌只摆了四套餐具。吴尚白带了两个美女坐在里面等他，见陆军号进来，非常热情地迎上来，握着他的手，像见了亲人一样嘘寒问暖，搞得他起了一身鸡皮疙瘩。两人面对面坐下，两个美女陪坐在两旁。

吴尚白说："这两位是我公关部的经理，我一说你的丰功伟绩，她们都很仰慕你，非要跟着我来。" 话音刚落，一个美女就要欠身过来。

陆军号抬手挡住了："别乱动。我这人酒量不好，一口酒就耍酒疯，怕你这小脸罩不住。"

美女尴尬地回头看了一眼吴尚白，无奈又老实地坐下了。另一位美女赶紧张罗服务员上菜。

吴尚白端着酒杯："小陆啊，咱们认识已经有两年了吧，一直也没有时间好好聊聊。你在天恒那边的业绩如何我也是知道的，有没有想法找个有发展的地方？如果有想法跟大哥说，我随时欢迎你。来干一杯。"

陆军号不喜欢这个人，两年前是在一家证券公司的投资年报会上认识的，此人在业内的口碑不好，他也觉得这个人总是笑里藏刀，为人不实在。要不是他说出了天兰信这只股票的名字，才没兴趣跟他吃饭呢。

"我更感兴趣的是，您对环保股的见解，和对天兰信的看法。"

吴尚白嘿嘿一笑："我的确是少进了些天兰信，不妨碍你做大买卖吧？你也知道，我的重点一向是在房地产股，可惜现在房地产不景气啊。"他倒是也不隐晦。

"既然知道天恒先进场了，何必这么明显地凑热闹，您现在的确不妨碍我，但不知道后面您有何打算。这样吧，您还是简单地告诉我，现在这个局面，您想发生点什么故事，把话说在明面上，或许还能各有所得，避免在盘面上尴尬。"

吴尚白端起酒杯："小老弟，干一个，我给你讲讲故事。"

两人一饮而尽，美女把酒满上。

吴尚白像背诵文章一样，没有语气地快速说："中国经济发展到今天，高污染、高耗能、高排放的以环境为代价的粗犷式发展已经难以维持，环境保护迫在眉睫。空气、水、土壤，成为环境保护的三个方向，也是政府未来治理环境的顺序。但在所有治理之前，有一个行业会先行崛起，这就是环境检测。"

陆军号轻轻地鼓掌："我的报告的第一段。看来这里面的确有故事，你怎么搞到我的报告的？"

吴尚白笑了："来，再干一个。"两人碰杯再饮，他继续说："不能算偷，有人送到我手上的。"

"内奸是谁？"

"不算是内奸。是他请我来做。"

"请你来做我们公司的股票？"

"不是你们公司的，仅仅专指你的股票。"

陆军号惊住了："谁？"就在他问出的一瞬间，他想到一个人，也立刻得到了证明。

吴尚白淡定地回答："杨威。"说完看看他惊讶的表情，再次端起杯："第三杯，我把故事给你讲完？"

陆军号不吭声，默默地干了第三杯。

"你们这位杨总刚刚上任吧，不过似乎你们早就认识，而且他对你很有意见。两个星期前他找到我，请我帮他做点事。"

"抢庄？你赢得了我吗？"

"你的每一个步骤我都知道，还能里应外合，你觉得我能赢你吗？"

"那你把这事告诉我干嘛？"

"我看你是个人才，想拉你一把，过来跟我干吧。"

"不怕得罪杨威？"

"我以前又不认识他。再说了他看你不顺眼，我带你走了他应该高兴才对。"

"我先谢了你的好意，不过暂时我还没有离开天恒的想法。我想看看你们怎么里应外合，这盘面上得多热闹啊。"陆军号站起身，"咱们还是盘面上见吧。"

"俗话说知己知彼百战百胜。你没有胜算的。"

"谢谢忠告，你跟杨威说吧，我奉陪。"

说完，陆军号扬长而去。吴尚白望着他的背影淡淡地一笑，向两位美女举举杯。

命运啊，就是这样搞怪。杨威这样的家伙，上辈子也不知道修得什么福气，一下就成了亿万富翁的干儿子，成了人上人。而且不偏不斜就是天恒公司总裁的干儿子，空降到了自己头上。他还记得当时杨威说的话：总有一天唐雁是我的！老天的好运怎么就落在杨威的头上了，这究竟是对谁的惩罚还是对谁的不公？

"发什么愣啊？"唐雁走过来问。

"没什么，最近的事情太多，有点头疼。"

"我给你揉揉。"她转到他身后，认真地按摩起来。

刚刚认识唐雁的时候可没有这么温柔，那时候可以用"太妹"来形容她。要不是当时唐雁的死缠烂打，两个人很难走到一起。记得那次他和杨威在操场上打架，杨威是练过武术的，他被打得鼻青脸肿，最后还是唐雁拎着一根棍子来救他。那个时候的小太妹，为他而改变，这也是让他对她更加爱护的原因。

他闭上眼睛，享受着唐雁的按摩，他知道她深爱着他。

不想告诉她杨威的事情。怎么说呢？说杨威现在已经是公司的总经理了，说他是自己的上司了？是不是自己有点怕啊，怕会输给杨威，论打架不是杨威的对手，论学问人家是留学回来，论财富人家有个亿万身价的干爹，论地位他是自己的领导。怎么会是这样？男人的嫉妒心让他不能说，不能在她面前提起杨威的名字。这个名字现在对自己的威胁到底有多大？在陆军号的大脑中，似乎找不到一个准确的数字来衡量。

对着电脑上时刻变化的数字，陆军号脑子里是空白的，他不知道应该给张名发出什么样的指令。外面有个吴尚白，里面有个杨威。吴尚白人送外号白无常，听外号就知道他有多黑了。以前是一个地产公司的财务，95年股市井喷行情的时候，他挪用公款炒股，几个月下来成了暴发户，然后就离开了地产公司，据说还了公款后还有几千万资金。两年前用卑劣手段收购了普信投资。现在杨威和他联手，算是臭味相投了，他们想打乱我在环保检测行业上的布局，一旦造成投资失败，必定追究我的决策责任。

陆军号深吸一口气，给张名下了一道指令：让天兰信涨停，其他跟上。

吴尚白想得到控制权，就一定要拿到足够的筹码。在如此弱市中，散户短线的浮动筹码见到冲高很容易就会丢得干干净净，被迫拿长线的多是被套在高高的山顶上，早已没有兴趣再多看一眼的人。因此涨停也很容易封住。陆军号要做的就是，趁吴尚白还没有足够的话语权之前，抬高价格区间，让他在高位去抢筹。

他更不担心吴尚白向下打压天兰信的价格。如果他向下打压股价，就必定要抛出手中的筹码，以引诱散户的跟风抛售。这是庄家收集筹码的一种方法，先收集到一定的筹码，然后借大势不好的时机集中抛售，引发市场恐慌跟风割肉，之后庄家在下面一点点地买回来，这就是所谓的抛砖引玉。如果一次收集筹码不够多，那么在反弹之后庄家还会再重复第二次第三次下跌。所以很多股市投资者发现，自己总是抛售在股价的底部，至少是阶段底部。如果吴尚白抛售筹码，陆军号会接过来，他的控制权就更少，那样杨威和他的诡计就破产了。

就这样，张名按照指令连续两天涨停。按照陆军号的做盘习惯，遇到对手，首先要做的就是打乱对手的节奏，让对手的原计划发生改变，再从中寻找对手的漏洞，一击而破。原本他以为拉升之后，吴尚白会急于收集筹码而跟随一起向上买，不想两个涨停过去了，人家没有操作。

第三天杨威有动静了，他请陆军号去办公室。陆军号暗自嘲笑，估计是和吴尚白商量了两天对策，给他施加压力来了。

他大大咧咧地进了总经理办公室，也不着急发言，只是对着杨威微笑。

"你笑什么？"杨威打量着他。

"没什么，外面有人抢庄，我给了他点颜色，心里高兴。"

杨威夸张地哦了一声："英雄啊，厉害啊。"

"你不是专门为了表扬我把我叫上来的吧？"

"的确有正事。你的追加投资资金的申请，风控委员会没批。"杨威看着他，眼神里一副得意。

陆军号早就想到这点了，心里有准备。

杨威继续："同时风控委员会认为，当前应该加大期货对冲套利，因此将你部门剩余资金划拨到期货投资部。"然后一字一字地说："我已签批。"

陆军号保持着平静的语气："你官大，当然你说了算。"

杨威一摊手："听口气好像有情绪，做这个决定跟官大官小没关系。我负责的是整个公司，你们的确可以不管不顾地勇往直前，而我却要控制好整个公司的风险，一旦公司出了风险，你们都可以拍屁股走人，而我呢，要留下来收拾烂摊子。"

陆军号在想，是不是要戳穿他和吴尚白的把戏呢，先等等。戳穿他有什么意义吗？他当然不会承认，无非是继续一副令人厌恶的嘴脸大喊冤枉罢了。而且或许吴尚白已经添油加醋地跟他说了见面的事情，所以他才先下手为强。无所谓，看他们两个如何把这个游戏玩下去。

"哎，哎跟你说话呢，怎么回事啊，公司把你那边的资金拨给我了，你说要休年假，要去香格里拉，到底是什么情况？"钱海追着陆军号问。

陆军号算是服了这个包打听的穷追不舍："好，你坐好了，我给你讲个故事。"

　　等他把整个事情的原委讲完："所以我打算休假了，去香格里拉玩玩，看他们怎么把这个阴谋演完。"

　　钱海陷入了思考："公报私仇啊。"

　　"就是啊，先联合吴尚白从外围破坏我的项目，一看未成功就直接从内部挖空我的资金。"

　　"你这么一走，这个项目怎么办？"

　　"暂时交给张名，反正价格已经拉高，我这里有浮赢，吴尚白想在高点接筹码，对我有利啊。"

　　钱海摇头："没那么简单，我看你还是别这么甩手走了，他既然想搞死你，就一定会连续出招，你闪了怎么知道他出什么招数？"

　　"我闪了，我看他冲谁出招去。"

　　"我可劝过你了啊，香格里拉啥时候去都行。"

　　陆军号拍拍他的肩："知道你为我好，飞成都的机票我都买好了。我就要去感受人间的纯净了，放下这里的喧嚣和肮脏，我要翱翔。"他张开双臂，绕着办公桌跑了一圈。

　　"您就翱翔吧，别怪我没提醒您。我真觉得这里有问题。"

　　"嘘——，听雪山在呼唤。"

　　"神经病，赶紧和你的甜蜜蜜去雪山草地吧，有什么事咱通电话。"

　　唐雁伏在陆军号的手臂中呼吸均匀，月光洒在她细腻光滑的肌肤上，显得更加白净。他们睡觉不拉窗帘，按陆军号的解释，这样才能让第一缕阳光唤醒沉睡中的雄狮。今天的月亮很圆也很亮，估计不是阴历十五就是十六。

　　"这次去西藏，算是结婚旅游的预演？"

　　陆军号的指尖还在她的胸前游荡："算，也不算，结婚旅游应该去海边，干净、舒适、浪漫。去西藏是洗礼灵魂。"

　　"你说结婚的时候，咱们是中式的还是西式的？"唐雁闭着眼睛继续问。

　　"你说了算。"

"我要穿漂亮的婚纱。"

"咱们买四套。"

"要钻石戒指。"

"还有项链和耳环。"

"正经点。"

"我现在正经着呢。等咱们回来挑个楼盘买套房子，然后让我拜见一下岳母大人，然后咱们就装修，然后就结婚，然后就生宝宝。"

唐雁撒娇："我才不要宝宝，体形会变的。"

"变成肥婆我也要。"

"讨厌啊。咱们可以先买房子，不然在哪里养宝宝。"

"买房子简单，财务说去年的年终奖马上就到账，你猜猜有多少？"

唐雁看看他的表情："看你笑成这样估计有五十万。"

"切，太小看你老公了。"他伸出手，"八百万！"

"啊？"

"啊啥，多吗？这才是你老公的本事。"

"又忽悠我？"

"骗你是小狗或者是小王八。"

"还是多选。"唐雁笑着说，"等你拿回来再说吧。我爸常说，钱没到你兜里就还不是你的。"

"你爸说得太对了，事事难料啊。"陆军号赶紧恭维，"先买房，之后咱们还有一件大事要做。"

"我知道，开个孤儿院嘛，这是你的愿望，我支持你。"

陆军号深深地亲吻她。他觉得他很幸运，能够得到她的理解。估计很少有女人能这样支持他的奇特想法，别看是个孤儿院，真的干起来没个三五百万下不来，虽然可以得到政府补贴，那真是九牛一毛。真金白银进去不求回报，一般的女人不会理解的，何况现在连婚还没结呢。

"要是你明年也发这么多就好了，咱们可以在四川青城山后面买一个小院子，让我爸妈住那里，等咱们老了也去，那里的风景优美空气新鲜。"

"好啊，没问题。"陆军号快睡着了，"你都惦记明年了？"

"你说蜜月去哪里呢，是马尔代夫还是塞班呢？"她像个孩子一样在遐想。

"都行，你说了算。"

"别睡啊，帮我想想，哎别睡啊。"

"哦哦……"

一个好的操盘手，一套认为完美的方案，算什么呢，一旦资金链断了，操盘手完全就是一个废物，方案就是一堆废纸。

任何一只股票都不是庄家自己在玩，如果没有众多投资者，他赚谁的钱去？庄家用资金推动价格上涨，再用筹码打压价格下跌，目的是鼓舞或压迫投资者，造成羊群效应出现追涨杀跌，这样庄家才渔翁得利。所以资金和筹码就是操盘手的两个拳头，哪边都不能弱。控盘的资金就像一条金链，把庄家牢牢栓在通往胜利的列车上，跟风者不断上车下车，庄家到终点才下车。但是如果资金没有了，链条断了，庄家可就从列车上摔下去了。投资者资金少身子轻，落地时还有腾挪余地，而庄家资金大身子重，落地就会头破血流筋断骨折，甚至要了身家性命。

现在这条金链就把持在杨威的手里。

望着窗外绕着圈飞翔的鸽子，陆军号深吸一口气，好在现在有浮赢，吴尚白要么拉高继续建仓，要么出货放弃控制权，两种对陆军号都是有利的。总不能吴尚白拿好筹码之后往死里砸盘吧？无利啊。

在公司里，亏损在风险控制范围内是正常的，不会做什么处理，但如果是超大数字可就不好说了，毕竟这里不是国企。公司是私人的，钱赔大了，有人是会动刀子的。多少股市上曾经呼风唤雨的人物，在一次失败后就销声匿迹了。"3.27国债"过后，那个一挥手就几十亿资金到位的前辈，不是在五洲酒店前失去了踪迹吗？红及一时的强庄安隆基金，不是最后出价年息百分之三十也借不到资金，而一路败北吗？我陆军号一个小小的天恒公司的职员，在内外夹击的强大攻势下，不输就是奇迹。

还有一条路，就是向杨威低头认错，正如钱海所说：做爷爷不行，咱就先做孙子，做孙子的人总有一天会熬成爷。可是我有什么错呢，是我抢走的唐雁吗？

如果说追求爱情也是一个错误的话，那我陆军号把唐雁拱手相让吗？出卖我的爱情，求得一个无赖的原谅，求得一朝一夕的平稳，这根本做不到，不揍这个混蛋已经是便宜的事情了。

投靠吴尚白是一条活路吗，还是死路？陆军号自嘲地笑了笑，至少到现在我还没到那一步呢吧，没伤天害理，没偷没抢没骗，没出卖过朋友。公司能怎么样呢？

唐雁躺在床上看着陆军号的背影，她可不是一个傻女人，从他这几天的眼神里她看到了恐慌，这不是陆军号的风格。他什么事情都能安排得稳稳当当的，所以从来都是不慌不忙，心情愉快。他究竟恐慌什么呢？

"中午的飞机，现在还不多睡会儿？你有心事吗？"唐雁试探着问。

"哦没有，我在想行程的设计。"

他为什么不说出来？唐雁知道他说的不是真话，但既然他不想说，就一定有他的难言之隐，看来需要找个机会问钱海才行。"明天咱们可以先去宽窄巷子。"

"宽窄巷子？"陆军号的语气像是在问，又像是自己在思考。

"很多外地准备入藏区的人都会去那里聚集，找一些同路的人，以便在路上大家能彼此照顾一下。"

"好建议，"陆军号回来靠在床头上，"听你的。"

金融如战场，这个战场上不需要真枪实弹，但比枪炮更猛烈；不需要侦察地形，但比侦察更复杂。为什么巴西的一场大雨能影响期货黄豆的价格？为什么美国总统一张健身的照片能够影响汇率的变化？这就是金融，这是一个高深莫测又莫名其妙的庞大战场。

正如钱海预料，陆军号的离开有人求之不得，杨威就是其中一个。

杨威坐在老板台后面，指尖敲着桌面发出噔噔的声音。陆军号啊陆军号，我当年说过会找你算账，万万没有想到吧，机会来得这么早这么容易，你去哪里打工不好，偏偏在我干爹的公司，老天都在帮我，不耍耍你恐怕上天都不答应啊。

桌上的电话响了，他抓起来："是你？……着什么急，他今天才到成都，最快也要明天踏上雪山之路吧，……恩我会安排好的，……很好，大家以后合作的机会还多……好的再见。”

　　放下电话，杨威冷冷地用鼻子哼了一声：“贪婪的家伙。”

第五章　走在被黑的路上

成都的宽窄巷子已经太过于商业化了，传统的老茶楼已经不多，取而代之的是饭馆和酒楼。仅有的几座看上去装修没有那么奢华的茶楼还能找到旧有的朴素的气息。茶楼里聚集了来自各地的旅友，还有不少外国朋友。门里门外都有黑板和报栏，不少人在那里粘贴帖子，寻找一起旅游的同伴。

陆军号和唐雁正站在黑板前一条条地看大家的留言，一个男人走了过来。

"你们去哪里？"很重的山西口音。

"你呢？先说说你打算去哪里？"陆军号本能的警戒打量来人。这是一个大个头、黑皮肤、大脸盘、宽肩膀、粗腰身的人，一看就是很健壮的样子，可以划归到猛男类型里。

"稻城亚丁。"大汉挠挠头，露出一丝怯意，"其实我来四川没有确定要去哪里，到了这里他们跟我说稻城亚丁好，我就打算去看看。要不你们说去哪里我跟你们走也行。"

他那一瞬间的不好意思，倒是让陆军号放松了一些："那巧了，我们也打算去稻城呢。"

唐雁高兴地说："就你一个人吗？"

"是，我一个人开车从离石过来，我想看看有没有人能结伴去稻城，一个人开车的确有点孤独。"

"你打算哪天走，玩几天？"

"无所谓，我是自由人，明天就可以走，去稻城开车来回也就八九天的路吧，回来我还想去峨眉山看看。"

陆军号指指茶桌："坐下聊聊。服务员拿壶茶。"

三个人坐下，服务员端了壶茶送上来。四川人喝茶可是出了名的，来了不是为了喝茶，是为打发时间的。茶也不贵，便宜的五元一壶，好茶也就二十，想要特殊的茶叶需要单点，坐在茶楼几块钱也能打发一天。

"他们这里不叫服务员。"大个坐下笑着说。

"那叫什么？"陆军号问。

"叫小妹。聊聊也不叫聊聊，叫摆龙门阵。"

"我上次来四川，导游小姐说她的手机掉了，我们说掉了就赶紧捡起来啊，哭什么啊？原来四川说掉了，就是丢了，我们还以为她把手机掉厕所里了呢。"唐雁逗得大家笑起来。

"怎么称呼？"

大个答："我叫张宏来，山西吕梁人，你们呢？"说着大个拿出身份证放在桌子上给他俩看，以证明身份。

"陆军号，唐雁，我们从北京过来。"陆军号也掏出身份证。

"那咱们不远，从我们那里开车去北京，也就八个多小时。"

"你怎么一个人来旅游？"唐雁问。

"不怕你们笑话，我爹给我找了个女的要做我老婆，我看着烦，就出来躲躲。"

"你这是逃婚啊，听说过女人逃婚的，第一次看男的也逃。"唐雁笑得前仰后合。

陆军号赶紧捅捅她："注意点，追求自由有什么不好。"

"其实是我爹太迷信，说找人算过八字了，我们两个是绝配。现在谁还信这个啊。"

"就是，逃得对，婚姻自由。"唐雁说。

"就是，我爹那叫包办婚姻。"张宏来像是见到了知音一样，"怎么样，咱们结个伴吧，明天就出发？"

唐雁看陆军号，陆军号一直在观察这个男人，从他的一些表情和眼神上看并非恶人："好，咱们一起去。"

"那就我开车，我的是悍马，什么路都不怕。"

"你开悍马？够威风啊。"唐雁笑。

"我家是挖煤的，我们那边的煤老板都开这个。"

"有悍马当然好，"陆军号说，"那油钱我们出。"

"啥油钱啊，我自己去还不是一样用油。看年龄我应该是最大，就是你们的大哥，一路的吃住我都包了，不图别的，就图路上有人说说话。"张宏来坚持地说。

"你要是这样，我们一路上不是总觉得欠你的，心情多不好，那我们不和你一起了。"

"别别别，好不容易说话投机，那好就听陆兄弟的，一家一半好不好？"

"既然张大哥都这么说了，就这样。咱们明天几点出发，怎么集合？"

"今天准备东西，明天一早就可以出发。这是我的名片，上面有电话。把你们的酒店告诉我，明早我去接你们。"张宏来掏出一张名片递给陆军号。

"商场大老板，不是煤矿的啊。"唐雁接了过去。

"妹子别笑话我了，啥大老板啊。我爹挖煤的，我开了个商场，跟你们北京的商场没法比。"

双方留了联系方式，准备第二天一早出发。

酒吧里灯光闪烁，舞池里一群人随着震撼的音乐扭动着晃荡着。在一个角落里，昏暗中坐着四个人，两个男人喝得有些微醺，两个小姐依偎在旁边，只有舞池的彩灯转过来的时候才能看清楚他们的表情。

"你都安排好了？"

"杨总您放心，下面的人只是执行指令，他们从来都不问我们的目的，更搞不清楚怎么回事。"

"哼。"杨威冷笑一声，"大家都说操盘手如何如何厉害，其实也不过是些下单的机器。"

"是是是，操盘手也分等级，他们这些就是听您命令的。"

"那你说陆军号呢？"

灯光照过来，与杨威对话的竟然是张名。他迟疑了一下，小心地回答："在您面前他必须听话，不听话，就灭掉他之后让他滚蛋。"

"咱们的计划书你都写好了吗？"

"明天早上就交到您办公桌上。"

"那就好，估计他即将踏上川藏路，让他在圣洁的路上倒下，会是一种什么感觉？"

"那可真是一副令人兴奋的画面啊。杨总，我敬您一杯，美女倒酒。"

"张名啊，"杨威眯着眼看着身边的美女，"这才是生活啊。等这次事情办完，陆军号的位子就是你的了，享受生活吧。"

"谢谢杨总提拔，您的大旗挥到哪边，我就冲到哪边。我再敬您。"

"别敬了，再敬我怎么享受这寂寞的美人啊？"杨威哈哈大笑着拍拍张名的胳膊，"你小子有前途，走，咱们桑拿去，私人会所，今天晚上好好爽一把。"

天气相当的好，阳光明媚。早年在成都地区阳光明媚的标准就是地上能有一个隐约的灰色影子，而现在阳光明媚的标准跟北京一样了，要在地上有一个清晰的黑色影子。有个词叫蜀犬吠日，意思是成都这边的狗没见过太阳，遇到晴朗的天看到太阳会觉得奇怪，冲着太阳叫。那是因为成都位于盆地，上空常年有云，所以没有太阳，也造就了这里女孩子细嫩的肌肤。但近些年晴朗的天增多了，鬼晓得是为什么，只是希望女孩子的肌肤依然能保持那般细嫩就好。

"再向前就是雅安了。"张宏来边开车边兴致勃勃地讲解着。

"看来你还是很熟悉的啊。"唐雁斜靠在后坐上悠闲地说。

"我是现卖现夸，我这两天把这条路的线路、景点背了一遍。"

四川以外的人即便不知道雅安，也一定知道茶马古道。在川滇藏三省区交界的大三角地带，有两条神秘的道路如两条血脉，把中东部地区和西藏紧紧相连，这就是茶马古道。它既是目前世界上已知的地势最高最险的政治、经济和宗教传播的文明古道，也是完全用人和马的脚力踩出来的艰辛之道。

四川农业发达，云南好茶文明，而粮、茶都缺少的西藏却盛产川、滇需要的良马，于是这种互补性的交易，使汉藏两个民族走在这两条道路上走了上千年。

茶马古道应该有两条：一条由云南普洱茶的产地普洱县出发，经大理、丽江、迪庆、德钦，到达西藏的昌都；另一条则由雅安出发，经泸定、康定、巴塘，到达昌都。两条古道在昌都会合后，再抵波密和拉萨，而后延伸至藏区的泽当和江孜。雅安正是茶马古道北线的起点，所以早在宋代就设立了茶马司。

说话间进了雅安："咱们在这里休息一个小时，逛逛街，一会儿过二郎山的时候会有点冷，要是缺衣服记得买。"

"不用，我们长袖短袖大衣都准备好了。"

雅安的街道不宽，但是很美丽，街道两旁很多的小茶楼和小酒馆，隔三岔五就有小店卖花花绿绿的雨伞，路上的人们不慌不忙地走着，天空飘洒着蒙蒙的细雨，迎面扑来的是一股淡淡的散漫气息。

"你们知道雅安还有什么出名吗？"张宏来问。

"我知道，"陆军号放低声音，"是雅女。"

"色狼吧，就知道雅女，听谁说的啊？"唐雁边打他边笑。

"雅女是雅安的三绝之一，谁不知道。雅安除二郎山，另一个出名的是蒙山。这你知道不？"

"知道啊，"唐雁抢着说，"扬子江心水，蒙山顶上茶。另外两绝是什么？"

张宏来笑着指指天："就是这雅安的雨，称雅雨，和水里的鱼，称雅鱼。"

"雨也算一绝？"唐雁惊讶地问。

"相传是当年女娲补天时疏忽了，在雅安上空留了一道缝儿，所以雅安一年里半年都是雨。"张宏来指着前面一家饭馆，"有砂锅雅鱼，咱们尝尝去。"

三个人进了店，一股香气扑鼻而来，别的不吃，就点一份砂锅雅鱼。

伙计一听乐了："您们巧得很，早几天来都没有雅鱼，今天刚到。"

"是野生的吗？"陆军号问。

"肯定野生的，这雅鱼只有咱这丙穴河才有，至今不能人工饲养。只要是雅鱼，就一定是野生的。"

陆军号点点头："果然是一绝。"

杨威端着咖啡站在张名后面，看着电视墙上的股市数据，张名正侃侃而谈对股市最近的判断。

杨威打断了他："我不管国家政策如何，如果都看国家政策，我还要你们做什么？如果听国家政策就能做股市，我一个人就够了。你的计划我已经看完了，说实在的我没法满意，看来你很多的时候还需要向陆军号好好学习学习啊。"

"是是是，我听您的，您看这个计划如何修改合适？"张名唯唯诺诺。

"你看过陆军号每次是如何设计的吧？他会先做外围舆论，然后做核心故事。中国自古以来要践踏一个人，只用两种办法，一种叫民不举官不究，这是自下而上；一种叫欲加之罪何患无辞，这是自上而下。想要搞得扎实，就一定先自下而上再自上而下。自下而上就是要做好外围舆论，让一种声音不断地出现，让更多的人相信并习惯这种基层的声音，之后再从上面定一个噱头冠一个罪名，编造一个核心故事，再高贵的人也会被拿下了。成就一个人还不是同理。陆军号就是利用这个方法来编排整个行业，并影响个股的。说起来，他还真的是一个不错的操盘手啊。"

"我明白了。"张名偷眼看着杨威，"我先对整个行业做个舆论攻势，在爆出两三个利空传言，让散民对环保检测行业产生厌恶感，我再顺水推舟就可以把价格打下去了。"

"还算开窍。中国经济高速增长是建立在破坏环境破坏自然的基础上，所以现在环保问题突出严重，国家在后期的政策中必定是要当重点的，所以现在要编个负面计划，就看你的本事了。"

"是，我这就去重新编写计划，明天早上就做好。"

"明天？"

"马上去写，最快速度做好。"

车在二郎山被堵住了，单向放行，排了两个小时的车队从附洞进去，由四号洞口进入二郎山隧道主洞，二十分钟后才穿出了这条隧道。

"这隧道太长了，我以为开不到头呢。"张宏来感慨地说。

"中铁耗资四点四亿，全长四千多米，历经五年于2001年底竣工。"陆军号像在背书。

"你连这都知道，厉害。"张宏来佩服地看着他。

"我是做证券的，中铁是上市公司，所以部分经典事件我知道。"

"你是专门做股票的？"

"对，专门做股票投资的。"

"你是操盘手吧，操盘手都是脑子好使的。我们县里以前开过一家证券公司，也有好多人炒股，不过最后还是赔的多赚的少，再后来也不知道怎么就关门了。要是你能教教我们，给点内幕消息，肯定挣钱，挣了钱分呗。"

陆军号摆摆手："我可没有什么内幕啊，内幕消息都是瞎编的，你想想，既然叫内幕消息，能让咱们这普通人知道吗？"

"哎要不我出钱，你帮我炒吧，挣钱分一半，赔钱算我的。"张宏来还是穷追不舍。

"他哪行啊，"唐雁赶紧打圆场，"他就是自己炒炒股挣点吃饭钱，不赔就阿弥陀佛了。如果能发财，我家的钱就都给他去炒，你想想我都不信他，你还信？"

"可不能这么说，一看陆兄弟就是个文化人又聪明能干，你是跟对人了。"

过了二郎山隧道，对面是海螺沟和燕子沟的分岔路口，他们拐向海螺沟，奔磨西镇。据说那里有个冰川瀑布，那是举世无双的一块正方形的大冰瀑布，高一千米，宽一千米，比黄果树瀑布大出十倍还多。

张名对着耳麦传达命令："天兰信卖出，价格7.00，4000股；大国化学卖出，价格16.77，1200股；华电清新在卖三价格上横23000股。"

"稳一点，不着急，我们时间还有的是。"杨威做在后面的沙发里，悠闲的喝着咖啡。

"今天的交易报告我写了个草稿，收盘后我把空格都填好，基本内容您过过目，您再看有什么不妥。"张名把报告递过去。

杨威接过来看了看，又丢了回去："动动脑子，我说过要让风控委员会认为是陆军号下的命令。这像是陆军号的语气吗？陆军号之前的报告你不是有文档吗？好好读读。张名，别让我觉得我看错了人。"

"杨总，我明白了，我按照陆军号的语气马上改过来。"

"明白个屁，明白就不写成这样了，风控委那几个老家伙哪个好惹。虽然有一天我会一个一个收拾他们，但现在还是要小心谨慎。"

"是是是，我知道了。"

"我再讲一遍，一定要让他们觉得是陆军号下的命令，最后要让他们觉得是陆军号暗中勾结外部资金，靠公司的资金收集大量筹码，再压低价偷偷卖给对手。我们都是不知情的人，什么都不知道。"

"是，我明白。"

"最好你能明白。"

站在酒店的观景台上，望着黎明前的雪山，那样的安静，不动声色。三个人要了壶茶，吹着杯中的热气，聊着家常。观景台上还有三三两两的游客，看来大家都在等待同一个事情的发生。

"我爹是开煤矿的，这些年挣了不少钱。"

"山西煤矿老板身价都上亿啊，你算是富二代了。"唐雁说。

张宏来嘴一撇无奈地笑了一声："其实我最不喜欢的就是别人叫我们煤老板，更不想成为富二代。我不想一辈子依靠我爹，想自己干点事情出来，改变一下煤老板的形象。挖煤，无非是掠夺子孙的资源，没啥出息，到头来也就是个暴发户！不像你们，有文化有头脑。"

"跟你开个玩笑，别太当真。"唐雁赶紧解释。

"没事，习惯了，也正是这样，我才要改变。"

"那你开了一个多大的商场？"

"一层是精品店，二层三层是超市，四层是百货。"

陆军号点点头："不容易，一有超市就很麻烦，生活琐事最是劳心劳神。"

"嘿嘿想不到陆老弟也懂超市。都说说相声的是杂货铺，你们这做证券的我看可以叫大仓库了。"

三个人笑起来。东方渐亮，猛地，一片朝阳的霞光照射过来，打在对面的雪山上。那几座银装素裹的雪峰瞬间披上一层金灿灿的盛装，光芒万丈，瑰丽辉煌，这就是传说中的"日照金山"。观景台上一片欢呼。

同样这么早起床的是杨威。

他在电脑前看了一圈夜间各国指数和大宗商品价格的情况，又阅读了一遍市场新闻和各报社的内参。他端起咖啡，一口气全都灌了下去，然后用指尖捏着眉头自言自语。

"陆军号啊陆军号，你是怎么做到的，连干爹都知道你。唐雁喜欢的也是你，你就那么大魅力？我倒要看看当你什么都失去的时候，你还有什么本事。我要让你失去的，比我失去的更多。"

他抬眼看着东方泛起的鱼肚白，思绪一转计上心来："记得你想当英雄，偶像是常云啸。咱们干脆来做个游戏，我要让你失去资金，失去唐雁，失去安全，失去信任，之后再看你如何翻身，如何做英雄。很有意思，很好玩，励志片。"

他笑着走进了浴室。

触摸到大渡河上的铁索，有一种阴森的凉气。铁索上锈迹斑斑坑坑洼洼，这并非是风雨留下的印记，而是弹雨留下的伤痕。几十年过去，这些伤痕依然可见，可笑的是它们不是来自于侵略者，而是来自自家人。大概是自己人的伤害比外人来得更令人心碎吧。

陆军号拍着铁索说："泸定历史上又叫西夷，你知道西夷吗？"

"让你卖弄一下。"唐雁斜着眼看他。

"知道黄帝炎帝吧，上古时期北方是黄帝炎帝，东方是东夷，南方是黎和苗，西边就是西夷了，够古老的吧。"

在对岸的观音阁和将军庙走了一圈，那里还保留了几座当年国民党的炮楼，真的很难想象红军当年靠九根铁链顶着枪林弹雨怎么爬过来的。

"这里信号很糟糕哦，也不知道附近有没有网吧。"

"你看那边的镇子，估计能有网吧，"张宏来看着他，"但咱们很赶时间的。"

"我想看看股市。"

唐雁瞪了他一眼："刚出来这么两天你就着急了？"

"不是，昨天的收盘价格很奇怪。"

"你啊是一天不见就满满都是思念，最好时时刻刻地盯着。等晚上找到了落脚的地方你再看吧，快点走了。"

"就是，"张宏来帮腔，"咱们晚上要赶到康定，我可不想停在大山里睡在车上。"

"好吧启程。没什么，我只是觉得价格……没什么走吧。"

晚八点过才到康定，找了一个宾馆住下，陆军号急忙冲了一个澡，就出去找网吧，这个地方的网络没有那么发达，至少落后北京十年。大国化学下跌，华电清新下跌，天客环保下跌，天兰信收盘价格下跌到了6.91元，盘中仅有两三个像样的大单，但是总成交量略有放大。

这种局面在他的预料之中。吴尚白既然知道天恒这边已经暂停交易了，也就没有必要再抬高价格吸纳筹码了，压低价格引发抛盘是一定的。看来张名还算是稳定住了价格，明天有一个重要的支撑位，跌破的时候一定会有一些抛盘出来，要是公司同意操作的话多好，就能得到更多的筹码了，这次便宜了吴尚白。

也有一些出乎预料的事，市场上对环保产品市场的前景不太乐观，报社发了文章，推算了几家环保企业的未来盈利水平远低于预期，这让市场对整个行业产生了负面影响。这应该是媒体的攻心战，如果天恒能够利用好这个机会该多好，可惜啊，可惜。

陆军号感叹，一颗老鼠屎常常能坏了一锅粥，一个杨威，至少破坏了天恒近亿的收入。如果能继续做下去，今年的年终奖很可能超过一千万，哎是不是应该离开天恒了。

康定的跑马山是没有时间去了，明天一早就要早早起来赶路奔赴心中那圣洁的雪山，现在只能看看夜景中的康定。两面是山，墨黑色的山，中间是弯弯曲曲的山谷和一条河，那是折多河吧。县城就卧在这弯弯曲曲的山谷中，夜晚也算是灯光闪烁，像一条肥胖的卧龙。

早上七点就起床动身，张宏来说今天要过新都桥过雅江，晚上最好能赶到理塘。真是一个体力好的家伙，几天的车程都没让陆军号替他一下，做事情也很细心，吃饭住店都安排得井井有条，真够难为这大块头的。

"你看路标，往那边是丹巴。"张宏来捅捅陆军号。

"丹巴？出美女的地方哦。"

"你就知道美女。"在后坐上睡觉的唐雁不知道什么时候醒了过来。

"你是说美人谷吧，看网上的攻略说，还要往山里走一段呢。传说是西夏皇室的后裔，所以女人都比较漂亮。现在去也看不到，都去外面打工了，要每年村寨选美大会的时候才回来呢。"

"要不等选美大会的时候你自己来参观视察一下？"唐雁逗陆军号。

"怎么能自己来呢，我肯定带上你，你不当选美皇后看她们谁敢当。"陆军号嬉皮笑脸地答。

第六章　那一片圣洁

"昨天的统计报表我看了，不错，基本按计划完成，今天继续。"

"明白。"张名指指K线上位置，"价格再向下有一个技术的支撑位置。"

"我看到了，怎么了？"

"破了支撑位会引发恐慌，价格可能会掉得很快，陆军号会察觉的。"

"这个不用你操心，我自有安排，你只管做好你的工作，价格会有人控制好的。"

"明白。那我去工作了。"

杨威摆摆手让张名出去。看着张名一副鞠躬卑微的样子，他觉得恶心；看着陆军号那趾高气昂的样子，他反倒觉得有点佩服。人是不是都这么矛盾啊，越是拿不下的人，越是在你面前不够屈服的人，你会越觉得这个人有点意思。当然这与心中对陆军号的憎恨无关。不过，又憎恨什么呢？憎恨他抢走了女朋友，搞得自己很没面子，还是憎恨他在公司很风光，以至于干爹都有所耳闻？人有憎恨，憎恨的根源难道不是恐惧吗？由恐惧生憎恨，怕别人比自己强，怕被超越，怕被毁灭，如果自己足够强大还会憎恨吗？比如人会憎恨一只蚂蚁吗？

杨威猛地靠进椅背，闭上眼让自己的头脑清醒一些。这就是一个游戏，一个我玩得起，他却玩不起的游戏，我来设计，我来定规则，这就叫主宰。而他，陆军号，不管有多大的本事，也只能按照我的剧本玩下去，这就叫乐趣。

"希望更好玩一点。"他自言自语地说。

山路比较平缓，偶尔有羌族村落的山寨。羌族的房子很有特点，房顶是平的，四周砌起半人高的护栏。据说这有两个作用，一是晒粮食用的，二是羌族人擅长弓箭，有外敌入侵的时候就上房射箭。

远处山坡上还可以看到高大的碉楼，像一个烟筒。据说这是羌族特有的防御工事，在外族入侵的时候，全族人都可以进入碉楼躲避战火。碉楼为石头建筑十分坚固，上有箭孔可以射箭抵御，楼内囤积的粮食够全村吃上一年半载，即使外族攻入碉楼也很难得胜，里面通道复杂机关甚多，不是本族人很难全身而退。

再向前开始上山，路也变得曲折，这就是折多山了，大概就因为"折"比较多而命名吧，别说九曲十八弯了，简直数不清楚多少弯。越向上空气越稀薄，头也开始有点晕，传说中的高原反应。垭口的石碑上刻着4298米，没有树木没有花草，甚至连大块的石头都没有，只有小腿肚厚的积雪。三个人每人在平整的雪地上踏上一个脚印，算是在苍茫中留下了印记。

翻过折多山，中午一点就到了新都桥，这里以前也叫东俄罗，是川藏南、北线的分路口。草草吃完午饭，陆军号拿起手机，看看有信号，赶紧给张名拨过去。

"是陆经理。"张名举着电话有点惊慌地看着杨威。

"怕什么，他又吃不了你，按计划说，接。"

"陆经理，请指示。"

"张名，现在什么情况"

"哦，咱们现在没有资金只能看着，现在的价格不是咱们做出来的。市面上最近出现了一些负面消息，主要来自几大金融报纸的文章。我调查过了，是普信投资的杰作，看来他们想要抢庄啊，你要赶紧想办法了。"

"天兰信现在价格多少？"

"6.84元，下跌0.07元，成交量并不大，没有特殊的变化。"

"6.8是一个重要位置，我想他们下午一定会打破6.8，引发恐慌盘抛出。"

"我们怎么办？"

"大国化学和华电清新现在价格是多少？"

"大国化学7.73元，华电清新6.68元。"

"还算稳定，按照市价浮动不要超过0.1元，抛掉五分之一南方重工和四分之一的兴业水务，先搞点钱出来。等他砸到6.75元你就接，注意只接三百手以上的抛单。"

"明白。"他抬头看看杨威的嘴形，"你现在到哪里了？"

"我到新都桥镇了，再往后可能要翻几个雪山，也许就没有信号了。"

"你放心，我知道怎么做。"

"那就拜托了。"

出了新都桥就是四千多米的高尔寺山，半山之上开始下雨。路边随处可见细高的树木倒在山坡上，像是被雷击过，焦黑的颜色。再向前看到一片片被击倒的树木，可以想象当时暴雷的威力。在那些倒下的树中间也能发现一棵棵新生的枝叶，依然倔强地成长在这恶劣的环境中。

下山的时候雨下得更大还夹带了冰屑，看到一队牦牛大概是在赶路回家，足有上百只。唐雁高兴得不停地说壮观。

路上还有几段道路正在维修，很多的藏族人在工地上辛苦地工作，在三、四千米的海拔上，气都喘不上来还要工作。路边用塑料布围起来的帐篷，就是他们的临时住所，挨冻不说，吃喝可能都是困难的事情。生活如此艰苦，他们的脸上却无半点怨气，卖劲干着，还时不时友好地对来往车辆和陌生人招手问候，让人心里很感动。他们的微笑是淳朴的，他们的友善是真诚的，发自内心。这种发自内心的友善微笑对城市人来说，似乎已经被遗忘，在喧嚣的灯红酒绿中，这种笑容似乎已经成为了一种昂贵的礼物或是另人惊讶的奢侈品，送给别人不容易，想得到同样不容易。

两个人，正在诡异地笑着。

"我没有说错吧，到新都桥了，看样子是想晚上赶到理塘了，明天他们就站在美丽的雪山下，瞻仰那片圣洁。"

"您却走在成功的金光大道上。"

杨威哈哈大笑："同样是美丽景色。"

"筹码基本上出去百分之七十了，还继续吗？"

"继续，游戏没完呢，要不哪来的美丽风景。"

　　过雅江县的时候雨越来越大，再向前又要上山。小时候写作文的时候描写雨大喜欢用"黄豆般大小"来形容，那么现在应该写"蚕豆般大小"才对。路边的小河很快就变得汹涌起来，虽然才过下午四点，但是天已经黑得不得不打开车大灯了。

　　"这样不能再走了，太危险了，雨太大了很可能造成滑坡或者别的。"张宏来有点担心。

　　"那么我们回雅江吧，别冒险。"

　　雅江县城只有一条主要街道，没有看到霓虹灯，但是很远就能看到一片很亮的街灯，还有住户灯，说街灯也好说住户灯也好，总归整个雅江灯火通明。原来这是雅江一个不成文的习惯，当暴雨或暴雪的夜晚，整个雅江县城就将能打开的灯光全部打开，为迷失在雨雪中的附近车辆点亮方向。车进入县城，已经有不少自驾游车辆汇集在这里，有当地旅游部门的人员正在安置大家住处，不大的雅江宾馆容纳不了这么多游客，只能分配到各居民家。他们三人被安排在一户藏族朋友的家中。主人很热情，端出一种山上的野鹿肉，很是好吃，还有暖暖的酥油茶，暖到了心窝。

　　交谈了一阵之后，主人为他们安排了客房，一共有五张床，看来经常会有在这里休息的过往旅客，大家和衣而睡。陆军号用手机上了几次网都没能上去，给张名拨电话没有通，他转而给钱海拨。

　　"才想起我来啊？肯定是玩疯了，到哪儿了？"钱海开玩笑地说。

　　"绝对的风景优美。你真应该一起来。"

　　"我这俗人欣赏不了风景，一心只想赚钱。"

　　"你这俗人才应该来感受一下这儿的圣洁呢。不跟你废话了，帮我看看股市。"

　　"你那里不好上网吧。等等啊，上证指数跌了17个点。"

　　陆军号赶紧用电脑做记录："中小板和创业板呢？"钱海一一告诉了他，他也用EXCEL做出了一个K线图。

　　"哎我跟你说个事情啊，你要小心。"钱海有点犹豫地说。

　　"什么？"

"这两天我发现张名和杨威接触的次数比较多，我觉得他们有事情。再加上之前你和杨威的事情的综合考虑，我觉得他们在针对你。"

陆军号眉头皱了一下，踱步出了客房："针对我，你觉得会是什么？"

"杨威和吴尚白是一伙的，如果再把张名也加进来，岂不就可以动你账户，为吴尚白输送利益了？"

"不可能，一是账户操作必须有我的签字授权或者我的录音授权，否则风控委员会是通不过的；第二天恒投资原本就是杨威的，他要自己损失吗？他和吴尚白的交易，无非是咱们不坐庄了，让吴尚白做庄，等吴尚白上升后他赚大头，咱们赚点小钱。"

"你是不是道上混的，我发现你智商很低啊。请问天恒投资是杨威的吗？那是他干爹的，赔钱他能有多心痛呢？而真正让他心痛的是当年你抢了他的女朋友。"

陆军号顿住了："让我想想，谢谢了，他们有什么动作你再告诉我。"

"反正你自己小心。玩得愉快，山路崎岖也别总想这事，我侦探片看多了，也不见得有这么大阴谋。"

挂了电话，陆军号直接拨通了风险控制委员会张海峰的电话，风控委员都是天恒投资的元老，任何操作都必须报风控委员会。如果张名需要动用账户，每天都要写报告，风控委员会要核查基金经理的签名。

"喂，张总好，不好意思啊，这么晚给您打电话，打扰您休息。"

"没关系，军号啊什么事情，听说你休假去玩了。"

"是的，由于这边信号不好，我怕看不到市场的随时变化，我就把账户操作封存了，最近这个账户还是封存状态吧？"

"当然了，没有你的签字或语音指令，是不可能打开的。怎么，有什么不对劲吗？"

"没有，我这两天有点糊涂，大概是高山缺氧，总在怀疑我是不是当时提交了封存申请。"

"你放心吧，没有你的签字，风控委员会是不会签批的。"

"谢谢，打扰了。"放下电话陆军号松了一口气。毕竟这是上亿的项目，出事就是大事。看来正如自己所料，杨威让我停止吸筹，让吴尚白抢庄，天恒投资没有损失，但我就失去了主动权，今年不会再出什么好成绩了。之后不用他轰，我就得走人啊。

贡嘎郎吉岭寺应该是稻城附近最大的黄教寺院了，简称贡岭寺，意为"雪山胜利之洲"。建筑宏伟，壁画尤为精美，寺中一尊弥勒佛铜像据介绍是大活佛所赠。不知道是投缘还是什么，寺内的喇嘛一定要让他们三个站在佛像面前注视佛祖的脸，说可以看到佛祖的微笑。三个人凝视了半晌，都说看到了。出来的时候张宏来悄悄地跟陆军号说什么也没看到，陆军号赶紧示意他佛祖圣地不要多言，无缘人也就无缘也罢。

再往前就应该是理塘了，这可是世界最高的城市，海拔4100米。这里的天气真的是瞬息万变，仅仅一顿中午饭的工夫竟然经历了晴朗暴晒、狂风暴雨、冰雹交加之后又现烈日的情况，真的是让人目瞪口呆。

饭馆里有一种高山雪鱼，据说是3000米以上的海中才有，可是稀有之物啊，可惜都被捞出来吃了。藏族人是不吃鱼的，开饭馆的是汉族人，估计再过十几年这种鱼就灭绝了。

从饭馆出来见有藏族孩子在后车窗上写着什么，见人出来就跑了。由于长途跋涉，后车窗上已经落了厚厚的泥土，是书写的好地方。陆军号拉住了张宏来。

"猜猜，写的是什么？"

张宏来一笑："某某到此一游。"

"难道就不能写某某我爱你吗？"唐雁也参与进来。

"你行不行啊，这么小的孩子就爱来爱去，你教点好吧。"

"那你说。"

"估计是被骂了一句。"

唐雁戳他脑门："这么小就骂人，你也教点好吧。"

三个人走到车后一看，彼此笑起来。上面写的竟然是"藏地欢迎您"。

"惊了吧，就你没素质。"唐雁冲着陆军号说。

陆军号摇摇头："这不符合城市人的标准。"

"大概是老师教的吧。"张宏来说。

"还是民风淳朴，你路上没有看到学生都要向车敬礼吗？"唐雁学了一个少先队礼，逗得大家笑起来。

张宏来买了氧气瓶回来："走吧，晚上我们争取到冲古寺。"

"冲古寺？不是就已经到雪山脚下了？"

"争取吧，要不就在稻城住宿。"

陆军号关上车门："到洛绒牛场去看日出了哦。"

"估计现在他正在沐浴雪山的圣洁，咱们也要抓紧时间做完功课。"

"明白，我听您的吩咐。"

"昨天晚上陆军号给张海峰打了电话，确认账户是否已经封存。"

"啊，这么说他发现了什么？"

"有可能，所以我们的动作还要再快一点。"

"明白，那么我们今天……"

"我考虑直接打跌停。"

"啊？"张名有点吃惊，"这样的话报告很难写的，按规定没有很特殊的理由是不可以由我们主动跌停的，而且跌停咱们就亏损了。"

"放心吧，不是说咱们先跌停，而是让对手盘打跌停。造成技术上的破位，正因为咱们的账户出现了亏损，所以陆军号下令跟风卖出。"

"明白。"

"明白个屁，我还没说完呢。一共是两个跌停，今天你要把剩下的出掉一半，明天再出一半。"

"这，这样咱们账户损失很大啊，万一风控委员会真的认真查起来可怎么办，那些签字可都是假的。"

"看来你是真的不明白啊。张总是谁的人？如果我没把他搞定，他能向我汇报陆军号给他打过电话？"

"万一陆军号回来一看签字不是他的，那不是露馅了？"

"我能让他回来，那不是引狼入室吗？你只要明白这个公司谁说了算，然后照做就行了，亏待不了你，不然……"杨威奸诈地一咧嘴笑了。

"明白，我这就去做。"

果然在开盘之后不久，价格连续下挫，上午没有过完就放在了跌停板上。

"杨总，全部在您的掌控之内，那边放了120万单子打在跌停上，我已经按照您的意思，正在卖出。"

"卖了多少？"

"50万股。"

"这么少？"

"您放心，这样做是确保跌停的单子不会过大，以免引起监管部门的注意，我会分时间段不停地挂出买单，对手盘一看就会明白，他会一点点地撤单，把咱们的卖单排到前面去，他就可以一点一点地吃进去。全天给过去1000万股都没有问题。"

"算你想得周到，我没看错人啊，好好干。"

"明白，杨总。"

一路紧赶慢赶，陆军号也帮着开了一段，赶到3880米的冲古寺天已经黑下来了，看不到仙乃日雪峰，但能感觉到寒气。说是一个寺院，但是并没有看到什么完美的寺庙建筑，比起贡嘎郎吉岭寺差得多。房屋零零落落地散在山地中，而且似乎年久失修，老态龙钟。这里有一个旅游者的宿营地，由喇嘛管理着。条件相当艰苦，几间木屋剩下的就是工地的工棚，里面是大通铺，四壁漏风。

"别看了，就这里了，比修路的藏族朋友住的要好多了。"陆军号拍了拍草席铺。

"不会有虫子吧？"唐雁还在犹豫。

"又没让你脱光。"

"会爬到衣服里的。"

"明天早上咱们就看到三大神山了，赶紧睡吧。"张宏来凑过来小声地说，"早上要早起，要不抢不到马，租不上马咱们可要徒步上洛绒牛场了，不想在这缺氧的地方步行吧？"

张名放下报纸，心中暗自叫狠。

今天报纸上有关天兰信的报道，称天兰信在年初委托某证券公司理财资金2000万，目前账面浮亏120万，如果在年底不能有所改观的话，很可能会在业绩上得到体现，这就造成了昨日的跌停。

股市低靡时期，利好也会当作利空看，更别说是利空了，即便是小利空也会具有放大效应。跟股市火爆时期一个道理，火爆的时候利空也当利好，说利空出尽是利好嘛，利好更是利好了。大可以理解为一个事物的两面性吧，有利必有弊，福祸总相依。

杨威走了进来，张名赶忙一脸堆笑地迎上去："您看今天咱们是不是要都给做出去。"

"这还用问？"

"明白，咱们还有1023万股，全部在跌停板上放过去。"

"速战速决，夜长梦多。"杨威拍拍他的肩。

天还黑就被张宏来悄悄叫醒了，原来他已经出去找了马夫租了马，趁多数游客没有起来，三人已经出发了。骑马上山竟然走了一个小时，真不知道没有马是什么情形。这时阳光才一点点从山上露出来。

马夫指指前面："越过这个小山口就是洛绒牛场，你们就能看到神山三兄弟了。"

果真，峰回路转瞬间眼前一片开阔。凉飕飕的小雨迎面飘来，夹杂着雪峰上吹袭来的雪粒，拍打在脸上，似乎在时刻提醒你面对的是神圣的雪山。眼前展现了一幅奇特的画面，近处是草场、牦牛、小溪、帐篷，中间是湖泊、灌木、桃花、马群，远处是森林、黑石，最后是雪峰。初升的太阳为雪白的峰顶镀上了金黄的颜色，风从雪峰上掠过，撕扯出一条白色的纱巾飞舞在空中，遮挡了山尖的样子，更增添了神秘的色彩。

"就是这种空气，一种自由，一种圣洁的空气。"陆军号无限感慨。

"没有虚伪，也没有欺骗。"唐雁擦了擦脸上的雨水。

"也不分城里人还是乡下人，不分穷人还是暴发户。"张宏来也来了感触。

唐雁看看他："你对城里和乡下有偏见？"

"不是我有偏见，在这神山下我也不说假话，其实我知道你们城里人怎么想，尤其是北京上海的，根本看不起我们这些农村的，我们再有钱也是没文化没见识的挖煤的。"

陆军号摆手："没什么看不起，我也不是北京人，我是东北的。再说了，挖煤怕什么？跟你说，最可怕的不是没有文化，是没有追求。其实你有追求。"

"我有追求？"

"有，我们都看出来了。"唐雁说，陆军号点头。

"杨总，万事大吉。不过……"

"还不过什么？"

"陆军号给我打过几次电话了，我都没接。要是他回来我怎么向他解释呢？"

杨威一脸惊恐："哦，好怕啊。解释？他还有机会听你解释吗？你写好你的报告就是了，我保证他没有机会跟你见面了。"

"明白。"

换了马匹继续向前，过了牛奶海再气喘吁吁地向上爬，一睹五色海的芳容。名副其实，色彩斑斓清澈倒影，宛如一大颗蓝色宝石镶嵌在山间，再配上神山的环抱，更增加了几分神圣的色彩。

"你听什么声音？"唐雁停了下来，"听到没有？"

张宏来大口喘着："什么声音？"

"我也听到了，你仔细听。"陆军号静静地听了听，"我知道了，有人说幸运的话在五色海能听到雪崩的声音，我想这就是雪崩的声音。"

"天啊，震撼，太震撼了。"唐雁高兴地跳了起来。

"我有个礼物要送给你。"陆军号从背包里掏出一个木盒，在唐雁的面前打开，是一条金链，"我妈当年留下一个带金链的玉佩，玉佩在我这里，金链送给你。"

唐雁一把抱住他，亲吻他。

"喂，这算求婚吗？人家都送戒指。"张宏来凑热闹。

"传家宝哦。"唐雁拿着木盒在张宏来眼前晃。

"在雪山下，在雪崩的声音中。"陆军号帮唐雁把金链戴上，"有青天白云为我们的爱情作证，有庄严的雪峰为我们的爱情作证，有激荡的雪崩声为我们的爱情作证，有那一片圣洁的天空为我们的爱情作证，让我们的爱情像这条金链一样，一环一环地永远地扣在一起。"

唐雁欢笑着向前跑了几步，向雪山喊："陆军号，我爱你——"

陆军号也跟上去："唐雁，我爱你——"

张宏来鼓起掌："恭喜恭喜。我又长见识了，只有你们城里人才能想出这么浪漫的事情，以后我也效仿一下。能把你刚才的词帮我写下来吗？"

陆军号笑了："我晕，这也有抄的？"

唐雁走过来："你那些台词背了几天了？排比句，还一套一套的啊，不会也是网上抄的吧？"

"不能够，我自己编的哦。"

五色海边响起一片笑声。

第七章　塔公寺

从洛绒牛场下来，唐雁死活不住冲古寺，大家决定连夜返回了稻城，既然从南线来的回去就走北线回成都。在新都桥休整了一个晚上，一早出发向北行驶。

天气好的让你觉得很想高歌一首，没有高楼大厦，没有人声鼎沸，没有空气污染，没有金融市场；这里只有蓝天白云，草地河流和远处的雅拉神山，从塔公草原上平地而起，银装素裹祥云笼罩与广袤的草原对称，让人感慨这自然的造化。

远处在草原中出现一片金碧辉煌，那应该就是塔公寺了。

"这个地方一定要去哦，著名的花教寺庙，在藏传佛教中地位那是相当的高。"唐雁说。

"寺庙嘛，咱们也不是去了一个两个了。"陆军号不以为然。

"那可是文成公主与松赞干布爱情的象征。"

"你就对这些野路子的野史感兴趣。"

唐雁嘴一撇："自己不懂，就别嘲笑别人。"

"你们两个啊，真是天生一对。走咱们去塔公寺。"张宏来加大了油门。

据传说公元641年文成公主进藏与松赞干布完婚时途经木雅人居住的这片草地，唐太宗赠送的陪嫁中有一尊释迦牟尼佛十二岁等身像，忽然如生根般再也搬不走了，文成公主看到此处草地风光清灵秀美，便决定在此修建一座寺庙，这就是塔公寺，至今已有一千多年的历史。"塔公"藏语意为"菩萨喜欢的地方"，塔公寺是藏传佛教萨迦派著名寺庙之一，有"小大昭寺"之称。

这是个坛城，四周有东方白塔、南方黄培、西方红塔、北方绿塔，在寺庙后还有近百座造型各异的佛塔组成的塔林。寺周围有近二百个转经筒，绕寺一周相当于念了十三亿六字大明咒和十几亿莲师心咒，所以是康巴地区藏族人朝拜的圣地之一。

三个人逛到觉卧殿，里面供奉着释迦牟尼佛，镶满了金银珠宝，是绝对的圣物。释迦牟尼在藏语中称"觉卧佛"。

一个喇嘛忽然走过来："请问您贵姓？"

三人面面相觑，陆军号迟疑一下答到："大师我免贵姓陆，陆军号。"

"陆先生，活佛有请，请您跟我来。"

"活佛？等等大师。是不是搞错了，我不认识活佛的。"

喇嘛笑了："我是这里的大堪布。活佛刚刚在院子里看到过你，让我来请，不会有错的。"

张宏来拍拍他的肩，轻声说："不会是算命的吧，小心有诈。"

唐雁拉起陆军号的手说："咱们一起去听听活佛讲什么不就行了。"

堪布拦住了大家："活佛只请了陆先生，其他人不能过去。"

"你们不必担心，"陆军号说，"我去听听禅没什么大不了。"

"你们两位可以在这里稍等片刻。"堪布说着带陆军号出来大殿，向后面走去。

走到莲师殿旁边的一间房门前大堪布站住了："你可以进去了，活佛在里面等你。"

"活佛怎么称呼？"

"是桑格措钦活佛。"说完径直走了。

房门是开着的，陆军号小心翼翼地走进去。里面铺了地毯，正前方的垫子上坐了一个喇嘛，应该就是活佛，年岁也就四十开外，右手拿了一串念珠，正笑眯眯地看着他。

陆军号不知道该行什么礼，慌乱中只好鞠了一个躬："请问您是桑格措钦活佛吗？"

活佛笑笑，一指左边："坐吧。"

陆军号坐下："不知道活佛有什么吩咐？"

活佛只是微笑着看着他，半晌之后忽然问："你相信命运吗？"

"这个……应该是有的吧。"

"你未来将成就一番大事，但中间你有劫数，也有无法顿悟的迷惑，劫数需要你自己去品尝，迷惑的时候可以来找我。"说着递过来一块黄布。

陆军号接过来，上面一行大字：一生万法，万法归一。

"这个是……"

"平时你可以反复地读，有助于提高你的悟性。当遇到迷惑的时候可以持此物来找我，我必接待。"

"您说未来是什么时候，劫数又是什么？"

活佛摇摇头："命运自然会落在你头上，早知也无意，有难就去面对好了。近期你就会有劫数，现在我告诉你，你知道了，又能如何？"

"近期？"

"汉族有个典故，叫塞翁失马焉知非福吧。"

"失马对塞翁来说还是蛮严重的，虽然后来有福，但谁也不想先前损失啊。请问活佛是否能帮我化解？"

"如果能化解，还叫命运吗？"活佛抬抬手，"你可以出去了。"

陆军号起身再鞠一躬，退了出去。出门后呼了一口气，活佛好大的气场啊，虽然一直在微笑，但一种威严让人不得不毕恭毕敬。他掏出黄绢布，又读了一遍，难道活佛想让我放下一切出家不成？

回到觉卧殿，唐雁和张宏来正焦急地等在那里。见陆军号回来，赶紧迎上去。

"叫你干什么？"唐雁问。

"不是骗子吧？"张宏来问。

"别乱说，是桑格措钦活佛。没管我要钱，应该不算骗吧。"

"真的活佛？"唐雁追问。

"应该是真的，那气场的震慑力很强大。"

张宏来不解："他不认识你，叫你去干吗了？"

"给了我一块黄布，让我念。说等遇到迷惑的时候可以拿这个当信物来找他。"他拿出黄绢布给两个人看。

"就这么简单？"

"就这么简单，别的没说啥。"

两个人拿着布看半天也猜不出个头绪。

"或许你有出家的潜质。"唐雁开玩笑地总结了一句。

从塔公寺出来，三个一路还在猜。

"我看是让你皈依啊。"唐雁笑道。

"那要不咱俩结婚之后，我来这里出家？"陆军号逗她。唐雁气得打他。

"你在有迷惑的时候，需要参悟来找他，那你什么时候才需要参悟呢？"张宏来问了个关键问题。

唐雁跟着说："他呀参悟不出什么来，所以就应该天天住在这里。"

"就是嘛，肯定是修佛的时候参悟不透嘛，所以我说结婚后我就来出家。"陆军号假装一本正经。

"嘿你真讨厌啊。"唐雁说着又扑上来拧他。

这时候陆军号的电话响了，是钱海："喂老钱什么事情？"

"大事不好，"钱海声音又小又紧张，"大事不好啊！"

"出了什么事？"

"我跟你说小心杨威，小心张名，这下可好，这下可好了。"

"到底怎么回事啊，你说清楚。"

"你看看天兰信跌到什么样子了。是你下的命令吗？肯定不是，因为你走的时候封存账户。但是我告诉你，我打听到的消息可不是这样，下单员将你的账户清仓了。"

"不可能！"陆军号喊了出来，把车上的两个人吓了一跳，"没有我的签字他们不可能通过风控委员会，而且我给风控委的张总打过电话了，他说的确已经封存了。"

"你是天真啊还是无邪啊，现在天恒是谁做总经理，是你吗？是杨威啊，你睡醒点吧。老张就算是三朝元老但也就是个打工仔。"

"你是说……现在多少钱？"

"现在天兰信已经是5.53元了，两个跌停！你没看股市吗？"

"拜托我在大草原上，信号差啊。两个跌停，那损失超过两千万了，杨威真的肯让天恒承担这个损失？"

"我早说了，这个损失对他堂堂一个天恒集团的干儿子来说算个屁啊！而且为什么是他承担责任，分明是你啊，你是基金经理。"

"可我没下指令。"

"他们说是你下的单。你还没明白吗？你被陷害了，罪名是吃里扒外，公司会追查责任人的。"

"等等你说谁吃里扒外？"

"还能有谁啊，你呗，难道会是他？你仔细想想，这个账户的筹码会去哪里，嗯？去哪里了？"

"吴尚白？"

"算你还有点智商。现在让人看到的是，你偷偷把公司的筹码倒卖给了吴尚白，造成了公司的重大损失。公司能不追查吗？"

"我，我，那是杨威冤枉我的啊。"

"智商又回到幼儿园了？不是冤枉的能叫陷害吗？"

"那，那现在怎么办？"

"你赶紧回来，不用给任何人打电话，他们肯定串通一气了。我再收集点信息，你回来找我再说。"

电话挂了，陆军号脑子嗡嗡直响。

张宏来看了唐雁一眼，示意她问。唐雁握住陆军号的手，轻声问道："出了什么事情？你刚才提到杨威。"

八美是个镇子，以八美土石林和惠远寺而出名。三个人无心欣赏美景，找了一个小馆子坐下来。

"没错，是大学时候的那个杨威。"陆军号把前因后果从头说了出来。

"就因为这么个小事？唐雁愿意做谁女朋友跟他有什么关系。"张宏来惊讶地说。

"杨威的确小心眼。"唐雁解释，"但是没有想到这么变态。"

"现在咋办？"张宏来看陆军号，"干脆你把那个杨威约出来，我跟他谈，不行就让兄弟们教训教训他。"

"就算你是黑社会，你也远在山西，省省吧，我的事情我自己能搞定。"

"你不相信我们的实力？我在离石市真的有上百个兄弟。"

"好了大哥，已经够乱了，我能搞定，OK？"

张宏来见他有点急，拍了拍他的手臂，不再多说。

沉寂了一会儿，陆军号开口道："早上在塔公寺桑格措钦活佛还跟我说，眼下有一难，看来真的应验了。不过他也说了，有难就要面对。看来眼前这一难躲不过去的。直面惨淡的人生吧。张哥抱歉了，刚才说话有点冲，如果真需要你的时候我会给你打电话搬救兵的。"

"现在怎么办呢？"

"现在我要赶紧回北京，我倒要看看他们想玩些什么。"

三人无心再玩，以最快的速度赶回成都。与张宏来就此别过，陆军号和唐雁直飞北京。下飞机的时候钱海已经在机场等待。

"你拿到什么证据了吗？"陆军号焦急地问。

"你自己看。"钱海拿出一个文件袋递过来。

文件袋里有几张操作指令单的复印件，上面有陆军号的签名，还有几张他与吴尚白喝酒碰杯的照片的复印件。

"这些签名是假的，我在休假，怎么可能签名呢？"

"你我都知道是假的，但仿真度非常高。最要命的是这几张照片，你可以争辩说你们只是吃吃饭，但是谁能知道你们吃饭的时候说了什么呢？看上去很暧昧啊。"

陆军号握着拳头转了两圈："圈套，这完全就是圈套。"

"我去找他。"唐雁一脸怒气。

"既然是设计好的，你去又能怎样？"钱海伸手拦住她，"兄弟，不好意思，我没能找到对你有利的证据。如果诬陷成功，你知道公司的规矩。"

"什么规矩？"唐雁问。

"没什么，他们可能会找我谈话，扣奖金或辞退我。"陆军号看了一眼钱海，示意他不要说出来。他俩心里都明白，天恒投资一直有这个传说，正常投资的损失一般是不会怎样的，最多也就扣钱或开除，公司唯一不能容忍的就是出卖公司利益。这个传说的结果是：清理门户。

"报警，让警方彻底调查，还怕查不明白。"唐雁愤怒地说。

"先别激动，你想想损失已经出现了，但公司并没有做出任何反应，这说明什么？"钱海提示大家。

"说明他要找我谈。"陆军号答。

钱海点点头："先回家休息一下，从长计议。"

"其实从你说要旅行我就感觉有事了，你是离不开股市的人。"唐雁端了两杯红酒过来，一杯递给陆军号，"只是我觉得既然你不说，一定有你的道理。放心吧，不管遇到什么，我都和你在一起。干杯。"

陆军号一饮而尽。他望着唐雁，这个漂亮的女人，未结婚却朝夕相处的女人，喜欢撒娇的女人，经常假装傻乎乎的女人，一上床就弄得你欲罢不能的女人，也是最了解自己的女人。自己的一点点小的变化，都在她的眼里，而自己却因为工作繁忙常常忽视她的生活，没有细致地观察她的一点一滴的变化。现在看着她，已经比大学的时候成熟多了，没了当年的野蛮和幼稚，多了黑眼圈和眼角淡淡的纹路。

"不想告诉你是怕你着急。当然我也没有想到杨威想把事情发展到这个地步。"

"如果我去和杨威谈呢？"

"我想，他是冲着我来的，可能更愿意跟我谈。明天我约他，看他到底什么意思。"

"我跟你一起去。"

看着唐雁坚定的眼神，他点了点头。

其实唐雁心里已经猜到了钱海说的"公司规矩"是什么，这也是她最怕的。她虽然不懂得金融市场，但是道听途说也知道一些金融市场上的事情，骗钱的、追杀的、讨债的，各式各样。钱海在那种情况下说出来的"公司规矩"，不可能是辞退那么简单。不知道金融市场上是不是真的有这样的事情发生，但是赔钱多了，总是有人会发疯的。

会见安排在了三里屯，陆军号对这个酒吧很熟悉，后面有个后门通往一个小胡同，之后可以转到多个胡同。如果杨威真的想做什么的话，这是个很好的逃跑路线。陆军号看看唐雁，心里真的很后悔带她来，万一有个好歹可怎么办。

杨威准点到达，只来了一个司机被留在外面，这让陆军号放心很多。

三个人要了各自的酒水饮料后，杨威先开了口。

"唐雁，好久不见，过得好吗？"

"真没想到我们是这样见面的，我原以为会是一片欢乐祥和呢。"唐雁并不示弱。

"那好办，你跟我啊，就欢乐祥和了。"

"知道当年为什么我一直不承认是你的女朋友吗？因为你不配。但没有想到的是，你卑鄙到现在这种地步。"

杨威不以为然地摇摇头："陆军号，事情发生的过程我想你已经明白了。但是我并没有提请公司调查，你应该清楚，如果开始调查，优势肯定不在你这边。"

"所以我才想听听你究竟打的是什么算盘。"

"我想玩个游戏。像你们这样的基金经理，如果没有了资金，会不会跟废物一样？一不会手艺，二不会数理化，没有一技之长。你说你们啊，资金是别人的，媒体是别人的，剩下的还有什么是自己的？我特想看看，当你什么都没有的时候，你会怎么办？"

陆军号差点被气得笑出声来："你要是说想报复我，就直接说，还用拐这么大的弯？"

杨威龇龇牙花子，做出一副痛苦的表情："我也多少次地问过自己，我是想报复吗？我看着你受苦我就高兴了？我妒忌你很多地方比我强？我问过自己，后来发现我也不知道。也许我只是想考验一下优秀操盘手的承受力，或者是我想看看你能创造出怎样的奇迹，都有可能。好像天生我就应该是你的克星，就在不应该出现的时候我总能出现，这就是命运。"

"你也许需要个心理医生。"

"你觉得我丧心病狂？"

"我觉得你心理变态。"唐雁说。

"哦，不要这样。你们不能因为征服不了命运，就说别人是变态。陆军号，我承认你很优秀，优秀基金经理，超级操盘手，但是最后还是输给我了，胜者王败者寇，谁又去计较太多的过程呢，你说对吗？"

陆军号觉得这个人简直就是不可理喻："那直接说吧，现在事情发生了，我说你诬陷，你肯定不承认，证据你做了假，对我不利，但兔子急了也会咬人，我也并非一点还手之力都没有。现在，你想怎么解决？"

"痛快。"杨威奸笑着，"很简单，一离开天恒，二离开唐雁。"

"一可以答应，二不能答应。"

"那你们就离开北京，别让我再看到你们。"

唐雁一拍桌子："是不是我们离开北京，你就能保证天恒集团就不再追究？"

"一言为定，对这次给公司造成的巨额损失，由公司承担，不再追究陆军号的个人责任。"

"在我眼里你一直都是卑鄙小人。"陆军号气得咬牙切齿。

"在我眼里你只是一个失败者，强者才能生存。"杨威淡淡地说。

"我们回去商量一下，三天内给你回话。"唐雁看了一眼陆军号，示意他别动气。

"好，没问题。"

"那，还有我的……"

陆军号刚一开口就被杨威打断了："啊对了，你想问你的年终奖吧，不好意思，弥补公司损失了。哎呦，真不少呢，八百多万啊。出去好好干，你还能挣回来的，我相信你的能力。"

陆军号腾的一下站了起来，又被唐雁按下来。

"火气很大啊。"杨威慢条斯理地说，"好吧好吧，我好人做到底，等你离开北京我给你二百万。不过真论打架你也不是个啊，大学的时候挨揍还没挨够吗？要不是你躲在她背后，估计不死也半残了吧。文明点吧，都这么大岁数了还靠打打杀杀吗？我们摆事实讲道理嘛。"

"跟你有事实吗？"

"是，是我做了个局陷害你，但是在别人眼里这是多么好的剧本啊。"

"你承认就好。"唐雁将衣服向外张了一下，一个闪着红灯的装置插在里面的兜里，"谢谢你刚才的这些对话，足以证明我们的清白。"

"录音笔，天啊，多精良的装备啊。"杨威假装惊讶，然后轻蔑一笑，也把衣服向外张了一下，里面同样有一个装置，"这是干扰器，你们没发现这么半天酒吧里这么多人却没有一个电话，也没有一声短信响吗？我喜欢你们目瞪口呆的表情，这就叫道高一尺魔高一丈。我说我是你的克星吧，服吗，我都佩服自己。三天，给我答案。"说完将自己杯中的咖啡一饮而尽，起身走了。

剩下两个哭笑不得的人，面面相觑。

陆军号、钱海、唐雁三个人商量了三个多小时，权衡利弊最终决定，答应杨威，离开北京。按钱海的话说，这不是谁怕谁的问题，谁服谁的问题，忍一时风平浪静退一步海阔天空，更何况所有的证据并不利于陆军号，人家是有备而战，把诬陷做得跟真的一样。

回到家两人开始商量下一步去哪里的问题，最终商量的结果是山西太原，距离北京不远不近，还能找到几个朋友帮扶一把。

天还没黑两个人就上床恩爱，似乎要把这一段时间的霉气一次性排除一样，直到筋疲力尽，倒在床上，大口喘着粗气。躺在陆军号的臂弯里，唐雁很快就睡着了，他慢慢地抽出胳膊，去冰箱里拿了瓶可乐，站在窗前。

月亮很圆，月光很皎洁，或许今天是十五，谁知道呢。就这么离开北京？是耻辱、是无奈、是逃跑，还是躲避？一切似乎来得太突然，简直就是莫名其妙，突然蹦出一个自称克星的人，就这么把生活给毁了，而且是在女友面前毁的。自己显得那样无能、无力。从前自以为很了不起很聪明的自己，现在任人摆布，连基本的安家场所都给不了她，窝囊废。一定要夺回来，一定要发达起来，不是杨威答应了二百万吗，没问题，二百万我也能将它变成一千万、五千万。

背后有人搂住了他的腰，是唐雁。刚刚发狠的心一下软了下来，在这一瞬间他差点哭出来，男人的坚强和脆弱仅在一线之间，触碰到它就征服了男人。他强忍了忍，把那股酸楚咽了下去。他把她拉到面前，伸手揽住她的细腰，她微微向后仰着，让小腹和他紧紧贴在一起。他喜欢她的这个动作，既能抚摸她柔软而有弧度的腰部，又能看清她美丽而清秀的面容。

"无论走到哪里，我都跟着你，我是你的。"唐雁轻声地说。

陆军号低头深深地吻她："有没有觉得我太无能？"

"不会啊。我们总听说恶人先告状，为什么呢，是因为好人不会往这方面下功夫，所以往往是恶人得逞好人遭殃。不过老天是有眼的，不是不报，时机未到。"

他笑出了声："你还真会安慰人，一套一套的。不过看来以后是要长个心眼，总以为凭本事挣钱就行，没想到躺着也能挨抢子。"

"明枪易躲，暗箭难防。"

"你放心，总有一天咱们一定能杀回北京。"

"我相信，你会非常强大。"

"比他强大！"

唐雁摇摇头："何必要比呢，你就是你自己。"

第八章　太阳背后的阴谋

钱海有亲戚在太原，帮两人提前找好了住处。到太原的那一天，钱海也一起过来了，看着安顿好才算安心。陆军号很庆幸有这样一个好朋友，在最低落的时候还能在身边张罗，换成别人可能要躲得远远的，怕沾了晦气。

杨威倒也还算讲信用，当晚就将二百万打到了陆军号的账户上，同时发了个短信："你跟公司的事情完了，但咱们两个的事情还没完。这个钱算寄存你那里，等我赢回来。"

盛气凌人，一种不屑一切的盛气。这种盛气来自于自信？来自实力？来自无知者无畏？还是来自不靠谱的性格？陆军号突然很佩服杨威，什么时候都这么自以为是，大有一种敢把皇帝拉下马的架势。

第二天钱海带他去见太阳证券的总裁李哲。李哲年纪不到五十，却当上了太阳证券的总裁，主要是仰仗他的哥哥李逻。李逻是太阳银行的总经理，哥俩一个银行一个证券，真的是绝配好搭档。

其实他们两个都认识李哲，李哲曾经表示过想招募他们两个到自己麾下。陆军号认为如果没有想跳槽的意愿就不用太多联系，而钱海不一样，只要是未来可能用得上的，他都会一直保持联系。

"稀客啊，"李哲很热情，没有什么大领导的架子，迎上来握住陆军号的手，"钱海把你的情况大致跟我说了，你放心，天恒投资不用你，我用你。"

三人落座之后开始扯东扯西地聊股市，但就是不聊给陆军号个什么职务。钱海很敏感的这个问题，几次想往职务上引，都被李哲岔开了。陆军号也发现了，他看看钱海，钱海微微点下头准备直截了当地问一下，这时李哲进来个电话。

"不是我不帮您啊，您股权质押的融资主体和用资主体都不是一个公司，您让我怎么划过去……哈哈，您以为我是多大的官，我就是一个打工的哦……您放心，您是我的老领导，能帮您我绝对不含糊……好好，我再问问业务部门。"挂了电话顺口解释了一句，"老领导总是给出难题啊。"

陆军号清下嗓："不好意思，正好听见您的电话。好像是A公司质押股票，但钱给B公司，对吗？"

"差不多。"

"也有这个可能性。"

"真的？"李哲来了兴趣，"这可是个大买卖，你要是有办法可是立了大功。"

"让A公司将股票给资产管理部，资管帮他做个股权质押，押回来的钱保留在管理账户中，再由资管做一个定向的委贷，就到了B公司，只需要A公司出兜底函就保证安全了。"

李哲想了几秒高兴得手舞足蹈："哎呀，不愧是高手，很有可行性啊。"

"他当然是高手，您看在您这里谋个什么职务好呢？"钱海直截了当地问。

"好说好说，研究所正好缺个首席策略……"

"如果是自营盘，我相信他能给你赚得更多。"钱海有点着急。

陆军号见李哲面有难色，赶紧给钱海使个眼色："研究所很好，就听李总安排吧。"

李哲看出来钱海不太满意，解释说："现在的证券公司不好做啊，股市不景气，客户没信心，券商比着降佣金，自己砸自己的饭碗。"李哲喝了口茶好像要做长篇演讲一样："我们这个太阳证券和信金证券是山西最大的两个证券公司了，总部都设立在太原。最近那个信金证券想出一个新名堂，叫什么保险团队模式，其实就是团队加投资顾问，搞了好几百人的销售团队，到处摆桌子设柜台拉拢股民，然后说有多么好的投资顾问和研究所分析师，能带领大家披荆斩棘。这让我们流失很多客户大受损失啊。"

"您想再建立一个财富管理中心，跟信金证券抗衡？"陆军号问。

"陆兄弟一听就明白了。没错，信金证券将财富管理中心建在了经管部下面，我认为更应该建立在研究所。你是操盘的高手，所以你的思维肯定更贴近操作，你用你的思维去给股民讲讲课，更能让股民信服。"

"李总的确有战略眼光，那我什么时候来上班呢？"

"就下周一吧，人事部会在本周通知你，下周一你就来上班。"

"太小瞧人了。"一上车钱海就愤愤不平，"什么首席策略，还不是只动嘴不动手的忽悠，就他们自营那个业绩，顶不上你四分之一。"

"人家肯收留就已经不错了。"

"收留？喂，你以前的气势哪去了？咱又不是要饭的，听他那意思了吗，你还要去给那些散户做股评呢。咱们干脆去信金证券看看，不必在他这里受气。"

陆军号看着车窗外穿行的车流和人流沉默着，就让钱海一个人在那里唠叨。其实钱海说得没错，失去了资金，操盘手除了去讲报告还能做什么呢？想想证券公司也真够瞎扯的，那些投资顾问、分析师什么的，按证券法律规定他们自己是不可以做股票的，却还要给股民搞报告会、股评、沙龙，去给股民讲怎么选股，怎么看技术指标，怎么赚钱，这不是瞎忽悠吗？一群没做过股票的人，却在辅导那些正在做股票的人，这简直就是一个讽刺笑话。现在自己也沦落到了这个团体中，距离真正的操作遥不可及了。什么时候才能再回到真正的战场呢？

晚上大家一起出来吃饭，然后逛逛小巷，买了些生活用品，唐雁帮陆军号挑了条领带和皮包，说以前上班太松散了，证券公司都一本正经的，怎么也要像个样子。第二天接到了太阳证券人事部的电话，看来李哲办事还是蛮快的。

太阳大厦是双子座，A座是太阳证券总部，B座是五星级的太阳酒店，这都是太阳证券的产业，论实力自然没的说。陆军号在人事部报到后，在十八层见到了研究所所长潘云。一看就是个学究儿，眼镜老厚，胡子拉碴的，办公桌上一摞一摞的报告，几乎看不到桌面，看来是个不修边幅的人。

潘所长为人倒是很亲切，跟陆军号谈了一个多小时，介绍公司情况、部门情况，也讲了对财富管理中心的设想。不过在陆军号听来，还是让股民多做交易加强客户黏性，他只是微笑着点头表示同意潘所的安排。最后潘所还给他配了一位助理，一个刚满适用期的应届毕业生，孙晓乐。

孙晓乐瘦瘦的，白白的，也就一米七，带了个大框眼镜，好像是最近流行的那种，有点弱不禁风，像个女孩子。小孩倒是很热心，忙前忙后收拾办公室，申请来办公用品，还把桌椅擦了一遍。陆军号跟他聊了聊，说是学旅游的，估计是托关系来的，不然一个证券公司的研究所，要一个学旅游的做什么，难道是研究旅游股？

下午孙晓乐交过来一份财富管理中心的工作计划，这倒让陆军号觉得小孩子孺子可教。他修改一遍再把他叫过来讲了讲，让他回去改。

临出办公室的时候，孙晓乐又返了回来："您能教我炒股票吗？"

"我可不怎么会的，潘所比我强。"陆军号微笑。

"怎么不会，您是投资公司的基金经理呢。"

"你听谁说的？"

"研究所的人都传开了，说您的水平可高了，前两年的业绩在私募中数一数二。您大概是不爱教我，您说吧，怎么才能教我，让我做什么都行。"

陆军号摇摇头："一呢，真的没什么好教的；二呢，我也从来不带徒弟。咱们这个财富管理中心不是给股民培训吗？我讲课的时候，你跟着听听不就行了。"

孙晓乐点点头："那我去改工作计划了。"

看着会议室里乌乌泱泱的人群，刚刚上班一周就赶上太阳证券办这么大的股民报告会，陆军号也被安排了出场，还真有点发怵。陆军号听说过证券公司报告会的宏伟，但还真没亲眼见过这阵势，看来太阳证券的人气还是蛮旺的，在市场这么不景气的时候还能有这么多股民来听课，算是不错的了。

潘所怕陆军号没上过台，还特意跟他说不用担心，第一次讲上去随便说点什么就好。陆军号知道他是个好人，只是笑笑请他放心。既然讲课是财富管理中心的工作职责之一，就别扭扭捏捏了。

报告会的地方就在太阳大厦的B座，这个会议室绝对够装五百人的。先是宏观分析师，讲GDP、CPI什么的，然后是行业分析师，讲行业政策，之后是几个讲个股的。

主持人口中的"财富管理中心首席投资顾问"的声音一起，陆军号知道该自己上场了，再怎么紧张也要硬着头皮上。别看他平时说起股票来神采奕奕侃侃而谈，但还没有做过报告会，以前座谈交流也都局限在基金经理和操盘手的圈子中。

主持人话音刚落，讲台下响起一片热烈的掌声，陆军号登场了。

"很高兴有这个机会大家一起交流，"他用眼睛横扫一遍，下面很安静，大脑中有点空白，也不知道自己在说什么，"我叫陆军号，以前是搞资金运作的，有人会叫我们基金经理或者操盘手，这都无所谓，反正就是这样一种人。很多人都觉得我们很神秘，认为我们有更多的内幕消息，其实并非如此。在盘面上，我和你们看到的是一样的，但我们的技术会更好一些。很多人最开始都是从技术学起，但是还没来得及深入就放弃了，开始四处听消息。大家要冷静地分析一下传消息人的社会地位，如果他处于独一无二的位置上，或许消息还准确一些，但如果不是这样，你要思考全国人民有多少人知道这个消息。地球人都知道的事情还能挣钱吗？确切地说，如果消息控制在二十人之内，还算有价值，否则就很可能是烟雾弹，甚至可能是误导。"

他看到台下有人在左顾右盼也有人在聊天，大概是自己讲得很无聊。于是他清了清嗓子，决定讲些股民可能感兴趣的话题。"大家明白了操盘的一些手法，才能更加深刻地理解技术的重要性。那么下面我来给大家讲一下，作为操盘手是如何利用技术来欺骗盘面的。"下面的人安静了很多。

"操盘手中流行一句话：只要你天天看盘，我就能让你赔钱。什么意思？就是说，你看盘面变化，我就能利用盘面的变化骗过你的眼睛，送给你假的信息，让你不知不觉地把钱掏出来。那么如何在盘面上做到欺骗你的眼睛呢？"他偷眼瞧下面，看到一些人已经拿起了笔准备记录，心里踏实多了。他在电脑上敲出一只股票的K线图，用投影仪投在幕布上。

"这是大家最常见的K线图，左上是主图，左中是成交量，左下是各种技术指标。右边也是三部分，右上是买卖盘，右中是统计数据，右下很多人喜欢看分时成交明细。我们先从买卖盘说起，一般的认为买盘多是主力进场，卖盘多是主力出局，其实你已经上当了。如果一个操盘手在出局的时候还能让大家看出来，那真的是个不及格的操盘手。真相往往是这样的，主力吸货的时候是不希望价格向上涨幅过大的，但是主力资金大，要是主动去买必定抬高自己的成本，操盘手就在卖一卖二的位置挂一笔大单，造成有人大单卖出的假象，多数股民就会认为价格要出现下跌，因此要抢在这笔大卖单之前卖出，唯一的做法就是挂低价，而此时操盘手正悄悄地用小单买入，你的廉价股票就进入了他的账户。出货的时候是同样的道理，操盘手要稳定住价格又要保证完成出货，就会在买一买二的位置挂出大单，造成强者恒强的假象，认为还有上涨空间的人就会报更高的价格买入，而此时你买到的恰恰就是操盘手特意放在那里的小卖单。如此这般，右上的部分就欺骗了你的眼睛。唯一能作为判断标准的就是成交量，无论买卖都会产生成交量，当成交量突变的时候就一定有事情在悄悄地发生，背后的真相却只有一个。我们以东方魔镜这只股为例……"

"你讲课反响怎么样？"听见开门声唐雁从厨房迎出来，见面就问。到太原之后，他们很少下馆子，唐雁说自己做得好吃，陆军号心里明白她是在节省，这让陆军号心里很不安。

"场面热烈。"

"要不是我要去应聘面试，我还真想去看看你在讲台上的风采呢。"

"有什么好看啊，这么天天看还看不够啊。"

"那能一样吗？上了讲台就是老师，必须敬佩。"她做了一个仰视的动作。

"你就笑话我吧，其实也就那么回事。你知道我同事怎么说？"

"怎么说？"

"说根本不用那么认真，股民多半都是听个热闹，左耳听右耳冒，过几天你再问，一问三不知。跟我说以后讲课就不用那么累，讲二十分钟就行。还说这些股民只要一听说是北京来的操盘手就当是国宝，但实际上只想听你推荐股票。"

唐雁笑了："还当上国宝了，跟大熊猫平起平坐。"

陆军号也笑；"什么大熊猫啊，咱是老虎，虎落平川了。"

"你那同事是嫉妒你，别听他瞎说，该怎么讲还怎么讲，好好讲。下次我一定去听。"说着又进了厨房。

陆军号看着她的身影忽然有一种心酸。原本可以过上幸福生活了，就这样突然没有了，像肥皂的泡泡，刚刚还炫着七彩的光芒，瞬间又灰飞烟灭。人啊，一直辛苦就不觉得辛苦，忽然有个声音告诉他，你可以不辛苦了过好日子了，这下他反而就觉得现在很辛苦了。或许以前看唐雁做饭，是一种幸福，而现在同样看唐雁做饭，就是一种负罪，陆军号认为这是他的原因，是他让原本应该幸福无比的生活付之东去的，他应该负责。

怎么能赚回那八百万呢？

有人敲门，陆军号走去开门，是钱海："你怎么来了？"

"嘿，几个意思？是嫌我碍事，还是不欢迎？帮你找工作、帮你找房子，我可没功劳有苦劳，忙前忙后，就不说让你请大餐了吧，到吃饭的点了来蹭点饭也不行？"

"行行行，说不过你，欢迎过来蹭饭。"陆军号往屋里让，"我只是惊讶，你回北京了这么快又回来了。"

"这不是看看你吗，看你在这习惯不。"钱海坐下说，"最近公司变动比较大，这周连续开了几个会，杨威的气焰比较嚣张，几个老家伙似乎也不敢吱声，估计自保乌纱帽都难。"

"看意思我应该庆幸啊，先逃出来一步。"

"看意思，杨威这次来也并非是冲着你一个人。我曾经看见过一次，他和几个很有派头的美国人见面，他跟个孙子似的，屁股都没敢全坐地聆听人家讲话。"

"他把老同志都清理干净了，无非想霸占他干爹那点财产。朴天恒也是，弄这么一个干儿子够他受的。"陆军号看了一眼厨房，唐雁还在里面忙，忽然压低声音问："你给找个佣金低的期货公司啊。"

钱海也知趣地轻声说："你想做期货了？你以前不是不碰这个吗？说杠杆太高。"

"一来试试手，二来指数期货对市场的影响还是很大的，不在其中肯定不知道它的奥妙。"

"行，我给你找个地方开户，手续费肯定最低。不过呢，"钱海也往厨房看了一眼，"如果你只是因为前面输了，想立刻咸鱼翻身，还弟妹一个美好生活，那我劝你冷静，欲速则不达啊。"

陆军号盯着他，这个家伙有的时候真的是入木三分啊，看到自己心里了。"放心吧，我也不是容易冲动的人。"

钱海笑，唐雁端菜上来，大家吃得很开心。

就这样晃了两个多月，很无聊。太阳证券的财富管理中心定位的核心业务是投资顾问业务，这让陆军号不爽。财富管理是个很大的概念，历史也很悠久，自瑞士的私人金融代理就开始了。在陆军号看来，财富管理分三个层次，最下层就是投资顾问，做了两个事情一是咨询，就是陪客户聊天做心理按摩，二是资讯，也就是抄抄报纸网络；第二层次是资产配置，引导客户的资产购买标准化的不同类型金融产品；最高层次是财富管理，是根据客户资产的需求定制金融方案。糟糕的是，扫视券商，似乎没有几家真正读懂财富管理的，于是大家就都混日子，咨询嘛就是聊聊IM系统，资讯嘛也就是抄点信息出个早报。

孙晓乐是个勤快的孩子，帮着陆军号设计部门的业务框架，写制度、编流程，正好陆军号懒得做这些，就索性让他忙去，对他有了点好感。

两个月里陆军号遇到李哲总裁有七八次。李总应该有什么令人烦心的事情，因为最近两次跟他打招呼的时候他似乎都会从某种深思中惊醒，显得慌张或心神不宁。管他呢，反正在太阳证券就是混口饭吃，这么大的公司，老总们都会有或多或少的烦恼。

不过，李哲的烦恼很快被解开了。那是一天晚上在酒吧里……

卡座里的几个朋友都已经喝到了位，几对男女相拥着下了舞池，陆军号倒在沙发里随着震撼的音乐晃荡着，忽然有点想吐，赶紧站起来摇摇晃晃地往厕所走，不小心撞上一位服务生。

"先生要我扶您吗？"

"不用，我去厕所。"

"人满为患了。要不您去地下吧，地下有几个包房，那边有厕所。来我带您下去。"说着服务生扶着陆军号下到地下，"走到头就是厕所。"

陆军号摆摆手，让服务生走了，自己晃荡着往里走。老远看到一个人影进了包房，好像是李哲。顾不上那么多，赶紧去厕所。一进去就吐，吐得头昏眼花。漱漱口洗把脸算是清醒点，出来又晃晃荡荡地往回走。走到包房门口见门没关严，只是垂着帘看不见里面。忽然一股反胃让陆军号扶住了门框，站在那里闭闭眼，醒醒酒。

此时，里面的说话声吸引了他。

"大哥，这个事情可不能再拖了，再拖下去小弟真的要倒下了。"

"你这是怪大哥了？当时劝你收手的时候，你怎么得意忘形的？"这个声音是李哲。

"你当时不也兴高采烈吗？现在灰头土脸了？"那人反驳。

"你们也别吵，咱们几个今天坐在这里是来商量对策的，不是耍嘴皮子的。大哥，你看这事还有救吗？"

"还没怎么着呢，一个个就跟上了刑场似的，来先喝一杯。"这应该是他们说的大哥在维持秩序了，听到碰杯的声音。

大哥继续说："这次咱们的确玩大了，几个亿，在刚解放的时候够枪毙好几次的。这个窟窿咱们自己肯定是填不上了，我跟老张商量过，唯一的办法……老张你说吧。"

"我和大哥商量过，唯一的办法就是募集。咱们成立一个私募，募集资金，然后放你那里做期货，同时想办法把资金挪出来。"

"第一募集是否成功是问题，第二周期等得了吗，第三资金全是银行监管的，怎么挪出来？"这是李哲。

"募集是否成功就看你们几个了啊，你们都是金融口上的老大，下命令啊。资金怎么挪出来，就要你帮忙了。"

"我？这是违法啊好不？"

"你还怕违法？你要是怕，在澳门就不是那个样子了。"

"说谁呢，你不是也嗜赌成性，一把上去就是上千万，你假装富豪了，现在呢，你还欠我钱呢别忘了。"

"坐下，都是有头有脸的人，注意自己的行为。"大哥说话了。

"反正我不干，他们管销售，我一个人违法？其实你们以为能脱开干系，查出来还不是一个都跑不了。"

"那你说怎么办，拆东墙补西墙也要有地方拆啊，要不然大家就跑路。"这应该是刚才那个老张。

"跑路还需要时间呢，都拖家带口的。"大哥的声音，"我看也只能按老张的办法，不然你们谁还有更好的办法？"

"我怕时间来不及，这可是上亿的数目，藏不了多久，这个月如果补不上可能就真要出事了。"这是李哲。

"而且这个办法有法律问题，我可抗不住。"

陆军号大概是听明白了，这几个哥们儿，有银行老大、证券老大和期货老大，去了澳门，去赌钱，挪用了公司的钱，输了，漏洞大到了上亿，没办法填平，有法律障碍，有时间要求……大概是酒劲上来了，陆军号自己都不知道怎么的，就进去了。

"李总啊，怕什么啊，银行证券期货都坐在这里，还缺钱吗，商量个对策就搞定了。"

卡座里的五个人愣了一下，忽然炸了锅，李哲上来就抱住了陆军号，其他三个人护着一个胖子蜂拥着往外跑，这倒把陆军号吓了一跳。

李哲一把把陆军号按在沙发里，眼睛瞪得滴溜圆："你听到什么了？"

"我……我……"

李哲放开他，但依然惊恐地盯着他。这时候陆军号的脑子有点清醒了，他渐渐意识到这不是个小问题。

李哲的手机响，他接起来："啊……是……这个是我的一个手下……啊啊啊……对……好好……我来问问……您放心，我马上就到……哎哎好。"他放下电话，表情依然紧张，抄起酒瓶狠狠喝了口，大概是压惊，掏了两根烟递给陆军号一根，陆军号摇摇头，他给自己点上。

"原以为这里不会遇到熟人，不知道你是天使还是魔鬼。你刚才说你有办法，你知道都怎么回事吗？你真的有办法？"他瞪着陆军号一连串地问问题。

陆军号的大脑已经从刚才的酒劲中慢慢醒了点，上亿，这是多么大的事情啊，怎么解决，一群金融的精英加上一个牛逼的老大都不能解决，我一个落魄的基金经理一句话就解决了？"我刚才有点，有点喝多了……"

李哲用鼻子冷哼了一声："我可不管你喝多没喝多，你说有办法。大哥说了，要问问你什么办法。你现在跟我说喝多了，晚了点。你回头看看那两个人，咱们需要换个地方谈谈了。"

陆军号顺着他的眼神回头看到两个穿黑西服的家伙站在屋里，看上去像是保镖或者打手。

李哲抓着陆军号的胳膊站起来，边走边说："兄弟，你知道了不该知道的事情，算你倒霉。如果你不拿出一个令人满意的说法，我不知道后果是怎样的，你明白吗？"

陆军号心里一惊，看着李哲。

李哲也看了他一眼："最好在路上能想起点什么。"

现在陆军号要多后悔有多后悔。没事来什么酒吧啊，来酒吧为什么要偷听呢，偷听还要显示自己很牛？你算老几啊，人家的事情你装什么大瓣蒜，救世主吗？现在好了，这些人失去了几个亿，狗急跳墙什么事情都做得出来。如果不是我的出现，他们或铤而走险或走为上策，总归是兄弟哥们儿之间自己的事情，而我出现了，就是一个外人，人们最容易的就是一致对外，尤其是在危急的时候，一切的怨言、不满、愤怒、憎恨全部会对着外人发泄出去。更糟糕的是，如果他们最后抗不住，一定会先处置外人。甚至让知情的外人干脆变成死人，秘密就永远被埋葬了。

想到这里，陆军号更觉得毛骨悚然，坐在车上各种悲惨的死状不断呈现在脑海里，让他根本没法精神集中起来。

在一个厂房似的建筑前车停了下来，陆军号被带进去。灯光很昏暗，空地上放了把椅子，李哲示意他坐下，然后自己向昏暗中走去。能听到有人在说话，听声音应该是刚才那个大哥，但没有其他几个人的声音，也许那几个人已经撤了。

从声音和刚才照面时候的一眼判断，这位大哥应该是来自官场，而不是黑社会，这让陆军号心里平静了一点。

"你说你有办法？"大哥问。

"没有破解不了的难题，尤其是金融问题，金融市场有可能创造奇迹。我可以帮您设计，但想成功还需要天时地利人和，死马当活马医，奇迹也不那么容易就出现。"到这个时候陆军号知道绝对不能说：我不行。

"刚才我已经看过你的资料了，了解了你的一些经历，应该不算是个喜欢吹牛的人，那么你能说说你有什么办法吗？"

"其实刚才的确有点吹牛，你们有几个亿的窟窿要补，而且不能违法，这不是一件小事。但我也说了金融是个神奇的地方，可能会有奇迹，但我知道的信息太少。我为客户做出投资计划之前，一定要了解客户，人物背景、资金状况、风险承受、撤出途径、投资目标等。"

对方迟疑了一下，说："听上去有点道理，我们可以尝试合作。如果你完成了，你将得到你应该得到的部分，但如果你只是想要我，那你将得到一个你不希望得到的未来。不过你也放心，我不是黑社会，尽力了，做不成也不是你的过错，但要绝对的保密，我不希望你成为我们的敌人。你恐怕也不希望成为我的敌人，对吗？"

这句话给了陆军号一颗定心丸，大家只要正常出牌，机会还是有的。忽然一种英雄气概在胸中荡漾："我一定尽心竭力，一个挑战或许对我来说更有意思。"

"祝你成功。"

大哥说完，传出走动的声音，看来他离开了。李哲从黑暗中走出来，搬了把椅子坐在陆军号旁边，把这个事情讲了出来。

五个人分别是太阳银行山西分行行长李军、太阳证券总裁李哲、太阳期货总裁范文轩、山西金融联合会会长张广成，还有一个官场上的大哥。事情的经过跟陆军号猜测的八九不离十，赌博造成了复杂的结果，摆在眼前的就是这个窟窿怎么填上，而且要在解决资金问题后他们都可以安全撤出，不能被法律缠身。

"看来需要一种速战速决的打法。"

"你想在二级市场上完成？这怎么可能？"李哲看着他。

"金额巨大，我要好好想想。给我点时间，我需要了解更多东西，做一个方案。"

"多长时间？"

"至少三天。"

"我跟你说，你可别想跑，否则我绝不会放过你。"

第九章　百亿乌龙指

等待，还是等待，焦急的等待。李哲发现在没有希望的时候似乎不用这么着急，而在看到天边一丝曙光的时候，期待那就是光明使者正在拨开乌云的时候，等待，是一种彻夜难眠的痛苦。

三个星期后，陆军号的计划终于出炉了，而这一出炉让李哲倒吸了一口冷气，急急的找到了大哥。

大哥看了一遍，问："你怎么看？"

李哲迟疑地说："理论上可以。"

"你是说实际上没有人做过？那收益和风险呢？"

"从计算上看，咱们的漏洞能补上，但证券公司毁了。从人员风险的角度看，咱们几个人最大问题的是我。"

"有刑事责任吗？"

"倒也没有，但离职是一定的了，而且会牵扯证券公司一批人离职，或许会终身禁入。同时如果真要这么做，在股市上将引起轩然大波，绝对轰动全中国。"

大哥站起来，在屋里走了一圈，拿起一根烟叼在嘴里却忘记了点上，至少又走了十个来回。李哲手心里都捏出了汗，这份计划，是他这么多年来看到的最惊心的计划，设计的确精美，动用资金就要上百亿，银行、证券、期货、监管全部要在统一的时间联动，一天之内会将整个中国股市搞个天翻地覆，随后只背负一定的行政责任安全撤出，整个计划环环相扣有舍有得。但换个角度看简直是天方夜谭，谁来冒这史无前例的风险，任何一个细节都可能出错，几个老总虽然都是公司的一把手可以指挥资金和人员，但只要其中有一个人掉链子都会全盘皆输。一旦不成功，后果不堪设想。

"这小孩子想象力倒是够丰富的。"大哥忽然说话。

"是啊，这简直就是天方夜谭。大哥咱们还是按老张的计划试试吧。"

"不。"大哥摆摆手，"这个计划看似惊人，但并非不符合逻辑，进场退场都有设计，一旦成功不仅仅能弥补漏洞，而且还能翻倍赚回，虽然是铤而走险，但胜算的可能性也不小啊。叫他们几个明天出差到青岛，我在那里等你们，好好商量一下。"

两天后李哲把陆军号叫到了办公室，关上门。

"大哥同意了。让我问你下一步做什么，怎么做？"

陆军号摇摇头："我以为你们会否掉呢。"

"为什么？这不是你设计的吗？"

"您在证券也这么多年了，如果这事成功，结果是怎样，您应该知道。我本想让你们知难而退的。"

"兄弟，这时候了可不能打退堂鼓啊。我们都看着你呢，这次的计划我们哥几个唯你马首是瞻，你说怎么搞咱就怎么搞，我们都不怕，你怕什么？"

这倒是，天塌下来有这几位高管扛着，我一个从北京漂泊而来的小兵算什么？

正迟疑中，李哲又焦急地说："你有什么要求，什么想法，尽管提出来，我们全力配合。"

"好，"陆军号像是做好了准备，"第一，整个计划的指令由我发出，你们必须执行。第二，我需要先在账上看到五百万的辛苦费，事成之后我还要五百万。第三，你要把公司内部人员情况、风控制度等整理清楚，只要我需要的文件都要提供给我。第四，我需要一个指挥中心，提供我需要的设备。第五，我需要一个助手参与进来，这个人我自己来找。第六，咱们这些人需要集中演练一个星期，包括大哥在内。"

"这我要和大哥商量一下。钱不是问题，但这个演练……"

"演练是必须的，这么大的事情必须做到天衣无缝，要反复演练，每个人都要熟悉自己在每一分钟的动作，就这样还可能在临战的时候出现偏差。"

"好的，我去跟他们商量。"

指挥中心设立在香山背后很偏僻的一家农家院里，这里不用担心有监控录像问题，所有人都轻装简行，有的甚至化了妆加以掩饰。

农家院很古朴，进大门有影壁，绕过影壁就看到一圈的房子和中间的花园。陆军号要求的各种设备安装在正中的客厅里，两边的房子分别安排给了各位老总。这也是陆军号要求的，因为每个老总都要指挥背后的多个细节，彼此不能影响。大哥的房间在后院，那里还有一道后门，便于出入。大家在一个院子里向各自的部门发号施令，这样才能避免临时掉链子。

陆军号带的助手是孙晓乐。一段时间的接触后，陆军号发现这个孩子很聪明，许多事情教一遍就会还可以举一反三，要是有这么一个助手，倒也省自己不少事。这次带孙晓乐来，唯一的工作就是记录。这个计划虽然大，但其实并不难，资金、关系、执行，那五位人物都手拿把掐，唯一的关键就是时间的把控，每一个设计好的时间都不能错，错一点都可能全盘皆输。多次的演练之后，陆军号将每一个细节的时间点都仔细计算，反复研究，生怕漏过任何一个细节。

资金、监管、操作、放消息、答记者、拉升、个股、压盘、时间、处置、传言、舍弃……陆军号这些天满脑子都是这个。唐雁又在厨房忙，最近她的精神头不是很足，脸色也不好看，或许是最近新工作累到了，几次想问问她但又因为手上的事情繁杂而耽误了。等这次的计划完成之后，就不用她再上班了，好好休息休息，到时候天南海北任由她选，旅游一下。

正想着，有人敲门，听声音应该是钱海到了。

"我可不是特意赶着吃饭点来的，怎么就那么寸又让我赶上了。"钱海一进屋跟唐雁打了个招呼，转头低声问，"什么事情电话里不能说，非要让我从北京跑过来，多亏你不是在纽约，我去一趟还费劲了。"

"跟你说正事。"陆军号把他拉到沙发上坐下，"我要做笔大买卖，你要帮我。"

"很神秘啊，你说说，怎么个大买卖。"

"小点声。我弄了五百万，回头我打到我期货账户上，我需要做的那一天早上我会给你打电话，然后你就……"陆军号轻声地讲。

"你咋知道那天股市会是这样，还涨了跌，跌了再涨的，你遇到什么大忽悠了给我讲一千零一夜呢。"

"的确遇到大哥了，他们有实力，我来出计划。"

"你出计划？你算过这需要多少资金吗？他们干吗，疯了吗？先不说他们真的有没有这么多钱，你当监管都是白痴呢，这么大资金，你这不是操纵股市吗？还有，你怎么知道这些资金就能撬动股市？虽然股市有转暖迹象，但还没有形成赚钱效应，你冲进去总要有人跟才行啊，不然这些资金去送死啊？"

"这么说吧，钱对出资人来说不是问题，对于这个计划我也已经反复论证了很久，应该不是问题，你相信我。你只管依计行事，就可以了。"

"那你咋不自己操作？"

"那天我要和他们在一起操作这个事情，一来根本没时间腾出手，二来他们一定不愿意看到我还操作着期货那边。"

"好吧，容我考虑考虑。"

"关键时刻别掉链子，你要愿意，也可以跟点资金啊。先吃饭。"

吃完饭，陆军号把整个计划给钱海完完整整地讲了至少三遍，钱海一个劲地摇头，但最后还是答应了帮陆军号操作期货账户。陆军号给了他一张时间节点列表，让他按时间依计行事。

送钱海出去的时候，他还在嘀咕："这可是操纵市场啊，你可想好怎么把自己择出来，一旦出事可是大事啊。"

"放心吧，怎么跟老妈子似的。"

"反正该说的我都说了，出了事情你别怪我。还有啊，如果你的计划失误了，期货赔了钱你也别怪我啊。"

"放心，赔不了。"

陆军号目送钱海开车离开了小区，转身上楼去。

钱海从兜里掏出一个很小的装置，对着它说："任务完成，我要丢掉了。"说完丢出窗外。拨通手机："您刚才都听到了吧？"

对方回答："你认为他是什么角色？"

"他应该是策划者。我想他可能是被威胁或者求财心切吧，要不我再劝劝他。"

"暂时不用，我们再研究一下。好了，你下线吧。"

夜色笼罩着城市，汽车消失在十字路口的转弯处。哪个是朋友，哪个是敌人，哪个是真情，哪个是假意，全部吞噬在黑暗中。这个电话打给谁？对陆军号的未来有什么影响？是福是祸？是生是死？一公里外的陆军号，完全没有任何防备，他依然在灯下计算着每一个时间点所发生事情。一公里，说远，抬脚就到，说近，却听不到对方的声音。

一切的一切，都准备好了！

不眠的夜。早六点，陆军号就带着孙晓乐到了农家院，李哲已经在那里了，不到七点，其他几个人也都前后脚地进了院子，看来这一夜对谁都是煎熬。

孙晓乐将白板搬到正屋门外的高台阶上，陆军号将在正屋通过会议系统向其他各屋的老总发出指令，孙晓乐负责记录所有指令发出的时间点。白板上现在已经写着：

太阳银行李军——军

太阳证券李哲——哲

太阳期货范文轩——轩

金联会张广成——广

八点钟整大哥到了后院，李哲转了过来，给大哥倒上一杯茶后小心地问：

"您觉得真的可行吗？现在放手还来得及。"

大哥看看他，又朝前院望望："第一呢你们没有人能提出更好的办法。如果真的逃离中国，对咱们几个来说都不难，但之后呢？国外也一样会被抓的。而且这么好的前景，这么多年的奋斗，咱们轻易就放弃了？第二呢这个计划我也找高人反复研究过，冒险之大的确惊人，但条理清晰，主次分明，进退有序，是一个完美计划。第三嘛这个计划既能解决原有问题，造成的新问题又不大，可在咱们掌控范围之内，还能得到一笔额外收入，不是很好吗？至于这个陆军号，可以说是个指挥天才，但最好不留后患。"

"您的意思是？"

"别留了，免得事后节外生枝。"

见李哲迟疑了一下，大哥继续说："先别管那么多，把今天的事情做好。跟他们说，今日是背水一战，谁也不许给我退后一步，谁拖了后腿谁拿脑袋来见我。都给我精神点。"

"是，我这就跟他们说。"

距离开市还有一个半小时，大家却如临大敌一般。陆军号在庭院当中摆放了一张桌子几把椅子，上面烧了茶水，叫大家围坐过来。

"我再强调一遍，"陆军号等大家落座后开了口，"李军负责B计划的资金调动，A计划的资金备用和媒体信息释放。李哲负责A计划股票和股指期货方面的操作。范文轩负责B计划中的股指期货部分。张广成负责监管层面的调节，各自要把控好时间。"

"你放心吧。"张广成说，"全都听你指挥。"

"我的责任最大啊。"范文轩叹了口气说："咱们的漏洞全压在我这边呢。这万一……"

"说啥呢，"李哲接过去，"表面上全是我这边A计划的事，事后擦屁股的也都是我呀。"

陆军号挥手示意大家安静："A计划这边必须做得轰轰烈烈，才能掩护B计划顺利获利出局。大家虽然演练过了，但盘中发生什么情况都是未知，一定要听我指挥。我知道各位都是公司的头号人物，早就不习惯由别人指挥了，但这次生死攸关。另外，"他转向李哲，"你那边那几个参与操盘的人，都没问题吧，要万无一失。"

"放心，威逼加利诱，控制得住。"

"好吧，各就各位吧，调试一下通讯系统。"

正说着，天空飘起了雨滴，稀稀落落，不温不火。是好兆头还是厄运？或者是历史的重要日子，都需要雨水的滋润，来显示今天的不平凡？人啊，心动则铜铃动。心情好时，春雨如油，下雨如财富；心情不好，阴雨绵绵，下雨如怨气。风未动，人心已动。

大家彼此打气鼓励一番各自进了屋。陆军号拍拍孙晓乐的肩膀："记录清楚每一个步骤，要详细。"

桌上是一个内部会议系统，从陆军号这里所发出的指令，各个房间都能听到，各屋的反馈所有人也都可以听到，这很便于掌控全局。

"大家调试通讯系统、电脑、网络，检查下属人员到位情况。"

各屋反馈一切正常后，老大忽然说话了："各位，重要性我不再强调，我只提醒各位，只许成功不许失败。谁出了岔子，别怪哥哥我不给情面。精诚合作，所向披靡。"

其他四个人回答："精诚合作，所向披靡。"这大概是他们五兄弟的口号。

正说着，从后院转出来十个穿黑西服的大汉，每个屋子门口站两个，笔挺挺的，表面是威风，暗是威慑，这算是表明了大哥的态度。

9：10，陆军号："军，B计划资金是否已到位。"

"到位。"

"轩，IF1309开多单，动作慢一点。"

"明白，开多单IF309。"

9：30，股市开盘，上证指数低开了6.16点在2075点，各板块没有很大波澜，一切都很平静。

9：40，陆军号："轩，停止开多单。匀速平仓IF309。"

"明白，平仓IF309。"

"军，放一号消息。"

"收到，释放一号消息。"

9：42，孙晓乐报："网络已传出消息，高铁计划停滞不前，欧亚、中亚、泛亚三条主干线谈判受阻。"

指数在刚刚翻红的状态下，掉头下跌，10：00上证指数已经下跌20点。

"轩，停止平仓。稳住了开IF309多单，最好不要让指数产生波动。"

"明白，IF309缓慢开多单。"

10：30，"哲，再次确认A计划人员是否全部到位，资金是否到位。"

"确定，A计划人员、资金都已到位。"

"轩，报告B计划账户情况。"

"按现在的速度，在11：00之前可以完成IF309满仓多单。"

10：31，"轩，继续完成11：00之前的IF309多单开仓。同时预埋单1，时间设定11：07开始，3分钟内完成，价格设定市价成交，数量是所有多单，方向为平多单。预埋单2，时间设定11:08开始10分钟内完成，价格设定市价成交，数量是全部资金，方向为开空单。"

"明白，开始预埋单。"

10：40，"军，放二号消息。"

"收到，释放二号消息。"

10：41，孙晓乐报："网络传言，监管层正在研究T+0，首批在指标股中试点。"

部分蓝筹股开始有扫单上来，上证指数小有反弹。

10：44，"报告，"范文轩，"已有资金盯我，在做空单，B计划账面浮亏。"

"稳住，加快多单速度。"

10：50，"哲，最后确认人员和资金。"

10：51，"全部到位，集体待命。"

"各位注意，到目前一切正常，后面准备第一场大战，总时间只有五分钟，各位是否记住各自操作要领，跟演练无差别。老天会眷顾我们的。"

各屋回答："明白。"

李哲狠狠地抽着烟，这么多年的风风雨雨，他李哲也不是没见过世面，但今天，此时，他感觉到了什么叫肝颤。那是一种隐隐约约，说不出，摸不到，似痛非痛，似痒非痒，很不舒服的内心里的一种感觉。

说是五分钟，但那是整体的，对他来说只有一分钟。而这一分钟，他动用的资金将是天文数字，只需要他一个电话，电话那边的人动一下手指头，按下回车键。他们为这只手指头起了一个很特别的名字，叫"乌龙指"。

他不知道这一乌龙指之后所造成的波澜会是什么样，但他知道至少是惊涛骇浪，不比日本、纳斯达克的乌龙指差，跟巴林银行的魔鬼交易员里森一样，会被写入交易历史。

11：00，陆军号发出了指令："全体预备。哲、轩看你们两个的了。"

11：05，"开始！五分钟倒计时！"

孙晓乐按下了秒表。

"轩，明白。"

却没听到李哲的回答？？

"哲！"

"我……"

"开始！"陆军号大喊。

"开始！"李哲对着电话大喊。

随着这声喊，所有人的眼睛都盯到了电脑屏幕上，整个小院鸦雀无声。

11：05：27，阳光证券报出了超级巨单，狂扫50ETF和180ETF。

11：05：30，目光还没跟上，陆军号的指令已经到了："推国大石化上去！"由于紧张，他的声音有点声嘶力竭。

11：05：31，国大石化盘面瞬间五笔成交，单笔成交9807手，合计49035手。股价从4.48跳到4.58元，直升2.232%。

11：05：32，国大石化这个老牌得不能再老的大盘股，股价跳升到4.9元，上涨7.78%。

11：05：33，国大石化瞬间摸到涨停！

整个股市刹那间疯狂了，各路资金根本没明白出了什么事，但本能告诉他们可能出现了重大利好，所有资金快速跟进。别小看这些投资机构，他们手指的速度程度，不比钢琴大师们差。市场上的风吹草动在这些人的大脑里会迅速转换成操作指令，卖，还是买，仅仅在瞬间。

小院里的人心里都明白，这一笔，总共动用资金应该是70亿！但让他们没有想到的是，上证指数居然能直直地上涨了80多点，冲击2140点，上证50家中有33家瞬间摸到涨停。

11：06，股指期货在2分钟内暴涨70点，整个交易大厅炸了窝，空头一片狼藉，瞬间爆仓者多如牛毛。

11：07，股指期货空方重新积聚力量，股指期货开始滞涨。

11：08，国大石化承受巨大抛压盘，开始回落，同时股指期货开始回落。

这也完全出乎陆军号的预计，70个亿，对个人、对阳光证券都是天文数字，但对整个中国股市，只是杯水车薪。他们知道会激发骇浪，但万万没有想到这一杯水，惊起的竟然是冲天巨浪。20、30点，是在预测中的，以国大石化的社会地位、股市地位和权重占比来看，是合理的。可眼前看到的是80多点，这比预测高了近三倍，也就是说，B计划的账户收益应该比预计多三倍，那将是……

"发财了，发财了！"话筒中响起了李军的欢叫声，"我们发财了！"

孙晓乐抬起手："五分钟倒计时完毕。"

11：10，"轩，汇报B计划账户情况。"

"啊——"

这声"啊"，在陆军号的脑海里音量放大了N倍，"啊什么？汇报情况！"

"我我，还，还有一半账户没有空出去。"声音在颤抖。

"怎么会！不是预埋单的吗？"

"我看一下冲起这么高，以为会冲2160，所以做了部分撤单了，改为多单，我，我想多赚一点。"

"多单？"陆军号的脑子都炸了，"平多单，开空单！开空单！"眼前的上证指数正在快速回落。

"我正在……"惊慌失措的颤音。

话音没落，传来李军的叫骂："我操你大爷。"说着人已经冲出屋门，被两个黑衣大汉按了回去。

"去看看他。"老大的声音，估计是对他的步话机说的，范文轩门前的两个大汉立刻转身进了房间，随后在话筒中就传来了殴打和惨叫声。

"别闹腾了，都给我停！"陆军号吼。小院又静下来，死了一样。

11：12，上证指数还在回落，已经接近2110点。

"小陆，需要启动备用计划吗？"

"大哥给我一分钟，我需要计算一下时间和金额。"

11：13，陆军号再次拿起了话筒："大家注意，启动备用方案。这次错不起了，时间紧任务重，明白吗？"

众人回答："明白。"

"军，放二号备用消息。"

"明白，释放二号备用消息。"

"哲，启动备用方案，扫国贸银行。"

"收到，备用方案扫国贸银行。"

"轩，启动备用方案，务必在上午收盘前完成B计划的全部空单。"

"明白，保证，保证完成。"

11：14，孙晓乐报："市场消息，监管部门通过优先股方案，首批为银行股。"

11：16，国贸银行二次启动，一秒七次跳价每笔9786手，共计68502手，直推4.01元。

11：18，再多笔9786手扫掉4.01上方的重磅压单，随后一路上推。

11：27：45，国贸银行涨停，报价4.35元。顿时股市又一次炸开了窝，老牌绩优、权重股呼啸着一起上冲，沪深300成分股中有71家瞬间摸到涨停，银行股除健乐银行外全部涨停。上证指数直冲2180点。太阳证券也悄悄地封到涨停。

与此同时，上证指数从11：16开始梅开二度，一路直冲。

11：30，上证指数上午收盘2198.85点。

"轩，汇报B计划账户情况。"

"全仓空单。"

"好，非常好。军，放三号消息，加强二号消息和二号备用消息。"

"明白，立刻操作。"

11：32，孙晓乐报："市场传言，阳光证券量化投资部出现乌龙指。同时利好传闻不断。"

"陆指挥，金联会和交易所都有质询电话过来，要求答复。"李哲在话筒中说。

陆军号微微一笑，这时候他的表情已经轻松许多："早料到了。哲，太阳证券释放一号公告。军，将一号公告推出去，同时强推三号消息。"

二人齐齐回答："明白。"

11：35，孙晓乐报："网上已经有消息，阳光证券董秘贺梅称，不存在乌龙指。同时各种信息矛头指向阳光证券量化投资部。"

"大家注意，现在要启动公关一号方案。哲，太阳证券要向交易所申请套保对冲风险，打开600手上限。交易所必定和金联会协商，广，你务必要让金联会风控部门通过。大哥，请按计划对交易所施加压力。"

各方面回答："明白。"

12：00，李哲回复，交易所已经批准突破600手上限。

陆军号悬着的一颗心算是落了下来："各位，上午完美。吃饭，准备下午的战斗。"

屋外的雨已经大起来，地面积了水洼，雨点打在里面冒着水泡。门前的屋檐上，有水柱流下来，砸在石阶上噼啪作响。黑衣大汉们给各屋发了盒饭，大家就在各自屋里就餐。

陆军号端着盒饭站在白板前面，边吃边查看孙晓乐记录的每一个时间点的细节，心里还在惦记着钱海那边，是否按计划行事了，千万别像范文轩那样，自以为是，突发奇想。

"陆老师，上午也够您累的了，要不闭目小睡一下？"孙晓乐试着问。

"哪能睡得着。"

"下午的重点是什么？"

"重点是出局。钱要撤出去，人要撤出去，都要保证安全。你知道特工在执行任务之前，第一要考虑的是什么？是如何撤离。往往是入局容易，出局难。"

"看来跟交易一样，会买容易，会卖难。"

正说着，会议系统中传来张广成的声音："陆指挥，交易所那边要求金联会核查情况。"

"没错，"大哥接过话，"相关部门已有反应，有电话在询问。交易所快炸锅了，希望给予指示。"

"好，我现在说一下下午的重点。"陆军号放下盒饭，"第一，严密注意消息上的变化，只要有消息引向太阳证券自营部，就必须绕开，自营部如果被停了，什么都操作不了了。第二，利用金联会和相关部门拖住交易所，拖的时间越长对我们越有利。第三，轩，B计划必须按计划在今日撤出，不可以有任何含糊。第四，一定要尽量将太阳证券的资金缺口填平，军，你那里绝对不可以掉链子。第五，大哥，必须让交易所承认交易结果，我最怕他们最后来这一手，以前出现过。"

"你放心，既然在计划中，我绝不会松懈的，只等你下指令。"大哥回答。

"好，那么现在启动公关二号方案，广，你亲自电话指挥金联会开会讨论，要求太阳证券做出合理解释。大哥，你这边也按计划，召开电话会议，讨论乌龙事件，要求太阳证券停牌，并责令金联会出具调查报告，切记，绝对不可以将矛头指到自营部，更不能关闭自营账户。"

"明白。"

12：45，李哲："交易所要求太阳证券停牌。"

"太好了，哲，发二号公告。军，跟上二号公告造利空。"

"收到。"

12：50，孙晓乐报："网络传太阳证券停牌，监管部门确定有乌龙指，太阳证券可能遭到严厉处罚。"

13：00，股市开盘，太阳证券停牌，香港股市的太阳控股开盘就跌。上午收盘前着急摸涨停的个股都逐渐打开了涨停板。

"哲，要求自营部快速卖空IF1309，至少要到6000张，只有半小时。"

"收到，开空IF1309，6000张，时间30分钟。"

13：05，孙晓乐报："网络中的矛头越来越集中在了阳光证券自营部上。"

"军，释放四号消息。"

13：08，"军，让报社释放五号消息。"

13：10，孙晓乐报："网传，阳光证券乌龙指并非自营，套利交易系统出现偶发性错误。《上海投资报》在网上登出，针对市场传闻管理层将推出蓝筹股T+0、优先股等传闻，进行了多方求证，近期几无可能出台。"

13：10，股市快速下跌。

13：30，上证指数几乎将上午的疯狂回吐殆尽。

"轩，B计划账户开始平空单IF1309，动作不用太快。哲，汇报A计划账户操作情况。"

"IF1309空单共6240张完毕。"

张广成汇报："交易所的目光还是盯在太阳证券自营部上，我在带他们绕圈子。"

"很好，继续绕。军，释放六号消息，10分钟之后释放七号消息。"

"明白。"

13：40，孙晓乐报："网上开始传，是阳光证券衍生品部门做量化投资的一个ETF套利产品出的问题。"

13：51，孙晓乐报："网传，乌龙指是阳光证券量化子公司，香港团队在操作的时候出现了系统故障。"

13：51，"轩，汇报B计划账户情况。"

"正在执行，还有100张没有平出去，现在单量小了。"

张广成插话进来："交易所已经要求我们查太阳证券自营部了。"

"广，拖住时间。哲，继续开空单IF1309，目标900张。"

"明白，开空单IF1309，900张。但总指挥，你可记着太阳证券现在是超额报单，交收前一定要补足啊。"

"别废话，赶紧执行。同时卖出A计划账户中的180ETF和50ETF，时间20分钟。"

"明白。"

14：00，上证指数再次出现快速下跌，指数已从红盘转成绿盘。上午疯狂向上的个股，又疯狂地向下，中午刚刚追高进场的股民，现在一片叫骂声。

14：10，张广成："实在拖不住了，交易所已经派人现场监督了。总指挥要不让大哥出面吧。"

"这不是你考虑的。哲，发三号公告。军，让网络推出去。轩，再给你5分钟，必须完成。"

几个人应着，汗水都已经打湿了后背。

14：16，范文轩汇报："B计划账户全部平仓完毕，资金安全。"

电话系统中传出一片欢呼，他们几个知道，资金漏洞完全弥补，并大赚特赚了一把。

"安静，安静。哲，公告还没见到。"

"交易所卡住了，马上能批过。……OK，通过。"

14：18，阳光证券公告："当天上午公司自营业务部在使用其独立的套利系统时出现了明显的技术问题。"

"哲，汇报A计划账户情况。"

"再次新开空单IF1309，983张。"

"好，买平IF1309，200张。"

"收到。"

"大哥，你翻到公关二号方案，现在要你出面了。务必要谈成，否则我们前功尽弃。"

"交给我。"

"哲，发布四号公告，以便减轻交易所对你们的压力。"

14：25，孙晓乐报："阳光证券公告，公司的自营业务部所使用的独立的套利系统出现技术故障，是否是软件开发公司的问题还正在核查，公司对相关部门和人员正在调查和处置。其他经营活动保持正常。"

14：40，李哲汇报："买平IF1309，200张完毕。"

"计算A计划IF1309空单持仓量、ETF基金出仓量、超额资金缺口。"

"今日开空IF1309共7223张，平200张，新增7023张，加账户原有空单，太阳证券持IF1309空单数为10194手。卖出180ETF2.63亿份、50ETF6.89亿份。今日开仓的IF1309平均获得80点，80×300×7023，账面浮盈16.86亿元，卖出ETF规避，减少损失1307万元。总共动用资金72.7亿，账户原可用资金38亿，平仓及卖出回笼资金18.5亿，目前缺口16.2亿。"

"哈哈哈，天啊天啊，"范文轩兴奋地插话进来，"如果明天再跌50点，那就获利27亿，发财了，太阳证券发财了，即便早盘买入的ETF下跌10%也不过几个亿损失，净利将近20亿。奶奶的，可惜B计划出早了。"

"总指挥，问题是还有16.2亿的缺口呢。"

"太阳证券现在浮盈16.8亿，缺口16.2亿。军，你通过同业放过去。"

"为什么不动用他们的信用交易，演练的时候我就有疑问。"李军问。

"违法违规越少，大家越容易安全退出，大哥那边到现在都没有回话，想必是遇到阻碍了。"

"好的，资金我来解决。一切阿弥陀佛吧。"

各屋的人都坐在那里，紧张地等待，每个桌上都翻到了公关二号方案的那一页上，在整个操盘计划中，这部分写得非常简单，只有十二个字：让交易所承认当日交易有效。

这行字，太重了。大家忙活一天，搞得整个股市天翻地覆，几个人累得精疲力竭，如果交易所不承认交易，等于白玩，而后面还一堆人员要被处理。历史上不是没有过这样的情况，"3.27国债"最后几分钟的交易就被宣布无效，因此陆军号不得不防这一手。

雨不知道什么时候已经停了，阳光照在小院里，照在瓦片上，照在水洼中，是那样恬静。而各个屋子的人，精神却高度集中在电话会议系统上，期待着大哥的声音。甚至有人以为自己的系统坏了，来回开关了好几次。静，不是因为舒适，而是因为紧张。

第十章 怎么会是他

等待，是世界上最长的时间，等待的心情，永远是负面的。即便你等待的是一个希望，也会发现伴随着等待时间的推移，你的希望越来越渺茫。如果你等待的是一个不好的未来，或一个噩耗，那么伴随等待时间的推移，你的恐惧也会越来越大。这就是等待，伴随时间的推移，心情都向不好的方向发展。

还在等待，整个前院中的人的心情越来越沉重，几乎到了绝望的边缘。

15：18，孙晓乐忽然说话了："陆总，你看。"他指向其中一个电脑的屏幕，上面打开着一个网页。

陆军号定睛看去，上交所公布：本所今日交易系统运行正常，已达成的交易将进入正常清算交收环节。

"大哥，大哥你成功了？"陆军号禁不住对着电话系统喊。

"已经公告了？那我就成功了！"听得出来，他有点精疲力竭。

顿时，前院一片欢呼，范文轩和李军前后冲出房间，冲到水地里，抱在一起乱蹦乱跳，踩起一片水花。张广成走到门边，倚着门框看着他们两个乐。李哲像泄了气的皮球一屁股坐在凳子上，开始发呆。

陆军号长出一口气，靠在座位上闭目养神。他的大脑没有休息，后续，还有很多后续问题。事情并没有完，这一次乌龙指绝对是惊人之举，没那么简单就了结了，即便大哥的身份特殊，也不能平息整个股市和全体股民的质疑，还有愤怒。如何让人员安全撤出，是下一步要解决的问题。而且钱海那边……

电话系统中传来大哥的声音："小陆，你怎样？"

"没问题。大哥，下面咱们要把人全撤出来。按原计划，从管理层下命令给金联会，要求全省券商全面合规风控大检查，严格防火墙管理，从自查自纠到监管抽查。广，你带领金联会严格调查，进行证券行业大检查，声势越大对我们越有利。"

"好，我等大哥那边下命令。"

15：30，接金联会通知，各券商合规风控大检查，自查自纠，写报告，记入评分管理。

"哲，赶紧摸清所有参与人员的心态，做好善后工作。"

"我明白，我会严密监视。"

"一定记住，销毁一切证据，务必将乌龙指的原因引向系统错误，而非人员错误。"

"我知道，这里首当其冲就是我自己，我会搞定的。"

"军，太阳证券16.2的缺口如何了？"

"已经完成。"

李哲说："总指挥，记者将太阳证券总部围了，要求董秘解释，中午所说的不存在乌龙指的原因。"

"来得正好，按原计划，让董秘说自己没看盘，也不懂炒股，再借此机会将错误推到系统上。"

"好，非常好。"说完，陆军号长长地吐了一口气，坐在了椅子上，慢慢闭上眼睛。

孙晓乐看看他，把刚刚晾凉的一杯水端过来："陆总，还好吗？"

"有点累。所有的记录都做好了吗？"

"是的，没有问题。"

"是不是有点疯狂？"他自嘲地笑。

孙晓乐想了想："我很敬佩您。"

陆军号摇摇头，没有再多说。

16：00，他睁开眼："大家到院里集合吧，咱们最后等一下交易所下午的例会。"

几个人除大哥之外，又聚在前院坐下。这才看到范文轩脸上青了一块，看来是上午那时候被打的。但他很兴奋，嘴里叽叽喳喳地说个不停，说盘中的时候多么凶险。李军也唠叨着自己的功绩。

大家一直等到16：30交易所和金联会每日的联合例行发布会，联合发出声明，两方正抓紧对异常交易原因进行调查。语气较为平静，全文用词并不激烈。看来大哥给交易所施加了不小的压力。

这时，院内的黑衣大汉们撤回到后院，李哲跟了过去。过了一会儿李哲回来，脸上挂了些笑容。

"大哥已经走了，他说今天大家的表现非常好，后面的事情基本都在可控范围内，他来搞定。"

"那还等什么，让我们去庆祝吧。"李军跳起来嚷，几个人应和。

"我太累了，先回家睡觉了。"陆军号站起来摆着手。

"别逗了，你才是核心，是我们的救星，你可不能走。"李军一把拉住他。

"没错，今天你可是让我开眼了，绝对佩服，当代诸葛亮。"范文轩拉住他另一条胳膊。

李哲也说："别推辞了，咱们先去吃饭，然后去歌厅喝点酒，回头你早点走就是了。"

陆军号拗不过他们，被推推搡搡地押上了车。他心中有事，他惦记着钱海呢。他给钱海的那份计划书，其实跟B计划相似，要求钱海帮他打理他的五百万的期货账户。按照计划，早盘开多单，挑高后平多开空，收盘在平空出局。多简单，多完美，一天就是千万富翁，就可以带唐雁去周游世界，可以开孤儿院了。

在吃饭的地方，陆军号躲开大家给钱海打电话，已关机。到了歌厅再打，依然已关机。应该不会有什么事情，他这样安慰自己，钱海虽然看上去是个不靠谱的人，但实际上是他最值得信任的朋友了。心中有迟疑，是因为等待总是会让人向不好的方向思考。

李军叫了妈咪，带进来一群姑娘，整个场面闹疯了。他们几个轮流给陆军号敬酒，姑娘们原本就喜欢帅哥，又见这几位年长点的竟然如此捧着帅哥，自然也喜欢凑过来多喝几杯。很快几个人就在歌舞升平中喝得东倒西歪的，陆军号更是去洗手间吐了两回。说想回家可没戏，几个人死活拖着不让走，陆军号只好给唐雁发了个短信："今天公司同事聚会，在喝酒，看意思不喝倒下很难走，你先睡吧，我可能要很晚回家，抱歉，爱你。"

唐雁看了一下手机短信，简单回了一句"好的"就关闭了。对面坐在黑暗里的男人吸着雪茄，一闪一闪地冒着红光。男人向前探探身将烟灰弹在烟灰缸中，灯光照到他的脸，是杨威。

"好吧，好吧，我们来做个交换。这份计划归你了，你归我了，我答应你从此不再找他麻烦。"

"只有这么几张纸？"

"就这些，足以让他进监狱。我不得不佩服陆军号，的确是个策划的天才，但很可惜这条路走得太粗心了。如果我将这份计划交给监管，他至少要在里面呆上十年。"

"你没复印？"

"我要的是你，只要你在我身边，我不敢。"

"好我相信你。剩下的就是如何让陆军号相信。"唐雁的眼神暗淡下去，低头看着手中的一张医院诊断书。

"其实你什么都不用跟他说，你走你的，之后我去演一场戏就好了。恶人还是我来当最合适，我演得越真实他越相信。"

"你不会……"

"不会。"杨威断了断，"我倒是很担心你，你放心，我会尽全力。"

"我的事情，永远都不可以对陆军号讲，听到了吗？"

"没问题。你只要把告别信给我就行了，只要你一离开，我就会出现演完我的戏，我保证他从此恨我也恨你，不会有任何一点留恋。"

唐雁嘴角一抽搐，泪水扑簌簌落下来。她默默地点点头，站起身走出了咖啡厅。

杨威久久地站在那里，眼睛看着窗前，不时有车灯晃过，能看到他脸上挂了泪痕。陆军号啊，陆军号，她是多么的爱你。你凭什么？就凭你的这点小聪明？要不是她，我一定弄死你，就凭你今天做的这个事，足够证明你是作死。

作死容易，想死不易，且行且珍惜。

陆军号费劲地睁开眼，这里是宾馆，怎么进来的他都想不起来了，窗帘拉着不知道现在是白天还是黑夜。头昏沉沉的，喉咙里干干的，嘴里一股令人恶心的臭味，他欠起身四周看看，自己还穿着衣服，包丢在沙发上面。

嗓子眼往上一顶，他赶紧冲到洗手间，呕吐的劲又慢慢压下去了。他回到卧室从包里摸出手机，居然已经是第二天上午十一点多，他拉开窗帘，窗外的白光让他眯了半天眼睛。回到床边，他给钱海打电话，居然还是已关机，搞什么鬼，他只好发了个短信。他从水台上找了瓶矿泉水把嘴和喉咙涮清爽，之后赶紧洗澡洗头刷牙，这下感觉自己干净很多。他打开电视看财经新闻，都是关于昨日太阳证券乌龙指的报道与事件猜测。什么猜测都有，看上去很好笑。临出门四处检查一下是否有遗落的东西，才发现床头柜上用烟灰缸压了一张卡片，是孙晓乐写的，告诉他房间费已经支付。

看来是孙晓乐把他送到这里来的。他的眼光落在了烟灰缸上，里面有烟灰，这不是普通的香烟，是雪茄。他忽然冒出一股不祥的预感，这种预感让他背后冒起了一丝凉气，别扭的程度就像大姑娘被人偷看了洗澡一样，从内向外都觉得不可思议和惊恐。

他迅速出了酒店打车回家。

刚下电梯他就愣住了，楼道里站了四个保镖似的人，自己家的房门开着。他看看四个保镖，他们不说话，戴着墨镜看不到他们的眼神。他赶紧进屋。

第一眼看到的就是杨威。

杨威坐在沙发里正悠闲地吸着雪茄，见他进来，伸手示意他沙发上坐。陆军号坐下，并不说话，只是盯着杨威。他心里在想，唐雁如何了。

"主人家回来了。"杨威先开了口，"咱们可以谈正事了。"

"你大老远跑来，不会是来跟我借钱的吧？"

"钱，我要，人，我也要！"

陆军号心里一惊，看着他。

"哦我好喜欢你这种惊讶加恐惧的表情。钱，你有五百万，开了个期货账户，让钱海帮你挣点，可惜啊，被我发现了。同时我还发现一份计划书。好惊人，好宏大的计划书啊，惊险得像好莱坞大片。"杨威做着夸张的表情和动作，"我可以随时交给有关部门，你死定了。"

"那你怎么还不交上去呢？坐在这做什么？"陆军号现在明白了钱海为什么

一直关机。

"是因为你让我挣到钱了。这份计划书可不是我自己找出来的，是你的好朋友，钱海卖给我的。可惜了我没太相信，只动用了一点点的资金，不然我可就发大财了。"

"钱海？卖给你的？"陆军号惊讶。

"怎么了？很奇怪吗？人为财死鸟为食亡，天经地义啊。为此我要支付钱海三百万呢。当然要从你的资金里出。为了制造对手盘，我将你的资金全部做了对手单，也就是说全部方向都是错的，你，爆仓了，归零。"杨威双手在空中笔画着零蛋的样子。

陆军号气得火冒三丈，想上去抽他两个大嘴巴，身后的一个保镖立刻按住了他。

"怎么会是他？就算他贪财，也不至于做出这么醒龌的事情。"

"钱，是好东西，万能的好东西。"杨威招招手，一个保镖把钱海推了进来。

陆军号瞪着钱海，钱海尴尬地躲避着他的眼光。"我是很想帮你的，但我不是还要杨总给发工资吗？这样吧，军号你跟杨总道个歉，请他原谅你。识时务者为俊杰，大家都是为了钱来的，何必这么认真呢？"

"我呸！你给我滚！算我瞎了眼，认了你这么的朋友。"

杨威摆摆手，保镖把钱海推了出去。

陆军号点点头："你行，好吧五百万算我送给你了。你把唐雁怎么了？"

"没怎么呀。"

"那你是怎么进来的？"

"要是我说这家钥匙是唐雁给我的，你信不信？"他掏出一串钥匙在手上转着，那的确是唐雁的钥匙。

"你到底把她怎么了！"陆军号愤怒了。

"别急别急，先看看这个。"杨威拿出一张纸递过来。

陆军号打开一看，竟然是唐雁的诀别信！"这不可能，是你逼着她写的，对不对？"

"我逼她写？我一没绑架，二没威胁，我逼她写？你看看清楚，是她自己找到我，说要过好日子，不想再跟你了。我来，也仅仅是警告你，以后不要妨碍我们两个的甜蜜生活，否则我对你不客气！"

"这不可能，唐雁根本就不是攀缘富贵爱慕虚荣的人，她人呢，人呢？"

"这会儿都到北京了吧。"

"孙子，你把她绑架了。"陆军号从沙发上跳起来，扑了过去，边上的保镖赶紧冲上来按住他。三个保镖费了好大力气才把他重新按在自己的座位上。

"你给她打个电话不就知道了？"

陆军号拨通了唐雁的电话："雁子你还好吗，这个混蛋把你怎么了？"

"陆军号你我都不是小孩子了，很多事情是需要面对的。你也别混蛋混蛋的叫他，以后我跟着他。别来找我，结束了。"说着挂掉了电话。

"唐雁，唐雁。"陆军号再拨过去，对方已经关机。

"哪个女人不需要有一个好的归宿呢？你看看你，钱，没有。违法乱纪的事情，缠了一身。唐雁跟着你能幸福吗？不是你无能，是这个时代很现实，女人的春光就这么几年，你能给她什么？醒醒吧，女人可以欣赏你的能力，但还是要靠钱来过日子。"

"不可能，这不可能。"

"咆哮，简直就是咆哮。跟你这种人说不通，那就不说了，不过你给我记着，以后不要来打扰我们的生活，如果让我发现你的嘴脸，小心我弄死你。你最好给我滚得远远的。"说着站起来。

陆军号一脚将茶几踹过去，撞在杨威的腿上，杨威一个趔趄摔在地上。陆军号跳起来就要冲过去，边上的保镖上来就是一拳。几个人打作了一团。保镖把陆军号按在地上，杨威已经爬了起来，狠狠地踹了他几脚，嘴里还唠叨着："跟我玩阴的。"并向屋外走去。刚跨出门又回来了，蹲下身子拍拍陆军号的脸："这个东西唐雁说让我还给你。"

说着在他脸边上放下一条金链，这是陆军号在雪山上送给唐雁的定情信物。是紫玉龙纹虎头佩上的链子，陆军号一看就认得。难道是真的，唐雁把链子都还回来了，说明她真的……

杨威又迟疑了一下："不对哦，我还送给过你二百万呢。其实原本是送给唐雁的，现在唐雁跟我了，这个钱就成你的了，这怎么行呢？不过我已经答应过你是送给你的，而且要是强迫你交出银行卡好像就真的是抢劫了，要不这样吧，这条链子应该还值点钱，就算抵你那二百万吧。"说着又将金链捡了去。

"你混蛋，你还给我。"陆军号挣扎着，无奈几个保镖重重地按着他，动弹不得。

"瞧瞧你这样子，如丧家之犬。最后再提醒你一次，请不要来找唐雁，否则我会当着她的面，让你再次这样丢脸，颜面扫地。不怕寒碜，不怕死你就来。"说着迈大步出了房间。

几个保镖看老板走了，放开他。陆军号一骨碌爬起来想往外追。几个保镖又是一顿拳打脚踢，把他打倒在地，然后走了。

他费力地爬起来，一瘸一拐地追到楼下，早就没了那伙人的身影。正想回去，一辆汽车冲了过来，陆军号本能地往边上躲。车到跟前，就听里面的人喊："快上车。"是李哲。

陆军号赶紧上了车，李哲关上车窗，一路加速从小区冲了出去。刚出小区，几辆黑色轿车迎面驶过，进了小区。

"你这是怎么了？"李哲看陆军号鼻子嘴里都是血。

"没事，打架。你这又是怎么了？"

"你的本事太大了。大哥说，大哥说不能留。"

陆军号一惊："他要杀我？"

"只有你和孙晓乐是外人。"

"杀人灭口？"

"我先将你送到郊外，我也派人去接你女友和孙晓乐了。以后你们万万不能再出现在太原，如果真有一天被大哥弄到，千万不要说是我带你跑的。"

"谢谢了。"

"我不想闹出人命。今天过后你也不要再跟我有任何联系。"

陆军号点点头。

车到郊外一个酒馆，李哲叮嘱几句说会把唐雁和孙晓乐送到这里会合，之后匆匆离开了。陆军号洗干净脸，要了酒，闷闷地喝。唐雁是来不了了，孙晓乐可能也不会来。

这一切来得太突然了，就像一场噩梦。钱海叛变了，唐雁负心了，他们都去追求金钱了，这个世界的亲情呢，友情呢，还有多少人可以相信，还有多少事值得追求。昨天的胜利就仿佛是飘在云端，今天的失败又直接抛到了地狱。

没了，什么都没了。没有了爱人，没有了朋友，连金链都被杨威抢走了，好在那块紫玉龙纹虎头佩还贴身带着。妈妈只有你还陪着我，除了您还有谁啊。做操盘手，被陷害，做狗头军师，被追杀，这个世界怎么了，想要我怎样。

唐雁，这不可能。糟糕，那张诀别信丢在屋子里了。但那也绝对不是她的意思，她那样的爱我，不可能一天就翻天覆地。最近她的确是有些不正常，说话少了，有时候会发愣。难道从那个时候她就有了想法？我工作忙没好好照顾她，有怨言我信，但因此离开我，我不信，打死我都不信。我要找她问问，当面问问，她不是贪婪钱财的人。她爱憎分明，更不可能为了金钱去找杨威。这里面一定有事情，我必须当面问问她。

夜色慢慢降临，整个酒馆暗淡下来，他坐在那里一杯接一杯的喝着，呆呆的，满是伤痕。

第十一章　是忠羊，不是中央

"嘿，醒醒，醒醒，到地方了。"有人推他。

他睁开眼："啊？"

"忠羊到了。"

"中央？"

"下车了，快点。"

有人把陆军号扶下车，四周黑洞洞的，应该是深夜了，他抬不起眼睛也抬不起脑袋，任人像扛死猪一样扛着他。有人说话："还没醒呢？他喝了多少？好在一路也不吐。往那边走是县城，注意点别掉河里。"

扶着他的人应着，带着他一步一步地向县城走去……

陆军号浑浑噩噩地从床上爬了起来，发现自己和衣躺在一个平房里。屋顶很高，大概这边的人习惯了窑洞的生活，即使是平房，屋顶大概也有近三米高。屋里的设施很简陋，破旧的床，破旧的电视冰箱，破旧的衣柜。面对陌生的房间，他实在想不起来中间发生了什么。他见里面还有个套间，就喊了两声，没有人回应。他下了地，头晕晕的，口很干。到里面的套间看看原来是个厨房，就随便洗洗脸，发现连牙刷都没有，于是用毛巾包着手指在牙上蹭了蹭。

突然听到外面鞭炮响得厉害，于是出了门。这是一个院子，一个五十多岁的妇人正在晾衣服，见他出来主动搭上话。

"你起来了，下次不能喝就别喝那么多。"

陆军号歉意地笑笑："这里是……"

"房子是我的，你那个朋友租的。你当时睡着了，咋叫也叫不醒。"

"我的朋友？我的哪个朋友？我怎么觉得我是自己来的啊。"

"瞧你，都喝成啥样？岁数不大一个男孩，对了，我有他的身份证，你等着。"说着进了旁边的屋很快又出来，拿了一张复印件递过来，"就是他。"

原来是孙晓乐，陆军号还给她。

"他人呢？"

"说要回太原办点事再回来。"

"哦，您贵姓？"

"我姓姚。"

"哦，姚姐？这地方叫什么？"

"大兄弟从北京来的吧，儿化音这么重。别叫我窑姐，你叫我姚大姐！"

"哦哦，姚大姐，这里叫什么地方？"

"忠羊。"

"中央？这个地方叫中央？"

"忠心的忠，山羊的羊，忠羊县。"

这个词用山西口音念出来怎么听都还是中央，"外面为什么放炮？"

"结婚呗，你出去看看，我给你留个地址和电话，找不着回来的路就打电话。"

街道上挤了很多人，鞭炮声锣鼓声响成一团，迎亲的车队停在一旁，看来新人还没有出来。有一辆奔驰七八辆奥迪，想来这个县城经济条件还不错。

"新娘出来了。"有人喊，人群朝声音的方向拥过去。只见新郎背着新娘从人群中冲出来，把新娘放在了一个摩托车上。有两个穿着花哨，满脸被涂了油彩的老人跟着出来，乐队的锣鼓唢呐顿时声大作。新郎跨上摩托车，向大家招着手慢慢向前开，车队也慢慢行驶起来。两个化装的老人在整个队伍的前面手舞足蹈地跳着，绝对不是专业的，而且还有人不时的用彩纸或者白面向他们投撒。

"哎，新郎新娘有车不坐，为什么骑摩托啊？"陆军号好奇地问边上一个当地人。

"要让别人看到啊，表示他娶到媳妇了。最早都是坐马车，后来改骑马，现在先进了，都骑摩托了。"

"哦。那前面的那两个老人是做什么的？跳大神的？"

"嘿小伙子，不懂别瞎说。那个是新郎的爸妈。"

"爸妈？那为什么打扮成这样？"

"你们外地人不懂。这叫风俗，男方的父母打扮得越难看，被别人泼的面粉越多，说明他们越喜欢这个媳妇。"

"为什么？"

"为了儿媳妇肯吃苦受罪，说明以后不会欺负儿媳妇。"

陆军号摇摇头："看来这家父母很喜欢这个儿媳妇了，那新娘子日后不是要作威作福？"

"作威作福？别着急啊，以后也有她好受的。进男方家门的时候，男的要背着她跑，男方家的人就会用针扎她的屁股。"

"啊？那不是扎破了？"

"扎得越厉害越好，是要流血的，就是要她记得进了这家门，不是来享清福的，要懂得吃苦才行。"

"哦，真是有意思的风土人情。"他恭维了两句，离开了迎亲的队伍，自己到街上四处逛逛，既然来到这里，索性了解一下。

这里是山西省忠羊县，如果听当地人念出来，跟"中央"也没有什么区别。这是一个将近十五万人口的县，属于大吕梁地区，距离陕西很近。县城里面大概也就六万人，只有两条主要街道，一条叫老街，两端的尽头一边是牌楼，一边是钟楼。还有一条是新街，叫凤城街。为什么叫凤城，连当地四五十岁的人都说不清楚。距离县城大约一公里的地方，有一片很大的厂区，那是忠羊铜业集团，已经是一个上市公司。忠羊人自己觉得能拿得出手的当地企业大概是三个，第一自然是忠羊铜业，毕竟是上市公司，工作环境和待遇都让人羡慕；第二是陈家沟煤矿，这几年跟煤沾边的都富了，附近大大小小的煤矿都发财了，其中最大的就属陈家沟煤矿；第三是刚刚成立的宏来商厦，据说是吕梁地区装修最豪华的商场，还在老街那边配套开了两家超市，到这家商场上班对当地人来说算进入了现代化的企业。

宏来商厦坐落在凤城街，刚刚修建，九层高，这也是全县最高的建筑了，老远就能看到。陆军号上去逛了逛，规模还算不小，下面五层是商场，上面四层是办公和住宿，这里的老板喜欢将自己的家和办公楼融在一起。说心里话，在这

条山沟里建这么个大厦有点大材小用，这里的人有的甚至不会上滚梯，更不习惯
开放式的购物环境，刚才在超市的散货区就看到有人一个劲地吃。

晃荡到中午，看前面有一个相当不错的酒楼，走了进去。酒楼取名富盈堂，
红色外墙和大门，足够气派。"富盈堂，"陆军号心里想，"名字好啊，富是屋
里靠田吃饭，盈是碗中有肉有利，堂是时尚高于老土，总体看三个字结构是肥水
不落外人家。"找窗前坐下，叫了两个菜一碗米饭。饭馆内部装潢讲究，生意也
很兴隆，只是都说着浓重的山西话，听不太懂在说什么。

很快服务员把菜端了上来，还端来一碗粥。

"我没点粥，我要米饭。"陆军号看着服务员。

"这就是米饭。"

"他是外地的，"旁边桌的一个男人转过身来，"他说的米饭就是大米，拿
碗米来。"

服务员很快盛了米饭过来，陆军号跟那个男的打招呼："谢谢大哥，这边管
米粥叫米饭，管米饭叫大米吗？"

"是啊，记得以后要大米哦。你从哪来的？"

"北京。"

"北京？中央来的啊，跑这儿来做什么？探亲啊？"这个人的概念中，北京
就是中央了。

"啊，来，来投资。"

"到这里来投资？这有什么好投资的？"

"只是随便逛逛。对了大哥，我问个事。这宏来商场的老板叫什么？"

"叫张宏来。老张家的独苗开的。"

果然是他。刚才看到商场的名字，他就联想到去香格里拉时一起同行的壮
汉，张宏来。

"你是做什么生意的？"男人继续跟他聊。

"我是证券公司的，就是做股票的。"

"做股票好啊，"男人好像很感兴趣，倒上一杯酒递过来，"前两年我炒过
股，后来赔了就没做，做股票的都是高智商，敬你一杯。"自顾自喝了接着说，

"后来人家说还有一种比股票更厉害的什么货，就像赌大小，一翻一瞪眼，发财快滚蛋也快，你玩过没有？"

"您说期货？"

"对对对，就叫期货。你也懂？赶明你投资开个这样的公司就好了，到时候我们哥几个就不打牌了，每天到你那去一翻一瞪眼，痛快。"

"好啊好啊。"陆军号搪塞着。

男人被同桌的叫回去喝酒，嘴里还继续说着："小兄弟，没跟你开玩笑。别以为这里的人穷，靠着煤窑子哪个不是几十万元身价。路上跑大车的看到了吧？辛苦点每月也能挣上万。这里的人又好赌，没别的事干，没办法，都没文化，不像你们北京人啊。这里连个证券公司都没有，想做股票还要到离石去，你要是投资个证券公司，大家做期货，肯定能火起来。"

陆军号笑笑，继续吃自己的大米。一个信息闭塞但是渴望与外界接触的地方，一个有风俗但是相对落后的地方，一个富有但是喜欢赌博的地方。也许真的可以……他正想着，忽然有人喊他的名字，抬头一看居然是张宏来。

张宏来已经喝得满脸通红，看那架势是从包间里出来上厕所的。"陆兄弟怎么到我们这山沟来了？真是有缘啊。"说完晃荡着上来握手。

在这个落魄的时候能看到一位朋友真是令人高兴，陆军号赶紧站起来握住张宏来的大手。

张宏来晃着大脑袋："就你一人，我妹子没来啊？你等我啊，我先上个厕所，马上回来。"

从洗手间出来，他拉了陆军号进了包间，包间里的几个人看上去都喝得不少，屋里乌烟瘴气的全是烟，两个脸红脖子粗的人还在划拳。张宏来一个一个地给陆军号介绍，别看眼前一群人衣冠不整，其貌不扬，不是工商的，就是税务的，还有县政府的，个个在当地都是人物。陆军号一一和他们握手，因为张宏来介绍他的时候，说是北京来的投资专家，股市操盘手，所以他们对陆军号都肃然起敬。当然喝酒是免不了的，这里的人只认两种酒，一是老白汾，一是汾阳王，都不是什么高价酒，当地人就是爱喝。

陆军号又喝得头昏眼花的，舌头慢了，动作慢了，但是他的思维还在动，还在想刚才那个男人说的期货公司的事情。做事情要讲究三才——天地人。天时指恰到好处的时机，地利指适合发展的地域，人和指能够配合在一起的人际关系。唐雁离开了我，不就为了一个财字，钱海出卖了我，不就为了一个钱字？如果我有钱，如果我比杨威有钱，那么我的一切就会回来，我应该迅速地让自己富有起来。看看眼前这些人，都是这个县的老大，如果想在这里搞点事情，必须搞好关系。在看看这个地方，比较偏远信息不对称，监管力度鞭长莫及。或许真的可以……

醒来看看四周，是一间非常豪华的房间。陆军号晃晃沉重的头，看看外面天还是亮的，去卫生间用凉水洗了洗脸。从摆设来看不像是酒店，难道是张宏来家？怎么又断片了。

正回忆着，张宏来抱了一大口袋零食进来了。

"陆兄弟真的豪爽得很啊，大家说不愧是北京来的，有气魄，一点没有看不起咱们农村人。"张宏来的声音总是这么大。

陆军号笑笑："我是有酒胆没酒量啊。"

"还特能睡，一睡就是一天。"

竟然过了一天？"街口的宏来商厦不会就是你的吧？"他问。

"当然是我的了，你问问整个忠羊县，难道还有敢跟我抢名字的？你现在住的位置就是商场楼上。"

"我听街边的人说了，这宏来商场的老板可算是忠羊县三大巨头之一哦，没想到就是你。"

张宏来憨厚地笑了："谁这么抬举我哈哈，在忠羊要说巨头，我干爹才算数，他是忠羊铜业集团老板，上市公司呢。"

"忠羊铜业的董事长宋愚石是你干爹？"

"陆兄弟果然厉害，你咋知道干爹的名字？"

"你忘了我做股票的，上市公司董事长我能不知道？我很敬重宋董事长的，哪天你帮我引荐引荐？"

"没问题，小事情，包在我身上。"

　　陆军号心中暗喜，真是得来全不费功夫。想在忠羊地面上混，必定要认识这三巨头，正愁没办法认识这些人呢。

　　昨天东聊聊西扯扯也算得到一些信息。张宏来的父亲张狗本是忠羊地区第一个开煤矿的，一共五个煤矿两个洗煤厂，可惜都不是富矿，但也算是有钱有势了，这才有了张宏来盖商场的本钱。

　　那个陈家沟煤矿的老板叫陈文宝，最早的时候他是帮煤老板跑大车的，后来自己组织了一个小车队，再后来靠拉帮派垄断了忠羊地区的煤炭运输，由此捞到了金。随后在赌煤矿中得到了一个小煤矿，谁知道往下一挖竟然挖到了主煤道，非常好的富矿，于是一夜暴富成为了忠羊巨头。只可惜三个儿子都没出息，天天混黑社会，吃喝嫖赌样样在行，把整个家业祸害了，也就仗着饿死的骆驼比马大，支撑到现在。

　　再说那宋愚石，他和张狗本从小是邻居，一起光屁股长大，吃穿不分彼此。宋愚石家是杀猪的，大点之后父亲让他学杀猪他不干，跟着张狗本挖煤，有点钱就去赌矿，经常空手而归。一次赌准了一个小煤矿，一挖还真有不少煤，可没挖多久就枯竭了，他不信自己就这么背，管张狗本借钱继续往前挖，就在他资金全无绝望到极点的时候，竟然挖到了铜脉，而且储藏量空前惊人，从此他摇身一变，成了忠羊最大的巨头。后来他走上市IPO的道路，当地政府看着眼红，非要把他家的铜矿收购成国有，胳臂拗不过大腿，为了企业的发展，他同意了。所以这才顺利地完成了上市进程。

　　可别小看了这个忠羊县，据说县城中拥有过亿资产的人就不下四十个。陆军号心里盘算，必须接近他们，深入了解他们，贴着金矿不怕没机会。所有人都向钱看，别以为我就不会，做好人上天不眷顾，我就做个恶人让你们看看。钱，没那么难赚，只要遵循两条原则，一敢干，二不要脸。

　　应张宏来的邀请，陆军号同意搬到商场上面去住。

　　陆军号回到出租屋，孙晓乐已经在那里等着了。

　　"我等了您一天了，我以为出啥事了。"

　　"没啥事，遇到个朋友。谢谢你把我送到这里，真的很感激。"

"您别这么说。想不到这帮兔崽子这么狠，不给钱也罢了，竟然还要杀人灭口。"

"这个事情不要对任何人提起，咱们想办法东山再起。"

孙晓乐点头，拎过来一个大书包："我拿了您家钥匙，偷偷回了一趟太原，把屋里的东西收拾了一些过来。您看看还有什么需要的，我再回去拿。"

"算你有心。以后你什么打算？"

"太原是回不去了，我跟着您。"

陆军号自嘲地笑："跟我什么？我现在是无业游民，我可没钱给你发工资。"

"只要您肯教我就行。老师这么大本事，不怕没有东山再起的日子。我先找个工作混口饭吃，只要能跟着老师学习，我就开心了。"

陆军号想了想："这也好。如果你真的想留下来，也好。"他又在屋里走了一圈，好像是在决定什么，之后说："那么我就收你这个徒弟，也别找工作了，每月发你三千工资，跟我做事吧。"

"真的！"孙晓乐高兴地跳了起来，急忙找杯子准备倒茶。

"别急，你要保证不背叛我才可以。"

"您放心，我绝不辜负老师栽培，绝不背叛老师。"

"叫老师听着有点别扭，你叫我老大吧，我小的时候他们就这么叫我。"

"行啊，老大。"

"来吧，收拾收拾咱们搬家。"

"搬家？去哪里？"

"我在忠羊还有个朋友，咱们搬到他那里。"

"您真的就打算呆在这里了？我是不知道去哪里随便上车带你来的，咱们不去北上广发展发展？"

"这里很好。"

"这么个小县城，不是委屈您了？"

"咱们开个期货公司。"

"期货公司？"

"对，期货公司。"

第十二章　她从歌厅来

本以为那么厚的书他根本就没兴趣读完，谁知道孙晓乐半个月就看完了。中午陆军号随便考了几个指标和K线图形让他答，没有答错的。陆军号倒是从心里佩服孙晓乐的记忆力，夸奖几句。孙晓乐很高兴，不知从哪里掏出一个雪茄钳摆弄着玩。

"你抽雪茄吗？"陆军号忽然问。

孙晓乐愣了一下，赶紧收起来："这是一个朋友送的。"

"我没有问你这个，我问你抽雪茄吗？"

"不，我不抽雪茄。"声音有点紧张。

陆军号一笑："我以为你抽雪茄呢，我认识个卖雪茄的，以后可以送你一盒，光有钳子没有雪茄怎么行？"

"哦，不用不用。"

"好吧，我们来看看你的学习成果。"陆军号把话题转开，"你已经熟记了五十个经典K线组合的拉升案例，下一步你可以学习测试指标了。"

"好。"孙晓乐点头。

"测试指标，你就从KDJ开始吧。"

"是不是就看KDJ在什么情况下，才能最准确的预测未来价格？"

"差不多，"陆军号靠进沙发里，"一般一个测试项目要经过四个步骤，第一步肉眼观察，观察历史走势中，把指标发生的变化记录下来，从中发现大概的规律。第二步利用历史走势数据，来计算你发现的规律的成功概率，要详细分析每次失败原因，调整和补充规律中的不足之处，逐渐形成一个规则。第三步用规则来预测未来走势，当你的规则出现的时候，是否真的能得到预期的答案，完成虚拟状态中的模型建造。这个时候你就基本剔除了主观因素的影响，就形成了模型。第四步就是将这个模型放在实战中去验证。"

孙晓乐想了想，问道："我听您说过几次了，要剔除主观因素。这样看来似乎就不需要分析师去选股择时了，那分析师岂不是不用再分析什么了？"

陆军号笑笑："你说的分析如果就是每天像算命先生一样，说说明天股市涨还是跌，再推两只股票，赌一把，那么即便是一段时间赚钱也会再赔进去。好的分析师，是编写逻辑的人，换句话说是编故事的人。好的操盘手，是将故事实现的人。只有把他们结合在一起才能发挥最大的力量。"

"有点深奥。"

"以后会明白的，别着急，慢慢学。"

陆军号认为，不要过分区分技术派和基本派。对技术派来说，最重要的一条就是：历史一定会重演的。但历史并非简单重现，会有一定变化的，在另一个高度又回到了起点的立体空间中，就是事物发展的螺旋形上升。靠什么理解这种立体空间呢？靠的是基本派。政治、经济、社会、文化等都在变，都有新的内涵，必须要充分理解。例如去年三季度有关领导在会议上谈到中国支柱产业的时候，在钢铁、汽车、石化后面加了一个文化产业。之后文化产业作为国家支柱产业的声音和行动就开始了。股市上文化产业真正被股民重视已经是两年之后，此时很多文化产业个股已经完成了三倍上涨。所以基本面和技术面是融合的，互补互助的，没有必要严格区分或给自己固化在一个圈子内。他教孙晓乐也是两方面都要掌握。

股市又跌了，钱没有了，在天上飞走了，唐雁挥着手，却越来越远，杨威在狂笑……

陆军号从梦中惊醒，摸了摸头上的汗，从床上下来去冰箱拿了冷饮猛喝两口，平静下来。他踱到窗口，张宏来给他选的房间从窗户望出去可以看到大半个忠羊县城。夜晚的街道非常安静，偶有车辆或行人出现在街灯下再消失在黑暗中。

在这个大厦里，陆军号租了半层开公司，说是租，张宏来起初是不肯收钱的，在陆军号的坚持下，象征性地收了些租金。人员已经在招聘培训，开户、交易、清算、结算、管理等软件已经从广东番禺快递过来，硬件设备明天从太原运过来，装修最多一个星期，设备安装调试也不会超过三天，半个月后就能开张。开这个铤而走险的公司，不仅仅是为了完成富人的梦想，更重要的是个招牌，是个身份，是敲开忠羊县上层人物家门的敲门砖。

他要成功，他要发财，他要拿回一切属于他的东西，钱，就是最好的武器。

两个星期之后，一家名为方舟指数交易中心的公司在宏来大厦中正式成立了，交易中心内交易的品种是亚洲地区主要证券市场指数的期货。既不是日常看到的期货交易公司，也不是地方区域性商品交易所，这正是陆军号要的，越是没有人搞得明白越好，越是外人说不清楚越安全。

开业第一天就有三十多人来开户，这让陆军号窃喜。忙坏了几个员工，都是新手，系统刚刚培训，流程不熟悉，从早忙到晚，六点多了还没开完这些户。张宏来溜达过来叫陆军号一起去吃饭，说要给他庆祝。陆军号和张宏来在对面富盈堂喝到九点多，出门又上了张宏来的车，这个地方根本不管什么酒驾不酒驾，开上就走。后面还跟了几辆车，是张宏来的小弟。

"看你们忙成这样，生意不错吧？"张宏来问。

"培训时间太短，他们还不太熟悉业务，所以手头慢了点，拖到现在。"

"这里的人本来就比较懒散，不能跟你们大城市比，这几个已经是我给你挑的办事最利落的了。"

"这还要感谢你呢，找地方找人，没你可没这么快开张。"

"是兄弟就不说那么多，一会儿多喝几杯，有啥事情尽管说。"

"不过我真的没想到忠羊人民对新鲜事物一点都不抵触。"

"我告诉你吧，期货这个东西我知道，就是一翻一瞪眼呗。跟押宝一样，赌场押大押小押庄押闲，你这里就是押涨押跌呗，押对了大赚，押错了大赔。忠羊这个地方好赌成风，在他们看来你这无非就是开了个新型赌场，以前亲戚朋友赌，赢了输了都伤感情，这回好了，跟外国人赌，赚外国人的钱，不用考虑面子问题。"

把陆军号说得笑个不停："真是高见啊。"

　　说话之间，车进了离石市，从银昌盛歌城辉煌的大门进去，眼前瞬间一片灯火霓虹，豪华的巨型歌厅一个接一个。在一家歌厅门口停下来，两个小弟跑上来，宏哥宏哥地称呼着往里请。

　　银昌盛的确很昌盛，这里可不是说经济繁荣而是说"娼盛"。北京的歌厅是一家，而这里是在一个大院子内的众多家歌厅组成的真正的歌城。这么多歌厅抱团集中在一起，不是为了别的，就是为了势力大。开歌厅的老板哪个背后没有点黑白道的势力，大家一扎堆，更是势力庞大。歌城有大门，有自己的保安队，据说当地警方就算是想抓人，都要在歌城外面蹲点等着，轻易不敢进城办事。

　　张宏来带了陆军号和小弟们大步进了歌厅，穿着暴露的姑娘们在大厅分列两旁，向每一位走入的客人微笑致敬。一位漂亮的领班看到张宏来进来，笑着噔噔噔地跑上来，嗲嗲地招呼："宏哥好久没有来了啊，还是老样子要那个豪华卡坐？"嘴上说着，眼睛滴溜溜地打量着后面一行人，估计是在算计今天的收益，最后把眼光落在陆军号身上。

　　"知道是老规矩下次就别再问了，酒也老样子。"张宏来摆摆手，领班赶紧去前台登记开房。

　　"兄弟，看上哪个了，带走就是。"张宏来指指四周对陆军号说，"这里没有善男信女，也没有北京的政治觉悟，你就放开了玩，你看刚才那个妈咪对你都快流口水了，可别憋坏了这群小浪蹄子。"

　　"比北京天上人间还厉害。"

　　"天上人间算个屁，银昌盛每天报到的姑娘没有三千也有一千，好好玩吧。"

　　一行人穿过大厅，虽然才过九点，已经是人挤人人贴人了，一堆一堆的人，边喝边随着台上领舞美女喊着叫着摆动着身躯。进了卡座，刚才那个领班带了十几个姑娘过来站了一排，一个小弟看了一眼张宏来，见老大没反应立刻说："你这里美女都被泡绝了，越来越差啊，换了。"换了四五次才给每个人定下一个。

　　一个穿低领衫，半个白胸都要蹦出来的妹妹坐在了陆军号身旁，往他身上一贴，手就揽到了腰后。陆军号按住她的手低声说："只许我摸你，不许你乱动，在我边上坐好就行，不听话就让你滚蛋还不给小费。"女孩撇撇嘴，收了手。

　　一看这群人就是常来玩的，抱着姑娘一顿猛灌，姑娘们也不示弱，划拳掷色子，大家玩得大呼小叫，接着就是一对一对地下舞池狂欢。大波妹拉着陆军号也下了舞池，借着酒劲随着舞台上的重金属乐队敲击的狂躁节奏，陆军号也跳到了疯狂。整个舞池充满了酒气和女人香水的气息，混杂在一起就变成了一种污浊，想逃避这种气息的唯一方式就是随着震耳欲聋的节奏不停地摇头和蹦跳。

　　一直跳到出汗，陆军号回到卡座，张宏来坐在那里招呼大家喝酒。正喝着，旁边卡座里有人打了起来，还伴随着女人的尖叫，周边人围过去看热闹。一个穿蓝色吊带的女孩从人群中冲了出来，吊带已经断了一边，用手拽着，脚下一绊扑进卡座里来，跌跌撞撞地摔倒在张宏来的脚下。张宏来下意识地伸手去扶，女人抓住他的胳膊说："救救我。"看年龄也就二十。

　　说话间有三个男人也从人群中挤过来，上来就抓人，张宏来一把拦住了。

　　"她进了我的卡座，我还没说话，你们就来抢，不合适吧？"张宏来把女孩拉起来，让她坐在自己的身边，女孩不敢坐只是战战兢兢地站在那里，用手揪着吊带挡着前胸。

　　来人一听这话就急了："你放眼搞清楚，这个妞是我先点的，谁抢谁啊！"

　　"那么这位小姐，既然他点了你，你为什么跑啊？"

　　女孩咬牙说："他们，他们问我出台吗，我说我不出台只陪喝酒，他就打我，还用，还用啤酒瓶戳我下面。"

　　"这里还有不出台的姑娘？倒是也少见。"张宏来笑。

　　"我，我来只是为挣钱还债，我不出台，我只陪酒。"看来她吓得只会说这句了。

　　边上的小弟冲着那三位说："你们丫的出来玩也要讲点文明啊，愿打愿挨才行，别把自己搞得像流氓似的。"

　　对面的一个人上来挑衅："你丫是哪棵葱，敢管爷爷我的事。"

　　张宏来伸手挡住了对方："大家出来玩也要两情相悦，既然她不愿意就算了。哥几个再去挑个好的，今天吃喝玩乐钱记我身上，算给我个面子。"

　　"给你妈啊。是婊子就别学人立牌坊，给我过来。"那人上去就拉女孩。

　　张宏来一挥手中的酒瓶子，就砸在了那小子脑袋上，就听"噢"的一声，人疼得跪在了地上，血一下就出来了。另两个想上来帮忙，见卡座里人多没敢上前。这时又有几个人拉开人群走了进来，为首的一个四十岁左右的人老远就叫："宏来兄弟啊，何必生气呢？"

"原来是陈家老三，不好意思啊，我只是帮着维持秩序，没想到这小子嘴不干净，一时冒火教训了一下，抱歉抱歉。"张宏来站起来请他坐下。

"这是陈家沟煤矿的三儿子陈从。"边上的小弟偷偷跟陆军号说。

陈从坐下，伸手就抽了趴在地上的那位一嘴巴："嘴不干净就该打，还不滚，在这脏了地毯。"那三个人赶紧跌跌撞撞地躲开了。

陈从又指指女孩："这个丫头交我处理吧。"

"陈老兄，不劳您的大驾了吧。"张宏来看了一眼那女孩，继续说，"这个小丫头我看着还顺眼，让我带回去玩玩？"

陈从笑了一下："玩，没问题，但要讲规矩。我小弟先点的人，你想玩也要排队。我小弟嘴不干净就该挨打，我不怪你，但做事要有先来后到吧，如果这样的秩序我们都维护不了，以后怎么做老大啊。"

张宏来再看看女孩，女孩吓得站在一边不敢说话，他转向陈从："那陈老兄你说怎么办吧，我看上她了。"

"这位姑娘，来歌城做事就应该伺候好客人，伺候不好就应该挨罚。原本想找人好好教教你，现在有人护着你，算你运气。宏来兄弟，这样吧，你看我小弟做错了事，出了血，那么你破坏规矩，是不是也按做错事处理一下呢？"

"你想怎么着？"有小弟不服，张宏来赶紧拦住。

说着向小弟一伸手："刀。"

看小弟愣在那里，他又说了一遍。小弟从后腰拔了匕首递过来，张宏来二话没说就在胳膊上划了一刀，血"哗"的一下流了出来。

"哎呦这何苦来的呢，为个歌厅姑娘何必呢？"陈从站起来拍拍张宏来的肩，"兄弟，都是为道上这点事，别伤咱俩感情，谢你维护这里的规矩。"又拍拍女孩的脸，"算你运气好。"说完带着手下走了。

大家赶紧给张宏来包扎，出了歌厅。

"好不容易请陆兄弟出来快活一下，全给搅了。"张宏来倒是镇静自若。

陆军号笑笑："还是你能罩得住，换我只剩挨打了，那个女孩怎么处理？"他指指身后被小弟们带着的姑娘。

"我救下来的当然跟我走了。"说着张宏来一把把女孩拉到身边。女孩的手松了吊带，衣服一沉半个雪白的胸脯差点掉出来，慌乱中赶紧再捂上。他觉得好笑："你多大了，来做多久了？"

女孩还有点惊魂未定："十八，昨天刚来。"

"这么巧啊，这的小姐都说自己是新来的。"张宏来仔细打量这个女孩。女孩长得眉清目秀甚是可人，头发光滑而发亮，垂垂地落在胸前，蓝色的吊带裙半遮半掩的，细腻的肩头露着内衣的银光细带，两条白净的大腿和细长的脚趾。吸引他的是女孩的皮肤，借着霓虹的灯光他看到的是白里透红的肌肤，如瓷一般光滑细腻。"真没出过台？"

"我只陪酒。我谢谢你救了我，要不，要不我赔你钱吧，你说赔多少？"

"你赔我钱？你有多少钱？"张宏来笑。

女孩听了站在那里支吾了半天才说："我现在没钱，等我挣了再还你。"

"十万。"张宏来说。

女孩瘪着嘴眼泪扑簌簌地落了下来："少点可以吗？一万，一万好吗？我写借条给你，等我挣钱了还你。"

"五千。"

"五千现在也没有。"

"那你家呢？"

"我爸欠了人家的赌债，家里能卖的都卖了，没钱了，所以我才出来挣钱，你放心我一定能挣到钱还给你。五千是你说的，不能耍赖，我一定还你。"

张宏来笑了："那钱我不要了，你跟我走。"

"我还你钱，我给你写借条。我不出台，你是好人你放了我吧。"

"不行，带上她。"张宏来一挥手，几个小弟上来把女孩按住，拖进了后面的车。

"张兄，这……"陆军号上前一步想阻拦。

张宏来冲他一笑："逗她玩呢，你放心，我张宏来不是流氓。"

一行人上了车，几辆车前呼后拥地出了银昌盛歌城。

"你这玩的哪出啊？"陆军号问。

"你没觉得她很特别吗？"张宏来反问。

"你说什么？"

"被逼到这个份上，还不肯卖身呢。"

"你咋知道她真的不是小姐？"

"我觉得她就不是。"

第二天女孩被带到宏来商场的总经理王喜的面前。昨天晚上的事情他当然早就知道了。

"你叫什么？哪里人？"

"我叫赵兰兰，运城人。"

"你欠我们董事长钱是吧？"

"我……"

"董事长说了，留你在这工作，挣钱还他。我们这是商场，你就给我在这里好好上班，工资两千，奖金另算。当然现在不能发你工资，因为你还欠张总钱，只给用餐补助，住职工宿舍。还有，不许逃跑，听见没有？敢跑就打断你的腿。"

赵兰兰一片茫然地点点头。

王喜又不傻，张宏来的意思一听就明白了，给安排了个楼层主管的职务，还给了赵兰兰一张张宏来的名片，说必须一天联系一次，报告自己的工作情况，不许逃跑。

赵兰兰很纳闷，这么好的工作，有吃有住还逃跑？当天就在商场上班了。

在忠羊县说股票，还曾经有人做过。全县曾经有过一家证券公司营业部，由于股市几年都不景气，现在已经只有牌子没有人，早撤摊子了。说到期货，这里的人最多只有几个听说过但还没做过，如果再说指数期货，以及亚洲地区主要证券市场指数期货，那简直就是天书。

相声不是说吗，你不懂，那才好办呢。陆军号干的就是大家不懂的事情。

宣传绝对不可以少，这里的风俗就是大秧歌队，放鞭炮，文艺演出队，宣传车的小喇叭满街喊。教育也不可缺少，开设学习班，每个来参加听课的人都有价值一百元的小礼品，衣冠不整者除外，来者有份。漂亮姑娘不可少，专门招聘四个美女，每天的工作就是穿着西服小裙微笑着给大家泡茶。

最后就是一定要先找人吃点甜头，口碑传播才是最完美的。

"期货啊，不管你是石油期货还是黄金期货，还是我们这个指数期货，实际上你都是看不到摸不到的，黄金期货你也看不到一根金条。"陆军号对下面几十人讲，"有人买过股票吧，举手我看看，啊好，买股票的时候你见到给你一张纸叫股票吗？对了，没有，回答正确送你个礼品。所有的买卖都是一个数字。大家看我们周围的电脑，都可以看到这些数字的变化，这就是钱啊。操作简单得很，就是买它是涨还是跌，就像我们赌大小点一样。你买涨，它升了你就赢，降了你就输；你买跌，降了你就赢，升了你就输。简单吧，不明白的举手。哦，还是这么多人不明白。好吧，想发财的举手。好好好，想发财的人不少。那个女同志你过来。"他特意挑了一个穿着普通，看上去是家庭主妇的女人上来。

"现在我来带你操作一次，当然不用你出钱，我来出钱，赢了是你的输了算我的。怎么样？"

"你说真的？"女人一脸迟疑。

"这么多人做证，我敢赖账吗？大家听好了哦，我替这个女士出五万元来做期货，目的是给大家演示一下怎么操作期货，赚了钱呢是这个女士的，赔了全算我的。孙晓乐给这位女士账户上划五万资金。"

女人高兴得嘴都合不拢，大家里三层外三层地围了上来。陆军号打开电脑，开启软件，然后打开印度指数行情系统，红红绿绿的K线就出现了。

陆军号边切换行情界面边说："从图形上看，我认为它会下跌，所以我现在买它跌，这就叫开空单，大家看好哦，我现在开空单了。用了四万八千元，好了，我们拭目以待，看看有没有下跌，如果真下跌了我们就赢了。"一群人鸦雀无声地盯着电脑等，眼看着印度指数果然慢慢开始下跌了。"跌了跌了！"有人在喊，后面的人更加骚动地向前拥挤。

"真跌了。"

"真是神了，这么准啊。"

"要不说人家从北京来的呢。"

"听说还是金融研究生呢。"

"准，就是准，这就是挣钱了吧。"

一时间，四周的人议论纷纷，不少人开始跃跃欲试。

"好，我认为跌到这里应该不会再跌了，所以我平仓，就是把刚才的单子清了，大家看好，交易系统中都有中文说明。好，平掉了，我们来看看收益多少，短短几分钟，一万二千元。"会场一片欢呼，那个女人瞪大了眼睛看着他，似乎在要求什么，他继续说："这位女士就在这几分钟内赢利一万二千元。按规定这个钱要明天才能取，但是为了今天这个吉利的日子，我现在就给您。孙晓乐取钱给这位阿姨。"

孙晓乐捧着一摞钱过来："一万二千元，您拿好。"

那个女人发疯地尖叫起来，其他人更是欢呼一片，场内的气氛异常兴奋。

"这就是期货，对了错了输了赢了，就这么快，明明白白简单明了。打麻将有这么刺激吗？我们这里有空调，有盒饭，比家里都舒服。开户就能做。"

"多少钱才能开户？"

"必须一万以上，低于这个数国家是不允许开户的，这里有说明书。"

"不能便宜点吗？"

"不能，这是国家规定，咱们不能违法不是？"

忠羊还真的是一个好赌的地方，在陆军号的连续宣传下，居然出现了排队开户的现象，几天就开户了267人，资金520万，这让陆军号感到兴奋。但他并没有停下来，开始做另外一件事。

有一个人，一直都在他计划中，如果能拿住此人，就有机会接触上市公司，就有机会东山再起，就有可能迅速积累财富，从杨威手中夺回唐雁。

唐雁，你现在在哪里，你要财富，我给你去挣。他已经托人在打听唐雁的下落，奇怪的是，从那天起唐雁似乎就失踪了，电话不通，连经常接触杨威的人都说没见过唐雁的影子。总不能是杨威把她囚禁了吧，应该不至于，杨威虽然够坏，但对唐雁一向是言听计从的。一定是杨威连哄带骗地把你弄到哪里去了，我一定能从他手中把你夺回来。

第十三章　忠羊铜业

忠羊铜业集团的控股公司忠羊铜矿是一家上市公司，但是在前些年业绩持续下滑，后来随着国际铜价暴涨了六倍后，这家上市公司也开始风光无限。老总们都扬眉吐气了，洋房也有了，豪车也坐上了，做报告的时候都会说我们的领导班子经过多年的努力，已经将一个中等规模的铜厂，发展成为一个配套设施完善的大型铜矿基地，我们的业绩已经是几年前的四倍。其实还赶不上铜价格的上涨。

忠羊铜业集团的董事长宋愚石更是成为了山西财经界的风云人物，作为忠羊县的首富，陆军号刚到忠羊就知道了这个人。陆军号弹弹文件，要想接近一个人让他对你感兴趣，甚至听从于你，一定要从他的弱点下手，是人都有弱点，这就像电脑软件一样总会留下漏洞，给了病毒可乘之机。但经过多方了解，宋愚石财、色、情、气都不沾，而且一般不肯见生人。

陆军号在纸上随笔写着：弱点、见面、张宏来、干爹。

富盈堂每天都是生意兴隆，不提前预订还真没地方。陆军号约了张宏来喝酒，一起来的还有商场总经理王喜。

酒过三巡大家的话也开始多了。

"咱这个商厦，不是跟你吹，论设备在整个吕梁地区都是数一数二的，论人员在整个吕梁地区是学历最高的，论待遇是最好的，论销售业绩我几乎垄断了忠羊县。"王喜一说起商厦就眉飞色舞，看得出还是蛮自豪的。

"那就是发财了呗，来为发财干杯。"陆军号不失时机地给他俩添酒。

张宏来摆手打断王喜："陆兄弟也不是外人，你小子就别吹了。发什么财？"他抓着陆军号的手："兄弟不瞒你说，也就赚点小钱。咱打小和老爹就是挖煤的，商业这个东西咱以前没搞过，以为拿个东西卖了就能赚钱，后来才知道税那叫一个高，不按利润按营业额，那不是瞎扯吗？而且官府衙门众多，我列了个表，能数的出来的部门就有三十多个，要不是张县长和吕梁那边的王市长罩着根本搞不动。就算有人撑腰，这五一、十一、中秋、元旦还不是要挨个部门去上供。连供水供电的都要伺候好了，不然停水停电，你说我怎么发财？" 张宏来喝点酒也开始发起牢骚，王喜跟着附和。

陆军号轻松地说："搞搞合理避税。"

"避税？什么避税，咱们这查逃税才查得紧呢，有关系少核点还可以，想逃税可没戏。"王喜埋怨。

"不是逃税，逃税是违法的，违法的事情咱不能干。避税是一种在法律允许的范围内，减少或者免去税收。"

"有这好事？"张宏来眨眨眼，"你知道我们这些人读书少，有好办法你就直说吧。"

"我不是学财务的，法律条文背不下来，但多少还知道点避税的方法。你们是申请的一般纳税人吧，"看他们几个点头，陆军号继续说，"那就是增值税17%、企业所得税33%，按照这个交税企业要饿死了。我记得有这样的规定，新办的商业企业，在当年招收下岗职工占总职工的30%并签三年以上合同，就可以三年免征营业税和企业所得税，好像连什么城市建设税都没有了。你们这个商场是今年一月开张的吧，现在就是当年啊！"

"三年免征？乖乖，那可是好了。"王喜第一个叫了起来。

"你跟人家学学，怎么就没有人跟我说过呢？"张宏来指着王喜的鼻子，"可是到哪找下岗职工去啊？"

"忠羊铜矿不是实行末尾淘汰制吗，每年不是都有2%的人下岗淘汰吗？你筛选一下不是就可以了。"

王喜赶紧否定："被淘汰的都是落后分子，搞一群老妈子来，我可管不来。"

"陆兄弟不是说让你挑吗，你这人怎么这么轴呢。前前后后下岗了几百人，让你挑个二三十人还挑不出来。哪个能干哪个不能干，我干爹心里明镜似的，回头让他们列个名单来。这好弄。"

陆军号笑着举杯："都不用二三十人。你将现在的销售人员改编成促销人员，人事部门来查的时候就说是厂家的促销员工，不属于本公司职工，这样你的在职职工就少了很多。所以只需要不多的几个下岗职工就可以满足30%这个数字了。"

王喜拍拍脑袋："乖乖，还是你会用脑子，有文化就是有文化。来，喝。我再敬你一杯。我不学无术自罚一杯。"看来是喝多了，三杯过后他瞪着眼睛问："那三年以后税收怎么办？"

张宏来瞪他："你这就叫得寸进尺，三年后的事情谁还知道。"

"办法总还是有的，依现在的政策来看，私营企业安排退役军人达到30%比例，也一样可以免三年营业税和所得税。找点退伍的男兵开开车，做个保安什么的，招聘女兵也可以做个文秘啊。"

"你看看这就又三年，六年过去了，来喝酒。"张宏来真是喜出望外。

"你要是能再说出三年，我把这剩下的都喝了。"王喜举着瓶子都快站到椅子上去了。

"在这六年间，你在全县各村镇设立农村超市，按最新规定，对在农村设立超市的是有补贴的，自己不用花多少钱，政府帮你开门脸。超市专门找一些残疾人当雇员，符合一定比例后你又可以不交税了。"

王喜二话不说，左手伸着大拇哥，右手举起酒瓶子一仰脖咕咚咕咚地灌下去。喝完"咣当"一声趴在桌子上睡着了。

张宏来摆摆手："别理他，大老粗。我们这些人就这样，缺你这样的文化人啊，要是你能长期待在忠羊就好了，可惜你是天上的凤凰，总有一天你会走的。"

"长期又能怎样？"

"或许也能帮帮我干爹。"

"宋愚石宋老？"

"是啊，有的时候他也苦啊，身边没个你这样能出谋划策的人。"

"我就算明天走，今天也能帮人出谋划策啊。"

"有你这句话太好了，愿不愿意跟我去见见我干爹，他为人谨慎，轻易不见陌生人，主要是想打他主意的人太多，他信不过啊。"

"我一来忠羊就听说了他的传奇故事，崇拜不已。"

"周日，周日我去看他，咱们一起去。"

陆军号暗地欢喜，未等自己开口张宏来已经发出邀请，得来全不费功夫啊。两人一高兴又喝了一瓶，舌头都大了。

张宏来拿起电话："兰兰吗？我喝多了，还有陆兄弟，你叫上两个人扶我们回去。"

"张哥，你真的看上这个赵兰兰了？"

"人不错，挺好的。"

"你跟她搞上了？"

"没有哦。"张宏来一本正经，"我想弄她来着，结果她死命反抗说自己还是处女。"

"那你算是碰上纯的了，这年代可不容易，真的假的啊，你信吗？"

"我信，不知为啥我真的信。我派人去运城她家打听过了，她说的家里事都是真的，她没骗人。"

"但毕竟是歌厅出来的。"

"歌厅出来的咋了，古人不是说吗，出淤泥而不染。"

陆军号见对方是铁定了心，也就不便再劝，赶紧说："看来是位好姑娘，来为好姑娘干杯。"

两人还在喝的时候，赵兰兰带着几个商场员工进来了，把三位搀扶回了宏来商厦。

孙晓乐学习的速度有时候让陆军号感到很吃惊，居然能在这么短暂的时间里做完这么多次的测试，白天又要帮忙看着期货公司，看来都是晚上下的狠功夫。

陆军号直接翻到测试结果部分：

1. 当KDJ中的J进入超买超卖区域，即高于80或低于20后，以下条件更加准确。

2. KDJ中J的变化速度非常重要，当K线很短小，但是J的变动非常大的时候，反向变盘的概率很大。

3. KDJ中J的在超买超卖区内，角度变动很重要。无论日K线长短，J的趋势突然转变角度，反向变盘的概率很大。

4. 在一个趋势中，当日K线的方向与J背离时，价格延续当日K线方向。如果KDJ中的K也发生背离，准确性更高。

5. 以上条件，在60分钟K线和120分钟K线上显示得更明显。

用了一天的时间，陆军号仔细抽查核对了部分数据的测试工作，得出的结论是孙晓乐没有偷懒。于是给他留了下一个作业，测试BOLL线。

要想在股市上常年不败，靠的可不是在书本上读到的技术指标。首先，这些经典指标都来自期货，期货是双向思维，而中国股市是单边市场，只有上涨才能挣钱，下跌是无法有收益的，所以它的思维模式与经典指标并不配套。这种单边思维的市场就造成了中国股市的牛短熊长。其次，几千万股民都在使用这些经典指标，如果都按书本上写的做就能赚钱那么就没赔钱的了。说明经典指标中有一些东西并没有写在书上，当年的创始人也不会将全部用途告诉大家，他隐藏起来的东西才是最宝贵的金矿。再次，任何技术指标都不是神器，都有它的锚定空间，一旦跨出它的范围就是错的，所以必须找到它的锚定空间范围，这需要数据统计。我们平时说经验，就是在运用指标次数多了之后在人脑中形成的自然反应，并没有经过数据验证。要想将经验做到升华，就一定要经过测试，最终得到模型。

模型，在自己的锚定空间内，将发挥其概率的优势，成为不变的神器。在锚定范围外，恕不考虑。这是一个真正操盘手的第一步，建立自己的锚定空间，而多数的券商自营部或资产管理部人员都没有这样的锚定空间，更多的依靠主观判断。

星期日一早张宏来就过来了，陆军号叫上孙晓乐一起直奔忠羊县的新区外，宋愚石的山间别墅。

"你怎么跟宋老介绍我的？"陆军号问。

"我刚一说你的名字，他就说已经听说过了。我又把你的那几个逃税办法给他一讲，他就说，"张宏来清了下嗓，学着宋愚石的口吻说，"看来这小子还真的是个人物啊，正好我上周末上山打了一只野猪，明天你叫他一起来吃个中午饭，让我见识一下。"

"宋老对这忠羊地界的事情倒是了如指掌。"

"可别小看我这干爹。"

说话间已经进了宋府。说这里是豪宅一点不夸张，大院前就有近三百平米的停车场，门两侧有石狮守卫甚是威武。进了院门先是影壁，雕日出云海松鹤迎宾图，转过影壁，院内植被繁茂，左边有高大的喷泉假山和鱼池，右边修一个游泳池。往里看，全部按照北京四合院的房间坐落建造，大门开在风卦上，住宅放在水卦上，只是平房全部改成两层的楼房。张宏来带陆军号径直进了正堂，从外面看这是两层楼，进去发现只有一层，高高的天花板上挂了巨大的吊灯，看上去足足有一间房子那么大。屋内全部是仿古实木家具，桌椅摆设厅堂设计也是仿古的，让人感觉到一股稳重的气息。

屋里临窗那边坐着六个人站着两个人，四男两女，四个男的在打麻将，两个女的大概就是家属吧，在一旁的沙发上聊天，站着的那两个是用人。见有人进来，一个年岁长点的挥了挥手："宏来你先招呼朋友喝茶，我们还要打几圈。"

这个人应该是宋愚石，陆军号在网上查过他的照片。

陆军号与张宏来就在麻将桌旁边的茶桌坐下，孙晓乐很规矩地站到一旁。有用人端上一套茶具，沏上茶。

"这个普洱不错。"

张宏来点头："你还懂茶？"

"我可不懂，随便乱喝，这茶应该有十年以上了。"

"你能喝得出来？算是遇到会喝的人了，没糟蹋这个好茶。"宋愚石说。

"云南产的吧，普洱市？"

"不是的，"宋愚石摇头，"云南普洱只是一个茶叶的集散地，而普洱茶也不是专门的一种茶叶。当年的茶农都是用马队将茶叶运送到普洱这个地方，由于路途遥远并且要经过热带雨林，所以茶农就将一些茶叶做了处理，没想到就出现了一种合成的茶叶，由于在普洱这个地方出售，所以叫作普洱茶。"

"看来还是宋老有研究。"陆军号去过川藏当然知道普洱的来历，故意这么说是让对方有为人师的快感。

"我这个人只是好学罢了。像你们这些做投资的，我也很想接触接触，多学点知识。"

"别看干爹快六十了，但电脑玩得不比年轻人差，最近还玩微信呢。"张宏来在一旁说。

"宋老这是与时俱进啊。"一句话让在座的都笑了。

陆军号一边品茶，一边仔细地听麻将桌上四个人的聊天，能和宋愚石坐在一起打牌的人，估计来头都不会太小。听了一会儿知道这几个人都是做企业的，而且是各有牢骚，埋怨最大的要数坐南边的那个，一直在说肉价涨了，自己的汉堡包生意利润越来越少了。

"你把汉堡中的肉饼压扁点看上去一样大，重量减小点不就行了。"一个人给他支招。

"咱这农村人可不比城里人，城里人多块肉少块肉不在乎，咱们这的人吃的就是中间那块肉饼，面包不给都没事，肉饼小了跟你急。"汉堡老板争辩道。

东边的说："炸肉饼的时候多加点面粉。"

北边的说："不好吃了，谁还再买啊。"

陆军号插话道："把外面的面包缩小点，就减少了成本，而肉饼会显得更大，消费者会更喜欢。"

大家愣了一下，都看做汉堡的那位。

"你不是说大家不在乎外面的面包吗？"陆军号补充说。

汉堡老板想了想冒了一句："还真是个办法啊，你叫什么，脑子挺好使啊。"

陆军号笑了笑："我是陆军号，平时耍点小聪明，靠出些点子挣点钱，像您这个点子我是要收五千元的，初次见面就免费赠送了。"

东边的人笑："有意思，靠出点子赚钱。好，你要是能给我出个点子，我愿意付钱。"

陆军号笑笑："我这都是雕虫小技，也不一定适用。"

"你也别客气，听题吧。"东边的人中音很洪亮，"我有一个牙膏厂，吕梁地区百分之八十的牙膏，都被我包了。现在到瓶颈期了，当地销量又基本饱和了，不能扩大再生产了。你给想想办法。"

"这也叫问题？"汉堡老板说，"你就抱着吕梁这一亩三分地啊？向外发展啊。"

"那不要成本啊？赚不回来更多的钱，你给我钱向外发展去啊？"

陆军号想了想："你的市场占有率就那么稳定？"

"不是吹牛啊，我这个牙膏中有吕梁地区的一种草药，吕梁人很认这个的，所以销量一直稳定。我也尝试过变换牙膏颜色啊，加各种口味啊，加条纹加冰片啊等等。提高销量的效果微乎其微啊，我又不能去宣传每天刷五次牙，怎么才能让他们多用药膏呢？"

"价钱五万。"

"啊？"牙膏老板张了张嘴，"他五千我怎么就五万了？"

陆军号笑道："事不一样，定价不一样。我把办法说出来你认为不可取，就不收费，一年内不用就可以了，在座的大家做个证就好。"

"好，那我就听听你的五万元高招。"牙膏老板说着把书包从椅子后面拎到前面，"咚"的一声放在地板上。

"宋老有纸笔吗？"

宋愚石示意边上的用人取来。陆军号接过来写了几个字，递给宋愚石。宋愚石一看笑了，又传给边上的人，那人也笑。

"什么啊，给我看看。"牙膏老板着急地说。

"我看你这五万肯定要交了。"汉堡老板把纸条递过去。

上面几个字是：把牙膏口加大点。

"人们将牙膏挤在牙刷上，多数关心的是长度，很少有人关心直径。"陆军号解释说。

"你要是说能用，这五万可就是人家的了。要说不能用，你一年内都别用这招，要是让别人学了去，你这占有率可就危险啊。"边上的人帮腔。

"不愧是北京搞投资的。我服，这五万是你的了。"说着牙膏老板从书包里数了五万推过来。

"君子得财，取之有道。这钱您先拿着，以此方法开工两个月，如果没有成效我不收钱，如果有成效还请您送到我的住处。"

"你这个小兄弟我喜欢。"牙膏老板赶紧把钱又收了回去，想了想又说，

"我也有个要求，就是这个办法不能向其他人透露半点。"

"您放心，在座的前辈们给监督，我保证不跟在座以外的人提起。"

"有意思，"北边这个人拍手叫好，"小兄弟你也给我解决一下困境。我是吕梁市的地产商，也是吕梁市地产协会的主席。我们现在遇到了一个问题，地产价格连续上涨之后，群众对地产商的意见越来越大，政府也开始对我们有看法。而我们为了抬高价格，很多楼盘留下的不好的尾房我们都没卖，这个存量已经被媒体注意到了，正在以此为攻击点来质问我们。现在我们地产协会很需要找到一个办法，让各个方面都满意的办法。陆兄弟有什么高见？"

陆军号皱着眉头说："尾房不好也是房啊，为啥不卖呢？"

"这样就等于减少了供给量。"

"原来如此。既然是协会的事情，您又何必自己费心呢，让地产商们自己去讨论好了。"

宋愚石笑着说："这位赵总是吕梁地区最大的地产商，吕梁地产的百分之三十出自他的手。我说的是整个吕梁地区，可不仅仅是吕梁市哦。"

"群龙之首，大家的事情就是您的事情。这个事情比较大我要好好想想，政府、地产商、群众，各自的利益点不一样，因此对一件事情的认识就有不同的角度，只有让他们把角度统一了，才能达到一个满意点。"陆军号陷入沉思中。

四个人也不打牌了，端着茶碗喝茶聊天，等着陆军号有什么好办法。

宋愚石上下打量着陆军号，这个年轻人倒是有点小聪明。对于他的资料其实早已拿到手上，来龙去脉一清二楚，至于怎么跑到我们这个穷山沟子里来倒是个谜题。也许他真的是一杆好枪，能替我拿回属于我的东西。

陆军号深吸了一口气："五十万。"站在一旁的孙晓乐直嘬牙花子。

地产商放下手中的茶杯，看看其他三个人，慢条斯理地说："也不算惊人，说来听听什么好办法能让我愿意买下你的智慧。"

陆军号点点头："老规矩，您说不能用就可以不出钱，一年之内不用就行。请给我纸笔。"

牙膏老板让了座位给他，陆军号坐到牌桌前，他开始在纸上讲解起来："这个里面有四个人，一是地方官，二是地产商，还有群众和媒体。地产商没有地方关系肯定做不大，而地方上也需要地产商给他们创造税收，所以他们两个之间并不完全对立。对立的是群众和地产商，群众认为房子价格太高了，而地产商当然希望越高越好。群众的呼声会让地方官不安，他们需要表态，自然会对地产商施加压力。至于媒体只是唯恐天下不乱。这样看来，唯一能联合起来的就是地方官和地产商。"

地产商说："地方上的确也不希望降价，这关系到财政收入。他们就是要我们给一个解决的办法，以平息怨言。但要知道我们一旦开始降价，人们可是买涨不买跌的，最后我们会自身不保。"

陆军号点头："您刚才说每次卖房后都会有一些尾房，这些尾房对地产商来说，本来就不好卖，也不指望这些房子能带来多大回报，对吗？"

"对啊。你不会是想让我们降价处理了吧。"

"不是降价，是白送。"　一屋人同时"啊"了一声，陆军号笑笑继续说，"你们把这些指望不上的房子拿出来，送给政府。由政府将这些房子出租给那些穷困家庭。你们可以起个好听的名字叫民租房或低租房什么的。地方政府要解决买不起房的低收入人群居住问题，而地产商则提供房源。地方政府来规定哪些人可以租这些房子住，增加了财政收入还得到了群众的好评。而你们地产商将那些尾房提供出来，得到了群众的称赞。最重要的是将房屋库存真正地减少了，新楼盘就更供不应求，怎么可能降价呢？一个新模式的出台，必定引起媒体的重视，这样的给群众让利的壮举，还会担心没有好评？"

屋里的几个人气都没有喘地听陆军号讲完这个故事，之后彼此相看，似乎在征求他人意见。孙晓乐暗自竖大拇哥，不愧是老师，就是厉害。张宏来更是听得连连点头。

"那他们都去租房了，谁还买房啊？"汉堡老板问。

"这些人本来就买不起房，能买得起房的，政府不会让他来租。"陆军号答。

"实在是高，实在是高啊。"地产商刚刚从沉思中醒过来，站起来握住了陆军号的手，"一个民租房，就解决了多方面的矛盾和利益关系，佩服啊太佩服了。我们想了那么久都没想出来，你这么短时间就捋顺了，太了不起。"

宋愚石点点头："老赵啊，这的确是个办法啊。如果能在省人大得到论证，推广到全省，你老赵也就出名了。我看五十万不多啊。"

地产商点了一下头，从书包中找了支票夹，被陆军号挡住了："我要现金。"

"好的我回头给你送过去。"

大家没兴趣打麻将了，开始天南海北地聊天，用人准备好了午餐，大家一定要让陆军号坐在宋愚石的边上，以表示上宾。陆军号推脱不过也就不谦让了。宋愚石准备了天然野猪肉供大家品尝。

吃饭间地产商突然问道："陆老弟，你们做股票有没有内幕消息啊，你嫂子可赔了不少，你给透露几个内幕消息，赚钱大家分。"

"这你算问对人了，陆兄弟是基金经理，股市上的风云人物。"张宏来赶紧介绍。

陆军号看看边上的宋愚石，心想真是天赐良机，正好钓大鱼。"您真的相信内幕消息能满天飞？宋老这就是上市公司，你问问他有多少内幕消息给您。"

"我可没有什么内幕消息。"宋愚石呵呵笑着说。

陆军号接着说："不瞒各位哥哥们，你们说的那种内幕消息我知道，股市上消息满天飞，其实只要是能让你们听到的消息，百分之九十九都是假的。以我为例，我们要做一只股票，需要一整套严谨细密的计划，要跟上市公司打好配合，一个运作周期可能几个月甚至是一年，每一个细节都要事先做好应对的方案。这是一个复杂庞大的工程，而真正能参与到这里来的核心人物，一般只有几个人，大家在市场上听到的消息怎么可能是真的？一次坐庄下来，收益几个亿，谁会这么仁慈将真的消息告诉你呢？所以你们就别问内幕消息了。"

"那还不简单，你跟宋老联手不就是操盘高手加上市公司吗？"牙膏老板说，"这样我们的内幕不就真实可靠了吗？"

陆军号看看宋愚石："没有资金，操盘手什么都不是。"

宋愚石赶紧说："公司是踏踏实实干起来的，你们说的这种叫作操纵市场懂不懂，那是违法的。"

"大家就踏踏实实做自己的实业吧，违法违规的事情还是少沾为妙。"陆军号打圆场，给大家倒酒敬酒。

直到大家尽兴，由宋愚石送出府门，各自回家。

张宏来的车出来转了个圈又折了回去。

"张哥这是？"

"干爹刚刚悄悄吩咐，转一圈再回去，看来干爹是有话跟你说啊。你今天太棒了，我知道你聪明，但没想到这么聪明，这种智慧真是无人能比。"

这次没走正门，而是从树林中的一条小道进了大院的一个侧院。

在侧院书房一层张宏来停下："你上楼吧，我和小孙在这里等你。"

上了楼，宋愚石已经在那里喝茶。

"谢谢宋老。"陆军号直接说。

"谢我什么？"

"谢您给我赚钱的机会啊。"

"我还没开口，你怎么知道我找你来做什么？"

"如果不是为了赚钱，您就不会喊我回来了。宋老您放心，陆军号只求财不惹事。"

宋愚石点点头，请陆军号坐下说话。

第十四章　老厂长的蓝图

"那你知道我找你来做什么吗？"

陆军号端着茶笑了："拿回属于自己的东西。"

宋愚石看着他，半晌才说："有时候聪明不一定是好事。"

"所以事情做完之日也就是我离开忠羊之时。"

"我有点喜欢你。那你再说说，我要拿回什么？"

"这个矿场以前是您的，后来被国家收了，但没有给您应得的补偿，而您按规定明年应该退休了，再不拿点补偿回来就没有机会了。所以您找我。"

宋愚石叹了口气，眼神凝重地看着窗外，嘴角轻轻抽搐了一下，似乎想到了很难过的事情。陆军号没有打断他的情绪，静静地等待答复。过了很久，他才开始说话："年轻人，你说我这样做对吗？"陆军号不回答，只是看着他。

宋愚石像自言自语一样讲述了他和铜矿的故事。

忠羊铜矿最早的名字叫东山煤矿，那个时候谁也不知道它能挖出铜来，这个东山煤矿只真实地存在了三天，之后再也没挖出过煤。宋愚石不想子承父业去杀猪，读了几年书后就在县上混日子，看别人赌矿他眼馋。一日做梦说有个大矿明日出现，果真第二天县上有一个新打的矿眼上赌台。几个老矿头都说这是个贫矿，但宋愚石相信他的梦，借了钱赌了这个矿。往里挖了三天见到煤了，可再挖三天就只剩石头了。大家摇头劝他认赌服输将工人撤下来，他不听，继续往前挖，后来工人都跑光了他就自己挖，竟然挖到一种不认识的矿石，一问是铜矿。

"听说铜比煤还值钱，那个时候那个高兴啊，要债的也都不着急了，全家人心也放下了，我就带着工人没日没夜地挖呀挖呀，每天多快乐。"

就这样只出过三天煤的东山煤矿就改名成了东山铜矿。当时是个小矿，政府不稀罕，后来矿越来越大，他想知道这个矿到底有多大，找了个勘探队来想探探储量，祸就从这里开始了。勘探队进行了全面勘探之后，此矿巨大的储量立刻在忠羊被传得家喻户晓，这个声音就从县领导那里传到了市里。忠羊出了这么大一个矿，让一个杀猪的独吞那是绝对不可能的。于是市里就派来了工作组，检查开采证件、地税国税、安全隐患等等，天天找他谈话。工作组是干什么的，农民清楚得很啊，当年打土豪分田地的不就是工作组吗？所以一听说工作组来了，他的心就虚了，小时候见过那些跟工作组顽抗到底的人，最后挨枪子的他也见过。但现在要他把自己辛苦养大的"孩子"拱手相让，他宁可去死。于是他做了件猛事，带了五台推土机四十多个工人把县政府围了，他和工作组谈判，矿可以收为国有，但矿长还得是他宋愚石，并且要改为干部身份。工作组见这阵势也不好收场，谁也不想摊上大事，就这样东山铜矿改为忠羊大铜矿，矿长宋愚石。他也因此入了党，成了县人大代表。大铜矿后来又改过几次名字，忠羊县大铜矿股份有限责任公司、忠羊县铜业股份有限公司、忠羊铜业集团。企业一点点成长壮大，他也成了董事长、全省劳动模范、全省人大代表。

"不管是归我还是归国家，干活的其实都是我。我把它一点点养大，走向全国走向世界，每一步走得多么艰难。矿上每一个角落、每一个矿工我都记在脑子里，死去的矿友我每年都会去他们家里看看，每一个孩子怎么长起来的后来去了哪个城市我都有记录。这个矿就是我的一切，它却不属于我！"老头越说越气愤。

"于是，"陆军号轻声说，"您想在退休之前，拿回原本就属于您的那部分。养儿还能防老呢，养个企业岂能拱手相让。"

宋愚石默默点点头，又摇摇头："你说我这样想对不对？"

"自己的东西，"陆军号脑海中忽然显现了唐雁的身影，他坚定地说，"总是要拿回来的。"

孙晓乐将BOLL线的测试也交过来了。经过测试他发现，第一步要修改BOLL线参数。BOLL公式为：

BOLL：MA(CLOSE, N)

UB：BOLL+2×STD(CLOSE, N)

LB：BOLL−2×STD(CLOSE, N)

其中N的默认参数为20，而测试结果发现将参数调整为28更为准确。

另外他发现一只股票当BOLL向下突破LB线（下轨）时，以当日收盘价格向下计算10%就是一个重要支撑位置，可以在这个计算位埋单等待成交，之后的反弹有73%的概率可以达到3%的反弹幅度。

陆军号边看边点头，心想这孩子如果真的好好培养，未来也会是个高手。可惜混在这么复杂的事件中，很难确定应该如何对待他，未来是怎样的实在不知。

"很好。看来如何测试你已经知道了，那么为什么要测试呢？"

"您以前说过，指标是别人的经验，将别人的经验看多了就有了感觉，感觉是自己的经验，但感觉包含大量的主观因素所以不可信，必须将感觉通过数字统计完成去主观化从而形成概率，附加上各种条件提高概率值，条件就是锚定空间，这样就得到一个在特定锚定空间中非常可观的高概率，这就是模型。"

"记性不错，这就是模型，只可惜现在很多基金经理都只停留在感觉这个层次。你学会了测试数据，但也并不等于完成了模型的建立。"

"是的我懂。"

"每个人都有自己的感觉，也有自己愿意圈定的锚定空间，所以每个人的模型都可能不一样，所以没有统一标准，你要建立你自己的模型。"

"嗯，我知道，那我下一步练习什么呢？"

"练习个股报告和行业报告。"

孙晓乐一脸不解："这也需要练习？每天各个证券公司行业报告大把，个股报告更是多如牛毛，看都看不过来，还要自己写吗？"

陆军号摇摇头，打开一个网页随手找了篇行业报告："你读一下。"

很快孙晓乐读完了，陆军号让他讲讲。"他推荐增仓的是普耐技术，公司主营是铬矿和菱镁矿的开采，去年收购一家公司从事铁铬铝和铁铬镁制作建筑和工业的耐火材料。他推荐增仓的理由是，国际和国内铬价连续两个月大幅上涨会给矿产销售带来利润，同时防火材料也将成为公司新的利润增长点。"

"你觉得写得怎么样？"

"还行啊。"

"要是你怎么写？"

　　孙晓乐支吾了半天："我也不知道怎么写，只是觉得他写的没什么吸引力，我也说不清楚。"

　　"第一，现货价格连续上涨两个月，下个月是涨是跌呢？"

　　"这个，不一定。"

　　"第二，国际价格的上涨和国内市场需求之间的关系是什么样的？第三，耐火材料的科技壁垒怎样，是否可以运用于高科技例如航天？第四，如果用于建筑建材，哪些地区下达了采用耐火材料的文件？第五，燃烧过程中是否会产生有害气体？第六，国外对此类耐火材料如何运用？"

　　"这些他没写，看来他没有考虑这么多。"

　　"那么现在你知道应该如何去观察一个企业，如何写报告了吧？单单一个产品价格上涨根本构成不了操作的理由，对于操盘手来说，一个企业没有五个以上可炒作的理由或概念，他是不会参与的。你先看看申国证券公司的研究报告，总结一下它的报告方式，这个公司的报告我还比较喜欢。我去期货大厅看看。"

　　"好的。"

　　刚要出办公室，陆军号又补充了一句："还有你记住，研究所的报告从来都不标注卖出字样，他们标注强烈推荐的是买入，标注买入的是持有，标注增仓的是卖出，从来不会标注卖出。"

　　宋愚石约了陆军号单独见面。陆军号知道他一定是下决心要做事情了，把车从山间小道开进去，侧院门口还停了一辆车，看车牌是太原来的。

　　进书房上楼，宋愚石和另外一人在，招呼陆军号坐下后，宋愚石介绍："这是我堂弟宋方，顺达基金的总经理，这是陆军号。"

　　不等陆军号伸手，宋方已经伸手过来："久仰大名，你在北京做基金经理的时候我就知道你，听说这次乌龙指事件也有你……"

　　陆军号赶紧打断他："此事较为复杂，其实跟我没什么关系。"

　　"哦哦我明白我明白。来，喝茶。"

　　宋愚石看出陆军号面有疑惑，直接切入主题："小陆，我的确打算拿回属于我的东西。这次把宋方叫上，一来他是基金公司经理也懂点股票，看看有什么能帮上你。二来顺达基金里他直接控制的资金有五个亿，能间接影响的资金有十个亿。现在，上市公司我有，资金他有，智慧你有，我们是否可以合作？"

陆军号明白了，这老家伙是怕他在中间捣鬼，所以请了个内行来盯着他的。

"另外我自己准备了三千万资金，外面筹借了七千万先凑一个亿，后期应该还有近一个亿可以借过来，取决于你的本事。总策划是你，资金管理和操作是宋方，你下达指令由宋方操作，你是大脑他就相当于你的手。你看这样安排可以吗？"

陆军号心想这个老狐狸，轻轻一笑，"这么看资金没有问题了，接下来是策划书了，这个宋老应该懂。"他侧头看宋方，"上市公司、资金、策划都到位了，咱们的确可以大干一场。之前我来确定两个事情，一是我的利益是多少，二是顺达基金与自有资金的利益是多少。"

宋方看看堂哥，解释说："我来解答第二个问题。你下达命令，顺达基金做主战场，自有资金做老鼠仓。我的要求是，第一，顺达基金的损失不能超过百分之十，第二，不能让监管盯上我。我的利益你的利益，都应该是跟堂哥绑在一起的。"

宋愚石接上说："你的利益按我自有资金收益的百分之十支付，基金公司那边如果有收益也不算我的，所以分不了你。这个比例应该是比较公允的吧。"

"我要求这百分之十按操作阶段支付，回头我会给您每个操作阶段的具体目标。最后我再重复一遍，顺达基金只要不赔百分之十即可，挣多少跟我没关系，我的收益只体现在老鼠仓里，对吧？"陆军号的眼光坚定地扫过两个人，看宋愚石点头他继续说，"那我回去写策划书，写好后宋老过目审核，一旦运行起来就不能修改不能撤资，如果中途停止，宋老你要支付我两千万辛苦费，这个咱们要有君子协议。"

宋愚石同样看了一眼宋方，得到肯定的眼光后点头："好的，一言为定。"

第二天宋愚石就让刘秘书送来了陆军号需要的忠羊铜矿的全部资料。陆军号在家里认真研读了两个星期之后写了份操作策划书，称作"老鼠计划"。

"这份是上市公司运作的策划，这份是资金运作的策划，两个方案必须要按时间对照表配合使用才算天衣无缝，如果时间上稍微错位，都得不到预期的效果甚至导致失败。”

看完这两份草案，宋愚石深吸一口气。看来想甩掉这个小子是根本不可能的，如此复杂的操作过程一旦出现问题，很可能会一片混乱。好在这个小子只求财，只要是钱到位，就皆大欢喜。

“公司这部分我认为没问题，我可以全面配合，资金运作方面我要交给宋方来做。”

“不可以。公司运作策划当然是您主刀，而资金运作策划应该是我拿着，资金管理交给宋方，全部指令我发他，他来操作就对了。”

宋愚石沉思一下点头答应。

“还有，咱们必须有一张保密协议，公司运作策划只有您知道，资金运作策划只有我知道，这两份策划不允许有第三个人知道。我会按照发展阶段告诉宋方每个阶段所做的事。一旦计划泄露不仅是我完不成目标，您也会涉及法律问题。”

“我保证。”

陆军号拿出两份保密协议：“咱们都签字，各持一张，从此是一条线上的蚂蚱，必须精诚合作。”

“好，精诚合作。”

坐庄，并没有股民们想象的那么轰轰烈烈，一切都按部就班而且很平静很自然地开始了。陆军号将各个要点制作成小卡片，钉在墙上。

名称：忠羊铜矿股份有限公司

简称：忠羊铜矿

控股股东：忠羊铜业（集团）有限公司

行业类别：有色金属冶炼及压延加工

经营范围：有色金属、贵金属的生产、销售、加工及设计、施工、科研

总股本：6.566亿股

流通股：约3亿股

去年每股收益：0.73元

今年一季度每股收益：0.16元（略有下滑）

每股净资产：5.679元

每股公积金：2.325元

当前每股价格：8.4元

……

陆军号指指墙上一栏一栏的表格和报告问孙晓乐："你知道什么样的股票股民才会多加关注并去参与吗？"

"上涨的股票。"

"那下跌的股票就没有交易量了？那又如何来的底部放量呢？"

"那是业绩好的股票。"

陆军号还摇头："是能折腾的股票。有句老话叫会哭的孩子有奶吃，意思是说做妈妈的总会去照顾那个喜欢哭闹的孩子。股民也是这样，一个企业连年业绩稳定，这可成为不了炒做作的理由，但亏损变盈利就是一个炒作的亮点。而且股民也不喜欢等，贵州茅台业绩好吧，股价稳定上涨还有分红，五年前持有到现在复权后计算都已经从26元涨到600多元了，可是你看股民对它的热情呢，很少有人去炒它，是因为它不够折腾。人是喜欢凑热闹的，文体产业多数业绩不佳，但今天说搞网络游戏明天说搞院线拍电影，后天又说搞儿童教育。股民就喜欢这样上蹿下跳的股票，觉得这样才有机会。"

"明白了，老师的意思是说如果我们想炒作忠羊铜矿，就一定要让股民注意到它，想要吸引目光就要能折腾。"

"对，这就是炒作要做的第一件事。"陆军号拿了一张卡片，飞快地写完交给孙晓乐，"钉在墙上，这就是操作策划的第一步。"

孙晓乐赶紧接过来看：

第一阶段：不良资产剥离。

1. 老鼠先建仓，基金建仓。价格不能推过9.5元。

2. 组建两个公司：利用伴生矿成立忠羊金银公司，利用职工家属区和闲置库房区组建铜矿地产公司。

3. 基金推高价格到10元。

4. 将上市公司的债务装进两个新组建的公司，剥离这两个公司，从而减少上市公司债务，提高上市公司业绩。

5. 迅速推高到11.5元附近横盘。老鼠出局。基金将价格洗回8元附近，老鼠入场。

"第一步就这么复杂啊。而且铜矿怎么出来金银加工了？"

"那天我带你去见过他们董秘，我跟你说以后可以多多请教，你联系过吗？"

孙晓乐尴尬地笑："没有，人家是领导。"

"任何信息渠道都不应该放弃，既然要做忠羊铜矿，就一定要了解。我跟董秘去参观过采矿厂，了解了矿井、采石、破碎、给料、球磨等等工序。他们这里的致密铜矿石由于黄铜矿和黄铁矿致密共生，分选过程中要求同时得到铜精矿和硫精矿。通常选铜后的尾矿就是硫精矿。最重要的是里面还要其他伴生矿。他们采矿厂最后出来的是一堆黑乎乎的像煤渣一样的东西，但你知道他们都管这叫什么吗？"

"什么？"

"金沙，奇怪吧，我起初也很纳闷，不叫铜沙却叫金沙。后来才知道这里面含有金和银，采矿厂的金沙运到冶炼厂会将金银分离提炼。忠羊铜矿原本就有黄金和白银的提炼加工生产线，我只是借原有的资源创造新的机会。"

"这么看操盘手也并不是只管资金上的那点事。"

"十几年前的股市英雄常云啸在《纸戒》中说过操盘手有四种：一是操盘人的助手，二是会利用资金的人，三是会利用上市公司的人，四是会利用所有金融产品以及所有信息的人，就是股神。"每次提到常云啸他的眼神中就充满了敬佩。

"明白了，我一定跟老大好好学习，我可不想只做个操盘人的助手。"

陆军号点点头："期货那边开户情况如何？"

"最近开户不少但钱都不多，好在交易都比较频繁。"

"佛说人类有三大毛病，按顺序是贪、嗔、痴，可见人类最大的问题就是贪。没见过一个赌徒赌性会越赌越小，他们的贪婪之心只能无限地膨胀，挣钱的会加钱参与，赔钱的更要捞回本来，咱们不愁。"

"那我再加紧宣传宣传？"

"不着急，咱们还有这么多事情要做呢。"

炒股，实际炒的是股票的预期，也就是未来可能发生的事情，而这些事情最终会给公司带来业绩上的预期。所以各路资金在坐庄的时候没有不和上市公司联系的，至少也要调研一下吧。小资金的短炒还可以自由发挥，但大资金想做长线就必须深入了解上市公司的情况。不仅是了解，甚至要与上市公司一起设计未来一段时间内的发展路径。这些发展所产生的预期，正好是庄家所需要和利用的。所以在设计策划过程中，庄家不会放过任何一点可能影响预期的细节，一切都要事先作好方案，引导市场预期的改变，最终改变价格方向。

赵兰兰上过中专，这样的学历在这个山中的县城里算不错了，加上人又漂亮，很快就成了公司的焦点，甚至有人说兰兰当楼层主管后，商场的销售额都上去了。兰兰懂得低调，并不让人觉得她是因为张宏来进来的就有了靠山，这让张宏来更加喜欢。

不给兰兰工资成了张宏来献殷勤的好机会，他给兰兰租了一套两居室精装修的房子，给买了柴米油盐，时不时开车带她去太原吃点烛光西餐、海鲜啥的。张宏来身材魁梧长得有型，又这么有钱，哪个女孩见了不想靠近一些？最重要的是张宏来帮兰兰她爸还了赌债，找了一个彪形大汉天天看管他，只要摸牌就打手板，这下可算是把她爸治住了。其实赌博就是一种瘾，跟抽大烟一样，只要是能过了这个劲，慢慢地也就不想玩了。

在这样的攻势下，不到一个多月的时间，两人就同居了。这之后张宏来收了不少心，很久不出去鬼混或半夜打麻将了。

张宏来这次可不是只想玩玩，从那天晚上见到赵兰兰的倔强之后就喜欢上了她，这也应该算是一见钟情吧！兰兰也喜欢他，并不是因为他有钱。张宏来一向都是那种仗义疏财的人，在兰兰看来做男人就要大气，豪迈的男人才能做大事。

"你觉得兰兰怎么样？"几杯酒下肚张宏来终于问核心问题了。

陆军号就知道他心里有事："人挺漂亮，性格开朗，敢说敢做，挺好的。"

"如果娶她做老婆呢？"

陆军号卡住了，他不知道怎么回答他。一个歌厅小姐，玩玩也就罢了，就算觉得她身世可怜当个妹妹养着也没什么，但是当老婆就有点……兰兰自己说去歌城只卖艺但谁知道呢，她自己说没被男人碰过谁证明呢，去趟医院几个小时候就又是处女了。据说做小姐前妈咪都会教怎么勾引男人伺候男人，这种情况下她能独善其身？

而张宏来肯定是认真的。陆军号喜欢跟他交朋友，是因为张宏来的真诚。最惨淡的时候，人家二话没说就收留了，一路帮扶，可算是真正的朋友。真正的朋友娶一个满是疑点的女人，从心里说不理解。但是张宏来现在可是当真的，这时候说这个女人的不是，肯定是不乐意，搞不好大家还要翻脸。

见他支吾了半天，张宏来脸色暗了下来："看来你和我爹妈一样就是不肯相信她。我这么跟你说吧，我们两个虽然住在一起了她都不让我碰她，到现在我还睡另一个房间呢，她说一定要等到结婚的那一天。这要是换作别的女人，早就钻我被窝了。她真的不是你们想象的那种女人。我爹妈是老思想，你怎么也不能理解呢？"

"你问过你干爹吗？"

"他跟你们一样。"

陆军号不好说什么，张宏来也不吱声。两人互相倒上酒闷闷喝着，都怕说多了说错了伤害对方。

最后张宏来想了办法，让陆军号假装跟赵兰兰套近乎，看看她是不是上当。陆军号百般推脱最后实在拗不过答应了，试了两次，赵兰兰还真是生性高傲，不是那种看个男人帅、有钱就能想入非非的人。这个测试结果让张宏来很是高兴。

二人继续偷偷地生活在一起，对未来的憧憬慢慢地爬上了心头，而且越来越强烈。虽然张宏来依然睡在隔壁，但是他觉得自己已经离不开她，她已经成为了他生活的一部分。

这天张宏来兴高采烈地出了门，很快又垂头丧气地回来，进门一屁股坐在沙发里盯着电视闷闷无声。兰兰倒了杯咖啡给他，自己安静的坐在一旁。

过了一会儿张宏来深吸了口气说："我爹不同意。"

"我知道。"

他支吾了一下说："也没说什么原因，就说他给我看好了一个。"

过了一会儿兰兰平静地说："其实你不用瞒我，原因应该是我做过小姐。"

张宏来不敢正视她的眼睛，这的确是他爹说的，这也是他最怕提起的事情，他不想提起，也不想让任何人提起。

赵兰兰苦笑："虽然只有三天，虽然我什么也没有做，但是依然是一个污点，而且这个污点怎么也洗不掉。你知道吗，好多个夜晚我从恶梦中惊醒，梦中你离开我了，所有人都在指责我。我就跑去洗澡，我使劲地搓使劲地搓，我想把我的污点洗掉，但是洗不掉啊。原来一个人一旦有了污点就再也洗不掉了。"眼泪从眼圈中涌了出来："你知道吗，是洗不掉的。"

张宏来一把抱过她："对不起，对不起，我不会离开你的。"

"为什么是你说对不起，应该是我，是我对不起你，是我的错。"她躲在他的怀里放声大哭起来。

张宏来抚摸着她后背亲吻她的头发，轻轻地说："只要我们彼此相爱，谁也不能分开我们。"

兰兰摇摇头，用细小的声音说："咱们分手吧。"

"不，别放弃，我不放弃，你也不可以放弃，我家里的事情我可以解决。他们怎么认为那是他们的事情，不是我的，你不许瞎想。"

"但这会影响你和家里的关系，得不到父母祝福的婚姻是痛苦的，最后很难幸福。"

"我不管，幸福是靠自己创造的，没有你我会更不幸福。"张宏来坚定地说，"明天我再去跟他们说。一天不同意，我就天天去说。"

"那我不是成了背后的罪人，矛盾都是由我引起。"

"兰兰，如果我什么都没有了，你还爱我吗？"

"我爱的是你的人，不是你的钱。"

"好，如果他们坚决不同意，我们就远走高飞，做一对浪迹天涯的鸳鸯。"

她笑了，抹着眼泪笑着说："你是只肥鸳鸯。"

这天两人轻轻相拥着睡了。

第十五章　谁不相信谁

期货公司的业务发展异常得快，正如陆军号所说赌徒没有赌性越来越小的，只会越来越大，而且还要招呼其他赌徒一起来赌。每天期货公司人头攒动，人们都自以为明白了这里面挣钱的道理，相互吹捧，相互鼓励着，期货公司都成了他们每天来上班的地方。

另一边的"老鼠计划"也在有条不紊地进行着。整体策划是陆军号最擅长的，而且有顺达基金的钱托底，几乎不用负责任，还有什么不好做的呢？

老鼠仓在8.2附近已经建立完毕，顺达基金将价格托到了9.8附近。公司随后向媒体公告，公司将剥离不良资产，股价次日开盘后迅速封住涨停，成为最近市场的一个亮点。连续上涨之后在11.0附近老鼠仓全部出完，随后顺达基金在11.6附近进入洗盘。

"宋总，咱们第一阶段动作很完美。"

宋方嘿嘿笑着，他当然高兴，顺达基金在此期间是挣钱的："没有想到这次拉升如此顺利，要是早知道……"他把后半句咽了回去。

"要是早知道这么容易，你们何不自己多跟点是吧？"

宋方干笑知道自己说走了嘴："没有，也不是那个意思。"

陆军号打断他："我告诉你为什么这次你觉得容易。第一，国际形势趋于混乱，欧洲与俄罗斯、日本与韩国、韩国与朝鲜、中国与南海等地缘政治关系复杂，所以各国开始军备，中国当然也不能落后。你看看上半年规模以上企业的固定资产投资是下滑的，但是国内期铜价格却在上升，这说明什么？"

"说明什么？期货铜价格上涨应该是未来供需的预期，但固定投资下滑，说明对铜的需求并非来自企业发展，那么应该……来自军备？"

"所以说忠羊铜矿此时的上涨有着国际背景。第二，忠羊铜矿组建了金银和房地产公司，黄金市场的热情和房地产的火爆都让股民有了充分的想象空间，哪有不拉升的道理。第三，两个月前江州铝业进行了一次不良资产剥离。江州铝业和忠羊铜矿的股价、股本、市盈率等都比较相近，它出现了三个涨停板，因此投资者会类推。"

"看来上涨也并非巧合。那么下一步怎么做？"

"按照策划书的步骤，接下来你要在11.6附近将仓位降到百分之二十以下。我两天内会向市场放一个假利好，以便你挑高价格，你要在一天半内将仓位降下来，然后阴跌回洗8.0元附近做横盘，每日振幅要控制在百分之七之内，收盘跌幅不得超过百分之三，每日仓位保持不变。要注意观察是否有抢庄资金进场。"

电话那边的宋方笑得很开心："有你在我们能攻下柏林。不过咱们这第一阶段是不是涨得小了点，这么连续放利好都不做翻倍，股民会不会觉得利好不充分，以后再出利好会不会热情不高呢？"

"不着急，第一，上证指数的月K线还在底部盘整，第二，本次利好没有完全发力，正好留给下次利好的深度挖掘，没关系的，只要按计划来一切都会有的。"

"听你的。"宋方挂了电话去安排布置。

孙晓乐忽然问："每日仓位不变怎么砸盘啊？砸盘不是要真实的卖出吗？"

"平时那么聪明这个弯你转不过来？"陆军号不屑地说，"庄家是做什么的，是做引导工作的，其实并不是市场的主要力量，真正的力量还是来自大众，只有大众的力量才是最伟大的力量。我问你，你认为统一思想和统一行动哪个更重要？"

"当然是统一思想了。"

"错，统一思想的目的是为了统一行动。一个企业做到统一思想比较容易，但是很难统一行动。军队就统一了行动，从吃穿住行到坐卧鼓掌，从服装被褥到头发眼神都统一了，这才能爆发出一种令人生畏的力量。在股市中，散布的信息就是为统一思想，之后庄家的引导会产生统一行动的效果。"

孙晓乐认真地点点头，流露着敬佩。

"早盘庄家用一点筹码引导价格下跌，很块就会形成一种趋势，大众由于事先听到一些消息在思想上已经被趋于统一，一旦发现事实果然如此，就会形成跟风盘，这个时候庄家就不用再卖出了，人民群众会互相砸盘压低价格。到了下午价格比较低的时候庄家再把砸出去的筹码一点点零散地买回来，这样就可以维持仓位不变。再不明白，这几天你自己看看盘面就懂了。"

"我听是听明白了，以前没有往这方面想。"

"没关系慢慢学。咱们来编排一个利好消息，我说你写。"

孙晓乐赶紧拿来笔记本：

"据消息人士透露：忠羊铜矿股份有限公司近日计划，年内在内蒙古建一座阴极铜年产能为15万吨的工厂，做出这一计划是为了降低运输成本，因为公司的一家主要原料供应商是内蒙古赤峰铜山铜矿有限公司。据悉，拟建工厂一期项目将在一年内竣工，届时有一半的产能将投入商业运行。此外，忠羊铜矿正在就收购铜山铜矿股权一事展开谈判。据调查，铜山铜矿阳极铜板的年生产能力为23000～25000吨。如果并入忠羊铜矿，按年产量计，忠羊铜矿将成为中国第五大铜生产商。"

写完后，孙晓乐盯着陆军号，没有想到这样一条看上去有鼻子有眼的假消息，竟然编得这么快，跟说真事一样，要不是亲身在这里，怎么会想到这个消息是凭空捏造的呢！

陆军号拿过笔记本斟酌着改了几个字，自语道："跌下去应该没有问题。"

"这不是利好吗？怎么会下跌呢？"孙晓乐百般不解。

"现在市场不好，利好不一定兑现，但辟谣必定引来抛盘。"

原来是等着市场辟谣，孙晓乐心中不得不惊叹股市中究竟有多少消息是这样用一分钟的时间编造出来的。难怪中国股市中总有很多消息四处纷飞，而后又不慌不忙地去辟谣。这一来一去的过程中暗藏了多少杀机。

"我还有一个不明白。"孙晓乐还问。

"说。"

"您不是说滚动砸盘就能把价格压下去吗？那为什么还要发这样一个假消息呢？"

"古人作战减兵增灶是为什么？就是怕在退后的时候被敌人发现。张飞在当阳桥靠马拉树枝制造尘土让曹操起了疑心不敢追击，之后曹操什么时候发现上当的，是张飞断桥之后，曹操立刻知道上当了。如果张飞不断桥，曹操必定认为有诈不敢轻易追赶。这就是兵法。我们可以不放消息，只靠卖出股票砸盘把价格压下去，此时如果有其他资金看重前期利好突然进来，我们不是就被动了？所以这个时候做一个谣言再辟谣来迷惑市场，让大家觉得这个股票最近信息披露不够稳定，消息混乱，其他资金就会重新衡量它的价值。"

"想不到看似简单的买入卖出之间竟然如此复杂。"

"股市如战场，用钱如用兵。每一步都要精心设计不能掉以轻心。"

第二天，忠羊铜矿的利好消息就在网站和小报上被传送出去，股价迅速被推高，随后的成交量开始急剧放大。孙晓乐知道这个量能是顺达基金出货产生的。平地爆发成交量只要超过五日平均成交量的五倍以上，基本上都是出货，只要随后的日子里成交量不能持续放大就必定要调整。但是在股民中却有一个错误的口诀"量升价涨"，其实量价法则中所讲的量升价涨，是指量在温和放大的情况下价格上升，绝不是平地巨量。

两天后忠羊铜矿才发布公告辟谣，股价开始下跌，一切都在计划之中。在回调过程中陆军号布局第二阶段的操作计划。

第二阶段：溢价购买股权。

1. 忠羊铜矿溢价收购忠羊金银公司的部分股权。

2. 忠羊铜矿要为金银公司的银行贷款提供存单质押。

3. 迅速清除金银公司的债务。

4. 金银公司引进先进技术和生产线，提高对金银的提取和加工能力，以及饰品设计能力。

5. 老鼠仓要在7.5元进场。

6. 顺达基金要推高到8元进场，洗盘不得低于8元。

7. 强力烘托消息，控股公司产能大幅提高，会成为业绩增长的新亮点。

8. 顺达基金要将价格推高到12元附近。

张宏来跟家里谈了几次都没有结果，最后一次终于谈崩了。他一气之下直接从家里搬了出来。老爷子张狗本一气之下封了商场的银行账号，这下更热闹了，张宏来也急了，干脆撒手不管商场了，丢下句"谁爱管谁管去"。忠羊这样的小地方屁大点的事情都传得很快，赵兰兰自然也不好再去上班，写了辞职信回家陪他。说是为了爱情可以抛弃一切，但是真的从家里搬出来，他心里还是非常不好受。这个又不好跟兰兰讲，他只好找陆军号来喝酒。

"我应该怎么办，我应该怎么办。"张宏来拿着老白汾一杯一杯地往嘴里灌。

陆军号知道他酒量大，但也不能这样喝，赶紧按下来："我看这个事情要好好考虑考虑，毕竟跟家里分裂不是一个好的选择。"

"那怎么办，让我放弃兰兰吗？"

"也是一种解决方式。"

"什么！"张宏来眼睛瞪得溜圆，里面的血丝让人看着有点害怕。

陆军号赶紧改口说："我是说，你就别跟家里商量了，直接和兰兰生个胖小子，生米煮成熟饭，到时候他爷爷奶奶还能不要孩子？你们这里可是最看重男孩的，那个时候不承认也不行啊。"

"兄弟啊，不是我没有想过。只是兰兰说一定要正式结婚之后才肯跟我上床。"

"这都什么时候了，还搞那么多讲究。"

"难道你让我强行把她上了？"

陆军号给他满上一杯："我看可以。"

"她其实很传统的，我非常相信她没和别的男人那个过。"张宏来早就面红耳赤，连脖子都红了。

"我相信，我相信。"陆军号随声附和。

"但是他们不相信啊。你说说是我娶老婆关他们什么事情！从小就是这样，什么他们都管，以为我有了自己的产业他们就不管了，还是什么都管。钱买不来爱情，也买不来我想要的家，钱有个屁用。"

他絮絮叨叨地念着，陆军号忽然想到了唐雁，至今都没有打听到她的下落，同时至今他也不相信唐雁是因为钱而离开他的。但不管怎样，必须先挣到钱，再当面问问她到底是为什么，至少不要再拿钱来说事。现在的唐雁不知道在做什么，更不知道杨威和她会不会……

张宏来突然拍着桌子站了起来："老子啥也不要了，不就是一个破商场吗？说什么不能给小妖精，说谁是妖精？说谁是妖精呢！老子不稀罕，送给你们玩我还不管了。"

"行行行不管了，坐下，坐下说。没了商场你不是什么都没有了，那可是你为之奋斗的事业啊。"

"我不在乎。谁说我没有，跟你实话说吧，我兜里还有二百万现金呢，多少人一辈子也挣不到这个数，你说够不够我和兰兰花的？"他已经晃荡得不成样子。

"够，足够，一辈子花不完。"他赶紧扶住他，看来已经是醉得厉害了，赶紧结了账，一摇三晃地扶着他打车去了赵兰兰那里。

赵兰兰正在家里等他回来吃饭，见陆军号半扛半拖地把他弄进了屋，赶紧帮忙送进了卧室。张宏来已经烂醉得不省人事，跟死猪一样动弹不得，鼾声大作。

"那我先回去了，你准备个盆，免得吐一地。"

赵兰兰苦笑一下："谢谢你，坐会儿吧，我有些事情想和你商量。"

"和我？"

她点点头，给陆军号倒了杯茶："我知道他为什么这样，我也能猜得出来他跟你说了什么。你是他们这群人里最聪明最有文化的一个，我想听听你的，应该怎么办？"

陆军号犹豫了，说实在的如果是为了张宏来好，那就应该让赵兰兰退出，现在整个忠羊都知道了，有人还在背后说三道四，这对张宏来很不好。但这话怎么说的出口呢？面前这个女孩的眼睛里还有纯洁，还有幻想，还有对美好未来的憧憬。难道让我说就因为你挂过三天小姐的牌子，所以你就应该一辈子背负下贱女人的罪名，不应该再有未来，更不应该有梦想？为什么，这样的罪名一定要安在这个脆弱的美丽女孩身上，或许她真的什么都没做，是干干净净的。

"这个事情最好还是你和他商量一下，我的意思是最好……"

"最好什么？"

陆军号犹豫着说："如果你们先有个孩子或许就好了，最好是男孩，你知道山西人很喜欢男孩的。"

"你是说不结婚先要个孩子？"

"我知道这对你或许有点为难，但现在不是没有其他好办法吗？他这样和家里闹下去也不是个事，不如生米煮成熟饭，你们也能得到幸福。"

"那不是让他们更觉得我下贱？"兰兰低下头，眼睛红红的，好像所有的过错都是她的，"我知道，一切都是我的错，因为我是小姐。"

"你说什么呢，张宏来有这样看你吗，我有这样看吗？没有啊。再说你是为了你爸还债，这是有情有义啊。你究竟是一个怎样的人，我们都看得到的。"

赵兰兰摇摇头："你也别安慰我了，在忠羊人眼里怎么看我我心里清楚，其实张宏来不是也让你来试探过我吗？这其中的含义我也明白，不能怪他，要不是放不下他我早就……"说着掩面抽泣。

陆军号脸上一阵阵发热，原来她都知道，自己还在这儿演戏呢。"他对你好这你都看得出来吧，两个人你情我愿就行了，别在乎别人怎么看。他可没在乎那些嚼舌头的，你要珍惜啊，好好在一起吧。"

"所以我感激他，我应该为他负责，我愿意为他付出一切。"

"是啊。你们赶紧有个孩子，问题就解决了。我就先回去了。"

赵兰兰点点头："耽误了你这么长时间真不好意思，我要去看看他。"

"冲点茶水醒醒酒，早上再弄点粥暖暖胃。"

回来一路上陆军号都在想，赵兰兰，好好的一个女孩，因为家庭所迫坐台三天，只是陪别人喝喝酒也没有干什么，但是结果呢？就因为这三天，一辈子抬不起头，要在内心埋藏多大一个阴影。错了一步就再也不能回头，这就是代价。我呢，错了不止一步了吧。操纵股价，设立假期货公司，陆军号啊陆军号，什么时候你也走到邪门歪道上去了。不是不报只是时机未到，赶紧结束这种骗子的生活吧，忠羊铜矿这个事情一结束，赶紧停手。

突然间脑子里一蹦，刚才赵兰兰说要为张宏来负责，要付出一切，这一切是什么意思？难道是要……脑袋"嗡"的一声，急急忙忙往回返。

敲开了张宏来的家门，赵兰兰眼睛肿肿地站在门后，看到人没事，陆军号心上的石头算是落了地。

"我放心不下张宏来，怕你一个人搞不定，他太重了，我回来看能不能帮上什么忙。"进了屋他看到沙发上有一个行李箱，原来赵兰兰是想一走了之。问题是她走了，张宏来怎么办，肯定会认为是我跟她说了什么。

"要走？"陆军号指指箱子。

赵兰兰抽泣着说："我留在这里只能拖他的后腿。"

"他醒来看不到你是什么心情，你想过吗？"

"过一段时间，慢慢他就忘了我了。"说到这里她哭出了声音。一个女孩子爱着一个男人，却希望这个人能忘记她，会是一种怎样的感受？

"你这样做他会疯掉的。他现在失去了家人，失去了事业，为的就是这样一个爱情，一个值得他放弃一切的女孩。可是你却要走？你走了，他就真的一无所有了，你不是要他疯要他死吗？"

"那我该怎么做？"赵兰兰被说得无言以对，哭得更加伤心，蜷缩在沙发里抱着腿，光顺的头发蓬散着。看来要疯的不是张宏来，而是赵兰兰。

陆军号看了心里很是难过，担心自己说得太严重吓到她。"你一定要留在他身边等他醒过来，他看到你在身边会很高兴，他会想还有人在支持他，在他的身边照顾他。你不是也这样想的吗？至于他家里的事情，难道他父母还能永远不认这个儿子了？长远的事情我们先不考虑，只要大家好好的，总能想出办法，你说是不是？"看她点头他算是放心些，走进里屋去看张宏来。

很显然他吐过，赵兰兰已经都给擦拭干净，但是屋里还是充满了让人恶心的酒臭味。"赶紧把箱子收回去，要不他醒来看到会难过。"

"我知道了，谢谢陆哥。"

他突然感觉到一种无地自容，谢我什么呢？不让兰兰走还不是为了张宏来醒来之后不会大发雷霆怪罪于我？赵兰兰真的走了，或许对两个人都是一种解脱，而她留下来张宏来的确会高兴，但赵兰兰将承受怎样的心理压力。对她来说"小姐"这个词无时无刻不刺痛着她的心灵。这样看我是在帮着张宏来，毁了赵兰兰。

而我对张宏来真的就那么好吗？如果他不是忠羊富豪，如果他的干爹不是宋愚石，我会这样关心他吗？惭愧啊惭愧，张宏来帮助我义无反顾，而我却时常别有用心。陆军号你似乎已经失去了良知，失去了曾经小时候母亲教导的做人的良知。你完全变了，变得很可怕，正在走向自己都无法面对自己的恐惧，走进原始森林的黑暗中。那里没有灵魂、没有友情、没有诚信，只有金钱。

见陆军号站在那里发呆，赵兰兰也不打搅，将箱子里的衣物又摆回了衣柜。

他也不知道自己是怎么离开张宏来家又回到自己家的。只是头昏沉沉的，一连发烧了两天。

烧刚退他就回到北京。跟踪了杨威三天，居然没有发现唐雁的踪影。他又把钱海堵在家里，也没问出什么下落。再问其他朋友，也都摇头。就好像唐雁人间蒸发了。

他不敢直接找到杨威发生正面冲突，他怕对唐雁不利，但这个人哪去了？不过有一点让陆军号心平静了一些，如果他们两个好，那必定会在一起，即便二人不在公司出现，至少也会同时外出，总有朋友能见到唐雁。既然两个人没有比翼双飞，那就说明唐雁根本不爱杨威，他们没在一起。

或许是杨威把唐雁囚禁了？虐待她？更或许杨威把唐雁给……越想越害怕，陆军号赶紧打断了自己的混乱想法。

他叹口气，看看窗外很清澈的夜空，上面布满了星辰，谁说有月亮的时候就一定没有星星，这不是都在天上吗？这大概就是星月同辉吧，不知道唐雁现在看到的天空是什么样子。

电视上很多分析师认为，股市还有很多不确定因素，本轮的上涨并不能说明中长期趋势。但对陆军号来说，即将到来的是一次机会绝佳的行情。利用偶像常云啸当年在《纸戒》中写的黄金分割系数，配合新股发行后的调整偏差值，这次上涨的计算位置应该可以达到3860点。所以陆军号坚信，个股的上涨空间至少在三到四倍。这种级别的上涨空间对散户来说，能吃到三分之一就不错了，进进出出耽误了大把的收益机会，但对庄家来说得到一个倍数是非常正常的。

忠羊铜矿的运作游刃有余，顺达基金这把保护伞起到的作用非常好，投资者和管理部门的目光都集中在顺达基金上，只要是价格波动不超出想象空间，谁又会注意到后面的小老鼠仓呢？

在陆军号的指令下，老鼠仓顺利地在7.5～7.8之间进场，而顺达基金在8.0～8.3之间才完成二次建仓。这时由宋愚石坐阵，集团上下大规模讨论改革，制订未来五年发展规划。最终由集团董秘向外界公布了以下消息：

"忠羊铜业集团近日制订了未来五年的发展规划，规划目标为：在五年内，实现年产电解铜产能60万吨，黄金12吨，白银750吨，粗硒160吨，碲化铜70吨。并通过这次全面的技术改造，可综合回收电铅3500～4500吨、电积铜300～400吨、硫酸锌5000～6500吨、海绵镉250～300吨、白砷1000～1150吨等多种有价金属。工业总产值初步计算将提升到205亿元，利税总额将达到18亿元，力争将公司建成国内一流的现代化先进铜冶炼企业。"

这样一个完美的愿景目标，再加之股市上价格的逐步走暖，市场对有色类股的热情也在恢复。股价没费吹灰之力就拉升到了12元。这倒让陆军号有点为难，最近有点显眼，继续向上拉似乎波动过大，可能会引起很多方面的关注，而现在如果向下洗盘，恐怕就成了别家主力的囊中之物。衡量利弊还是选择上涨，要尽快启动第三阶段的计划，才能让大家看到股价上涨的合理性。

他到宋愚石的府上部署了第三阶段的事情。

很快忠羊铜矿证券事务管理部就开始联系各基金公司和证券公司，召开公司推介会，大小基金经理、分析师来了几十人。在推介会上有意无意地透露出集团公司要将忠羊金银公司注入到上市公司中。大家就打起了小算盘，如果是这样，按照五年计划中年产黄金12吨，白银750吨的利润来计算，上市公司的业绩将有不错增长。再加上国际黄金白银价格不断上涨，很可是会得到超预期收益。

这次的推介会相当成功，普通投资者在一个星期后就能在网站上找到基金公司和证券公司关于忠羊铜矿的报告了，当然基金公司已经提早进场。

超级理想，股价直接越过了18元到了20元下方。这让陆军号暗自高兴，一切的痛恨一切的烦躁全部抛到了脑后，专心关注股市，在顺达基金操作手法不佳的时候还要给宋方上上课。

宋方也处于高度兴奋中，这么大的资金进场居然在短短几个月中就得到了接近翻倍的收益，今年在基金行业排名中必定名列前茅。

　　"这次简直太疯狂了，我都不敢相信自己的眼睛。"宋方最近的精神面貌完全可以用春风得意来形容。他又弱弱地问了一句："这么快会不会出什么问题？"

　　"不会。"陆军号肯定地说，他知道如果他犹豫了这些人就都会心惊胆战，"A股市场已经连续下跌四年，与外国多个经济体走势完全不一样。中国股市几乎成为了全球最惨淡的市场，这就使得人心思涨。这一次虽然没有太多的政策支持，但是这种跌出来的机会也将是巨大的。而且按照周期理论推算，中国的政治周期和经济周期在明年会出现一个焦点，这将爆发巨大的能量，社会环境、实体经济、虚拟经济都会出现惊人的好转。"离开天恒投资之后，他已经好久没有跟同行聊过这么久了，不愿多说或不值一提，可见这次的上涨也让他心存兴奋。

　　"咱们的目标到底是多少啊？"宋方问。

　　陆军号笑笑："按规定你不可以乱问哦。计划我会和宋老商量，如何操作会告诉你。这次看来比我预期的收益要高，或许要调整一下之前的方案。"

　　"越高越好，求之不得。"宋方笑得满脸开花。

　　回家后陆军号对原定的第三阶段计划稍微做了价格上的调整，并减少了洗盘的次数。

　　第三阶段：优质资产注入。

　　1. 忠羊铜业集团将忠羊金银公司注入到上市公司忠羊铜矿。

　　2. 忠羊铜矿开始定向增发，引入战略投资。

　　3. 市场上放出利好出尽的言论。

　　4. 股价借机洗盘到18元附近。

　　5. 股价被直线推到22.3元开始回调，在18元附近企稳横盘震荡。

第十六章　老鼠仓

现在，走进期货公司就让陆军号有一种罪恶感，看着这些人在里面兴高采烈或怨天尤人，他的恐惧一天比一天大。难道是受到赵兰兰的事情影响了？按说他也不是那么容易被别人影响的人，但这次……只有他知道，眼前的是一个骗局，所有的交易数据处理其实都仅仅是在他自己的机房中，清算、交收都仅仅是几台机器。

这个骗局要如何收场呢？如果就这样突然关门，必定很多人会闹事。这种骗子交易所在广袤的大地上还是不少的，外汇的、黄金白银的、现货的很多，大家都基于一个道理：客户赔多赚少。所以才能在自己的机房中完成拆东墙补西墙最后留有盈余。事实也的确是赔多赚少，别说期货市场，股市也一样，只要是交易时间足够长远，股民都知道八个赔两个赚。

如果让这么多的客户赔钱收场，就只有一个办法，自己突然消失。一旦东窗事发警方介入，可就彻底完蛋了。还有一个办法，让他们赚钱皆大欢喜，然后关门大吉逃之夭夭。他已经计算过了，这次忠羊铜矿的操作少说也要分得两千万，足以弥补这些人的损失还可小挣一点。

最初建立这个公司的确有点脑子发热，对金钱的渴望和对杨威、大哥的愤怒交织在一起，他甚至在某一瞬间认为这个世界就应该是恶人当道，自己就应该不讲什么道义，不讲什么情感。

随着时间的推移，他慢慢冷静下来了。人的本性又回到他的躯壳里，母亲的教诲又回到他耳边。算了算了，只要忠羊铜矿的事情一完，就赶紧关掉这个该死的骗局。赔钱在陆军号眼里不算什么，但明知是个骗局，再看这些人赔钱的时候，心中完全是另一种感受。

股市这边倒是让人心旷神怡。基本都不用费脑，忠羊铜矿已经成了有色板块的龙头，带动了整个板块的热情，众人拾柴火焰高，这又引爆了整个市场对传统绩优行业的预期，地产、银行、汽车、化工、煤炭等板块都纷纷加入了上涨的行列，板块轮动形成了炒作效应，股民纷纷涌入市场赚取这东边不亮西边亮的刺激。

宋愚石在公司里的地位是绝对不可动摇的，因此对陆军号的策划可以一丝不苟地执行。甚至他自己都觉得，这些计划如果真的能完成，对公司的发展是有好处的。

第四阶段的工作，继续向忠羊铜矿注入优质资产，来提高未来收益预期。

第四阶段：评估忠羊地产。

1. 顺达基金反复拉高吃货洗盘调整，再次扩大仓位，让股价缓慢上行到前期高点22附近。

2. 对忠羊地产的空地、旧厂房等重新进行土地评估。

3. 评估后，将忠羊地产直接注入忠羊铜矿上市公司，使上市公司业绩预期再度提高。

4. 顺达基金要将价格做高位突破，直推到30元附近。

股市刚刚转好，专家们的看法是有强烈分歧的，有的说要大涨有的说要大跌，甚至有的专家自己也忽左忽右飘忽不定。电视上的讲师、嘉宾最常用的语气就是，如果这样就上涨，如果那样就下跌，否则会继续横盘。这种没有观点的观点，正好被陆军号所利用。

他在网络上又编了一个故事，说美国布尔布拓铜业公司有意参与忠羊铜矿的定向增发，并派人与企业多次接触。

随后忠羊铜矿开记者招待会进行辟谣。就这样股价从18元上冲、回调、再上冲、再回调，再上冲，缓慢地接近了22元。

忠羊铜业集团对外宣布了忠羊地产的估值，同时准备将其注入忠羊铜矿。地产热加上资产注入的预期，股价瞬间就突破了前期高点，一路扶摇直上摸到了30元。

每天早上孙晓乐都会把期货公司的报表送来，今天也不例外。陆军号看着报表，心里计算着什么时候关门大吉。最近期货公司已经不再对外宣传，同时降低了杠杆比例，为后期顺利撤出做好准备。

"你先去期货公司吧。"

刚要出去孙晓乐又折了回来："老大，我有个问题。"

"你问。"

"我看了顺达基金的月报，持仓比例没有增加，那么股价是如何推动上去的呢？您不是说过股价上涨就一定要有真的资金推动吗？如果顺达基金动用了资金又怎么保持仓位不增加呢？"

"按现行法规基金持有证券资产是有比例的，在股市下跌的过程中，基金公司要保住投资比例就不能大量卖出，但维持比例又会让自己亏损扩大。他们怎么办呢？他们就会利用盘中交易，上午卖出股票引起市场恐慌跟风卖出，而到下午再买回来，如此可以全天持仓比例不变，同时又躲避了当天的损失。顺达基金现在做上涨，思路反过来想就可以了。"

"早上买入引发市场的跟风，而下午再卖出，保持仓位不变。"

陆军号一笑。

上天真的很眷顾，股市在平稳上涨之后，并没有出现怎样的调整就进入了大跨步的上涨，可以说气势如虹。在国内经济快速发展预期和国际军事布局加快的大环境下，市场的核心集中到了能源和金属板块上。一时间煤炭、有色等股票成了市场资金竞相追捧的对象，众多的投资报告都把眼光集中在了这两个板块上，使得相关股票成了市场上的宝贝，股价扶摇直上。这也使得陆军号决定将最初的计划加速完成。所以他帮助忠羊铜矿完成了定向增发之后，立刻着手帮助设计10送10的高送配方案，这就是第五阶段。

第五阶段，10送10高送配分配方案。

老股民超级喜欢高送配，民间有"高送配必填权"的说法。所以分配预案一出，股价就突破了30元整数关口上到了35元。而后在其他资金的突然推动下三天跃起了20%，一下跳到了42元。

"我真不知道哪里来的资金。"宋方辩解着。

陆军号偷眼跟宋愚石对视了一下。陆军号已经通过交易所的朋友查过这笔偷袭的资金，从IP地址来看其中有几笔交易是宋方几年前停止使用的一个手机号发出的指令。

"我只是让你问交易所要份近一个月的股东变化清单，你着啥急啊。"陆军号逗他。

"我，我已经托朋友去搞了，回头我再问问他。"他看看宋愚石，"要是早知道能这样的上涨，当初应该再多投些钱进来，是吧大哥。"

"人啊要懂得知足长乐。"宋愚石一语双关，说完背着猎枪走到前面。吕梁山区可谓是地大物博，想打点野味只要你枪法好容易得很，打到兔子野鸡是很平常的，运气好的时候还可以打到野猪。不过这里的野猪与小说《荆棘鸟》中的野猪比要小得多。宋愚石很喜欢打猎，几乎每个月都要到山里转上一圈。

陆军号跟在最后："宋董事长说得对，知足长乐。不是有句话吗？出来混总有一天要还的。"

"我知道，我只是说要是能再多赚点不是更好吗？"宋方心虚理亏不敢多说。

宋愚石俯下身察看着树根处几块新蹭掉的印记："世上的钱是赚不完的，拿走自己的那一部分就可以了。听说顺达的董事长最近对你是另眼相看啊。"

"还不是全靠您和陆兄弟，这次大功告成，我请二位去太原海龙楼庆功。"

"海鲜属寒，医生说我不宜多吃。"宋愚石话里藏刀，想必宋方也能听得出来。他站住问陆军号："你说整个计划会提前完成，大概还有多长时间呢？"

陆军号淡淡地说："现在股市气势高涨，我们已经有了很丰厚的超额收益，有两个条件我们可以出局，一个是在10送10之前，或者指数摸到3500点。送配方案实施还需要两个月，指数摸到3500点估计也就在这两个月内，所以咱们结束的时间就在这两个月。"

"我听说会买的是徒弟，会卖的才是师父，看来出货不是一种容易的事情啊。宋方你要配合好陆军号，鱼已经在网里了不要收网的时候跳走了。"

"是是，一定全力配合。"宋方感觉到了其中的气氛。

"咱们不参与送配了？"宋愚石继续问。

"第一，送配前是最容易让股民产生兴奋点的，咱们出货容易。第二，咱们的目标并非扩大股本，所以没必要在股东名单中显现，毕竟夜长梦多。至于顺达基金，等咱们的老鼠计划结束后自己看着办吧，这次可挣得不少，大家却都没好处。"他看宋方。

"说得对哦，宋方你认为呢？"

"我呢，我这边先掩护主力部队撤出。之后我看怎么能给大家谋点福利。其实看这意思股市还要上，估计这10送10还能填权，出早了那不是咱们种树别人乘凉？"

宋愚石打断他："陆军号是总指挥，他说了算，做好你自己的事情。"

宋方赶紧闭了嘴，不敢再吱声。

宋愚石忽然做了个停止前进的手势，自己慢慢地蹲下，估计是发现了什么猎物，跟在后面的两个人赶紧蹲在了树后。

股市最近半个月简直是加速上涨，股市一片红火，证券营业部里又恢复了人头攒动的景象，就连大妈们早上的跳操都取消了，把这个时间节省下来买菜，然后拎着菜篮子去营业部看股票。陆军号却感觉到了危机。

在训练孙晓乐设计自己的模型的同时，他并没有闲着，利用所有零散时间演算了一个模型，他称之为"稳定收益模型"。这个模型标的是上证指数，利用多种指标的融合，调整成交量而得到一个核心数据，他称为"风险度"，来表示当前市场堆积的风险和下一个时间单位所面临的风险大小。从模型的数据显示当月的风险已经被推到了94%的高度，下个月指数将面临巨大的抛盘压力。与此同时忠羊铜矿已经上到了45元，一旦进入50元的高价股，普通投资者就会望而生畏，成交量就减少，想出局就不那么容易了。与其等待预期的条件会出现，不如趁早收网干净利索。于是陆军号找了宋愚石商量，后者也同意这个看法，回来他就下达了第六阶段的指令。

第六阶段：出让废弃库房区土地，老鼠仓出局。

1. 将忠羊地产公司所控制的废弃库房区，整理规划后按照重新评估的价格进行公开拍卖。提高公司年收益预期。

2. 顺达基金缓慢减仓20%，腾出资金，价格要维持在40元之上。

3. 掩护老鼠仓出局。

4. 顺达基金自行运作。

股市疯狂的时候，什么事都当利好，什么利好都会被放大。土地出让的预期刚刚公布，很多证券公司研究所的报告中就已经将这部分的预期收益计算在未来业绩中。短短的时间内忠羊铜业完成了不良资产剥离、优质资产注入、土地价值重估、高额送配、定向增发，公司已经成为了股民心中风起云涌的优质公司。再加上现在研究报告称预期收益或许会比去年翻一倍，股民像抢宝贝一样蜂拥而上。50元大关近在眼前，陆军号要求，立刻将老鼠仓清仓，由顺达基金托住价格，掩护老鼠仓撤退。

"这是在出货吗？"孙晓乐盯着盘面仔细地看。

"怎么了？"

"您看买单这么大。"

陆军号笑笑："看来你的实战经验还欠缺。现在买二的位置上有大单买入是吧，那如果你想买入的话，你会挂在买三的价格上呢，还是挂在买二的价格上呢？"

"如果我非常想买入的话我应该挂在买一。"

"那就对了。买盘中报出大单买入你认为是什么意思？"

"引导客户买入？"

陆军号点点头："其实是一个假象。买盘出现大单，多数股民都会认为是主力想要买入，于是股民会想抢先买进，于是会向上挂单成交，逐步吃掉上面的小卖单。而这些小卖单恰恰是主力特意放在那里等着他们吃的。这样就实现了价格小幅上涨，而主力在偷偷实行出货的计划。"

"那反过来在卖盘上挂大单，就是吸货了？"

"不敢百分百。在K线高位时出现买盘托单，就很可能是出货；K线低位时如果出现卖盘压单，也很可能是吸货。总归就是要在盘面上做出假象。"

孙晓乐点头又摇摇头："步步陷阱。老大我还发现最近几天忠羊铜矿盘面中总出现一些相同的报单，例如118手买单昨天就出现过十四次，今天又出现了十一次；47手卖单也经常出现。这是不是传说中的暗语？"

"主力约定好的暗语。主力经常不是一个账户在工作，为了各处的操盘手步调统一，就会事先约定好一些盘中暗语，告诉所有操盘手主账户的意图。"

孙晓乐忽然笑起来："怎么像是间谍战一样。"

"这就是博弈呗。"陆军号停顿了一会说，"这些暗语是在大家分散无法见面的情况下传递信息的。还有一种是手语，比如咱们在一起但不能对话，怕别人知道，就需要使用手语。你愿不愿意学？"

"当然愿意了，您教给我呗。"

"你看这样，两个手指向上挠头，就是说用20%的资金向上拉升，还有，这样……"

孙晓乐边学边做，逗得陆军号直乐："真保不齐哪天就能用上呢。"

孙晓乐认真地学着，回家将这些动作详细地记录在本子上。

出货并未耗费太多时间，而且相当顺利，至于后面顺达基金如何出局陆军号已经不关心了。老鼠仓账户前后三次入资，总共2亿，去掉成本总收益为8.6亿。

宋愚石也并不食言，按最初约定百分之十酬金，8600万元分几次打进了陆军号的账户中。

"后面你有什么打算？"宋愚石喝着茶问。

陆军号摇摇头："离开这里。"

"真要离开忠羊？"

"这对你我不都是好事吗？"

"是回北京吗？我知道有些事情你要去办，要不要我帮忙？"

"不，不用，我自己能搞定。"

宋愚石停了一会儿说："这次多亏你，算是为我争了一口气回来，我这些年窝在心里的闷气啊。我看你搞企业也有一套，让你这么搞，公司实际没有什么变化却在股价上涨了几倍，公司的几个贷款项目也解决了，在省里的地位也更加突出，这算是为公司做了件好事。我想问你，你有没有兴趣帮我开个公司？"

"您想开个什么公司？"

"我打算退休之后搞个运输公司，专门跑忠羊铜矿和周边煤矿的运输，我这个人闲不住，算是给自己找点事情干。没准干几年我又可以弄个上市公司。"

"IPO不是简单的事情。您倒是可以先利用忠羊铜业集团的资源在外面建立一个运输公司，通过投资让上市公司的资金进入运输公司，慢慢挖空忠羊铜矿。再让忠羊铜矿控股运输公司，然后两家合资成立新公司，这就实现了套资金。"

"对哦！直接卖给上市公司就行。我侄子那里有一个电子公司，已经有了点规模，但去年欠账了他就不想干了，是不是也可以卖给上市公司？"

"当然可以。先让电子公司做银行贷款，由忠羊铜矿提供存单质押，再让忠羊铜矿进行全资收购得到电子公司百分之百股权，电子公司到期不还贷款就可以了，银行会直接向忠羊铜矿要钱。公司都不是自己的了，你侄子自然也没有债务了，拿了收购的钱逍遥自在。这个方法我们称作倒垃圾。"

宋愚石点点头叹口气："也就是你有这样的脑子啊，我们这里没人懂，如果你不在这指挥，我看根本做不起来。"

"谢谢宋老抬爱，我的确有一些事情要去处理。另外我每次做完一件大事之后都会休息一段时间，总结经验和教训。这次咱们盆满钵满很大一部分因素是运气好，很多细节后来回想起来还是有欠缺。"

"我知道，我不会勉强你。年轻人里很少有能像你这样静下来思考的。什么时候想做点大事的时候记得找我，我随时欢迎。"

兜里揣着钱，陆军号脑子里只想着两件事，一是去北京找杨威问清唐雁的下落，然后当面问问唐雁到底是怎么回事；二是尽快关闭期货公司，结束这场闹剧。

早上看了孙晓乐送来数据报表，期货公司的客户总共赔了740多万，这个数字对现在的陆军号来说是小意思。他决定等从北京回来再处理期货公司。又去看了看张宏来，状态很不好。

"家里还没有松口呢？"

张宏来摇摇头，又开了一瓶啤酒，咕咚咕咚地往下灌。最近一段时间他经常闷闷地喝酒，赵兰兰已经好几次半夜出去找他，然后把烂醉如泥的他搀回家。

"你总这样也不是办法，就算跟家里还没缓和，也不能每天醉生梦死啊。你爸也不可能永远这样，毕竟他就你这么一个儿子。手头还有钱没有，大不了再开个买卖，东山再起。"

"干爹支援了五十万。"

"开个小超市，你没问题的。不管怎么的，先把日子过起来。"

"谢谢。"

"你谢什么？"

"有你这么个朋友真好，还能为我着急。那些狐朋狗友见我没钱了躲还来不及呢。"

"也不一定是躲你，可能是因为你失去正能量了。"

张宏来笑了，最近都没有看到他笑了："刚才你说你要去趟北京？"

"是啊，大概几天就回来，回来再帮你开超市。"

"是去找弟妹吗？"

陆军号不说话，他也拿起啤酒瓶咚咚地灌了几口。

"如果需要帮忙你说一声，我没别的能耐，正想找人撒撒火呢。"

两个人笑，各有苦衷。

跟杨威电话约的是下午六点，陆军号五点就坐在酒店的咖啡厅里等，心里像长了草一样焦虑不安。他在设想一会儿见面的场景，一是杨威来唐雁没来，二是杨威唐雁一起亲密地出现，三是他们两个已经分开，四是……脑子里一片混乱。

杨威带了两个保镖很准时地出现了，没有唐雁。

"别光自己喝，也请我来一杯吧。"

听到杨威的声音陆军号就从心眼里厌恶："唐雁呢？"

"你是真不长记性，上次我说过你要是敢来打扰唐雁，我一定要你好看。"

"我找人打听过了，就没人看到过唐雁在你身边，你到底把唐雁怎么了？"

杨威凑近一点发狠地说："我把唐雁怎么了，也是我和唐雁的事，跟你有什么关系？轮不到你来找我质问。再说了，是唐雁自己离开你的，是她自己找到我的，不是我找她的。你还不死心吗？她要找个经济上靠得住的男人，你明白吗？"

"我现在有一个亿，算靠得住吗？你把她叫出来，有本事让她再选择一次，看她会选择谁？"

杨威"切"了一声："有这个必要吗？现在是你来抢我的女朋友，我可从来没抢过你的，你倒理直气壮了。告诉你吧，她人在新西兰，我们快结婚了，你不用死缠烂打了。就算你现在有钱了，可惜，晚了。"

陆军号的脑袋嗡的一下："不可能，她讨厌你，怎么可能跟你结婚。我也根本不相信她会为了钱跟你走，你把她电话给我，我问个清楚。"

"她已经是我的人了，孩子都怀了。你给她打电话，那就是骚扰我老婆。今天我心情不错，就不揍你了，不然还要你趴在地上求饶。"

陆军号彻底被打垮了，他们要结婚了，孩子都有了，怎么会这样？怎么会这样！脑子一片混乱，太多的谜团。从来不拜金的唐雁，忽然一天连我都不见就消失了。杨威再恶毒也不可能去劫持绑架唐雁，如果他真是那种人，早就用这种卑鄙手段了。那唐雁为什么不给我打电话呢？难道真的是想离开我？

"我知道这很难接受。"杨威继续说，"看在是校友的份上，我劝你还是省省吧。你现在即便找到她，又能怎样，当时你打过电话吧，她怎么说？难道是我骗你？陆军号，你醒醒吧，爱情不是永恒的，是会变的，昨天喜欢风花雪月，今天就可能喜欢挥金如土，这不稀奇。现在我们快结婚了，请不要来打扰我们好吗？这点礼貌你应该知道吧？"

"够了，你别说了。虽然我不相信，但还是祝你们白头到老。"

"其实我很欣赏你的策划能力，对庞大计划运筹帷幄的大将风采，如果你愿意跟我干，我随时欢迎，我们一定能干出点大事。以天恒的实力，加上你的能力，咱们可以建立一个金融帝国。"

陆军号看看他忽然觉得很好笑，这小子是不是脑子有毛病啊，把人当对手的时候心狠手辣，想利用别人的时候甜言蜜语。他一仰脖喝完咖啡，起身走了。

"喂，"杨威在后面叫，"我等你的回信儿啊。"

陆军号根本就不想理他，径直出了酒店，他需要找一个地方冷静思考。

看来杨威是不会透露半点唐雁的消息了，要想找到唐雁只能靠自己。他整整在北京转了一个星期，找遍了所有有可能见到唐雁的人，朋友们问了一圈，却还是一无所获。他一气之下干脆去报警，可民警了解了情况之后，不予受理。难道真的是去了新西兰？难道真的要和杨威结婚了？

　　又是一个辗转反侧不能入睡的夜晚，天蒙蒙亮才睡着。一阵电话响，把他惊醒，看看表才早上五点多。

　　来电话的是王喜，还没等他开口骂人，对方就大叫："不好了，出大事了，张宏来被车撞死了，哦哦不是死了，是半死不活了。"

第十七章　一条白布

飞机一落地陆军号直奔太原医院。张宏来不是被车撞了，是撞车了，他开车装上了桥墩，当场车毁人也几乎亡了，连夜被送到了太原医院。

重病监护室门前坐了两排人，左边一排打头的是张宏来的父亲张狗本，其他几个大概是亲戚，右边一排是王喜和几个哥们儿，还有赵兰兰。从他们脸上可以看到焦虑和哀伤。

王喜见陆军号赶紧起身迎上来："陆兄弟来了。"

"现在怎么样？"

"手术都完了，但医生不允许人去里面。"

陆军号从门缝往里一看着实吓了一跳，脑袋被包裹的像个粽子，腿也吊着，上面挂着好几个吊瓶，身边几个仪器在嘀嘀嗒嗒地响，有个护士在记录什么数据。他又慢慢关上了门。

"医生怎么说？"

王喜把他拉到一边："医生说基本上能保住命，但还未脱离危险期，不过就算老天恩赐保住命也要半身截瘫。前面醒过一次念赵兰兰，我把赵兰兰接过来他又一直没醒。"

"到底怎么回事啊？"

"可能是半夜开车灯光太暗，撞到了咱们县东头的东风大桥桥墩上。"

"半夜三更的开车去那边干啥？"

这时张狗本走了过来："你是陆军号吧？"

"张伯，我是陆军号，张宏来的朋友。"

"我知道。"说着他拉起陆军号的手往外走。转过两道弯他停下来，忽然哭了出来。看来这个倔强的老头刚才在众人面前一直是强忍着悲痛，到现在才释放出来。

"张伯您别着急，您有什么事跟我说，来坐，坐下说。"陆军号赶紧扶张狗本坐下。

"都是我的错啊，昨天晚上他来家里是想和解的，却被我骂了出去。都是我的错，都是我的错啊。如果当时不是我说了那么多伤人的话，他也不会酒后驾车，就不会出事了。"

"这不能都怪您。张宏来是有福之人，一定没事的。"

"也许如果我能早一天接纳他们两个……但是你知道赵兰兰她是……"他哽咽着。

"我知道，我知道。其实赵兰兰她……哎也算是无缘吧"。

"无缘？现在可不能说无缘。"张伯的眼睛忽然凶狠狠的，"都是这个小妖精害了宏来，现在说无缘想一走了之，没这么便宜。我拉你过来就是这个意思，必须让这个赵兰兰留在宏来身边。你看看宏来现在这个样子，医生说了即便保住命也是个废人，这以后就不可能找女人了，但总要有一个人来照顾他吧。我叫你来就是商量这个事情，我知道你是宏来最好的朋友，你也跟那个小妖精认识，算大叔求你，你必须把她留下，事到如今想拍拍屁股走人，没那么容易！"

陆军号听了就像打翻了五味瓶，不知是该哭还是该笑，是该为有情人终成眷属而喜涕呢，还是该为人情冷暖而嘲笑呢？原来能让赵兰兰坐在对面而假装不动怒，全是为了让她能留在自己儿子身边用后半辈子谢罪。"好好，张伯您别生气，这事我来办，交给我您放心，一定不会让她走。我看您也累了面色也不好，不如让王喜送您回酒店休息一下，如果您也病倒了，这家里谁主持大局啊？现在张宏来在观察期，咱们也帮不上忙，您去睡上一觉，我留在这有什么事情我给您打电话。"

送走了张伯和几个亲戚，陆军号让剩下的人都回去，赵兰兰眼圈黑黑的，脸色蜡黄，一看就是快精疲力竭了。"我想在这里陪陪他。"

"你也先回去休息一下吧，如果真想照顾，我看他可能后半辈子都需要人来照顾呢。为了他好，你也要休息好，如果他醒了我第一个给你电话好吗？"有兄弟带她回去了。

趁护士出去，陆军号赶紧轻声推门进去，屋里很安静只有那几台机器嘀嘀地响着。

突然张宏来睁开了眼，这反倒吓了他一跳。

"你醒了？我去叫医生。"他轻声说。

张宏来闭眼微微摇了一下头，陆军号赶紧凑过去。他用很轻微的声音艰难地说："他们都走了？"

"我让他们都回宾馆休息了。他们都一宿没睡，休息一下再来。"

"兰兰呢？"

"我让她也回去了，看她难过得不得了，精神很差。"

"让她赶紧走，离开忠羊。"

"为什么啊，张伯刚刚跟我说，他同意你和赵兰兰了，你怎么反倒又……"

张宏来闭上眼："我爹是想让兰兰一辈子给我端屎端尿。"

真不愧是父子啊！"他可没这么说，他说他很后悔，应该早点同意你们的事。"见张宏来嘴角一翘像是冷笑，他继续说，"你也别瞎想，踏实养病，一切都会好起来，幸福生活等着你们呢。"

"我现在下肢一点感觉都没有，估计是个废人了，难道要兰兰一辈子守着我吗？"说完喘着粗气。

陆军号帮忙掖掖被角又看看吊瓶里的液体："别动气，我让兰兰走还不行吗？"

看张宏来点点头；他继续说："你说你，大半夜开车咋不看清楚点呢。"

张宏来摇摇头，"我对不起干爹，也对不起兰兰。我拿干爹的钱去炒期货了，赔光了，又把兰兰的一个家传玉镯子当了去炒，也赔了。我想找我爹讲和，弄点钱赎回镯子，我爹不同意我们……我可能走神了，等看到的时候已经晚了。"

"你炒期货？在我那里炒期货？"

"忠羊也就你一家。"

陆军号愣在那里了，竟然是在自己那个骗局中赔的钱，我马上就要终止这个骗局了，怎么偏偏这个时候……哎呀，要不是耽误这一个星期，可能都已经关门了，张宏来就不会……竟然害了最好的朋友。

"你，你要开户怎么不跟我说一声呢？好了好了，不多说话，五十万不算什么，回头我给你挣回来啊，别担心。"

"认赌服输，不是你的过错，我更担心兰兰，让她赶紧走。"他用微弱的声音说完闭上眼歇了好一会儿，又继续说，"你能不能借我点钱，两万就好，去县东边的陈家当铺，兰兰的镯子在那儿呢。"

"好好，我去赎回来。"

"以后我挣了钱还你。"

"不用还。好好，等你好了，挣了钱还我。"陆军号都快哭出来了。

张宏来喘了几口粗气："再借我点，五十万，给赵兰兰，让她赶紧走。我一起还。"

"好，五十万给赵兰兰。不多说话了，好好休息。"

张宏来闭上了眼睛。

第二天陆军号安排好医院的事情就赶回了忠羊，他要尽快完结这个虚假的期货公司，要尽快从这种罪恶感中逃离出去，一分钟也不能再等了。

"张宏来开户你怎么不通知我一下？"

孙晓乐有点委屈："您没说开户的人都要通知您啊，再说每天早上开户人员名单都在报表里啊。"

前段时间太忙了，根本没有仔细阅读那些报表："他是我朋友，能跟别的普通开户人一样吗？现在他赔钱了，撞车要死了，我心里能不自责吗？"

"他自己开车不小心，不能怪在期货公司上啊。"孙晓乐低着头嘴里嘟囔。

"出去！"陆军号差点拿水杯丢他。

看着孙晓乐灰溜溜地出去，陆军号一屁股坐在沙发里。对，他是自己撞车的，跟期货公司没关系，跟我没关系，怎么会跟我有关系呢，我不用自责，不是我的错。再说了，我开公司，我没逼着任何人来炒期货，我要挣钱，我要成为有钱人，我要去找唐雁，挣钱有错吗，怎么是我的错呢……想着想着睡着了，昨晚守夜到现在还没睡呢。

他梦见所有人都知道这是个骗局，公司被砸了，他被警察带走了，张宏来从地上爬着过来管他要腿，要腿！他呼的一下醒了，大口喘着气。

"他妈的，他妈的，他妈的！"他从沙发里跳起来冲到窗口向外大吼。

他和孙晓乐连夜做了一份补偿计划，浮赢可取，浮亏补偿，历史亏损一概照单全补，不仅补还先到有奖，目的只有一个：三天内必须关掉期货公司。

通知一出，大家欢欣鼓舞，毕竟赔钱的是多数，亏损都给补，这简直就是天上掉馅饼的大好事，仅仅两天时间所有客户就都完成了清理工作，签字按手印，领钱回家。只剩张宏来这最后一个账户。陆军号取了一百万，决定明天一早奔太原把钱交给张宏来。

可就在傍晚，王喜从太原打来了电话，张宏来自杀了，他拔掉了自己的输液管和氧气罩。

陆军号望着墙发呆到半夜，他知道张宏来怎么想，他一定是知道了自己即将瘫痪，不想再拖累赵兰兰。但是他死了，就再也没有补偿的机会了。他将钱箱推到地上，狠狠地踹了几脚，下楼找个酒馆，把自己灌到了不省人事。

葬礼上张狗本一家跟赵兰兰打了起来，扬言要她的命。陆军号和王喜赶紧拦下来，送赵兰兰回家。按照山西的规矩，没结婚的男子不能埋在祖坟里，只能埋在旁边，等着以后买了女人的尸骨一起合葬，所以张狗本更是痛不欲生，白发人送了黑发人。

葬礼散了，陆军号就去了赵兰兰的家，拎了两个箱子，一箱一百万，把镯子也赎回来还给了她。

"这是张宏来存在我那里的钱，他让我跟你说拿着钱赶紧离开忠羊。"

"他没钱了，我知道，要不就不要我的镯子了。你把钱拿回去吧。"

"这是以前我管他借的。信不信由你，钱放这了。忠羊不适合你，你应该听他的尽快离开这里。"

"你怕他们家来找我麻烦？"赵兰兰淡淡地说，"来吧，以前我不敢面对，现在我还怕谁，让他们尽管过来。"

"离开这个伤心地，对你只有好处没坏处。"

"如果我当初听你的跟他要个娃，或许就不是这个样子了。"

　　陆军号劝了许久也不见起色。他怕赵兰兰出事，也怕张家来闹事，只好每天来劝说一番，经常在她家楼下蹲点，怕再出了什么事情。连着三天，赵兰兰每天都往酒吧迪厅跑，把自己喝个烂醉。

　　他扶她回家，看她手臂上有用刀子划出来的张宏来的名字，将她抱进屋又在桌上发现了摇头丸和一张医院开据的处女证明，心里甚是难受。他知道她心中的痛苦，她认为张宏来就是因为她死的。人们议论张宏来的死因，最后全归结到这个做过小姐的女孩身上，是她勾引了张宏来最终导致了悲惨的结局。她也理所当然认为自己才是罪魁祸首。没有人指责陆军号开的假期货公司让人赔了钱，没有人指责张家一直恶言相对，人言可畏，让一个原本清白的姑娘背负这样的痛苦。

　　没有人相信她，只能用一张处女证明来证明自己的清白。就算拿出这张纸又能怎样，背后指指点点的人们就能罢休，就能承认错误吗？他们依然会编出各种各样的理由来羞辱她、指责她、歧视她。

　　她还能拿出张纸证明自己的清白，我到哪里弄张纸证明我没害过人呢？

　　这天半夜陆军号再次跟踪赵兰兰到了离石市的一个迪厅，大厅迪曲震耳欲聋人声鼎沸，一群群男女在里面疯狂地蹦着。陆军号坐在吧台边，喝着啤酒，看着赵兰兰举着红酒在舞池里边舞边喝，很快她就东倒西歪了。

　　两个男人上去跟她搭讪，然后她就跟两人离开了舞池，向后面的包间去了，陆军号赶紧跟上去。几个人七拐八拐进了一个房间，他悄悄推开个门缝，里面十来个男男女女，有的正在用吸管吸着锡纸上的东西，有的已经倒在沙发上随着音乐扭动着。

　　他推门走进去，赵兰兰已经拿起了吸管，看他进来停住了。带她来的那两个人立刻站起来。

　　"她是我女朋友，我来带他走。其他我什么也没有看到。"

　　"什么时候她又成你女朋友了？"背后走过来一个人，是陈家老三陈从，就是上次在酒吧碰上的那个，"想不到这个小骚货变得还挺快的啊。"

　　陆军号镇静一下："陈哥，不好意思来打扰，是张宏来的女人，情急之下瞎编的，不是我女朋友。"

"没关系，张宏来死了，你惦记上了有什么啊？"

"那我带她走了？"

"人可以带走，但从我陈从这里带人总要给我个说法，那一包粉还五千呢，打开了，你说给谁呢？"

"哦，我懂。陈哥您给个账号，明天上午我打五万到您账户上。"

"不愧是书生。带她走人，要是说出半个字，别怪我不客气。"

陆军号赶紧拉上赵兰兰往外走，听到后面陈从打小弟的声音，骂他们没看好门。

出了歌厅赵兰兰甩开陆军号的手，晃荡着说："你是不是真的想泡我？"

"你有病啊，你在做什么，这是吸毒你懂不懂，吸毒啊！"陆军号低声恶狠狠地说。

赵兰兰嬉皮笑脸："你是我什么人，管得着吗？我有二百万呢，不花做什么？等我宏来哥回来了，我们还有幸福生活呢。"

"张宏来走了，你醒醒吧。如果刚才不是我在，你吸完毒还可能被强奸啊，张宏来不会希望自己的女人是这个样子吧？"

"我不需要你来教育。"兰兰挥挥手晃晃荡荡地往街上走。

陆军号赶紧跟上去："你以为我愿意管你，是张宏来让我照顾好你的，你赶紧给我离开忠羊，咱们自此谁也不认识谁。"

她站住了："想上我就直说呗，搞这么多名堂，你们男人都一样，不就想上床吗，反正你们都不相信我的清白，那就来吧。"说着身子要往下倒，陆军号赶紧扶住她。

"你别想占我便宜。"

"好好，我这就送你回家。"他把她扶进车。一路上她吐了两次，吐了他一身。好不容易把她扛上楼放到床上，陆军号赶紧去洗手间脱了衣服去洗。正洗着赵兰兰推门进来，陆军号看看镜子不由一惊。

赵兰兰一丝不挂地站在门口，没等陆军号反应过来她上前一把搂住他，他的后背立刻感觉到了女孩胸口的温度和润滑的肌肤。

"喂，别这样。"他试图拉开她的手，但是她抱得更紧。

她用丰满的胸部顶着他的背肌，轻声地说："我不好看吗？你不想要我吗？"

"好看好看，但我们不能这样做。"

"你来证明我的清白好不好？"

"你醒醒吧。"陆军号挣脱她的手，拽了条浴巾把她裹上，"你冷静点，现在没有人在乎你清白不清白，他们只会看笑话，你是张宏来的女人，不要糟蹋自己。听我的，不，听张宏来的，明天你就离开忠羊。"

赵兰兰"哇"的一声哭了，伸手抱住了他。

他轻轻抱着拍了拍她裸露的后背，慢慢推开她："对不起，我说得太重了。好好休息一下，明天一定要离开这里。你想去哪里，我都可以送你去，好不？"

他赶紧穿上湿衣服离开了，他怕再待下去会把持不住。少女的肌肤特有的光滑，纤纤的细腰，让一个男人心跳加速，毕竟他不是圣人君子，只能仓皇离开，留下一个哭泣的女孩。

午后的阳光从窗户照进来，暖暖的，陆军号站在窗前闭着眼，让阳光铺在脸上。从眼皮看出去是一片殷红，有小的颗粒在殷红中游荡，那是污点吗——血色中的污点。

刚刚王喜来的消息，赵兰兰从宏来商场顶楼跳了下去，裹了一条白色床单，揣了一份处女证明，整条白布都染红了，好大一摊，说得陆军号毛骨悚然。

红色，就像眼皮看出去的颜色，有污点吗？你说有那就是有了。一张纸又能唤醒多少人的良知？又能证明什么，向谁证明什么，有必要去证明什么！

陆军号一天也没出门没吃东西，或许昨天要不是他说"没有人在乎你清白不清白"，她还能活下去，自暴自弃地活下去也比死去好啊。清白，真的那么重要吗？需要用生命去换取、去捍卫？

第二天他收到一件快递，里面有一封信，一个存折，一缕头发。

陆大哥：

你是一个好人。宏来走了，他是因为我而走的。我爱他，虽然我们得不到祝福，但是不能阻止我爱他，没有他，我的生命不再有未来，我决定去陪伴他。

昨天的事情你不要放在心上，老人说如果没有做过那种事，就过不了奈何桥，我怕过不去就见不到宏来哥。不过这样也好，他没有入祖坟或许也没过了奈何桥，我还可以把我的身子送给他。

谢谢你一直帮我，最后再帮我两件事。第一件事，把我的头发埋在宏来的坟前，让我们在一起。第二件事，把你的钱拿回去吧，我知道那不是宏来的。

宏来说起过你的爱情故事，她肯定有什么原因，你去找找她。

赵兰兰

我是一个好人？我是一个好人！我算是一个怎样的好人？一直都没哭的陆军号痛哭起来，压抑了许久的各种滋味一下迸发出来，委屈、焦虑、罪恶、悔恨、气愤、恼怒……

陆军号把存折交给张狗本，说是赵兰兰孝敬的，说她是一个干净的女孩。张狗本忿忿地接过去，嘴里嘟囔着什么，关上了门。

这样算是把张宏来的钱还上了吗？能不能减轻一点罪恶感？张伯的这种态度，人都死了也不肯原谅，不过这是张伯的错吗，如果你是父母你会让自己的儿子跟一个被人指指点点的女人在一起吗？那是赵兰兰的错吗，如果不是她爸爸赌博她愿意这样吗？是赵兰兰爸爸的错吗？如果他能找到工作，如果他的身边没有赌徒，如果……谁错了，是钱错了，是我错了，还是社会错了？不管谁的错，一切都太迟了。

他来到张宏来的坟前。张家的祖坟在山上面，张宏来的坟在山下。按山西老人的规矩，男人死了必须有女人来合葬的，不然进不了祖坟。有老婆的先葬在外面，等老婆死了再迁进祖坟合葬；没有老婆的家里要给买一个。讲老礼的人家看哪个穷人家死了女人，就把尸骨买回来，哪怕是单身已葬的女人，给人家些钱把骨架挖出来也行。现在张宏来只能在山下，以现在的情形，即便张狗本愿意去赵兰兰家买，赵兰兰家也不一定会卖。人活着的时候折腾，死了也不得安宁。

陆军号把赵兰兰的头发用一块白布包裹了，这是他托公安局的人从兰兰跳楼时身上的白布剪下来的一块，用红绳系好，深深地埋在张宏来的坟前。

"这样你就不孤单了。"说着陆军号的眼睛红了。估计除了他们三个人外地，不会有人明白这块白布的意义了。这是贞节的象征，是一个女孩对社会的一种倾诉、一种抗争、一种发泄和嘲笑，是她唯一能做到的一种澄清方式吧。

陆军号带着孙晓乐回到了北京。他开了一家孤儿院，叫"燕子阳光村"，请了专业的管理团队，还做了一款叫"小世界"的APP，利用六度空间理论做成一个关系类社交平台，可以寻找那些失散的儿童。

不久就有孩子被送过来了，有大的有小的，每天看着老师们带着这些孩子学习、劳动、做游戏，他觉得很踏实，他不打算再回到证券市场中，那是一个充满诱惑、充满金钱、充满罪恶的地方。

直到有一天，QQ上一位叫"晴天"的老朋友跟他说了一段话，打破了他好不容易安静下来的生活。

这天，他上QQ的时候晴天叫他。

"看了你的空间，最近怎么不搞证券去搞公益事业了？"

"跟小孩在一起更轻松快乐一些。"

"我有一个盘子，你愿不愿意帮着策划策划？"

"我不打算做这些了。"

"几十个亿的盘子，你也不做？"

"不做了。谢谢。"

"你愿不愿意给我讲讲乌龙指？"

陆军号一下警觉了，很久没有人跟他提这件事情了，市场也逐渐淡忘了。"我不知道什么乌龙指。"

"可我手中有一份计划书，我发给你看看。"QQ上传过来一张图片，竟然是乌龙指计划书中的时间表。

"你怎么会有这个？"

"如果这张纸落到警察手中，恐怕你的公益事业就要停止了。"

"你想怎样？"

"你来成都，咱们谈谈。"

陆军号想了想："好的，三天后。我这边的事情要处理好。"

很奇怪，从聊天记录中没看出这个人是个庄家啊，从来都是闲聊，今天怎么忽然拿出了一张乌龙指时间表，这张表当年只有六个人见过，除那五个拜把兄弟以外，还给过钱海。难道是他们其中的某一个最后没有销毁，把这张表流出去了？

我倒要看看你有什么花招，不就是成都吗？唐雁以前就很喜欢成都，又或许在某个街道拐角抬头能遇到唐雁呢。

他悄悄安排好一切事项，三天后趁孙晓乐还在睡觉，留下五十万现金和告别信，独自一人登上了飞往成都的飞机。

第十八章　你是那谁那谁

成都的冬天比北京的冬天难过，别看它地理位置上靠南方，但那是另外一种寒冷。北方的房子里有暖气足以热到骨头里，出门即使冰天雪地，一时半会儿也不会冻得全身哆嗦。成都则不然，走在哪里都是一种潮湿的冰冷，从皮肤冷到骨头。即便是进了饭馆，多数也是大敞着门窗，跟坐在外面吃饭没有什么区别。而且成都是盆地，上空云层堆积常年没有强烈的阳光照射，这让冬天的成都更加寒气逼人，唯一的好处就是没有北京那割肉般刺骨的寒风。无风少阳光也成就了成都女孩白嫩的皮肤。

唐雁以前曾经说过等她老了在青城山买个农家院养老。或许真的有一天他们可以在这个城市再次相遇，陆军号这么想，在桐梓林路租了房子住下来。他打算去一趟塔公寺，看望一下桑格措钦活佛。上次活佛说自己有难，果真后来一片混乱。现在刚刚消停下来，又遇到了QQ聊友晴天忽然揭开伤疤，来者是友是敌？此行是凶是吉？究竟什么事情让我去做呢？

虽然不做股票了，但不等于不关心市场。退出忠羊铜矿之后不久，整个股市也在逐级下跌。最近杀跌有点加速，股民真是丢盔弃甲哀鸿遍野，不少专家又在电视上唱空，更造成了恐慌气氛。但陆军号认为，这就是黎明前的最后一段黑暗，经济运行在周期的底部，很多利于经济恢复的政策正在制定或初现，各管理部门和各经济实体都会有一个调整适应的时间。前期的上涨是对经济发展预期的反应，现在的调整正是对新政适应的过程。中国股民有一重大特征，那就是群体性追涨杀跌。高位上观察开户数量就能看出投资者的疯狂，而下跌中要么不动变成僵尸户，要么一刀切全部砍在低处，这些不理智操作也体现了中国股民在投资道路上的不成熟。

从计算上看股市应该还需要一段时间的调整，那么晴天他们想要做什么呢？

他决定先去塔公寺，再去找晴天。他跟晴天编个谎话说孤儿院遇到些事情，需要耽误一个星期，一个星期之后必然到成都面谈。晴天同意了。

陆军号将黄绢布拿给一位喇嘛看，喇嘛赶紧请出了大堪布，大堪布双手捧着黄绢转到后院去了。他这才感到原来这块绢布这么珍贵。

这次桑格措钦活佛是亲自走到大殿来迎接的，让陆军号受宠若惊。两人客气一番，来到后屋。

"看上去你成长了，平静了许多。"

陆军号心里一想，还真是这样。毕业后的几年平步青云春风得意，自己都觉得自己无比伟大，现如今看淡很多，反而没有了那许多的浮躁。"或许经历多了，反而处事不惊了。"

活佛招手示意他坐过去。陆军号在活佛面前盘腿坐下，活佛按住了他的头顶，嘴里念念有词一阵松开手。问："现在你明白这句话的道理了吗？"他拿起黄绢布。

陆军号感到很惭愧，"一生万法，万法归一"，自己根本就没想过这个问题。"抱歉，我有点愚钝。"

活佛笑道："我知道了，人生静思的机会不多。无生即无死，无佛即无魔，原本就相生相伴，色即空，空即色，一切皆无，便是大成。我来问你，你失去了，你也得到了，你觉得失去和得到哪个更重要？"

陆军号更不知该如何对答，张着嘴支吾着。

"没关系，我问的是你的心，不是问你的人，你也不必答我，到时候你的心自然会回答你。"

"我是做股票的，已经几个月不做了，不想做了。但现在，忽然有人想让我去帮他做，你看……"

"为什么不想做了？"

"就像您说的，我得到了，我也失去了，失去的比得到的多，而且不能再挽回。"他想起了张宏来和赵兰兰，眼里有点湿润。

"你觉得股票很罪恶？"

"是，是的。"

"股票我没做过，但我知道。股市是一个平台，炒股是一个手段，平台和手段没有正确和错误的分别，重要的是目的。善心自然出善果，这跟股票没关系。"

"那您觉得我是去还是不去呢？"

"我已经说明白了。"

陆军号沉思片刻："好，我先看看他们到底什么意思。"

说话间活佛拿了一个纸筒给他。"这里面有两个锦囊，是我和一个和尚论法之后，共同写下的，我珍藏了很久。现在送给你，当你有一天遇到疑惑、困难或者不解的时候，就可以打开看第一个锦囊，如果还未化解，就看第二个锦囊。"

陆军号赶紧毕恭毕敬地接过来。

"在这里住几日吧，你的慧根不错，后面会有一些艰难的事情等你去做，那时就没这么轻松了。"

陆军号留下住了三天，这三天他没有再见到活佛。他在大殿里听经，在塔林里散步，在堆了雪的山坡上看成群的牦牛在冰水中喝水，一切都那样平静祥和。天高云淡，万物生长，生生不息。他拿着黄绢布偷偷地问大堪布怎么理解，大堪布总是笑笑走开，他只能感叹，神秘的藏地。

三天后他回到成都，在QQ上找到了晴天，约定了在春熙路一家咖啡厅见面。

在咖啡厅门口见到了晴天，竟然是个小姑娘。晴天很漂亮，秀气的脸庞，会闪人的眼睛，长而飘逸的头发和完美的身材。她穿了一件风衣，里面的大领毛衣露出了锁骨上的小窝。

咖啡厅在二层，面积不大，但是气氛很好，桌椅摆设全是木头的，放着悠悠的音乐。与咖啡厅比，成都人大概更喜欢去茶楼，摆摆龙门阵喝喝便宜茶，打几圈小麻将，太阳就从升起到了落下，他们会说"安逸得很"。凭在咖啡厅谈事来判断：这个女孩不是成都人。

"咱们这是第一次见到真人，还是先自我介绍一下吧，我叫陆军号，你呢？"

晴天笑了，很甜，左脸有一个酒窝。“这个我知道啊，你叫陆军号，以前在北京后来在山西然后回北京现在在成都，以前做投资，现在做公益了。”

“那就不公平了，你知道我叫什么但是我却不知道你叫什么。”

“大男人还那么斤斤计较。”

“不是计较，我要对你尊重嘛，你网名晴天，我总不能叫你天天吧。”

她笑得差点把咖啡喷出来：“叫我常晴。”

“好的常晴，你把我从北京叫到了成都，说吧，你们想做什么？”

“叫你你就来啊？你可以不来啊。”

“没开玩笑，那张时间表你们怎么得到的？”

“你怎么总是你们你们的呀，就不能问问我怎么得到的？”

“不可能，你一个小女孩。你背后一定有其他人。”

常晴噘噘嘴：“大叔，别看不起小姑娘。我问你，你怎么不做股票改做公益了？”

陆军号怀疑的看着这个最多刚刚毕业的小女孩：“我有必要告诉你吗？”

“我有你的时间表，让你回答个问题还算吃亏吗？”

陆军号心里有点火气，但没发作，他想看看这个小女孩背后的人到底是谁，想干什么。他想起来活佛问他的话，答道：“我之前做股票，失去的比得到的多，所以不做了。”

“得到八千六百万，还不算多？”

他心理咯噔一下，这个事情只有宋愚石知道，她怎么会知道。“你说什么，我没听懂。”

“大叔，你的能力在于策划和指挥，而我的能力在于调查和记忆，你的一切资料都在我脑子里，像电脑一样储存着。”

“别大叔大叔的，正经点，说吧你们是什么人，想做什么？”

“哇这么正经。” 常晴用小勺轻轻地搅拌着咖啡，眼前这个男人的资料她非常熟悉。组织里的上千人的档案她都熟悉，只要让她看过的资料，她可以像电脑一样记录在大脑中。她的大脑还有一个功能，是将记忆进行比对，从中找到细微关联加以分析。“好吧，那我来说，你在赎罪。在股市上混，女朋友走了，好朋友丢了，挚友死了，挚友的女朋友跳楼了，你有罪恶感，你怪罪在股市上、期货上，所以你选择了离开。"

陆军号皱皱眉："既然知道，你还问我做什么？"

"因为我要给你个机会，让你得到的比失去的多。"

"我得到了八千六百万还不够吗？"

"钱，这或许是你过去想得到的，但不是未来想得到的。"

陆军号猛然想起来活佛说的，善心自然出善果，这跟股票没关系。难道是说我应该接受这个小姑娘的机会，让我重新认识平台和手段？"你要我怎么做？"

"跟我去见一个人，炒股的高手，炒股票的事情你们聊就可以了，当然人家要不要你来做，还要看你本事如何。"

"难道你是猎头？"

"哪那么多废话啊，你是怕我把你卖掉吗，大叔？"

陆军号不屑："就凭你一个小女孩子？那人叫什么，国内有名点的我都知道。"

常晴看着他："他说他十几年前见过你，其他的你自己问吧。"

"十几年前见过我？"

"哎呀痛快一点，去不去，怕就别去了。"

"走。" 嘴上这么说，心里却有点嘀咕。十几年前自己还小，除去上学的同学也不认识谁了，难道是哪位同学？很显然，常晴只是前面的一个联络员，幕后这个人应该不一般，不然我的这些情况怎么会被摸得一清二楚。我倒要见识见识这个幕后高人。

一路上陆军号满脑子还在过信息，常晴开着车脸上倒是喜气洋洋。

"这条路是去都江堰的？"

"大叔很聪明嘛。"

"拜托我会看路牌。还行，倒是把我卖到个风景优美的地方。"

车过了都江堰转到青城山，从后山进了一个大院，陆军号看到有守卫和保镖。院子很大，依山而建，能看到有房子在山间参差坐落，半掩半露，好一番幽静。转过几片竹林，前面豁然开朗，是个别墅，常晴带他进了一层大厅。有一个人已经坐在大沙发里，看似在等他们，常晴见了他就跑了过去。

"狼叔，人带到了。"

陆军号见此人，五十岁的光景，身材细高瘦骨嶙峋，但是眼神炯炯，气色很好。的确好像在什么地方见过，他使劲地在脑海中搜索着。

"怎么了陆军号，看来你小子真的不认识我了。"

"那时候他还是小屁孩呢能记得什么啊。"常晴挖苦地说，"我来提个醒，你是怎么上的中学？"

上中学，怎么上的中学……难道，难道他是。"瘦叔叔？"陆军号兴奋地叫了起来，"你是那个招生的瘦叔叔？"

"还算有点良心。"

"真的是您瘦叔叔。"陆军号激动得眼泪都流了出来，冲过去一把握住他的手，像见到了亲人一般。"我怎么可能把您给忘了呢，要是没有您，哪里有我陆军号的今天啊。那时候不懂事，连您贵姓都没问。"

"这是狼叔，真名朗英杰。"常晴介绍。

"狼叔好，狼叔好。"陆军号赶紧称呼。

狼叔笑了，示意大家坐下说话。

陆军号坐下，心情慢慢平静下来，时隔十几年，狼叔为什么要找我呢？还要通过常晴。常晴跟我QQ聊天是两年前，那个时候狼叔就知道要有今天吗？

"我想你现在是一头雾水，很想知道为什么我们找你吧？"狼叔看出了他的疑惑。

他点点头。之后狼叔给他讲了一个更加离奇的故事。

十几年前东南亚经历了一次金融危机，这之后有一个组织秘密成立了，叫作"金链"。其作用是应对未知的国际金融风险，维护国内投资市场稳定。金链组织决定设计一个人才培养计划，在全国各地开展扶贫助学项目，一年五百人连续做了十年，陆军号就是第二批五百人之一。金链组织对这些人始终保持跟踪观察，从学识、人品、能力、成就等方面每年进行评估。不符合组织要求的人被删除掉，合格的人选就会在适当的时机吸收到组织中来，发挥其作用。

"我记得当时扶贫助学的人不是常云啸先生吗？"

"他代表的是金链组织。"

陆军号的心中又是一阵兴奋，这样看来自己原来是在偶像的培养计划里。"那就是说我通过了组织的考核，准备吸收我进入组织了？"

"考核结果是……"狼叔摇摇头咂吧着嘴。

"啊？怎么我不合格？"陆军号愣了，心也凉了一半。进入组织就一定能见到常云啸，可既然叫我来了，怎么又说不合格呢？

狼叔拿起茶杯慢慢喝了一口："你觉得你合格吗？"

"我？"陆军号犹豫了。刚才狼叔说了组织对自己一直观察，那就是知道自己的各种事情，所以常晴才能有时间表，才能知道八千六百万啊。难道阳光证券的事情他们也知道？那么假期货公司呢？害死了张宏来呢？

"他呀，在我的档案中可是劣迹斑斑。"常晴又在边上损他。

"你今天怎么总是说别人啊，谁惹咱大小姐了？"狼叔笑着问。

"他可看不起我了，一说话就小女孩小女孩的。狼叔，把他从名录中剔除吧。"常晴说着还冲陆军号吐下舌头。

"瞧你这样，还不是小女孩啊。"狼叔伸手去刮她的鼻子。

常晴赶紧躲开："我可不是小女孩，我是智慧与力量的象征。你们聊吧，我去叫我爸。"说着一溜烟地上楼去了。

狼叔转回脸看着陆军号，等待他的回答。

"可能，"他有点支吾，"可能我不太适合。"

"为什么，你做过什么了就劣迹斑斑。"

"组织不是都知道了吗？"

"那是常晴说，我想听你自己说。"

陆军号觉得自己快窒息了，自己种种的事情，怎么好意思在狼叔面前说呢，这个组织是常云啸建立的，那一定是一个充满正义的组织，而我……一瞬间他在总结自我，他感觉到的是痛苦，这时他忽然明白了桑格措钦活佛说的，"人生静思的机会不多"。他呼了一口气，既然需要静思，那就没有什么不可面对的，自己的过去并不代表自己的未来。

"好吧，我来说一下我的情况。"陆军号一五一十地讲述了自己这些年的经历。一口气讲完，他突然感觉如释重负，就像卡在嗓子眼里的枣核吐了出来一样畅快。发现自己原来被这些事情一直压抑着，甚至自己对自己都是耿耿于怀的。他抬眼看看狼叔，狼叔一脸愁容，眉头快挤在一起了。

就在陆军号不知所措的时候，楼梯上有人说话了："敢于面对自我的人，就有无比强大的内心。"

陆军号循着声音看过去，常晴陪着一位中年男子走下来，要不是两鬓已经有了白发，以现在的标准就应该叫帅哥。听声音，坚定而有力，想必在这里应该是举足轻重的人物，陆军号赶紧站起来。

下了楼梯两人走过来，借助灯光细看此人，陆军号不禁大吃一惊。

"你，你不是那谁那谁……"

"那谁呀？"常晴故意问。

"常云啸！"

来者笑着点了一下头，此人竟然是十几年前叱咤金融市场的奇才英雄常云啸。虽然比当时的照片老了一些，但是陆军号还是一眼就认出了他，这可是他的偶像啊，当年他弄了很多剪报，将这位偶像翻过来调过去地看了不知道多少遍。亚洲金融危机过去之后，常云啸就消失了，媒体上不再有他的声音和报道，除去读《纸戒》的人以外，大家逐渐淡忘了当年这位年轻人，没有人再提起。现在，他就在眼前，陆军号站在那里目瞪口呆。

"喂，嘴张那么大不怕流口水出来？"常晴在一旁说。

"常晴。"常云啸瞪她一眼，摆摆手让大家坐下。

陆军号忽然指着常晴说："常晴，啊，你是那个小女孩？"

常晴一撇嘴："您们看，他又来了，谁小女孩啊。"

"不是，我是说你是小说里的那个小女孩。"

楼梯上一个女人说话："常晴别胡闹，让他们谈话，你跟我准备晚餐去。"

"好的，妈。"常晴连跑带跳地上楼去了。

"那是林晓雨？"陆军号看着狼叔，"那么您应该是小说里的竿狼？"

竿狼点点头。

陆军号笑了，他太高兴了，这么多年里一直萦绕在脑海里的这些名字，他幻想过多少次他们的容颜，今天就在眼前。笑着笑着，他哭了，非常非常痛心地哭了。狼叔想说什么，被常云啸抬手制止了。许久他平静下来，狼叔递过来纸巾。

"真不好意思。"陆军号边擦眼泪边道歉。

"这是想起什么了，跟谁苦大仇深呢？"狼叔开玩笑。

"没，没。要是没有你们，我可能连上学的机会都没有。见到你们，忽然百感交集，其实特别高兴。"

"你跟他说了吗？"常云啸问竿狼。

"还没，等你呢。"

"那好，我说一下。陆军号，我们想邀请你加入金链组织，你是否愿意？"

"真的吗？我愿意，当然愿意。可是，不是说组织要考察，我不太合格吗？"

"论判刑你是够判十年八年的了。"竿狼说。

"我们看中了你的策划和指挥能力。"常云啸说。

林晓雨从楼上走下来，端着一盘小糕点："来大家吃茶点。"

"是林阿姨吗？"陆军号试探着称呼。

林晓雨笑着点了一下头："你好。"

陆军号觉得好幸福，就像掉进了充满幻想的童话世界。但竿狼的话又把他拉回到了现实。

"依据你过往的表现评估，你只能是见习，具体工作待考察完之后再做安排。"

陆军号点头，只要是能留下怎么都行："我能问一下吗，你们是怎么弄到时间表的？还有我在忠羊的事情你们是怎么知道的？"

"暂时保密。"常云啸说。

"那我能知道弄到这个时间表是在乌龙指之前还是之后？"

"之前。"

"那既然知道会有乌龙指，为什么你们没有管呢？"

常云啸看看竿狼，竿狼接过话去："我们原本是要遏制的，连你们的小院我们都摸清了。但是后来常老大有一个新的决定，他想利用这次实战来计算一下整个市场的多空状态，你做得很好，给我们提供了大量的有效数据。包括最后你们的交易能够被确认，都在金链组织的掌控下，我们需要看一下市场各层面的反应情况。”

“原来是这样。”陆军号才明白那天为什么那么顺利，“可是为什么要做这个测试呢？”

常云啸说：“自上一次东南亚金融危机之后，美国欧洲等国经济进入低谷，地区冲突升级，只有中国还处于稳定发展状态。这种稳定使得人民币国际化进程得以顺利推进，这让美国人相当害怕。当年阿拉伯地区想用英镑来结算石油，美国用武力解决了；后来欧盟用欧元结算碳排放，美国正在用政治和经济手段来解决；现在轮到人民币了。美国害怕美元霸主地位不保，就想尽一切办法拖住中国前进的脚步，甚至打击中国经济，而且他们已经在国内寻求了某些合作力量。金链组织自上次香港保卫战之后成立，目标是稳定与打击不法资金对中国投资市场的非正常影响。古人说知己知彼百战不殆，第一我们要知己，所以我们需要知道多少资金可以撬动我们的股市，市场反应是什么。这时候你的计划正好给了我们一个真实的数据。第二我们还要知彼，与美国势力合作的公司恰好你非常熟悉，就是天恒集团。这也是找到你的原因之一。”

“天恒集团跟美国人合作？”

“应该说已经是美国老板了。”

第十九章　大师的墓地

辗转了一宿几乎没有睡着，不知多晚才昏昏沉沉地睡了过去，猛然间惊醒，看窗外已经亮了，他赶紧冲到窗口。这里的确是山林之中，往楼下看常云啸已经在后院练拳，他才放了心，这不是梦。

洗漱完毕来到餐厅，狼叔正在看报纸，林姨在做早餐。

"不多睡会儿？"狼叔问。

"有点小兴奋，睡不着。不是说今天认识一下组织里的人吗？"

"下午跟我一起去开个例会，我会把你介绍给大家。"

"大家都在这里集中办公？"

"不，他们分布在全国各地，各自成为小组有不同的功能和任务，定期通过网络汇报工作或领取新的任务。"

"我也有小组吗？"

"哎呀，你是我这组的。"常晴揉着眼睛伸着懒腰进来，显然还没睡醒。

林晓雨瞪她一眼："没个样子，有客人还这样，回屋洗脸去。"

"他还算客人啊，我在QQ上都认识他好几年了，是不是大叔？"

陆军号尴尬地点点头。

"什么表情嘛，你以为我愿意和你一组呢，新来的什么都不懂，是我爸让我带带你的。你要是不愿意呢赶紧换组，我还懒得每天看着大叔一副苦脸呢。"说完转身回房了。

"他爸太宠着她，从小没个样子。"林晓雨赶紧解释。

"活波开朗。"陆军号笑笑，看林姨回去做饭了他继续问狼叔，"天恒集团是怎么回事，组织发现了它什么问题？"

狼叔放下报纸，给他简述了天恒集团的始末。天恒集团的老总朴天恒最早就是在广州倒卖白条烟的，为人仗义讲究信誉，生意越做越大，在广州就形成了一股势力。后来有台湾的老板找到他合作，输入资金打造商贸集团，再从贸易逐步转向网络传媒和金融投资领域，现在金融这块已经成为了重头戏。他的台湾股东就开始让他加大对媒体和证券市场的控制力。在这些台湾人的背后真正指手画脚的其实是美国人。

"那朴天恒什么意思？"

"朴天恒这个人我们也调查过，他应该是个东北人，对他广州之前的经历没有人知道，那个年代的档案管理户籍管理都比较混乱，他的身份证是后补办的。这个人虽然是混社会的但还算是有正义感，他反对台湾股东的做法。于是台湾股东就罢免了他董事长的职位，美国佬也浮出了水面，他们另外找到一个人选，这个人你相当熟悉。"

"是杨威？"

"是的。"

"杨威上台之后，跟美国方面保持良好的联系，在国内广泛设立咨询机构，招揽金融人才，控制多家媒体和网络。他们组织了几次动作，有明显的扰乱金融市场的嫌疑。经济会议期间的下跌，就是由天恒组织的，再利用媒体宣传应该全面降息，意在施压释放流动性，这会扰乱与经济的整体计划。"

"没看出来杨威还有这么大本事。"

"美国佬如此频繁的活动，常老大觉得会有硬仗要打，他很看重你的策划能力，把你拉入组织，首先就是想让你来调查天恒集团的底细。"

"这就是我的任务。"常晴回来了。

"是你们小组的。"狼叔笑。

"就我们两个？"陆军号问。

"还有一个人叫方强，电脑界的高手，S9蠕虫病毒的创建者，黑客联盟第十届全球大赛中的超强白帽子。"常晴介绍。

正说着常云啸进来，打过招呼坐下，一起聊起了整个经济形势。

"吃饭，吃饭，每天除了工作就是工作。"林晓雨端早餐过来，陆军号赶紧帮忙端盘子。"这死丫头，你就不知道帮我一下。"

常晴噘嘴瞪陆军号，陆军号看常叔，常云啸笑着示意大家吃饭。

下午临出门的时候常云啸把陆军号叫到了书房。

"我最后再问你一次，你想好要加入组织了吗？金链组织存在的意义是维护国家投资市场安全，面对的是国际国内很大的金融势力，所做的事情很多是机密的，有些时候甚至会威胁到生命安全。你如果不愿意现在还来得及，但如果你加入了，只有前进没有后退，为了整个组织的安全，我们都不会做心软。"常云啸的语气中带了威慑。

陆军号点头："我愿意加入。第一，我做错过许多事，总要做一两回正确的事情吧；第二，能在您的手下为国家出力我很自豪；第三，对手是杨威，我很感兴趣。"

"把手放在胸口，跟我宣誓。"

陆军号跟着常云啸大声宣誓。宣誓完毕后，陆军号随常云啸出了别墅，绕过一片树林进入一座办公楼，到了会议室。这个会议室比较特殊，三面都是巨大的显示器，显示了不同地方的参会者，非常清晰。狼叔已经组织他们在讨论当前全球的市场变化。

常云啸坐下后会议正式开始，他听取各个小组的报告并做记录。陆军号和竿狼坐在后排，狼叔轻声地一一给陆军号介绍汇报的人，一听名字陆军号心中暗暗吃惊，同时衡量出了这个组织的强大实力。这些人里有前辈也有新秀，例如科荣系的掌门人，再如天燃事件的操控者，有的人甚至因违法在江湖上已经消失很久。这些人都非等闲之辈，常云啸能将这些鱼龙们聚拢在一起，足以显示出他的魅力。

最后常云啸给大家介绍了新的金链组织成员陆军号，大家打个招呼算是认识了。

从会议室出来，三个人相随着向后山走去，在一片很大的草坪前停下来。陆军号看看四周，草坪三面树木环抱一面有流水经过，草坪修剪得很平整，一看就是有人经常打扫。

"这里是一灯大师的墓，你知道一灯大师？"常云啸说。

"我知道，小说里有，东南亚危机那段。"

"那时候没有一灯大师的指点，我赢不了。"

"可是……"

"可是什么？"

陆军号四周看看又瞅瞅狼叔，犹豫了一下问："这不是一片草地吗？我没有看到大师的墓，也没见墓碑什么的。"

"这是大师要求的。"常云啸说着沿一条石子路往草坪中间走去，陆军号赶紧跟上，狼叔走在后面。

"大师不让起坟冢，所以他的墓是平的。"常云啸在一块青石板前停下。石板嵌在泥土里与地面齐平，所以从远处根本看不到。石板上有刻写的字迹但又被铲掉了，坑坑洼洼斑斑点点的看不出来写了些什么。"这就是大师的墓碑。"

"被人破坏了？"

"大师自己破坏的。大师圆寂之前就已经刻好墓碑，是他用凿子将碑文破坏掉了。"

"为什么？"

"大师说这样的墓碑谁如果还能看懂，那谁就是大赢家。"

陆军号俯下身想从混乱的凿迹中拼凑出几个字："既然想让人看，为什么又都凿掉呢，就算能凑出几个字也完全不明白啊。"

"我看了很多次了，也没能看出来。来吧，拜一拜大师，希望未来的金融危机中我们能不辱使命。"常云啸说完深鞠三躬。

陆军号和竿狼也一起礼拜大师。

回到别墅，陆军号凑到狼叔边上问起了一灯大师的事情。

"一灯大师为什么要留个悬疑？"

"或许在等有缘人，或许天机不可泄露，或许写出来一看不合适又消掉了都保不齐。据说一灯大师是个很奇怪的人，我并不了解。我一共也就去拜访过两次。第一次陪老大去喝茶，第二次说是去藏地云游了，最后再见就是圆寂时了。"

"去西藏干吗？"

"这个我可不懂，听说是去个叫塔公寺的地方。"

"塔公寺？"有没有这么巧。

"怎么了，有什么不对吗？"狼叔看他的表情很奇怪问道。

陆军号赶紧否认："没什么，我去大香格里拉走北线的时候路过塔公寺。"

"我知道，你想说或许在塔公寺能找到答案。我陪常老大去过两次都无功而返，没发现任何可用的信息。"

"哦。"陆军号低头不语，心里暗自疑惑。

竿狼部署了这个小组的新工作，要求尽快摸清天恒集团的势力范围，详列天恒能够指挥或影响的机构和媒体名单。之后常晴开车带陆军号回到成都。

"别墅区里的那些黑衣人是保镖？"

常晴点点头："这里经常会有会议，参会人员级别比较高，比如沈先生。"

"沈先生是谁？"

"你不是看过小说《纸戒》吗？就是里面的神。"

"哦，那个神秘人物。"

"你家住在那里？"陆军号又问。

"你说青城山？不是，我家在武侯区，有会议安排的时候，我爸会来这边。"

"这次的任务有点难度哦，天恒投资是不会让生人进去的，就算进去了又去哪里弄到名单呢？"

"要不说你是新来的呢，这种事情还用叽叽歪歪的。"

陆军号尴尬地笑笑："那你有计划了？"

"有没有搞错，你是小组负责人哦，这次我要听你的。"常晴看他一脸尴尬，缓和地说，"一会儿到了成都咱们先去找方强，一起再商量吧。"

在茶楼见到方强更是让陆军号吓了一跳，如果不说他是做IT的，你可能会认为他是搞艺术的。一头披肩发遮了半张脸，一撮小胡子，戴个眼镜，眼睛小得让你怀疑他睁眼没有，一身牛仔服，特意破着洞，这可不像是原厂做出来仿旧的，分明是自己故意剪破的，手上戴了好几串佛珠，很像摇滚青年。这人居然是超级黑客？

常晴看出陆军号的迟疑，赶紧给双方介绍，并将狼叔的工作安排告诉了方强。

方强也不说话，一边玩手机一边听常晴陈述，等她讲完，抬头看看陆军号。嘟囔了一句："找个新手做组长？"

陆军号差点气笑了，这都什么人啊，这么拽。

常晴直接问："先说任务听清没有，怎么完成？"

"只要能接近他们的电脑，我就能搞到数据。"

"接近就行？"陆军号问。

方强吹了吹眼前垂下来的头发："在我面前，仪器不用物理接触，只要你有办法让我的仪器距离目标电脑一米，我就能搞到电脑里的数据，包括聊天记录、往来邮件，一切经过这个电脑所联系的东西，之后分类归档就形成列表了。"

"仪器多大？"

"纽扣那么大。"

常晴看着陆军号："我们三个人里，你是最容易接近杨威的。"

陆军号看着方强，这小子口气倒是不小。他心里暗自盘算如何接近杨威的电脑。

"真有蓝巾酒吧啊，我还以为是小说里编的呢。"坐在酒吧的角落里陆军号欣赏着酒吧的装潢感慨地说。

"你就忘了小说吧，好像大家都从传说中蹦出来的一样。一会儿梅姨出来的时候，你可别这样。"常晴瞪他一眼。

"你看过《纸戒》吗？对哦，你那个时候还小。"

常晴不屑一顾："切，那是我妈妈写的好不好？"

"啊？"

"大叔，嘴不用张这么大，成熟一点吧。她都在写第二部了。"

方强在旁边玩着手机游戏，用鼻子笑了两声。

陆军号不管他接着问："真的，第二部叫什么？"

"我怎么知道，好像叫《金链》。梅姨来了。"

一位体态略胖身材丰满的中年女人走了过来，留了长而乌黑的辫子。常晴站起来给陆军号介绍："这是梅姨，这是陆军号，新来的组长。"

陆军号赶紧站起来，方强坐在那里招招手算是打了招呼。梅姨让大家坐下。

"到这里就跟到家一样，别客气。小强你什么时候把头发收拾收拾，要不我给你剪剪？你这个样子能有女孩子追吗？"

"这事就不劳您操心了。梅姨有可乐鸡翅没有，我可喜欢吃你做的可乐鸡翅了，梅姨做可乐鸡翅天下第一。"

"今天这嘴甜的，看来有好吃的就是不一样，我给你们做去。"梅姨笑着去了后厨。

"你们很熟？"陆军号问。

"这里是咱们的北京联络处。梅姨负责接待，部分机密会议也在这里，这后面有客房，驼子叔负责打听人和事。"

"人送外号包打听。"方强插话。

"不说话你会死啊？"

方强低头玩游戏。

"你一直都这么凶吗？"陆军号问。

"我可以很温柔啊。"说着她做了一个很萝莉的样子，向陆军号眨眨眼。

"算了，你还是继续吧。"

"我可不是求你，这事你想办也得办，不想办也得办。"陆军号瞪着钱海，"你欠我的，你懂的。"

"兄弟啊，我也就是混口饭吃嘛。你很牛逼但不代表我也很牛逼。你想见他就直接约他不就行了，何必让我带你进公司直接找他呢，这不是多此一举吗？而且还把我搭上了。我早就提醒过你要处理好你们之间的关系，现在搞成这样你来怪我，我只是一个拿工资的，不听人家的行吗？我……"钱海一脸苦相。

"停，你现在废话怎么这么多啊。"陆军号打断他，"如果我约他，他不会让我去他办公室谈事的。如果我去公司找他，他那层有门禁有保安，我根本进不去，但我必须去他办公室见他。"

"为什么？"

"这个你不用管。"

"你到底想跟他说什么？"

陆军号迟疑一下说："让他告诉我唐雁的下落，大活人不可能凭空消失，也可能他把她藏在办公楼了。"

"你是不是神经病了，想唐雁想疯了吧，这么大个活人藏办公楼里，别人能不知道吗？你省省吧。"

"我不管，你必须带我进去。"

钱海无奈地说："好我想想。这样行不，我设法引开门卫，你用我的门禁进去，之后就看你的了。"

"你不怕了？公司一查就知道门禁卡是你的。"

"我掉地上你捡走了呗。"

"还算你聪明。"

"你不是说只要一米内就可以吗？那只要我进了屋就搞定了，你们不用去了。"陆军号将自己的计划告诉大家。

"仪器的确在一米内就可以工作了，但是我需要遥控它启动，并连接指定电脑，再传导数据。"方强说。

"我要去保障大家的安全。"常晴说。

陆军号问方强："遥控需要多远？"

"五十米内。"

"他的办公室在二十二层，每层两米八那就是六十一米六，还差十二米。"

"你带上电脑可以吗，让方强教你启动。"常晴问。

"办公大楼一层要过安检，公司严禁笔记本带入大厦。"他看方强，"所以电脑只能在大厦外，但是这就差了十一米。"

大家一下安静了。

"这有啥难，把人举高十一米不就行了？"驼子叔忽然说话了。

"你举一个试试，死鬼说话一点都不靠谱。"梅姨戳了他一下。

"别我举啊，我弄个电力维修车，那臂杆能十五米呢。"

大家彼此看看，一致赞成。

陆军号向街面看看，电力维修车已经停在那里，开车的是驼子叔。方强说恐高，一会儿上去的只能是常晴了。这丫头每天大大咧咧跟女汉子一样，陆军号还是有点担心。

按照计划陆军号从二十一层楼梯间悄悄上到二十二层。钱海这时从电梯上来，跟楼道里的保安打了个招呼，刷门禁卡进去了。过一会儿出来，跟保安说了几句，走到电梯口忽然捂着心口靠着墙蹲了下去，保安赶紧跑过来。

"快，快扶我下去，我的心绞痛犯了。"看保安还在犹豫，他装得更痛苦，"快点，你要我命啊。"

保安赶紧扶起他进了电梯。陆军号从楼梯间出来，去电梯边的垃圾桶后面找出门禁卡，进门直奔杨威的办公室。

杨威见陆军号进来先是一惊，随后定下神来，一笑说："稀客稀客，看来有要事相商啊，我这儿这么不好进都进来了，长本事了。"

"怎么，怕我？怕就叫保安啊。"陆军号蛮不在乎地说。

"叫保安做什么？坐吧，我给你倒上茶你慢慢说。"

陆军号一屁股坐在沙发上，他在打量什么地方藏这个小仪器合适，沙发的缝隙可以放，但这个距离好像远了点。写字台上有一个大笔筒，距离电脑近，而且没有人会天天检查自己的笔筒。

杨威过来在茶海上烧水沏茶："说说吧。"

陆军号装出一副痛苦的愁容，叹了口气央求道："杨威，我认输还不行吗？你就让我见见唐雁就行。"

"我不是跟你说了嘛，她在新西兰，而且我们快结婚了，你觉得我能让我的老婆去见她以前的男朋友吗？我虽然大度，但不至于大度到这种傻瓜的程度吧。"

"让我跟她说句话，一句就行。我认输我服你，算我求你还不行吗？"

"太阳从西边升起了？"杨威笑道，"陆军号不是一向很高傲的吗？今天怎么忽然求人了。"

"你嘲笑我也好，你让我给你赔礼道歉也好，我只这么一个要求，让我见见她。"

"为一个女人，至于吗？现在是唐雁不愿意见你，我有什么办法。"

　　"不可能，我要亲口听她怎么说，一切都是你编造的。我私下问过很多朋友，都说根本就没见到唐雁，真相只有一个，你把她绑架囚禁了！"

　　"你侦探片看多了吧？你不是打过电话吗？不是她亲口告诉你的吗？"

　　陆军号低头不语假装难过，他在想如何能到写字台那边并触摸笔筒。

　　杨威慢慢喝着茶："我以为你大老远跑来找我什么事呢，折腾半天就为个女人。我以前邀请过你，现在依然欢迎你回到天恒来，咱们一起干点大事。事成了，钱有了，多少女人围着你转。男人，要看重事业。"

　　"你骗人。"陆军号突然跳了起来，直冲到办公桌前一把抓起笔筒，放下又掀起文件，嘴里还喊着："你这里一定有密室，你把她关起来了。"

　　"喂你干吗，你疯了吗？"

　　陆军号又跳到桌子后面去拉抽屉，杨威冲过来抓起他的衣领将他顶到墙上。

　　"想到你竟然变成了这样，你让我觉得羞耻，你给我滚！"

　　"怎么，你怕了？难道真的有密室？"

　　杨威拖着他丢回到沙发里，按响了桌上的警铃，很快保安跑了进来。

　　"陆军号，你也算是人中骄子，想不到为个女人搞得精神不正常，你简直就是基金经理中的耻辱。你给我滚出去！"

　　"杨威，你不把唐雁交出来，我不会善罢甘休的。"

　　"把他给我轰出去！"杨威命令保安，临出门还补了一句，"他身上还有一张门禁卡，交出来。"

　　看陆军号被拉扯出去，他气得把嘴一撇，拿起一只雪茄用雪茄钳狠狠地剪，点上又狠狠地抽了两口，嘟囔了一句："真让人恶心。"一转身又嘀咕了一句："按说也不应该啊。"

　　他拿起电话："给我查一下他用的谁的门禁卡。"

　　被轰出大厦，陆军号偷眼向街面看看，电力维修车还在那里，臂杆伸着，常晴坐在上面的小围栏里，想必还需要时间。他不敢停留打车径直回到蓝巾酒吧后院等他们。

　　过了很久他们才回来，陆军号迎了上去："怎么这么久，搞定没有？"

方强点点头："你以为传导数据那么容易，好在信号很强很稳定，节省了不少时间，我这就开始进行数据提取和分析。"说着到自己房间去了。

"光问数据，怎么不问问我好不好啊？"常晴在后面说。

"你怎么了？"

"我怎么了，我站在十几米高的地方，那可是好几层楼高呢，就巴掌点大的地方，足足一个小时呢。"

陆军号笑了："以为你天不怕地不怕呢，原来你也怕高啊。"

"你站上去试试，一共就那么点小地，四周都是空的，跟站在天上没啥区别。下次有这事你去啊。"常晴没好气地嚷。

"好好，我去我去。"

一晚上的时间，方强已经将杨威电脑数据整理分类完毕，第二天上午提交给竿狼，下午接到竿狼通知，任务完成。

陆军号心里很高兴，但不敢过于表露，他看到别人都很淡定，怕他们又说自己是新手。三个人赶晚上的飞机回到成都。

竿狼请三个人在老码头吃火锅，常云啸也来了，这让陆军号更有荣誉感。大家倒上啤酒，庆祝这次行动成功。

酒过三巡，竿狼表扬大家道："你们这次立功了，通过已解密的文件可以确定两点：第一，确定了天恒集团背后果然有美国佬指手画脚，而且是个国际大公司。第二，天恒集团的势力范围比我们想象得大。常老大已经将你们的数据结果上交给沈先生，相信会妥善处理。美国佬已经有动作了。"

"他们的目的是什么呢？搞垮中国经济吗？以美国现在的经济来看自己都走在悬崖边上，已经危机四伏，能帮他走出低谷的恐怕只有中国吧。除了中国，到哪里找这么大的劳动力市场和消费市场，把中国经济搞下去对美国自己的复苏没什么好处啊？"陆军号问。

"美国一方面要利用中国来恢复自己的经济，同时还要抑制中国的发展。"

常云啸接过去回答："美国是怕中国趁机强盛。美国1929年危机，他在寻找复苏之路的时候忽略了苏联。给了苏联一个发展的机会，当美国恢复过来的时候忽然发现世界上有人能与他抗衡了，这个错误美国不会再犯。这些年中国经济发展的速度让发达国家害怕，但是同时他们也看到了与中国合作的利益。所以他们要一边共求发展一边抑制中国的发展速度。如今美国自己走下坡路了，他要做的不是抓根稻草上去，而是把所有人拉下水自己踩着别人上去，不能犯当年的老毛病。美国创造了庞大的经济秩序，其中很多金融产品是衍生出来的，当故事讲不下去的时候游戏就over了，只是需要一个破灭的方式罢了。这次的次贷危机应该是一个调整经济秩序的突破口。"

陆军号笑道："美国的这种竞争方式也挺有意思，不求自己有多快，只求把别人都拉到身后，自己就还是第一。"

常云啸点头继续说："中国目前的外汇储备占世界外汇储备的四分之一，我们持有大量的美国国债，即便美国有一定的危机我们也不可能立刻清仓，只能陪着玩。美国利用各国的美元储备绑架了全世界。这次的次贷危机受危害最大的，一个是接受次贷的美国穷人；另一个是购买次贷的机构。美国把次贷打包成产品卖给了各个国家，甚至中国。设计次贷的美国老板们早就想好了转嫁风险。"

"可不可以这样说呢？"常晴忽然发言了，"美国用他的穷人跟世界做个赌局。如果世界救不了美国，美国损失的只是穷人，世界损失的是财富。如果世界救了美国，美国穷人的住房问题解决了，次贷这个骗局得以维持。"

竿狼拍手叫好："不愧是老常的女儿，总结得非常好，来干一杯。"

"如果中国就是不管他，又能怎样？"陆军号问。

常云啸摇摇头："中国外贸依存度超过七十，不可能从世界的经济循环体中退出来，如果想退出来，就要……"

"把外销变内销，增加内需。"陆军号接上去说。

"没错，一旦中国激发起内需，美国就等于输了。那么如果你是美国，你会怎么做呢？"

陆军号想了想："破坏内需的基础，打击财富效应，造成心理恐慌。我明白了美国佬在背后操纵天恒集团的意义了。美国必须抢在中国内需被激发前，打击中国的财富效应，让投资市场下跌民众财富缩水，造成社会投资的心理障碍。这样中国想扩大内需就无能为力了。天恒集团的角色就是一颗炸弹啊。"

一直玩电脑的方强抬起头："这不等于卖国吗？干脆抓起来。"

常晴立刻否定了他："证据呢？"

"狐狸总会露出尾巴，我想我们总有一天会和天恒在金融市场上碰面。以现在天恒公司在中国的布局来看，我预计这次的主要战场在香港。"

竿狼站起来："为扫除一切害人虫，干杯。"

"干杯。"

成都的冬季总是下着凉凉的雨，天空灰蒙蒙的，很少会像北京下雨时那样阴沉。这里没有风，雨水也不会横着撞到玻璃上形成水流，只是轻轻地沾些水珠。这里的雨柔柔的，没有北方的雨气势磅礴，但柔柔间夹带着寒气，冷到骨头里。这大概是成都人喜欢吃火锅的缘故，利用热气和麻辣将湿寒排出体外。

第二十章　偷袭

杨威电脑里的数据很多是经过加密的，组织中专门有部门对加密文件进行解密，方强去参加这项工作了。陆军号最近在读书，佛教方面的书，经文他看不懂，只能从一些浅显的故事看起。一灯大师去藏地居然去也是塔公寺，这让他暗自惊讶，这或许不是一个巧合。世界上根本没有偶然，偶然的背后一定隐藏了它的必然原因。那么一个无坟的墓地，一块无法辨认的墓碑，跟塔公寺有什么必然联系呢？

常晴约他下午在武侯祠那边见面，陆军号到的时候，她已经在那里等他了。

"怎么样好看吗？"

"什么？"

"我的头发啊，你没看出来啊，我把头发烫成大波浪了。"

陆军号赶紧仔细端详："还不错。不过这样对头发不好，会造成轻微烫伤。"

"就落个还不错。"她很失望，"那我明天拉直了好了。"

"在我这，还不错就是非常好。别那么着急就拉直，以后不烫慢慢就直了，拉直不是又伤害一次头发？"

常晴这才恢复点笑脸："哎你们这些大叔啊，这么着也不行那么着也不好，以后不听你建议了。我们出去吃饭吧。"

"去河边吃冷锅鱼，最近我可好这口了。"

成都是座不缺水的城市。这些河流都非常美，河沿用整齐的石砖砌起来，有点像北京的护城河。河边绿树成荫，河面绿水微波，偶尔在水中可以发现零星小岛，岛上芦苇晃动，引得不少的白鹭在这里安家，饿了在河里捕捉小鱼，闲了一只腿站着想想事情，累了树上蹲一会儿算是打盹。成都人也缺不了这些河，每到出太阳的时候，你会发现所有的河边几乎坐满了人，喝喝茶打打麻将，安逸得很。九眼桥那边沿河一溜的酒吧，每到晚上灯火通明，与水中倒影虚实相映，甚是好看。

河边吃饭也是一种享受，享受一种自然的惬意。吃完饭天色已经昏暗，两人沿着河边溜达，这里有不少年轻的男女谈情说爱，手牵手，依偎着，亲吻着。常晴忽然也一把勾住了他的胳膊，陆军号感觉到有点尴尬。

常晴凑过来轻声说："别回头，有人跟踪咱们。"

"跟踪？真的假的。"他低声问，"什么人？"

"我怎么知道。咱们在前面的街口拐弯，我把他抓来问问。"

"会不会太危险。"

"大叔，别婆婆妈妈的，赶紧走。"

两个人假装悠闲地拐进了一条很窄小的街道，一闪身躲在了一棵大树后面。一个穿运动服留小胡子的男人从后面跟了上来，看岁数也就二十多岁。走到路口一见没了人影，赶紧向前追。

"别追了，后面呢。"常晴已经一个箭步蹿了出去。

那个小胡子急忙转头假装惊恐地说："你们是谁，我不认识你们。"

常晴向前凑了一步："朋友，老实交代吧！避免皮肉受苦。"

陆军号见小胡子一脸横肉不像善茬，赶紧在后面拉常晴低声说："别惹事了。"

小胡子根本不理常晴，嘿嘿一笑，转身就走。

常晴鼻子哼了一声，抬腿直踢他的背心。小胡子一侧身躲过了，常晴一惊，没想到对方也是练武之人。就在这一愣神的工夫，小胡子已经一拳挥了过来，她赶紧侧掌迎接，啪的一声她被震得倒退两步，胳膊生疼，脚跟还没有稳，小胡子的拳风又到了。常晴知道他拳头的坚硬不敢再硬碰，趁脚跟没稳顺势向下一倒闪过一拳，施展开腿法，直奔对手下盘。小胡子也是吓了一头汗，因为这个腿法的速度实在惊人。这几脚所袭击的是脚腕、迎面骨、膝盖和大腿内侧，就好像中医按穴位扎针灸，膝眼、阳关、血海、商丘四个穴位，稍微含糊一点，都够瘸腿半天的。好不容易躲过去了，常晴的腿又奔向了他的胸部和下颚。小胡子丹田一沉气，挥起双拳迎击。一来常晴穿的是牛仔裤施展不开，二来小胡子的拳头绝对够硬，常晴一时也很难占据上风。小胡子看准一个机会，一拳直奔软肋，常晴提膝防护，小胡子手法一变想取咽喉。

忽然小胡子听到背后有动静，眼神一侧见斜后方黑暗中有人向自己挥拳，赶忙收手防御，结果手腕上挨了一砖头，疼得怪叫一声，赶忙定睛去看，结果一把沙土扑面袭来，立刻变了睁眼瞎。常晴趁机抬腿就是三脚，小胡子飞跌出去。

常晴刚要上前问个清楚，忽然看到街口有一男人跑过来，脚步轻盈，看样子也是练过的，估计是小胡子的救兵。于是她拉起陆军号就跑，消失在拐角处。

两个人跑过两条街才停下来。

"是什么人？"陆军号气喘吁吁地问。

"我怎么知道？"常晴摸摸嘴角，刚才有一拳擦过脸边，现在有点肿，"我从前天起就感觉有人跟踪，今天终于露面了。"

陆军号皱了眉，"跟踪咱们干什么？"突然他脑子里一闪，"难道是……"

"是什么？"

"一种可能是天恒集团。以前听说天恒集团有一只秘密队伍，主要工作是清理公司内部犯重大错误的人，完成一些特殊任务。"

"那另外一种呢？"

"太原的大哥，乌龙指事件之后他想灭口。"

"你惹的人还真不少啊。那到底是哪拨儿人呢？"

陆军号向后看看，似乎在确认是否有人追上来。"这人只跟踪不下手，我觉得应该是天恒集团。你想想他为什么只跟踪？"

常晴着急："为什么呢？你倒是说啊。"

"只有一种可能，杨威已经发现我去他那里的真实意图，反过来在摸我们的情况。以天恒的能力，他应该已经查明我背后是金链组织，也明白挡在美国佬面前最难缠的对手就是我们，所以他们的目标应该是深度调查金链组织。"

"你是说他们在行动之前先要清理障碍？"

"杨威这个人狼子野心而且不择手段，在实施大计划之前，铲平异己理所当然。如果真的被他识破我在他面前演的戏，就一定能猜测出我背后有组织，当发现金链组织的存在后一定有所行动。这会不会对常先生不利啊？"

常晴想了想："说得有道理，谁都想知己知彼。我给我爸打个电话让他们小心。"

“没想到你还会功夫呢，刚才很厉害。”

“是旋风腿。”

“旋风腿？我怎么好像在哪里听过。”

常晴噘着嘴说：“你的小说啊，风铃阿姨的绝技旋风腿，是她教我的。”

“哦，对对对，可惜后来风铃腿坏了。”陆军号一下又兴奋起来，“有机会见到她吗？”

“请你叫阿姨啦。她和医生在上海呢，估计有机会吧。不过你也挺厉害啊，板砖加沙子。”

“小时候打架用的伎俩。别说这个了，赶紧给你爸打电话。”

周末常云啸邀请陆军号和方强去家里做客，狼叔也在这里。桐梓林是一条非常特殊的街道，路上是用小砖铺起来的，既不是柏油路也没用水泥板，据说当年想建成步行街，所以路砖用得比较精致。后来因为什么没成步行街不知道，只知道在这条街后面的别墅区里居住的都是有钱人，所以大家把这一片称为富人区。

常云啸的别墅不算很大但很舒服，算地下共四层楼，上上下下里里外外种满了植物，简直就是个植物园。午饭还是林晓雨做的，虽然有保姆但是她还是坚持自己做饭给老公和孩子吃。吃过午饭，几个人坐在顶层的露台上喝茶。露台上也经过了精心的布置，绿植围绕，一个很大的鱼缸里养着几条中华锦鲤。

竿狼拿出两张地图，一张世界地图，一张中国地图，铺在桌上，上面用红笔圈了不少地方。

常云啸指指这些地方说：“你们这次去北京拿到的资料我们上报了沈先生，经过与其他机构上报的数据对比，发现咱们正在挖掘一个非常庞大的组织。这个组织的源头在美国，大量的决策信息都从这里发出，再由各国的总部向本国或本地区分解发送。在这个庞大的机构网络系统中，你们调查的天恒集团很可能就是中国地区的总部，由于中国信息的屏蔽，它和美国之间的沟通还有两个中转站，一个在台湾，一个在香港。通过数据统计，我们基本画出了他们在中国的分布网，就像这样。”

“很广呢。”常晴点点头。

"目前还在分析他们的来往信息。这些信息多数用了密码和暗语，方强他们正在努力。沈先生和我初步认为，来者不善，会有大阴谋。"

陆军号看看大家，咂吧咂吧嘴问道："多大算大阴谋呢？"

常晴瞪他一眼还在桌子下面踢了他一脚。

"可以影响全球的应该算是大阴谋了吧。"一直玩游戏的方强开口了，"破译时发现一个信息是关于粮食的。狼叔你来说吧，我不太懂经济说不清楚。"

狼叔喝口茶指指地图问陆军号："最近国际粮食价格你关注了吗？能给我讲讲吗？"

"当然关注了，美国黄豆等农产品价格一再推高，几个粮食生产大国都表示今年并没出现重大的农作物减产，但是国际粮价还在涨。英国《卫报》近日报道，世界粮食库存储备只够57天。在布基纳法索，一个圆面包的价格已由去年的25西非法郎升至120。海地等贫困国家两杯米的价格都要60美分，较一年前高出50%，豆子、牛奶、水果都到了天价。非洲已经出现用黄土做成饼吃的情况了。糟糕的是粮食价格还在上涨，亚洲也开始缺粮了，最近国家领导人要求普查各地粮仓就说明中国已经感觉到危机。"陆军号看看常云啸，"你们不会告诉我说，全球的这种现象是这个组织造成的吧？"

"我们开始的时候跟你一样惊讶。"常云啸笑着说。

竿狼点点头："联合国粮农组织统计去年粮食总产23亿吨，增长8.3%，今年前几个月各国农业数据显示没有减产，环境组织也没有报道出现特殊环境变化，人口组织统计的去年全球人口53.5亿，增长只有1%。粮食增长快于人口，为什么粮食会紧缺？之前我们也讨论过却一直没有答案。"

"世界粮食峰会上有人指责发达国家使用了太多的玉米用作燃料，来替代价格上涨的石油。国际粮食政策研究机构，生物燃料的因素导致全球粮食价格的上升。"陆军号说。

"你认为这个说法如何？"常云啸问。

"我计算过美国地区生产生物燃料所用的玉米，实际上只导致粮价上升3%。所以这个说法是忽悠。"

"咱们破解的一些资料显示，这一切都由这个组织的美国总部一手策划。"竿狼把后面几个字念得一字一顿，还用手指在桌子上一字一敲来表示强调，"第一，这个组织非常庞大，由很多个国际投资机构做后盾，有足够的资金。第二，他们很会玩心理战术，有强大的心理控制能力。第三，他们了解世界各国的数据，有精准的分析。咱们就拿粮食来举例，他们是这样做的：第一步，他们借各国军事贮备之机收购大量粮食并抬高粮食价格。第二步，他们制造了几个粮食危机理论大肆宣扬，说发达国家用粮食做燃料，又说印度的农业政策出现了问题，还说由于人类吃的精细了所以现在消耗的粮食是以前的数倍。第三步，干预部分国家的粮食储备政策，以国家力量大量购买，助推粮食价格。第四步，利用价格上涨和粮食危机干预产粮国粮食出口政策，惜售甚至禁止出口，例如俄罗斯、印度、坦桑尼亚等，这样造成原进口粮食国家价格更加上涨，所以一百多个国家和地区发生骚乱。而产粮国看到骚乱反而更加不愿出售粮食因为担心自己国家出现危机。第五步，趁机对粮食进口国高价出售囤积的粮食。现在你知道这个组织的能量了吧？”

“这个组织叫什么？”

“目前没有在任何一个文件中得到分析结果，他们的保密工作做得不错。”

大家安静下来，似乎都有所思。陆军号看看大家，觉得有点冷场：“我还小看了杨威，怎么也算是个国际秘密组织的中国总代理啊。”

一句话倒是把大家逗笑了。

常云啸笑着说：“一灯大师圆寂前曾经跟沈先生说过一件事。他老人家发现在世界投资领域中，有很多事件的步调非常一致，这说明有一些组织在控制整个世界经济。他认为有这种能力的组织只能是一群世界银行家。十几年前袭击欧洲、冰岛、南美、东南亚和中国香港的都有这些组织的痕迹。”他拿起地图端详了一下，接着说：“看看这些圈圈线线，就像一张密集的网，包裹了整个地球。当年袭击香港也不过是一次试探。他们将天恒集团这样的地雷埋在大陆，必定有一天会引爆它。”

方强再次从游戏中抬起头来：“直截了当地抓起来。”

“又来了！你还挺暴力，人家没违法之前怎么抓啊，玩你的游戏吧。”常晴胡撸他的长头发。

常云啸看她：“你别老欺负人家。”

正好林晓雨出来给大家换水："还不是小时候跟风铃学野了？"

常云啸轻咳了一声，林晓雨不再说话。陆军号偷眼看看两人的表情，看来林晓雨与风铃之间还有点隔阂。

竿狼赶紧岔开话题："其实这些组织的手法也不会有啥新鲜，要么靠资金吹泡泡要么靠做空机制挤泡泡。中国现在最合适的标的也就是房地产和股市。"

"不管咋样，咱们先盯住天恒集团，既然已经知道他们不怀好意，那就时刻小心吧。"陆军号也跟上说。

正说着，墙上的小仪器发出了嘀嘀的报警声，常晴惊讶地看着她爸："有人闯入！"

几乎与此同时听见屋里的保姆惊呼。常晴已经第一个冲进了房间，其他人紧随其后。

保姆站在二楼的护栏边指着楼下，常晴顺着她的手看下去，两个陌生男人站在楼下的客厅里正向上看，似乎一点逃跑的意思都没有，其中一个就是那天跟踪他们的人。

"又是你？找到这来了。"常晴边问边下到一层。

那男子一咧嘴露出焦黄的牙齿，"上次你们耍诈，今天我来好好教训教训你。"话音未落拳风已到。

常晴上次已经领教了这家伙拳头的劲道，早有防备，施展开旋风腿，两人就在客厅里打在一起。常云啸带其他人也下了楼，他一边观察着两人的打斗，一边盯着另一个陌生男子。

这个人光头，一脸嘟噜肉，体型胖胖的，但看上去并不蠢。他站在那里没动却一直盯着常云啸，眼睛里有一股犀利的杀气。

"朋友，是哪路的？"竿狼亮着嗓子说。

胖子不回答，依然盯着常云啸不动。看来今天这两个人来的目的绝非是常晴和陆军号，目标很明确了，是常云啸！

这边两人打得正欢。瘦小男子忽然变拳为爪使出擒拿手，右手扣住常晴的左脚踝向后一带，左手直捣她左腿大筋，同时起右腿横切她右腿迎面骨。

常晴借他后带的力道，直接腾起右脚直捣对手胸口。男子赶紧松手护住胸口，右腿从横切转向上蹬，正端在常晴大腿根上。常晴疼得哎呀一声，跌倒在地还没等爬起来，男子已经一个侧挂腿砸了下来。

陆军号惊呼出来，一个身影一闪已经到了男子侧面，伸手一托他的腰，肩膀一靠，男子立刻被撞飞了，重重地摔在茶几上，稀里哗啦碎了一片。常云啸出手了，此时胖子也动了。

别看此人身形较胖，但动作却快得出奇。常云啸刚刚撞飞那瘦小男子，他已经蹿到了跟前，舞起双掌直扑过来。常云啸以太极手迎战，四掌相对呼呼带风打作一团。陆军号见瘦小男子摔得那么惨，估计一时半会儿恢复不了战斗力，抄起把椅子冲了过去。竿狼也顺手拎起一个花瓶参战，一时间客厅里噼里啪啦地混战起来。

从敞开的大门外又冲进来两个黑衣人，跟青城山别墅区里的安保人员一个打扮，是自己人来帮忙。两个家伙见势单力薄彼此呼喊一声，丢出两颗烟雾弹撒腿就跑。常晴想追，常云啸一把拉住说穷寇莫追。

大家把屋里的烟散掉，收拾屋子。安保人员一个劲地道歉，说自己来晚了。常云啸摆手表示没关系，但没说话，也许在思考什么。

竿狼询问常晴那个瘦小男子是不是那天晚上跟踪他们的人。陆军号的手机响了，竟然是杨威，"是杨威。"他看着常云啸说。

常云啸微微皱眉点点头，陆军号按了免提让大家都能听到。

"是陆同学吗，听说你到成都了，那可是一个山美水美妞也美的地方啊。"杨威还是那种慢悠悠的调子。

"要不你过来，我请你喝茶？"陆军号反问。

"我就说你不应该是那天那个样子嘛，我想了几天都觉得奇怪，在屋里搜了几遍，最后在笔筒里找到个新鲜玩意。陆军号啊陆军号，想不到你还真是个人物啊，几天不见跑到常云啸那里去当跟班了？在不在你边上，帮我问好啊。我跟你说，他老了，现在的江湖不是他的了，你跟我合作咱们能共创天下，跟他可就夕阳无限好喽。"

"刚才来了两个小混混，是你派的吧？"

"什么小混混？我在北京可什么都不知道啊，别冤枉好人。天恒集团的信息你应该也看到了吧，分析出一些数据？其实让你知道我们有多庞大有多完美是好事，免得死都不知道怎么死的。这是我最后一次邀请你加入，考虑考虑？"

陆军号用鼻子哼了一声："咱们还是在金融市场上论输赢吧。你保的美国佬已经恶贯满盈，想在中国耍估计还嫩呢。"

"你以为你傍上个常云啸就靠上棵大树吗？他过时了，今天不倒明天倒。"之后是一阵恶心的狂笑。

常晴气得冲了过来冲着手机喊："吃屎去吧，早晚姑奶奶把你那个狗屁组织端了。"

"呦呦呦小姑娘挺猛啊，你是常晴吧，陆军号的新女朋友？常云啸的女儿？"忽然杨威音调一转，变成一种阴险低沉的声音，威胁道："转告你爸，以后少惹天恒，别怪我没提醒。"说完咔嚓一声把电话挂掉了。

几个人看常云啸，常云啸淡淡一笑，他在看陆军号。他看到的是怒火，这倒是让他觉得很高兴。"看来敌我双方都已经站到了明处，一场恶战在所难免。竿狼帮我约沈先生今天晚上会面，通知各个机构明日召开电话会议。"

"好的。"竿狼的眼中透露出坚定的神情，就像在接受一项重要使命一样，他知道常云啸又要大干一场，他习惯那个指挥若定的常老大。

忽然，常云啸向前趔趄了一下，他一把扶住了沙发背，眉头紧锁整个人慢慢地向下弯去。林晓雨和竿狼赶紧扶他坐下，问怎么回事。常云啸闭了眼深吸一口气，一句话都不说，看似在运气，有大颗的汗珠从额头上渗了出来。常晴打了杯热水过来。

竿狼摆摆手说道："先别喝水，这是中毒。"

"中毒？"几个人吓了一跳。

常云啸打开左手掌，大家看到掌心有两颗很小的红点，但周边发紫，肯定是刚才打斗过程中，胖子使了诈。

"该死的死胖子，下次要他小命。"常晴气得跳脚。

林晓雨的眼泪唰地一下就涌了出来。

陆军号一巴掌拍在桌子上："肯定是杨威！"

第二十一章　英雄豪杰（一）

"放心吧，你爸一定没事。"陆军号安慰常晴。

竿狼已经向沈先生做了汇报，沈先生派专人召集了专家，安排特殊病房。医生们将常云啸的病情稳定下来，他昏昏地睡了。由于无法知道是哪种毒素，因此也不敢贸然下解毒药，要等到医院的研究部门对毒素进行化验之后，才敢拿出对策。为了安全起见，竿狼还安排了十几个安保人员封锁了半个楼层，他担心那两个杀手不会善罢甘休。林晓雨一直默默地跟在常云啸身边。

第二天上午，陆军号和常晴想替换下林晓雨，但是她不肯，后来还是竿狼硬把她拖上了车。送走林晓雨，二人往住院楼走。

"我好担心我妈。她一直当我爸是支柱，好像整个人生都在围着我爸转，现在我爸躺在病床上，我妈不知心里有多难过。"常晴说。

陆军号看看她，她的脸色也不好，眼圈暗黑，估计晚上也睡不着。"你也回去吧，陪陪你妈，这边有我呢。"

常晴望着陆军号的眼睛，流露出一种依恋，这让他有点不安，他赶紧转过脸，望着别处。

忽然，陆军号压低声音叫道："糟糕，你看。"

常晴赶紧转过身顺着陆军号手指的方向望去："怎么了？"

"那个戴墨镜的人，像不像那个胡子杀手？"

"在哪儿？"

"三楼的窗户，快，快上去。"陆军号撒腿就往楼上跑，常晴赶紧跟上去。

两个人来不及等电梯，一口气就上了四楼。还没有出楼梯口，就已经听到了打斗的声音。安保人员已经和小胡子打在一起了，胖子也在。病房门口还有一个安保守着，常晴赶紧过去守住这最后的防线。

"你去帮他们，我来守着这儿。"

十几个人在医院的过道上打得难解难分。就在常晴关注这边情形的时候，旁边一个房门开了，一个医生走了出来，看到这混乱的场面赶紧往常晴这边躲。

"快躲起来。"常晴向他摆手。

眼看医生就到了跟前，突然一个垃圾桶砸了过去，医生赶紧撤身一拳将铁桶打开。常晴顿时明白了，这是个冒牌假医生，立刻出手迎敌。丢垃圾桶的是陆军号，刚才医生一出来，他就觉得很奇怪，一般人听到外面打架都是开个门缝瞧瞧，一看这场面肯定缩回屋里去了，怎么可能向外跑呢？而且没见过医生穿军靴的。所以他就顺手抄起垃圾桶丢了过去，没想到果真是个杀手。常晴和假医生一交手就发现，简直就是铜拳铁臂啊，没有什么脚上功夫，但是一双铁胳膊足以抵挡所有进攻。无论是手还是脚遇到他的铁胳膊，都会觉得生疼，几个回合下来自己的手和腿都疼得发麻，对方却跟没事似的。假医生龇牙一笑，再要扑上来的时候，忽然侧面有人抢了个垃圾桶偷袭，随即一抬手挡飞垃圾桶，接着一个冲拳正打在来人的胸口上。陆军号立刻飞了出去，重重地跌倒在墙边，只觉得眼前发黑喉咙发紧，半天才揣上一口气来，半块龙纹虎头佩也从怀中掉了出来。常晴趁机飞起两脚将假医生踢开，想上去帮一下陆军号，可假医生又扑了上来。

陆军号勉强靠着墙坐起来，他又看到一个可疑的人，一个带草帽的老头。谁都没有注意到这个人是怎么冒出来的，当陆军号看见他的时候，他已经站到了假医生的背后。老头戴着草帽看不到眉眼，但就连陆军号这种不会武功的人都感觉到了寒气。

正与医生交手的常晴也发现了奇怪老头，心中一惊，这显然不是保安，一定是敌人，这个年纪必定是高手。就在她分神的工夫，假医生右手铁拳一兜向常晴的左面颊抢了过去。常晴大惊失色，这一拳已经躲不过去了，以假医生的拳头这下必定受到重创，不脑震荡也要昏迷半天。陆军号看到心都揣在一块儿了，但他看到了更惊人的一幕。

只见老头一伸手扣住假医生的右肩头，假医生这一拳就像被橡皮筋拉住了一样没能打出去。假医生急忙转身，一个身影已经闪到眼前，假医生急挥左拳，老头伸手一搂就卸了拳力。假医生右手重拳再起直砸老头左脸，离奇的是这次老头居然没有躲，一梗脖子左脸颊硬生生接了一拳。

不仅是陆军号和常晴惊呆了，连假医生都一愣。因为老头接了这一记铁拳居然连半步都没退后，只是歪了一下头，草帽掉了。

只听老头冷笑一声说："这三年没半点进步。"

假医生倒退一步，声音惊恐而颤抖地低声叫了一下："师父？"

"我以为你记不得我了。"

假医生眼珠一转撒腿就跑，边跑边喊："师父来了！"

另外那两个一听，立刻都使出浑身解数杀出重围，三个人站到了一起，安保们也不想恋战急急退到病房门口，扶起了陆军号。

老头朝三个人走去，三人连连后退："师父，您怎么来了？"

"看看你们还能干出什么坏事。是我动手废了你们的武功，还是你们自己了断？"

"师父您听我们解释。"说着其中一人一抬手丢出一颗烟雾弹。

"想跑？"老头低喝一声刚要冲进烟雾，突然一闪身翻手接了两把飞刀，本有意抬手丢回去但是晃了一下没发。等烟雾散去，那三个人早就不知去向。老头转身向病房走过来，安保人员赶紧挡住去路。

"里面是常云啸吧。"老头捡起草帽带上，又过去捡起龙纹虎头佩，走到陆军号面前，"这个是你的？"

"是。"

老头拿在眼前仔细看了看，还给了他。转身对守在病房门前的几个人说："让我进去看看老常。"

几个人彼此看了一眼，依然挡在老头面前。

老头嘿嘿一笑："就凭你们几个，能拦得住我？"气氛一下又紧张起来。

陆军号在一旁看得很清楚，这可不是普通老头，估计在场的人里没有一个能禁得住假医生一拳，老头居然用脸接了。要是他出手，这几个人估计扛不住两分钟。他赶紧说："老英雄您报个姓名，我们也好进去跟常先生说一声。"

老头看看他："跟常兄弟说，大青来看看他。"

"大青！"陆军号和常晴同时惊呼了一声。陆军号对大青这个名字很熟悉，在林晓雨的小说《纸戒》中，那是一位豪杰一样的人物。陆军号注意到老头脸上果真有一块明显的青记。

"您是十几年前在香港消失的大青？"陆军号问。

"你还知道我？"

常晴心想陆军号一定又掉进小说里去了："大青叔的故事我们当然都知道，但怎么证明你是大青呢？"

老头上下打量一下她："你是风铃的女儿？"

常晴一愣："为什么这么说？"

"刚才那花架子不是旋风腿吗？"

"不许对我师父不尊重。"

老头嘿嘿一笑："好好，你看我连风铃都认识，当然是常兄弟的老朋友。丫头进去跟常云啸说一声吧，说大青来了。"

常晴看了看他，冲陆军号努努嘴，意思是说看着点这老头，陆军号心说谁看得住他啊。常晴转身进了病房，门后一个高大魁梧的保安右手插在西服里，她知道他带着枪呢。

常云啸已经醒了，未等女儿开口，他用轻微的声音说："请你大青叔进来吧，是他没错，听声音我能听出来。"

常晴出来的时候，竿狼已经赶过来了，正和大青寒暄。"我爸说听声音都知道是大青叔，请进。"

"我就说嘛。哎？"他刚抬腿要进去，忽然问，"你是常云啸的女儿？"

"怎么了？不像吗？"

大青哦了一声，转头低声问竿狼："常云啸跟风铃成亲了？"

没等竿狼说话，常晴忿忿地嚷："瞎说什么，我妈是林晓雨。"

"哦哦，是林晓雨。"他又看看陆军号，"你是常云啸的女婿？"

"啊？"这句话问得陆军号一愣。

常晴被气笑了，这位叔怎么乱说一气呢："他跟我没什么关系。"

"可是你看他的眼神……"大青还没停下来。

陆军号赶紧说："我是常老师的学生，学生。"

"哦，不好意思。"说着伸手按住陆军号的肩头，另一只手用粗大的指尖在他胸口一按，陆军号顿时觉得一股热气向上，咳出一口血痰，胸口舒服多了。

"不会武功别往上冲，傻小子。"大青说着跟竿狼进病房去了。

原来，大青当年用蒙汗药放倒常云啸之后，拿了钱箱买了枪支弹药和烈性炸药，去找仇人报仇，这就是香港报纸上报道的别墅枪战和大爆炸。大青在激战中被子弹穿透了左肩和左肋，浑身多处受伤，逃出现场后车子开到一个停车场就已经不省人事。有人发现了他，偷偷送他去了地下医院，救了他的性命，这个人是朴天恒。伤好之后，他不敢去找常云啸，怕警察哪天顺藤摸瓜牵连了兄弟。后来看到常云啸成为香港的金融英雄，就更不好去找他怕影响了他的前程，从此就跟了朴天恒。朴天恒给他换了身份，让他做贴身保镖。那三个杀手是大青曾经收的三个徒弟，叫胖子、胡子和铁臂，因一起强奸案被大青赶出师门，后来竟然偷偷藏到了杨威的旗下。这次竟然来刺杀常云啸，大青听到了江湖传闻之后，赶紧到了成都，果真在这里遇到了三个恶徒。

"这么说你很熟悉天恒集团？"常云啸问。

大青点头："应该算是吧，我基本上是看着朴老大把这个公司做起来的，但是现在的天恒集团已经不是以前的天恒集团了。现在的当家人杨威不是朴大哥的亲生儿子，大哥像对亲儿子一样对他，结果喂出来个白眼狼。前几年朴天恒觉得自己老了，不想再和那些股东斗了，将公司交给杨威打理。结果这个杨威上台之后排除异己，削弱老一派的力量，搞得公司里乌烟瘴气。勾结上了美国佬，在国际金融市场上做一些勾当，现在居然派人杀人越货，简直是不知好歹。"

大青大概介绍了天恒集团的发展和现状，看常云啸眼皮越来越沉，就给他号脉，检查了舌苔，然后示意竿狼一起出了病房。

"他中的是一种罕见的植物毒叫夜魅，长在五台山上。毒性很强，中毒者会间歇性昏迷，而且时间会越来越长，记忆力衰退，三到六个月内会在昏迷中慢慢死去。"

"那怎么办？"竿狼焦急地问。

"五台山上有另外一种神草叫曦舞，正好和夜魅相克，但也极其罕见。"

"我派人去找。"

大青摇摇头："不是人多人少的事，这种神草要靠缘分。我回五台山一趟，那里的方丈是医术高手，我向他请教请教。"

"要不要给你带些礼去？"

大青笑着又摇头："那些世外高人可不像咱们这么俗气，一切看缘分。让医院继续保守治疗就可以，抑制毒素扩散。至于我那三个徒弟，下次你们再遇上不用手下留情，直接正法也不为过。给我留个联系方式，有神草的消息我告诉你们。"

竿狼给了他名片，他又对陆军号说："你也给我留个电话。"

陆军号看看大家，把自己的手机号告诉了大青。

看着大青离去的背影，常晴用胳膊撞了撞陆军号："他怎么单要你的电话啊，不会这个古怪大伯看上你了吧？"

"嘿你个小姑娘家，有点靠谱的没有。"

香港市场风波又起，十几年前的东南亚危机前的那种恐慌又一次笼罩了这个自由的地区，各路的言论、报告、预测层出不穷，有说国际游资酝酿再度袭击香港的，有说美国次贷危机的波澜将影响香港金融实体的，还有说香港经济将倒退二十年的。一时间人心惶惶，大量资金开始撤离香港股市和汇市，造成恒生指数连续下挫。而做空恒生指数的资金乘胜追击，一路凯歌高奏。其中最大的做空机构，就是天恒集团和他们的死党们，这些资金就像听话的狗一样，暗中听从着境外总部的旨意，舔食着香港的财富。

按照沈先生的要求，竿狼奔到香港组织资金维护市场，但依然挡不住市场的做空气氛和做空动能。整个金链组织开了几次会议，各地区分部争论得很激烈就是拿不出一个像样的方案。

竿狼赶回来直接去了医院，等了很久也不见常云啸醒过来，他多想这个时候常云啸能突然坐起来跟自己说说后面如何布局，如何化解危机。现在他只是平静地躺着。

"常老大啊常老大，你倒是睡得踏实，我们可怎么办啊，给我点指示吧。"竿狼用无助的眼神望着常云啸自言自语地唠叨。

林晓雨拍拍他的肩膀："最近你也够累，回家休息一下吧，如果他醒了我给你打电话。"

第二天竿狼在微信群里叫陆军号去喝啤酒，常晴非要过来凑热闹。估计竿狼是睡了一天，现在看起来精神好多了。

这家羊肉串馆子很地道，整只羊就挂在那里，不同部位不同价格，当面割，当面腌，当面烤，味道那叫一个香。竿狼叫了一箱啤酒，看意思今天是不醉不归了。三瓶酒下肚，狼叔就开始回忆以前的岁月了，从一起混社会说到常云啸的传奇经历，讲到香港保卫战的时候，他忽然背过脸去擦了擦眼泪。

"哎，一晃这么多年过去了。人家说经常陷入回忆的时候就说明老了，看来我是老了，总是喜欢回忆。军号，这次他们又在香港折腾呢，你有什么办法吗？"

陆军号摇摇头："内有天恒集团，外有国际游资，游资在国际上制造声势，天恒在国内营造气氛，我看是配合得不错。"

"狼叔让你想个办法，不是让你长他人威风的。"常晴着急地说。

"现在的证券市场由三股力量构成，一是资金，二是舆论，三是政策。"陆军号边喝边说，"咱们这里能影响政策的人是沈先生，应该请他出手。"

"沈先生说目前比香港股市更复杂棘手的事情还很多，另外国内正在树立市场的事情交给市场去办的理念，不到万不得已不能用政策手段进行干预。"

"但我们又不占据舆论宣传上的优势。"

"我们有资金啊。"常晴插话说。

陆军号摆摆手："你倒是看得起自己，香港股市的总市值超过25万亿港币，一旦形成单边行情，就会有机构加杠杆，数量会更大，就咱们那点资金！沈先生的考虑是对的，香港是个金融自由港，不到万不得已的时候都不能动用平准基金去救恒指，更不要说出台政策了。"

"我怎么听你全是泄气的话啊。"常晴瞪着陆军号，"大叔，您能拿个可行的办法出来不？"

"军号说得有理，我们不占优势。"竿狼叹口气，自己倒上一杯一仰脖灌了下去，"可是沈先生还是要求我们要撑住香港股市。再这样跌下去天恒集团和国际游资会在指数期货上获得更大的资金，等于用香港人民的钱养肥了我们的对手，就像滚雪球，越滚越大啊。来喝，不管前方是虎是豹，咱还要继续前进，我明天回香港，车到山前必有路，干杯。"

吃完羊肉串，竿狼有点喝高了，非去唱歌，到了歌厅还没唱，就倒在一边睡着了。

"都怪你吧！"常晴看着陆军号。

"怪我啥？是他非要来的。"

"不是说这个，狼叔问你要个办法，你倒好，没啥高招也就罢了，还尽泼凉水，你这不是添堵吗，瞧把狼叔给郁闷的。"

"我是就事论事，客观分析，总不能报喜不报忧吧。"

"那现在怎么办，醉成这样了。"

"还能怎么办，连抱带扛也得把他送回去啊。"

常晴嘻嘻笑着往前凑了凑："我也喝多了，一会儿你抱我回去吧。"

"别耍赖啊，这个我还不知道怎么搞回去呢，你就别添乱了。"

"瞧你嘴撇的，你愿意我还不乐意呢。"常晴噘着嘴嘟囔几句后忽然问，"我有个问题啊，你可别笑话我啊。其实你们一直在说指数期货，什么是指数期货啊？杨威怎么就靠这个挣钱了？"

一说到专业上陆军号就来了精神："恒生指数期货呢，就是以香港恒生指数为标的物，做的期货合约。"

"大叔，请具体点、详细点、生动点好不好。"

陆军号无奈："好，我生动点。这个恒生指数期货呢，是一九八六年五月六日公布出来的，是根据恒生指数及其四项分类指数而定的，四个分类分别是地产、公用事业、金融及工商。合约又分为四个月份，即当前月、下一月以及后两个季月。比如说吧，当前为四月，那么现在交易的合约就是四月恒指、五月恒指、六月恒指和九月恒指。等四月合约现金交割之后，则变成五月合约、六月合约、九月和十二月合约，就是这样滚动下去。合约价值就是现行结算价格乘以五十港币。每个月倒数第二个营业日为最后交易日，最后一个营业日为最后结算日，就可以进行期货的结算工作。你明白了吧？"

"什么啊。"常晴一头雾水，"完全没听懂。"

"我讲的不是中国话吗？你认真听讲，老看我干什么啊？"

"我不看你我看谁去啊，自己讲的不好你还怪学生了？"

"好好好，那我给你讲故事吧。一九八六年恒生指数期货成立后，迅速发展，交易非常火爆。"陆军号干脆跳到茶几上，手舞足蹈的地比画着，"结果第二年出事了，十月十九号美国大股灾一天跌幅23%，这就是著名的黑色星期五。随后香港股市暴跌，带动着指数期货连续四天横扫市场的做多资金。第四天恒生指数暴跌420点，香港期货交易所紧急提高保证金并扩大停板价幅，本想抑制空方力量，谁知道这正好让空方看到了下跌的空间，一路杀下去片甲不留啊，直接把期货指数打在了跌停板上，当时交易所里那真是一片鬼哭狼嚎，当晚跳楼上吊的比比皆是。"

"我喜欢你这么讲。"

"别打岔。由于期货的杠杆效应，很多交易所会员由于大面积亏损，根本没有钱补充保证金，导致保证金不足以支付结算额，欠款高达数十亿港币。五天后美国道琼期指数再度暴跌，香港股票交易所已经再无办法，干脆宣布休市。短短十几天投资者损失惨重。"

"那后来呢？"看来对常晴来说讲故事还是比较适合的。

"后来政府动用了四十亿资金缓解了危机。事后经过调查，就是美国的金融大鳄勾结多国游资，在美国和香港两地玩的一次阴谋，害的香港损失数百亿，据说光自杀的人就不下百名。"

"真是太可恶了。"

"再一次就是你爸爸指挥的那场香港保卫战。黑色星期五的主帅老罗斯去世后，他儿子小罗斯再次带领更庞大的多国游资袭击整个东南亚，在消灭了外围金融体系之后，集中火力进攻香港。和国内做空势力的带头大哥唐浩里应外合，在汇市、股市、期市三个市场同时开战。那时候你爸，联合多处力量，一人独挡八面，振臂一呼天下响应，直打得国际游资节节败退，最后滚回了太平洋。全香港都称你爸是金融大英雄。"

陆军号光顾着说得高兴，没有发现常晴已经泪留满面，忽然"哇"的一声哭了出来。陆军号从茶几上跳下来。

"怎么了？这是怎么了？"

"他们就是怕我爸再拿出当年的威风，所以才下毒手。现在我爸躺在医院里还怎么振臂一呼啊。"说着一头撞到陆军号的怀里，"我不要什么大英雄，我只要我爸能平平安安地醒过来。"

陆军号从刚才的激情回忆中回到了现实，他抱住她，像哄孩子一样轻轻地拍着她的后背。是啊，妖魔当道群龙无首，谁来振臂一呼呢？

美国使用的招数依然是老套路，先断臂后残杀。1986年美国废掉了自己的股市关闭了几个上市公司，搅乱了香港市场，从中获利。这一次是故伎重演，先是利用次贷危机愈演愈烈，之后将战火引向中国。

这些金融大鳄下的本钱越大，预期回报也就越高。常云啸曾经说过，香港金融保卫战，不过是世界游资对中国经济的一个小试探，更大的风浪还在后面。或许这大风浪就在明天。真希望大青能早点从五台山带解药回来，让常云啸再披战袍。他抱着常晴，自己的眼泪也扑簌簌地落在了她的秀发上。

"等等，别哭了。"陆军号忽然推开了常晴，扑到竿狼跟前使劲晃荡他，"狼叔快醒醒。"

"你疯了？"常晴瞪大眼睛看着他。

他又跳起来，抱着她的脑袋亲她的额头："太棒了，你真是太棒了，有救了，期市有救了，有办法了！狼叔快醒醒，有办法了！"

大青突然来了电话，说朴天恒要见陆军号。陆军号觉得很奇怪，朴天恒见我做什么？狼叔已经回香港，去实施救市办法。竿狼昨天醒来，听了陆军号的计划，一拍大腿连声说好，立刻回了香港。

陆军号想想也没跟常晴商量，怕小姑娘嘴上没把门的。他决定自己去会会朴天恒，看看那到底是个什么人物。

在天鹅湖边上的一个别墅里，朴天恒接待了陆军号。整个别墅很素雅，全部是古典的装修，看来这个老头很复古。说老头可能有点过了，看上去也就五十多岁，从头发和面部的纹路来看是个经过大风大浪的人。眼神中透露着坚定和倔强，让人有一种被威慑的感觉，或许这是他人生经历的外露吧。

"喝咖啡还是茶？"

"都行，我没偏好。"

朴天恒默默地泡了杯咖啡，端到陆军号面前，之后自己也泡了一杯咖啡，默默地喝着并望着他。弄得陆军号有点不知所措，也不知道是应该先开口还是保持沉默。

"带你看看我的收藏吧。"还是朴天恒先开了口，不等陆军号答应，他已经站起身来，向客厅外走去。

陆军号赶紧放下咖啡跟着上了二楼。其实刚才一进门他就发现墙上的字画，屋内的摆设都很讲究，应该都是珍品。虽然他不懂古董，但从外观和陈旧程度来看应该是宝贝。

到了二楼，朴天恒打开一间房门，这应该是他的收藏室吧，瓶子、罐子、字、画、牌匾，琳琅满目。他指着这些物件，一一给陆军号讲着它们的故事，就像进入了一条历史的长河。陆军号的思维渐渐地被这个怀旧的老头吸引了，淡忘了自己来的目的，也淡忘了这个老头的干儿子正是自己的对手。一个有故事的人，在讲着一个一个别人的故事，每一段故事的人物和细节，都讲得栩栩如生。

最后两人又回到一楼客厅，朴天恒重新泡上一杯咖啡给陆军号端过来："我比较喜欢喝咖啡，能让人清醒。"

"您这里快成博物馆了。"

朴天恒笑道："大概我喜欢历史吧。我听大青说，你身上带着一块玉佩很特别，是半块玉佩，在身上吗？可以借我看一眼吗？"

陆军号犹豫了一下，还是从脖子上取出玉佩交给了他。

他拿在手上，似有思索地叨念着："紫玉龙纹虎头佩，果真是啊。"

"您知道这个物件？"

他笑："上殿不下跪，见官大一级，危难之时可调兵千人。这就是紫玉龙纹虎头佩。"

"这句话是什么意思？您这么清楚，能给我讲讲吗？其实我都不知道它的来历。"

"给你讲讲，既然持有这块玉佩，你至少要知道它的历史。这要说到17世纪中叶……"

17世纪中叶，准噶尔的强酋巴图尔珲台吉建立了强大的准噶尔帝国，长子僧格，次子噶尔丹。僧格继位不久就被叛军所杀，噶尔丹趁机篡位。随后凶猛的噶尔丹军队大败喀尔喀蒙古土谢图汗部，康熙派尚书阿尔尼带兵去接应喀尔喀部落，结果被噶尔丹打得落花流水。康熙急派裕亲王福全为左路军，恭亲王常宁为右路军，出兵讨伐。噶尔丹又在乌珠穆沁大败常宁直逼萨里克河。

后来，左路军福全在萨里克河边的乌兰布通峰和噶尔丹开战，用大炮狂轰噶尔丹阵营整整一天，又用马队偷袭才逼退噶尔丹。清军也死伤惨重，连康熙的亲舅舅佟国纲都战死沙场。与此同时僧格的儿子策妄阿拉布坦偷袭了噶尔丹的大本营伊犁，夺回王位。噶尔丹无奈只得退守到科布多。

十七世纪末，康熙命土谢图汗亲王沙律假意联合噶尔丹进兵喀尔喀，噶尔丹闻讯大喜，立即起兵两万深入喀尔喀腹地大肆抢掠。第二年二月康熙御驾亲征，东路军萨布素，西路军费扬古，康熙亲率中路军兵出归化城（呼和浩特），下令对噶尔丹一部格杀勿论。

噶尔丹听说康熙亲征大为震惊，登山观看，见大清营地内黄帐龙旗，里三层外三层似皇宫一样严密，心中畏惧准备撤兵。此时他的妻子阿奴讨令，愿带十名高手夜刺康熙。当夜阿奴等十一人趁雾直捣龙帐，瞬间放倒帐门二十几个护卫，康熙大惊，正准备抽剑迎战，忽然一人挡住刺客，单人恶战十一高手，直到护卫队赶到，此人已击毙两人重伤三人，其余刺客保护着阿奴趁大雾逃出大清营地。噶尔丹见状遂弃寨拔营往和林方向撤兵，之后在昭莫多与费扬古决战，阿奴战死。噶尔丹带老弱病残逃到科布多，受到策妄阿拉布坦和清兵的夹攻。康熙见此人英勇异常遂动了善心，向他招安，但噶尔丹宁可服毒自尽也不低头，最终族人也尽数被杀。

"救驾的人正是你的祖上，名叫陆子成，师从丁发祥，练就八极神拳。这个丁发祥是位了不起的拳师……"

1676年俄罗斯帝国两个大力士"大小牤牛"在燕京摆下擂台，扬言打遍天下无敌手，几天之内上台的几十名拳师非死即伤。康熙闻听大怒认为有损国体，达嘛肃王举荐府上拳师丁发祥出战。丁发祥施展八极神拳，几个回合就打得两个大力士口吐鲜血昏倒在擂台上。康熙暗中观看了比赛，大喜，敕封"铁壮士武侠"称号。原本想将丁发祥留在皇营中，但无奈丁发祥自称一介莽夫更愿回沧州老家孟村务农种地。最终丁发祥将大弟子陆子成留在皇营中为国效力。皇帝的贴身护卫都是满族，陆子成是汉人，所以只安排他去看守营旗。那日阿奴带刺客偷袭正好陆子成换班下岗，途中见有人影闪过就一路追踪到了龙帐，以一抵十，虽击败贼人但也被挑断左腿大筋成了废人。康熙见他勇猛救驾，赐紫玉龙纹虎头佩和随身的天龙剑。

"持此玉佩可上殿不下拜，见官大一级，危难之时可调兵千人。这就是这块玉佩的来历。"

"这么珍贵的玉佩，怎么会断了呢？"

朴天恒愣了一会儿，把玉佩还给了他："等我找到原因的时候我会告诉你的，今天我有点累了。"

陆军号站起来道别，出了别墅他才回过味来，今天的这个会面的话题是什么？看古董吗？不过好在也算有收获，至少知道了玉佩的来历。至于朴天恒，倒是一个神奇的老头。

第二十二章　英雄豪杰（二）

香港的夜晚甚是好看，灯火笼罩下，一片五彩缤纷。站在露台上的竿狼异常兴奋，他刚刚跟常云啸通过电话，向他汇报了香港这边的工作，虽然常云啸气息很虚弱但依然能听出他声音里的欣喜。在早些时候竿狼也同样向沈先生做了汇报。其实让竿狼兴奋的也并不单单是这次能暂时化解危机，最重要的是他找到了一种感觉，一种当年鏖战香港的感觉。

按照陆军号的设计，这次的反击有两招，第一招叫制度手段，第二招叫行政手段。

第一招的制度手段分为两步走，第一步，是变更恒生指数期货标的。恒生指数期货的标的物是恒生指数及其四项分类指数，分别是地产、公用事业、金融及工商。要想做空整个香港股市并非容易的事情，但是如果仅仅打压这四个分类项就容易得多，因此国际游资在四个分类项上压了大量的做空筹码，不断向下抛压，由此来带动整个恒生指数。

香港联交所的行业分类是十一个，包括能源业、原材料业、工业制品业、消费品制造业、服务业、电讯业、公用事业、金融业、地产建筑业、资讯科技业以及综合企业。中国证监会的行业分类是十三个，分别是农、林、牧、渔业，采掘业，制造业，电力、煤气及水的生产和供应业，建筑业，交通运输，仓储业，信息技术业，批发和零售贸易，金融、保险业，房地产业，社会服务业，传播与文化产业和综合类。这就造成了两地行业分类的差别，陆军号的办法是，让联交所变更恒生指数期货标的中的四个分类项，理由是便于两地交易所统一管理。沈先生认为这个建议可行。这就打乱了国际游资在行业和个股上的布局，当他们重仓的行业不再是恒生指数期货标的物的时候，他们手中筹码的作用就大打折扣了。

第二步，是打通内地股市和联交所之间的关系。而这一点，沈先生称有关部门早就有此提案并研究多时。因为战场在香港，内地想出手并非容易的事情，在金融自由港中的任何一点动作都可能引起世界投资人的不良反应。但是如果将内地与香港打通，就可以利用内地的资金力量直接影响香港股市。虽然当年建立了A股和H股的关系，后来又建立了港股直通车的渠道，但是并没有在真正意义上打通两地金融市场，现在或许是个机会了。当然要做到平稳对接也不是一日之功，沈先生的意思是先放出个概念叫"内港通"，相关部门后续会做试点工作。

而第二招的行政手段，就是请证券监管部门、工商部门、税务部门、货币监管部门联合行动，查处非法渠道、违规资金、黑钱、地下钱庄等，加大资金监管，切断非法渠道，以震慑市场。

竿狼先采用第一招。"内港通"的消息一放出去，香港市场立刻做出反应，指数掉头向上。加上香港联交所变更行业分类，间接改变了恒生指数期货标的物，国际游资瞬间失去了市场的控制权，空方阵营土崩瓦解。投资机构的目标就是为了赚钱，谁又在乎是做空还是做多呢，只要赚钱就是硬道理，所以部分投资机构开始空翻多。

看空方已经退潮，这第二招就不用了。

竿狼望着夜幕下的香港，脸上露出笑容，他忽然觉得他看到了另一个常云啸，一个单枪匹马不知死活的臭小子，就敢策马扬鞭横扫沙场。陆军号，或许真的是个人才？

"妈妈啊，不用对他这么客气，就他出那主意，当年我爸都用过，这是抄袭。"常晴帮着妈妈在厨房里忙活。

"你爸交代的，要好好庆祝。"林晓雨没抬头，认真地准备着食物。

"我爸那是抬举他。瞧这两天把他给美的，狼叔夸他几句乐得嘴都合不上。"

"哪有啊，我看他挺稳重的。"

"啥稳重啊，笑起来跟个小孩似的。"

林晓雨放下手中的菜，看着她："你好像总喜欢针对他，你是不是对他，有点意思？"

"妈你说什么呢。"常晴的脸腾的一下红了，"他一个大叔，我是青春美少女，就他？算了吧。别瞎想了，我又不是嫁不出去。我去客厅看看。"说着甩甩手跑掉了。

林晓雨重新低下头洗菜。谁不是从年轻的时候过来的呢？

竿狼和陆军号在客厅喝着咖啡，由于最近香港方面的压力没有那么大了，竿狼的精神面貌好多了。两人正在谈论着近期的国际形势，陆军号的电话响了。

他看看号码，冲狼叔淡淡一笑，打开了免提模式："每次你打电话的时间都恰到好处啊。"

"说明我关心你呗。"这个声音连竿狼都认识了，是杨威，"没想到啊，没想到。"

"没想到什么？"

"一个常云啸倒下了，一个陆军号站起来了。是你化解了香港股市大跌吧？"

"这里高手云集。"

"别谦虚了，这么扯淡的招数也就你想得出来，算我没走眼，有你这么个对手，也是一种快乐。"

"你可以给我也弄点什么毒之类的。"

"我再纠正一次，第一那三个人不是我派去的，第二你和他不同，你我似乎是天生的对手，既然是上天的缘分，还是让我们继续战斗吧。"

"承蒙看得起，如果有机会我一定奉陪到底。"

"我看好你，我来当恶人，你来当好人，咱们好好玩玩。"

陆军号突然有一秒的触动，他想说为什么明知道自己在做恶却一定要玩下去。没等他说什么，杨威已经挂了电话。他想拨回去把想问的问出来，但犹豫之间已经把电话放下了。他发现自己没有杨威那样敢作敢当，从来都是杨威打电话过来，他却没有勇气将电话打过去。

狼叔看着他脸上复杂的表情："怎么了？"

"没什么。不知道他们还会玩出什么花样。"

"兵来将挡，水来土掩。"

正说着常晴进了客厅，直接跑到陆军号的沙发后面按着他的脑袋胡撸他的头发。

陆军号赶紧躲："哎哎哎，怎么了这是？"

"你臭美什么啊？"

"我臭美什么了？"

"我妈一直夸你，她都没夸过我。"

陆军号苦笑："阿姨夸我，你就拿我撒气啊。回头我跟阿姨说以后别夸我。狼叔，你赶紧夸夸她，要不就只能给她吃药了。"

竿狼只是看笑话，并不参与。

吃完午饭，告别了林晓雨，陆军号让竿狼带他去了青城山的别墅区。整个下午他坐在一灯大师的墓地前发呆。竿狼并不去打扰他，只在远处坐着，陆军号的这种眼神他曾经非常习惯，常云啸就是这样。或许这类人就需要经常地静思一下，那就给他们更多的时间吧。

对陆军号来说，拯救香港股市的办法并不新鲜，除了"内港通"的概念，其他都是前辈们玩过的。杨威不会罢手，他背后的美国佬也不会罢手，国际游资们更不会罢手。中国经济的高速发展，创造了巨大的利润蛋糕，不扑上去撕下一块，他们就不是豺狼虎豹了。狼行千里可不是为了建设中国美好明天的，一扑不行必定卷土重来，不会就此放弃。

下次再来的时候会是什么形式？又如何面对？一灯大师将墓地摊平，将墓碑放倒，将碑文铲掉，却说以此即可应战，这是什么道理，他想表达什么呢？还有塔公寺。虽然不懂佛教，但也知道一灯大师是汉传佛教，那么他去藏传佛教的塔公寺做什么呢？桑格措钦活佛所说的和尚论法是不是一灯大师，总有点让人琢磨不透，或许这里面藏着玄机？

他从兜里掏出了活佛赠给他的那个锦囊，是个纸筒，不长，上面有盖，外面画了藏族的花纹，没什么特别也不起眼。其实没有等到什么时刻，他就按捺不住好奇心给打开了，只是打开后一片茫然，感觉有点像一场笑话，只是出于对活佛的尊重没好意思将锦囊丢掉。锦囊中除了块白色丝绸，什么线索都没有。

看看天色渐晚，竿狼走了过去。

"有什么新想法吗？"

"目前没有。"陆军号拍拍裤腿上的尘土站起来，"我忽然想到一个人。"

"谁？"

"朴天恒。"

"杨威的干爹？那可是个混社会的，和咱们不是一条路的人。"

"我见他过一次。"

"在天恒集团？"

"不是，就在前些日子，大青带我见的他。"

竿狼一愣："没听你说啊？我听说这人是黑道混出来的，你还是……"

陆军号摇摇头："如果说他是个混的，那就是个大混混，不是个小混。"

"怎么说？"

"大混混讲道义，小混混讲利益。朴天恒有很强的爱国主义情怀，他和杨威不和，这是瓦解他们内部的最好的机会。虽然杨威掌管了天恒集团，但我相信老同志也绝不是无还手之力。"

"你想从内部分裂天恒集团，削弱杨威的力量？"

陆军号点点头："是的。一我们要争取最大范围的舆论支持，这一点天恒集团走在咱们前面。二要通过"内港通"强化香港恒生与内陆股市的关系。三是让投资者习惯香港和内地的联动效应。四就是要想办法从内部瓦解天恒集团。五我们还需要集合更多的资金支持。"

竿狼点点头："难怪常云啸对你另眼看待。"

"您是夸我吗？"

狼叔切了一声："你差远了。"

正说着陆军号的电话响起，是大青。不用问，一定是朴天恒让他打的。

朴天恒倒是悠闲，见面地点选在了九寨沟。

陆军号说要自己去，竿狼死活不同意，非让常晴跟着，说以防万一。常晴也在一旁大呼小叫地说她能帮忙，搞得陆军号没办法只好带上她。

九寨沟的确是人间仙境，神仙池、卧龙海、珍珠瀑布、盆景滩，不过陆军号哪有心思去游览。一下飞机就有车来接，直奔海拔1800米的喜来登国际大酒店。陆军号向司机打听了一下大青的去向，回话说他还在五台山。

朴天恒穿一身白色宽松的中式衣服，看上去很休闲，正坐在院子里的沙发上喝茶，见他们进来招招手，示意他们过来坐下。

"这里有点凉，您多穿点。"陆军号说。不知道为什么，见到朴天恒他就有一点敬畏，或许是因为市面上对这个大佬的很多传说，让陆军号不得不尊敬这位前辈了。

"在这里，你能闻到雪山的味道。"朴天恒回答。

三个人喝茶闲聊了几句，朴天恒叫用人拿上来一个精致的木盒，递给陆军号："打开看看。"

陆军号打开一看，心中又惊又喜。竟然是紫玉龙纹虎头佩的另外一半！

"这，这……"陆军号睁大了眼睛看着朴天恒，一时间激动得说不出话来。

"我把它送给你了，就算是完璧归赵吧。"

"您从哪里得到的？"

"我来这里就是为了买下它啊。"

"那人呢？"

朴天恒笑了："你不用着急，我已经调查过卖家的背景，不是你爸。"

"能问问他从哪里得到的吗？"常晴说。

"他说在上海的旧货市场淘来的，这就很难追踪了。"

常晴看着陆军号，见他脸上很是失落赶紧安慰道："至少说明你爸在上海。"

"你也不必失望，这个事情我会帮你查的，相信我，我的人脉网还是很好用的。"

见朴天恒这么说，陆军号平静了很多。他忽然意识到自己刚才把内心的波动显露出来了，这是大忌。两人对弈，任何一点表情的变化都会暴露情绪，很容易被对方捕捉到虚弱的部分。目前朴天恒并没有表现出敌意，但毕竟他是天恒集团的创始人，杨威是他的干儿子，不得不防。陆军号心想：听他的意思是要将此宝物送还给我，如此三番两次的对我示好，用意又是什么呢？不经意间，我已表现出了对这份情感的执着，他会做什么文章吗？

想到这，陆军号赶紧收起伤心的表情，叹口气说："哎，该来的总会来，该走的总会走。我不是难过，而是想这世界上冥冥中总有一些定数不可违背。"

陆军号见朴天恒点头，继续问："您上次说帮我寻找此玉断裂的原因，有结果吗？"

"我还真的请教了一位收藏大家。"说着他扫视了一遍大家，好像要做一个重要汇报一样，"他是这样说的……"

1894年7月，中日军队在朝鲜开战，平壤告急，李鸿章命原驻旅顺口的总兵马玉昆率四营两千人乘船至大东沟登陆转赴朝鲜。8月调原驻旅顺口的毅军统领宋庆率毅军赴九连城指挥防务，令毅军分统提督姜桂题带桂字军四营镇守旅顺，令正定镇总兵徐邦道赴旅顺协防。总兵徐邦道率募练步兵三营，与副总兵陆丰武的炮队一营、马队二营共三个营的供卫军，进驻旅顺外围。

10月24日，日军大山岩大将指挥第二军两万五千人在旅顺附近的花园口登陆，徐邦道力荐出兵，可惜各位统领无人出兵。日军连续登陆12天后，全部平安上岸，稍作整顿直扑金州。徐邦道和陆丰武协商后认为金州为旅顺后路上的咽喉要道，一旦失守旅顺，大连不保，于是四处游说各路统领，却无人响应。无奈徐邦道率拱卫军至金州与当地练兵会合，陆丰武连夜前往大连求驻大连湾守将赵怀业搬兵支援，赵怀业只派营官周鼎臣率步队两哨前往援助。

兵马会合后在金州以东路上昼夜修赶工事设防。11月5日，日军第二军第一师团第一旅团长乃木希典少将指挥两个大队的兵力，向拱卫军阵地发起攻击，清军苦战一日退入金州。日军先以三十六门火炮于城东北的三里庄向金州城猛轰，后派工兵用炸药将北门炸开，徐邦道、陆丰武率队与日军展开巷战，因寡不敌众撤回旅顺。7日，大连湾失手，13日，日军先头部队到达旅顺外围。

供卫军撤回旅顺，遭到了身为营务处总办的道员龚照玙的冷嘲热讽，未得到补给。听说日军已经临近，陆丰武请命组织伏击。15日，徐邦道与陆丰武分别在旅顺东北、西北两条路设伏，中午日军的搜索骑兵队在土城子南遭遇陆丰武的伏兵，徐邦道迅速赶往支援，击退日军。首战告捷振奋了清军士气，17日，徐邦道会同姜桂题一部，陆丰武会同程允一部共五千人在土城子驻防。18日，包围了日军骑兵搜索队、步兵第三联队第三中队等部予以痛击，打得日军抱头鼠窜。然而

19日上午，龚照玙乘鱼雷艇逃往烟台，下午黄仕林、赵怀业、卫汝城三个统领逃跑。11月21日，日军全线进攻旅顺，拱卫军镇守鸡冠山堡垒，然而一个小时后鸡冠山堡垒西侧的三个堡垒相继失手，拱卫军只能退守市区。

"当时陆丰武的家眷都在旅顺，儿子只有两岁，他趁乱跑回家让妻子收拾细软带一家老小离开。他怕此战自己凶多吉少，想这虎头佩还有点龙威，万一遇到事情还能找官府帮忙。就拿天龙剑将这玉佩一斩两半，一块交给妻子一块自己带着，返回了战场。"

当日下午，拱卫军掩护大量民众从南关岭撤出旅顺，第二天早上旅顺失守。徐邦道和陆丰武且打且退，临近金州遇上了从九连城退下来的宋庆。

宋庆奉命到达九连城之后，就遇到了打着白旗从平壤逃跑的军总统叶志超。叶志超四处宣称日军会使用法术，动用了鬼怪前来助战，搞得人心惶惶。10月25日，日军兵分两路从安平河口和鸭绿江架浮桥过河，瞬间虎山失守。宋庆空有节制各军之名，却无将领听从调度，26日，九连城的清军几乎跑光，宋庆指挥本部抵抗一日也撤出阵地，不到三天，三万驻军的鸭绿江防线全线崩溃。宋庆边打边撤，原本想回旅顺，但途中已经听说旅顺失守，正犹豫间遇到了撤下来的徐邦道和陆丰武，合兵一处趁金州空虚拿下金州，算是找到个落脚之地。

"在金州，陆丰武找到了逃出来的妻儿，算是将两块玉佩又合在了一起。"

1895年1月10日，日军攻打盖平，宋庆命徐邦道率军增援，部队到达时盖平已失守，陆丰武带兵强攻无果也只能退下来。2月21日，清军第四次反攻海城，宋庆调徐邦道拱卫军进攻大平山。在此战中陆丰武战死沙场，自此天龙剑下落不明。

"只剩下这两块玉佩，在陆家算是代代相传至今。"

陆军号听着甚是悲壮，抬头看朴天恒，老者眼中也湿润了，大家寂静无声。

常晴擦了擦眼泪："原来你家祖上是抗日的英雄豪杰。"

"别辱没了祖上的荣耀。"朴天恒补了一句。

陆军号深深地点点头。

"听说这次香港股市危机的化解，是你给金链组织出谋划策的。这之后你怎么想，有计划吗？"朴天恒问。

陆军号心中一紧，完璧归赵是假，英雄豪杰是虚，这才是今天的主题吧？怎么答呢，说出自己的真实想法？此人究竟是敌是友还不清楚，每次见面对我甚是友好，又献殷勤又送重礼，用意都是为了套我机密吧。看似友善的人往往就是最危险的，嘿嘿，我就给他来个"大松懈"。

想到这儿，陆军号脸上装出得意的笑容："香港是小意思啦，比想象的容易得多，看来国际游资的实力也不过如此。我只是略施小计，没想到就把纸老虎给戳破了。"

常晴看了一下陆军号，立刻明白了他的用意，接上说："这点小风浪在金链组织中并不少见，应该算是应付自如吧。"

"这位是？"朴天恒现在才问常晴的身份，看来刚才就一直没放在眼里。

"我是常晴，金链组织的信息调查员，负责信息的收集和关联度的评测。"

"常晴，是常云啸的女儿？"

"是的。"

"虎父无犬子啊。看你们似乎有点掉以轻心啊。"

陆军号知道朴天恒有质疑，的确，按照金链这么严谨的组织，不可能对市场如此懈怠，看来必须给他个合理解释："我们对这个事情也讨论过，认为出现大规模金融战的可能性比较小。第一，中国经济目前正在快速发展，其金融的根基比较坚实。第二，目前的城镇化程度比较低，社会老龄化阶段还没到来，因此保持这种快速发展是可以期待的。第三，中国的资本交易市场对外开放程度较低，尤其是外币管制，因此任何国际游资都有后顾之忧。第四，中国的管理还是行政命令偏多，这对外国游资来说，很难操控。因此我们判断，未来几年内形成金融危机的可能性非常小。"

"记得当年你用百亿资金瞬间打乱了市场。"

陆军号脸一红："违法违规的事情，不提也罢。"

"不是不提，是要小心。你可以瞬间扰乱市场，别人也可以。如果资金是你当时的十倍或百倍，整个市场会如何呢？"

"应该不会，有关部门对市场的资金加强了监控，我们没有得到这方面的数据。"常晴说。

"如果扰乱的是香港呢？"

两人不说话。难道天恒集团真的要再度袭击香港？这是美国佬的指示还是天恒集团的行为？

朴天恒两眼直勾勾地盯着陆军号发呆，看得他觉得怪怪的。常晴伸手在他面前晃晃："朴老，您这是看什么呢？"

"你没发现他很英俊吗？"

朴天恒突然一本正经地冒出这么一句话来，差点把他们俩气晕了，真是哭笑不得。

朴天恒站起来，拍拍陆军号的肩头，"你算是英雄世家了，别辜负了前辈，小子，下一步工作很重要。"说完向房间走去，"我去看看晚餐准备好了没有，一会儿让他们叫你俩。"

陆军号看着他的背影叹口气摇摇头。

"你干吗叹气？"

"我特意把咱们说得毫无戒备，但我觉得反而让他感觉到了我们早有准备。姜还是老的辣。"

晚饭很丰盛，朴天恒自己吃得并不多，只是一再地让他俩吃，就像大人招呼自己家孩子一样。

陆军号打算再试探试探朴天恒，不是说要争取一切可以争取的力量吗？"您已经退出天恒集团了，对这次天恒集团在香港扮演的角色怎么看？"

"你刚才都说了，我已经退出天恒集团了，我又何必去管它呢？"

"天恒集团在您的领导下成为了国内非常著名的投资公司，实力和影响力在业内都非常大。说真的我不喜欢您的干儿子，我认为这么优秀的企业，不应该扮演现在这样的角色。"

"你对杨威有所惧怕？"

陆军号点点头："不瞒您说的确有些惧怕。首先是天恒集团在业内的影响，其次是杨威的手段。以前有个叫唐雁的女孩，跟杨威走了之后就忽然人间蒸发，非常蹊跷。现在他又派了杀手刺杀常先生。我觉得此人为达目的不择手段。"

"的确没有听说过唐雁这个人，不过刺杀常云啸应该不是杨威的命令。那三个人我知道，早年的确效力于天恒集团，但已经失踪大概三年了。"

陆军号苦笑："您的意思是这里面还另有其人？"

"我也在查。这次香港一战，你表现得不错，以你的智慧不用惧怕任何人。"

"我那叫小聪明，碰巧了。"

朴天恒严肃地对他说："你的先辈或许没有你的小聪明，但他们用了最简单的方法去处理问题，就是冲上去。陆子成知道很难以一挡十，陆丰武知道无法抵挡日本大军，他们能做的就是冲上去。其实你们前几天的内部讨论会的纪要我看过了，我觉得你信心不足。"

常晴惊诧地问："我们的会议纪要？我们这边有您的卧底？"

朴天恒笑了："没啥奇怪的，常云啸也在天恒集团中安插了卧底，等你知道的那一天一定会大吃一惊。"

"谁呀？"陆军号赶紧问。

"既然是卧底，能随便告诉你名字吗？那不是把人家给暴露了？"朴天恒笑着答道。

陆军号心里一阵嘀咕，这个朴天恒真够有意思的。明知道自己公司里有别人安排的卧底，还来个守口如瓶，这胳膊肘到底往哪边拐的？

"我看你眼里充满疑惑，你是不是想问，一边是天恒集团，一边是金链组织，我更希望哪一边能赢？"

"这个……"

看陆军号不好回答，常晴直接问："听您这口气，似乎是想让陆军号赢？"陆军号也点点头表示同意常晴的看法。

"的确是这样。"朴天恒答。

"为什么？"

"因为我是中国人。来，干杯。"

"你觉得他可信吗？"

常晴摇摇头："越是贴近你，越是值得怀疑。"

陆军号沉思片刻说："你现在挤在我的房间里看电视，这很值得怀疑，你怎么不回自己屋看去？"

"嘿。"常晴咬着牙，怒目地瞪着他，"别不知好歹啊，我怕你一个人闲得没事干。"忽然她又换了一副笑嘻嘻的表情，装着嗲嗲的声音，"小军哥哥，今晚要不要妹妹陪啊？"

"哇，鸡皮疙瘩掉了一地。"

"谁稀罕陪你啊，走了。"说着站起来假装忿忿地走了，到了门口甩了一句，"明早叫我吃饭啊，别光自己偷吃。"

听着隔壁的房门"嘭"的一声关上，他自己笑了。他也发现了，最近自己的笑容多了，来自这个古灵精怪的小丫头。常晴对他的感觉他不是不知道，他不是傻瓜也算是过来人，但他总是想疏远一些，一来总觉得常晴还是个小女孩；二来她是常云啸的女儿，因为敬畏所以不敢有非分之想的；第三就是唐雁。

第二十三章　这就是战争

这一宿陆军号几乎没睡着。前半夜在想人，常晴、唐雁、常云啸、朴天恒、杨威，躺在床上满脑子翻腾着这些人。下半夜在想事，金融危机、虎头玉佩、香港市场、内地市场、宣传媒体，天啊，白白浪费了这么舒适的酒店。大概四五点钟才睡着，六点多又醒了。发会儿呆索性起来去酒店游泳池游泳。

到了游泳池竟然看见了朴天恒。偌大的一个游泳池只有他一个人，岸上站了一个保镖和一个用人。他下意识地想退出去，但朴天恒已经看到他了。

"你也有早上游泳的习惯？"

"不不，仅仅是偶然。"陆军号只好走到游泳池边，"很久没游泳了，昨天没有时间，今天下午要回去，想抓紧时间。"

"那来吧，一起。"

两人畅游了一阵上岸坐在躺椅上休息，用人端上两杯热牛奶。

"昨晚没睡好？"

"您怎么知道？"

"看眼神。"

陆军号笑了："您的这种敏锐和智慧实在是让人敬佩，可以给我讲讲您自己吗？我很好奇您的人生经历。以前在您公司里做下属，他们把您说得很传奇。"

"传奇？他们说什么？"

"他们……"

"说我是黑社会。"

"呵呵，差不多吧，您知道？"

"你不是说我敏锐吗？"

陆军号又笑。他有时候在想，如果有一天发现朴天恒真的是敌非友，即便是输了大概也心安理得。

朴天恒向后摆摆手，保镖和用人都退下去了，看来他并不想让更多的人知道他的过去。之后他慢慢地讲起了他自己的故事：

他也是东北人，小时候家里很富有，后来父亲赌博输光全部家当，搞得妻离子散。他十岁就流落街头行乞，后来被一家好心的穷人家收留，长大后也就娶了这家的姑娘算是上门女婿。结婚的时候刚刚改革开放，有做买卖的了，"文革"的时候管这叫资本主义尾巴或投机倒把，没人敢做。这一开放，大家都争先恐后，抢地盘抢市场就成了当时的一股风潮。他叫了几个游手好闲的哥们儿抢地盘，结果失手杀了人，他跑回家跟妻子打了个招呼拿了两件衣服就上了火车，逃往南方。这一路南下就到了广州，先开始在火车站抢生意，后来在五仙桥一带打小工，实际是走私香烟。改革开放后，这里慢慢成为了假烟的窝点，几年工夫就成了假烟集散地，号称"闽为源，粤为脉"，意思是假烟行当中福建是源头，广东是命脉。揭阳、汕头、珠三角、中山、佛山等地的假烟，基本上都以广州五仙桥为集散地的。

"当时各地运来的都是半成品，行内叫白条，我们进行包装。那阵势，那规模，民间管五仙桥都叫广州第三卷烟厂。我就在那里发了财，我想有点钱了回家看看她。"

"您是说您夫人？"

"是啊，我给她写过一次信，她也回我了，说轻易不要联系，政府还在找我。当时闹得太凶了，抢地盘靠的还是武力，出了不少人命，政府是要抓人的。后来我就不敢联系了，怕连累了她。后来我重新做了身份证、户口本，打算回家，就在要走的时候出事了。"

那是一次三省联合行动，五仙桥几乎被掀了个底朝天。实际上这些烟贩子跟上面都有密切的利益关系，一般的突击行动，他们早就得到消息了，提早关了店门也就万事大吉了。谁知道这次居然是先派了十几个卧底在五仙桥摸清了门户，等大队人马到了直接破门而入。大量还没有来得及发货的假烟被查封，朴天恒也因制造假烟，数量巨大，入狱两年，没收全部非法所得。

"等我两年后从监狱出来再回到老家，什么都没有了，村子都搬迁了，有人说我老婆已经死了。我举目无亲，索性又回到广州，经一个朋友介绍认识了一个台湾人，跟着他做地下放贷，后来在股市中弄了证券咨询公司，再后来被另外一家台湾公司吞并了，成立了天恒公司。"

"发展到今天就是天恒集团了。其间我花钱托关系绕着东三省打听我老婆的下落，可惜石沉大海。一次舞会上我认识了杨威他妈，后来杨威就成了我的干儿子。也就是这了，你说这算什么传奇啊，混混的一生罢了。"

"这都是宝贵的经历，是财富。"陆军号赶紧说。高级人物总会自谦，而他自谦的时候如果你真的按照他的方向帮他谦下去，可不会有什么好的结果，一定要帮他再拔上来。既然朴天恒谈到了杨威，不如就此机会试探一下他与杨威的关系。"跟您聊了几次，我觉得您很少提到杨威，是因为杨威抢了您的位置？"

朴天恒大笑，"第一呢，一个杨威就能抢了我的位置，我不是真的白混了吗？第二，"他把脸往这边凑凑，"你其实想衡量一下我的友好程度吧？"

陆军号哭笑不得："这天没法聊了，什么都让您看出来了，我还聊什么啊，干脆我回去了。"

"别别，再聊会儿，我挺喜欢跟你聊天的，或许咱们可以成为无话不聊的朋友，所以以后我希望你有话就直说，不用拐弯抹角。言归正传，区区一个杨威其实兴不起什么风浪。重要的是……"朴天恒看陆军号。

"背后的人？"

"是的。天恒集团推动市场，惯用的手法是信息在前造声势，资金在后做动力，与其说它是资金推动，不如说它是信息推动，俗话说统一思想好做事嘛。所以天恒集团在各种传媒方式上都下了很大的功夫，可以说报刊、电视、网络等无孔不入。对这个庞大的宣传系统，我一直都引以为豪。当然自有资金的实力也不逊色，这些年又网罗了不少大资金，有个人也有机构，很多是死心塌地地跟着天恒的。我打造了这样一个金融帝国，正在沾沾自喜，台湾股东忽然开始发难了，后来我发现背后还有美国人。"

"以您的实力对抗不了吗？"

"你是不是觉得我太轻易地就离开公司了？这里有股权的问题，也有我的问题。我仔细调查后发现，背后的美国人实力相当大，是一个利益集团，我只能跟你说他们甚至可以要挟美联储。他们在暗中推动了天恒集团的发展，那是存有野心的，他们想利用天恒集团在中国资本市场安插一颗钉子，再在必要的时候给中国重重的一击。这个利益集团掌控着世界经济的多条命脉，设计一个又一个的国际游戏，中东战争、欧洲危机、亚洲危机他们都是始作俑者。每次游戏的结果都是榨取对手的财富。我茫然了，这么多年的心血培养的竟然是个毒瘤，是颗癌细胞。所以……"朴天恒顿了顿，"我选择了逃避，辞去董事长退出董事会，打算去做闲云野鹤。"

"他们就启用了杨威。"

"是的，因为杨威太唯利是图。"

"人为财死，鸟为食亡。"

"说得没错。天恒集团参与的大小金融战也不少，的确也都为个利字。但不管谁赢谁输挣了谁的钱，我认为都是中国人自己的事情，轮不上外国人进来掺和。"

"这有什么区别吗？"

"当然有区别。和珅贪污十亿白银不用怕，因为这些财物还留存在中国的土地上，嘉庆一条白绫不就换回来十几年财政？而现在很多贪官的钱都流向了海外，人民辛辛苦苦创造的GDP被白白送给了美国、日本，那就拿不回来了。"

"您不想外国人赚中国人的钱。"

朴天恒不说话，重新喝茶。他的态度让陆军号心中暗喜，就凭朴天恒的这种民族自尊的精神，至少不会成为敌人。那么能不能成为朋友呢？

"您有没有兴趣和常云啸常先生一起聊聊，虽然他现在在医院，但我相信很快会好起来的。"

朴天恒摇摇头："原本我们就不是一路人，又何必走到一起。对了大青去了五台山，估计也应该有好消息了，希望能尽早找到仙草。"

陆军号见他岔开话题，也就不再多说，聊了一会儿九寨沟的风景和天气，便告辞离开了。刚出电梯抬头就撞上了急冲冲过来的常晴。

一见面常晴就没好气："自私鬼，跟你说了早上叫我吃饭，你自己去偷吃了吧。"

"没有，我去游泳了，你看头发湿的都没来得及吹，怕你饿到赶紧回来叫你吃饭。"

"这还差不多。"常晴脸上笑笑的。

二人吃完饭收拾收拾，向朴天恒告辞，返回成都。刚到机场就收到了好消息，大青从五台山回来并带了草药，虽然不是曦舞，但可以缓解夜魅之毒。常云啸的低烧已经退了，可以坐起来聊天了，只是反应迟缓。

二人兴高采烈地赶到医院，林晓雨、狼叔、大青都在，正陪着常云啸说话。见他们进来，常云啸更是一脸笑容，常晴冲过去一头扑在他怀里高兴得哭了，哭了一会儿又嘻嘻地笑起来。几个人心情都好得很，常云啸很惊讶的是自己居然在这里躺了快两个月，所以一一了解了最近一段时间发生的事情。听完陆军号解救香港金融市场的经过，他竖了竖拇指。

陆军号反倒不好意思了："其实这点招数还不是您十几年前在香港金融危机的时候用的，我只是照搬旧法而已。"

说话间竿狼接了一个电话，忽然大惊失色"啊"了一声，大家都转脸看他。挂了电话，他看着常云啸："贝普斯顿倒闭了。"

陆军号也"啊"了一声。

常云啸看着他俩："贝普斯顿，这个名字怎么这么熟，是……"

"是华尔街第五大投行啊，常老大你，你不会是烧糊涂了吧？"竿狼有点着急。

"第五大投行，我应该熟悉啊，怎么大脑中这么不清晰呢，难道中毒影响了我的记忆？"

大家这才反应过来，夜魅的毒性会影响记忆。

林晓雨焦急地说："我去找医生。"常云啸刚想说什么，她已经出门了。

"哎呀，医生一来又要让我躺着，我可不想躺着。不管她了，赶紧说一下情况。"

"贝普斯顿旗下两只对冲基金被大量赎回，共计170亿美元，距离破产只差一步了，总裁斯佩克已经辞职，并称美国信贷市场呈现20年来最差状态，这又引发了全球股市的大跌。"

"大量赎回？为什么？我怎么还是对不上呢？"常云啸有点急了。

竿狼看看陆军号，陆军号看常晴，大家都不知道说什么好。

常晴轻咳了一下："爸别着急，这段资料在我大脑中有储存，我重新给您讲一下这个事情的来龙去脉。"

"好，你讲。"

"美国头几年一直实行货币宽松政策，连续降息25次，资金开始推动房地产价格上涨。与此同时美国一些房屋信贷机构降低了贷款门槛，可以让低信用级别的人无担保无首付的购房，之后坐等房价上涨。IMF统计这类低信用房贷占美国整个房贷市场的14.1%，大约在1.5万亿。而从去年开始美联储又连续17次加息，利率从1%升到5.25%，房地产泡沫开始破灭。"

"次贷危机。"常云啸好像想起来一些，"你继续说。"

"没错，就是次贷危机。次贷原本威胁不大，美国去年的GDP是15万亿，完全可以掩盖次贷规模，但糟糕的是经过资产证券化后次贷被超级放大，无信用人的抵押贷款创造了1.5万亿的信用泡沫，之后创造了2万亿的资产证券化产品、1.4万亿的债券抵押凭证的结构化产品、1万亿的信用违约互换产品。而为了这些证券的高评级，债券保险公司又产生了2.4万亿的担保产品，近万亿的信用卡证券化产品、汽车消费贷款证券化产品。这些产品泡沫在市场的疯狂追捧下又产生了价格泡沫，几乎是美国4.3万亿美元国债的两倍。"

"在利率上涨的情况下，地产价格的泡沫会先破灭，之后所有衍生品的价值评估就都成了废纸。"常云啸思考着，"这样大量金融机构会损失，所以贝普斯顿就倒闭了。"

"是的，这些次级债分布在各类金融机构中，银行、资产管理公司、对冲基金、保险公司、养老基金，属银行持有最多。"

"你再帮我回忆一下贝普斯顿。"

"贝普斯顿成立于1923年，是华尔街第五大投资银行，85年来只有两年亏损记录，去年底公司股票市值170亿美元。其实是欧洲银行最先发现它流动性不足的，在三月份已经停止与它交易。上周更多的负面消息出来，有股票交易员开始大量提现。我知道的最新信息是，总裁斯佩克曾向美联储求助。再后来的消息就是刚才听狼叔说宣布破产了。"

陆军号惊讶地看着常晴。早就听说这个丫头有一个功能——超强记忆，万万没想到如此厉害，时间、数字都记得清清楚楚，难怪她在金链组织中搞信息调查，这简直就是电脑啊。

常云啸想了想，问竿狼："香港股市怎样？"

"大跌，空方回扑。"

"常晴，帮我找近期的国家内参，政治、经济、军事三方面的。第五大投行倒闭不是那么简单的事。美联储不傻，一年17次升息谁都知道要出问题，但美国不会无缘无故自己断臂，它必定在寻求更大的利益，这个利益肯定不是用钱来衡量的，应该是世界地位。体现在金融市场上，必定是一场风波。"

正说着，林晓雨带着医生和护士长进来。护士长一进来就一脸严肃："怎么这么多人啊，病人不需要休息吗？"

几个人彼此看看忽然笑了，算是从刚才的沉闷中解脱出来。大青跟常云啸告别，说去九寨沟见朴天恒后再去五台山。狼叔、陆军号和常晴都被护士长轰了出来。临出门常云啸还不忘提醒常晴一定找资料来。

美国方面的危机气氛在蔓延，华尔街陷入混乱。贝普斯顿的倒下让美国次贷这个原本走在钢丝绳上的把戏，忽然失去了平衡，左摇右晃跌跌跄跄。冰冻三尺非一日之寒，美国的这场危机已经酝酿许久，只是把引爆的时间选择得非常好。这些年中国经济高速增长主要来自三驾马车，进出口、消费、投资。进出口贸易连续多年顺差，这让美国心情不爽。

与此同时，欧盟的欧元也在兴风作浪。美国在"二战"之后用黄金兑美元，奠定了美元地位，之后就用美元绑架了石油，使得国际大宗商品交易都以美元结算，也使得美国大宗交易市场在世界上占有至高的地位。但随着全球经济的变化，大国们逐步从第二产业走向第三产业，一个巨大的遗留问题摆在了面前：大气污染。为追求工业化的快速发展，不惜牺牲环境，牺牲生命。当年有部影片叫《雾都孤儿》，现在看来应该叫《雾霾孤儿》。于是大国们提出了一个新的概念，碳排放，并且设计了交易品种。美国对这个概念非常赞同，因为这个概念可以抑制中国的快速发展，中国也是大力发展工业的同时严重毁坏了环境，拿碳排放说事，中国就会降低GDP的发展速度。然而让美国窝火的是，碳排放交易所设立在欧洲而不在美国，因此以欧元结算，将美元踢到了一边。面对如此庞大的利益，美国却只能舔舔嘴唇，这显然不符合美国的性格。

美国一定要同时按倒中国和欧盟，至于俄罗斯嘛，美国已经不担心，当年苏联和平解体就已经除去了美国的心头大患。现在它首要面对的是中国和欧盟。

通过控制碳排放可以压制中国的投资速度，通过贸易战可以压制中国的进出口顺差；再通过制造埃及、意大利等国的危机压制欧盟区的发展，这些动作遭到了顽强的抵抗。当中国不再追求贸易顺差的时候发现贸易合作国反而是增多了，中国相继推出了"三农""新农村建设"等利农方针政策，投资转向农村基础建设、城市间交通，之后激发农村消费能力。而欧洲也积极面对各国的危机，没有国家选择退出欧盟，在关键时刻中国还伸出援助之手。因为中国非常清楚唇亡齿寒的道理，与其凭借一己之力对付美国，不如再拉上一个让美国头疼的对手。

此时，美国不得不出招了。中国要想激发农村消费，没有五年的预热期是不可能完成的，一旦完成，中国就具备了从第二产业转向第三产业的资金和能力，那个时候碳排放的概念也压不住中国了。所以一定要尽快出招，抢在 "新农村建设"全面展开之前打乱中国发展的节奏。

次贷，是最好的一个导火索，将次贷搞成危机，又容易又迅速，这个冲击波一定会传导到东南亚、中国和欧洲。所以贝普斯顿这颗棋子一定要倒下，换取的是美国更大的利益。

看过资料后，常云啸认为这次危机是有备而来的，用他的话说，一场战争即将开始。

果真不出所料，贝普斯顿倒闭的阴影快速蔓延，日本股市反应最快，跟随下跌，日经指数又直接影响到了整个东南亚的其他国家股市，香港地区股市也不例外。

常云啸要求，只要中国股市不大幅下跌即可，金链计划的资金可以跟随全球市场寻找获利机会。

金链组织原本在各大洲都有基金，它们在大宗商品、外汇、各国指数之间多方位的博弈，取得了不错的战果。但同时由于东南亚各国相继出现危机，各国证券市场出现了连续下跌，经济衰退，购买力减弱，美国趁机悄然开启了"重返东南亚"的计划，从政治、经济上加大对东南亚的影响。

"美国演了一场戏，牺牲一个赢得全局，打乱了欧盟的发展步伐，同时孤立中国的世界地位，真是好棋。"常云啸叹息。

"这样做更像是温水煮青蛙，股市下跌不快，但杀伤力不小。"竿狼说。

"这是要削弱中国的消费。进出口有贸易战，投资有碳排放，现在再击垮经济前景的信心，就可以抑制消费，老美还真有一套。"常云啸看看陆军号，"有什么好想法？"

陆军号耸耸肩，表示无奈。

"这样下去我们有点被动，需要赶紧想出对策。"常云啸看似自言自语。

晚上约了常晴和方强去老码头火锅店。说起火锅还真的要数四川的地道，味浓，够辣。人们说"吃在中国味在四川"，这个让人安逸而舒适的天府之国遍地都是美味。四川的饭馆老板很多不愿意做大做强，或许也不是不愿意，只是没往那边想，因为他们实在是太追求安逸了。所以路边的很多小馆的味道非常好，但一直都还这么小，大家亲切地把这些小店称为"苍蝇馆子"，意思是说馆子很小，卫生也别讲究，但是味道很好。

老码头火锅在成都很出名，每天到了吃饭的点必定排号。他们等了四十多分钟才排上号，坐下点完菜，陆军号老远看到了两个人，这两个人也看到了他。

杨威和吴尚白。

陆军号起身走了过去，这一举动倒让杨威有点慌神，他看看吴尚白，吴尚白看看他，当他们的脸转回来的时候都挤出了笑容。

"你们很熟啊，一块儿来成都玩。"

"刚认识。"

没想到杨威也有紧张得扯谎的时候。

"来坐，一起喝一杯。"吴尚白在一旁也赶紧附和着。

陆军号拉了把凳子坐下来："你紧张啥，你们两个早就认识，过去这么久了，不就这点事吗？"

吴尚白赶紧倒上一杯酒："过去的事不提，我敬你一杯。"

杨威这才恢复了正常语气："这么巧啊，咱们真的算是有缘。"

"说来还真是，山不转水转，总能碰到一起。来，为缘分喝一个。"陆军号一饮而尽。

"这次你们金链组织的基金应该挣了不少吧？"杨威问。

"应该还行吧，我也不知道。"

"你也是，都别装了。金链组织背后藏着至少三十家看似私募的基金，分布在世界各地，一群高手，在这样的市场中能少赚了？"

"你是高估我了，我不是基金经理，我只是一个办事员，不比你是老板。美国金融正在动荡，你的美国老板没受影响？我看了天恒的报表，最近很漂亮，我看到你们也在做空美国股市，这也是你们老板的意思？"

"谁不需要赚钱啊，美国佬也一样。堤内损失堤外补，他们才不会吃亏呢。"

"发国难财的好机会。"

杨威笑了："你可能是太低估我背后的这群美国佬。我提示一下吧，他们不是在发国难财，简直就是在控制国难财。这次贝普斯顿倒下，你看看谁接的盘子，从一百多美元一股到最后清盘才用多长时间，而最后的收购价格只有三美元。为什么欧洲和韩国的银行撤出收购了，其实不是没有实力，而是美国自己要重新洗牌，肥水不流外人田。"

陆军号一惊："莫非你老板是摩通？"

杨威咧嘴乐："你说我能输吗？整个金融大洗牌，都在掌控之中啊。"

"摩通倒是政治经济的代言人，洗下牌，把几十年的金融企业搞倒，的确霸道。"

"我多提示一句吧，或许真的有一天在市场上咱们会见面。现在让你提前知道了我们的实力，到时候这个竞技活动更有意思。别跟我说你认为仅仅是为了美国本土洗牌？"

陆军号知道在杨威面前没必要装傻："无非意在中国和欧盟呗。"

杨威点点头："美国本土就是做个样子，关掉一个贝普斯顿不是什么事，而这个引子却引发了欧洲和亚洲的股市下跌，投资和消费迅速缩减，弃卒保车的招数。”

“自残一指伤敌十指，高招，再喝一个。”

“而且这一指原本就是坏死的，早该切除的，来干杯。”

“美国人玩金融这么多年，还是有点手段的。”吴尚白也举起了酒杯。

“听说常云啸好了？”杨威问。

陆军号瞪他：“怎么，你想再搞一次？”

“跟你说了多少次了，那三个人早就不是我的人了。再怎么的我也算是个玩金融的，要耍咱们在市场上比高低，没必要搞这种掉脑袋的手段。在美国佬面前我也仅仅是个打工的，没必要玩命。”

陆军号看看他，不像是说假话：“什么时候这么低调了，你也给别人打工了。”

“你也就挖苦挖苦我，不过没关系，干杯。”杨威酒量一般，舌头已经大了，“不过我还跟你说，美国佬不会轻易收手的，压制俄罗斯、压制日本、压制欧洲，现在是压制中国。每压低一个GDP，就是两百多万人的失业，中国经济还怎么增长。压住两年，再看看。”

这次谈话收获不小，一是知道了天恒集团背后的美国人，竟然是摩通；二是证实了常云啸的看法，金融大战即将开始；三是知道了这些美国佬的策略，牺牲一个贝普斯顿要慢慢拖垮全球经济。

见陆军号低头思索，杨威赶紧说：“我还是老话，如果有一天你愿意来帮我，咱们哥俩儿必定飞黄腾达，干出一番事业。在我这里，你怎么也是个基金总监啊。”

“我可没兴趣听美国佬摆布，回头坑害的还是中国人。”

“你还真以为你是定海神针呢，有你没你，国家照样发展，人民照样生活，该行就行，该不行就不行，那叫规律，关你什么事。这次是两大经济体，或多个经济体的较量，这就是战争，是咱们这些有智慧的人建功立业的时候，站对了队可以事半功倍。咱们都是恒河里一颗沙粒，发发小财混口饭吃，证明一下自己的存在，不就完了。别老搞得跟爱国人士似的。”

“我还真的就是爱国人士。”

“得得得，咱不说这个，喝酒。”

　　三个人你来我往倒是喝得热闹，只可惜是心猿意马同床异梦啊。那边可是等坏了常晴。

　　"喂，你别玩游戏了，都饿死了。"常晴说方强。

　　"我说不来吧，你们非叫我来，跟个大灯泡似的。饿着肚子等人不说，还不让玩游戏了。那你说怎么着？"

　　"哪那么多废话。那俩人谁啊，陆军号就跑过去跟人家喝酒去了，要不你去叫他一声。"

　　"你咋不去？"

　　"我一个女孩子家，又不认识人家，跑去干啥？"

　　方强扑哧一声喷笑出来："你发音有点错误，不是女孩子是女汉子。"

　　"我踹你信不信？"

　　"别，我去叫他还不行？"方强假装去上厕所，走过去晃了晃，奔厕所去了。

　　陆军号看到了，回头望望常晴。

　　吴尚白关心地问："女朋友等急了吧？"

　　陆军号抬眼看杨威。

　　杨威眨眨眼说："别向我打听她的消息，她真的在国外。"

　　"如果让我知道你骗我，我跟你没完。"

　　"赶紧过去吧。"杨威点点头。

　　陆军号起身回去了。

　　吴尚白轻声问："你们说谁啊？"

　　"不关你的事。"杨威瞪他。

　　刚一落座，常晴就问："这俩人谁啊，你好像并不高兴。"

　　"北京认识的老朋友，居然跑成都碰上了，没事，等方强回来赶紧吃吧。我来下肉。"不能告诉她那人就是杨威，不然她非得举着汤盆冲上去。他赶紧弄菜，心里却一直在重复一句话：这就是战争。

第二十四章　乱

陆军号将与杨威的对话跟常云啸复述了一遍，常云啸陷入了沉思，忽然觉得头疼。医生赶来后把几个人轰了出来。

常晴恨得咬牙切齿："你当时就应该告诉我那就是杨威，我非上去踹翻他。"

"我就怕你这样。他不是说了嘛，不是他干的。"

"你信？"

"杨威虽然卑鄙阴险，但还真的不至于杀人越货。朴天恒不是也这么说吗？"

"这都不重要了。"狼叔打断他们，"重要的是下一步我们应该怎么办。美国利用一个贝普斯顿拖全球下水，东南亚股市带动香港股市，再传到内地股市，虽然没有出现暴跌，但也已经持续萎靡不振。可是如果我们贸然做多，与世界经济背道，就要动用巨大的资金，资金压力先不说，还不一定就能成功，一旦资金链断裂整个金链组织就很危险。"

"这个时候跟随做空才是最挣钱的。"陆军号有时候也在想，金链计划的各种行动算是投资吗？如果是投资，就不应该考虑那么多因素，只要挣钱就是最大的胜利。这种超越投资本身的操作，显然不是顺应经济的发展，那么是阻碍发展吗？经济的周期性发展，本身就是推动经济向前的动力，在前进的道路上，落后的经济运行体就应该被淘汰，同时诞生新的运行体、新的行业、新的盈利模式。那么金链计划是个错误吗？如果还给市场自由，又会是怎样一个情景呢？美国会不会真的操纵整个世界经济，那么美国的做法又是什么呢，是顺应了经济发展还是阻碍了经济的发展？

陆军号在家里思考了一天，并没有思考金链组织下一步如何应对，反倒是在思考它存在的必要性。成都又进入了牛毛细雨的季节，雨不大但总是稀稀拉拉的下着，不用打雨伞但又总是被打湿。思考没有结果，陆军号在屋子里东一下西一下地收拾着，收拾到衣柜的时候他看到了锦囊。

"锦囊啊锦囊，告诉我点什么吧。"他自言自语地说着把锦囊打开。

这已经不是他第一次打开锦囊了，每次打开都没有任何收获。里面用白色丝绸卷了很多层，每次都要一层层转开丝绸，里面还有一个纸卷，也有很多层，需要继续耐心地转纸卷。纸卷内有图案，转很多圈后第一个纸卷剥落，里面还有一个纸卷。第二张纸卷没有图案。桑格措钦活佛说有两个锦囊，大概说的就是这两个纸卷。他再一次将两个纸卷铺平，仔细观察。第一张纸上画了很多线，弯的直的长的短的粗的细的。他翻过来调过去地看了半天，还是没有看出什么规律。第二张纸上干脆没东西，是白纸。

他想了想，给方强打了个电话："我这里有一张图，大概标明的是某一种逻辑关系，你能帮我分析一下它其中的规律吗？"

"你发过来吧，我看看。"

陆军号照了照片发过去，一个小时后方强回了电话，说利用逻辑分析软件进行了五千次运算，但没有找到任何规律，这不像是一个逻辑问题，更像是随笔乱画。

随笔乱画？活佛给了我一张随笔乱画的图？这不是天大的玩笑吗？完全不可能，要不就是拿错了？他拿起第二张纸，借着灯光使劲看，依然让人失望。前面那张纸还算是画了些道子，这张干脆什么也没有，白纸一张。

陆军号忽然觉得想笑，还真不如最后里面写个"挠挠"呢。难道是因为我没听话，没到该打开的时候就打开了，所以像老胶卷一样曝光了？如果锦囊真的就是这样的，那活佛想让我明白什么呢？佛教为什么总是需要别人去悟，直接说不好吗？这下原本就烦躁的心更加混乱了。

医生说常先生的毒越来越不好压制，大青送来的草药也快用完了，病情在恶化，记忆力衰退较快。"生命体征暂时可以维持，但很可能会先痴呆。"

几个人都无语。林晓雨嘴角抽动了两下，还是露出个笑容："没事，大家就当没事吧，别让他知道了着急。"

其他人点点头。

"我再给大青去个电话，还是要尽快找到曦舞。"

其他人又点点头。

"进去的时候打起精神。"

大家彼此看看，算是给一个鼓励。

常云啸靠在床头，看上去精神还算不错。见他们进来，赶紧招呼大家坐。

"这个就是桑格措钦活佛给的两个锦囊，我完全没看懂。"陆军号拿出了锦囊递给常云啸，给大家讲了塔公寺的故事。

常云啸把锦囊打开，边听陆军号讲边仔细端详，然后传给竿狼，大家传看了一圈，最后又传回到常云啸手里。

"大家看出什么了？"

"我让方强用计算机做了分析，但没有看到任何规律。"陆军号有点无奈。

"我没看出什么，这乱七八糟嘛。"竿狼说。

常云啸深呼一口气，点点头说："原来一灯大师的墓是这个意思。"

"你看出什么了？"竿狼问。

"记得一灯大师的墓碑吧，跟这第一个锦囊不是同出一辙吗？"

竿狼接过去看了又看："的确，都是隐隐约约有但又没有，拼不出个什么来。哎，你别笑嘛，看出来就说说呗，别卖关子。"

"大家闭上眼，想象出一灯大师的墓碑，将这个锦囊贴上去，你们能感觉到什么？"

常晴闭着眼说："无从下手。"

"我干脆就贴不上去。"竿狼说。

"一片混乱。难道……"陆军号猛地睁开眼说，"难道两位大师说的就是一个乱？"

常云啸开心地笑了："你怎么理解？"

"这个……"陆军号还有点懵，"要不先问问狼叔的？"

"真让人着急，让你说你就快点说吧。"竿狼直着急。

"没事，你大胆地说。"常云啸鼓励。

"我，我是在想，能不能打乱对手的节奏，美国想断一指拖垮大家，咱们就过去断它十指，让它自乱阵脚，无力插手他国经济。"

"太好了，"常云啸高兴得差点从床上蹦下来，"我也是这么想的，不能按它们的套路和节奏走，你继续说。"

这一声赞扬像是激活了陆军号的脑细胞，他脑海中一闪，一条思路涌现而出。"它靠自残一个贝普斯顿造成全球金融紧张，既完成国内金融大鳄的洗牌，又挟制了全球经济发展速度，的确是高招。那么咱们就让它残得更厉害，让它彻底残废。"他看看常云啸，他正对他微微点头表示赞同，这下他更来劲了，"整个次贷危机中不可能只有一个贝普斯顿出现了漏洞，必定有第二个第三个，只是没有显露出来，我们挖出它们的漏洞弄垮它们，趁机做空美国市场还能壮大金链组织的资金。一旦漏洞一个接一个地暴露，美国股市必定快速大跌，美联储就坐不稳了，一定会出手帮助金融大鳄，全球经济的连续下滑反而会被扼制。"

"我们怎么让漏洞暴露出来？"竿狼问。

"这好办，向天恒集团学习，利用信息。"陆军号坚定地说，"我相信这个时候，华尔街的几大投行没有一个流动性完美的，只要几个投资报告就能引起市场躁动，一旦挤兑谁都抵挡不住。"

"我们甚至可以做出收购动作，一方面打击它们的信心和价格，另一方面分享美联储救市的红利。"常云啸高兴地说。

"这事有点意思，我汇报一下沈先生，他一定感兴趣。"竿狼说。

"我看就从它们那个，那个什么哥俩公司。到嘴边想不起来了，那个投行公司，什么兄弟来着。"

"莱姆兄弟，美国第四大投行。"常晴说。

"对，就是莱姆兄弟。我很赞同陆军号的'乱'字。"

这倒搞得陆军号脸红了，想了想这或许应该归功于那个锦囊吧，谁让它是随笔乱画呢，那咱就信口乱说吧，这也算是歪打正着，当自己把话说出来的时候，一切似乎就不乱了。或许……难道说，活佛就是要告诉我一个"乱"字，打乱对手节奏和阵营，自己就不乱了，乱中取静，以静制动，再转成先手牵动对手……高啊。

"那锦囊二呢？"陆军号问。

"你多去一灯大师的墓看看吧，已经有解了。"

两天后，竿狼一早就接上了陆军号直奔青城山基地，路上竿狼介绍了当前的情况。沈先生看过方案之后说了两句话，第一句是异想天开，第二句是未必不行。经过两天的研究，已经同意了行动方案。同时迅速部署了一些工作：三天之后会有两个中国投资公司到达华尔街听候金链组织的指令；媒体方面已经联系了美国三个主流媒体和二十几个二线媒体，在欧洲和亚洲还有媒体布局，随时等候信息报道；金链组织的海外基金已经做好操作准备。

"与常老大商量过了，这次方案执行，你做总策划，我做总指挥。"

"我做总策划？"

"是的，就是你。这个角色以前是常老大的，但他现在的状态谁都明白。"

"这么大的事情，一旦出错后果不堪设想，我只做个参谋就好了，还是您做总策划吧。"

"常老大看上你的就是你的指挥策划能力。你指挥百亿资金撬动股市的时候没见你含糊啊。"

"怎么还提起这个事了，我……"

"为什么不提呢？今天早上的报纸你看了吗？"

"还没来得及。"

"乌龙指的四个执行人，山西分行行长李军、太阳证券总裁李哲、太阳期货总裁范文轩、山西金融联合会会长张广成，已经被立案。你说的那个大哥叫方旗，职务暂时不便透露，在逃。就缺一个总策划呢。"

陆军号尴尬地看着竿狼："您不会……"

"保不准哦。能当好乌龙指总策划，却不能为国家出点力，那保你做什么，你以为你不在册？"

"您别吓唬我啊。"

"吓唬你？做还是不做，别婆婆妈妈的。"

"好好好，怕您了不成。我来做总策划。"

两人不再多说，一路到了青城山后山。

下车前陆军号忽然问："我可不可以知道当年是谁泄的密，你们从谁手上拿到的时间表？"

"组织机密，到你可以知道的那天，自然就知道了。"

陆军号不再多问。

进了会议大厅，发现这里已经被改造，电脑屏幕墙已经搭好，各种数据正在上面跳跃着，会议厅的一角布置得像一个信息发送中心，一堆电脑中间看到了方强和常晴。

"你们也到了。"

"咱们是一组的嘛，"方强从电脑堆里站起来，手里还拿着螺丝刀，"听说这次你是总策划，我五点多就到了，为你布置一个战场。"

"谢谢，很壮观。"

"这是咱们组接到的最上档次的一次任务，看你的了。"常晴给他打气。

"努力。"陆军号点头，"咱们需要这么多设备吗？看上去很复杂。"

"你别忘记了方强是最强的黑客，你所有需要的信息采集、汇总、系统分析，甚至你能想象到的黑客攻击、干扰、跟踪定位等等，他和几个兄弟统统可以搞定。"

"这些仪器必不可少。"方强甩甩半长的头发，"你就放心吧，只要你有想法，我们技术就没有实现不了的。"

"大家精诚合作。"

"来我带你转转。"常晴拉着陆军号往里走。

"这个幕墙一共是四十块屏幕，可以调出全国各个交易市场的情况，可以分屏显示，也可以合成一块大屏。这里是会议系统，连接咱们组织的各个基金、私募、投资公司，这是呼叫台，各单位名字都写在这。这里是你一个人的休息室，总策划。"

"别闹。"

"真的是你一个人的，总策划需要冥思。我爸说的。"

"你需要的所有资料和情报调查，以及关联程度，都是我和我的人来弄的。尽管相信我的能力。"

"超级电脑？"

　　常晴笑嘻嘻地说："新来的小同志，今天你看到的工作人员除了你是新人以外，都是金链组织中的老人，都身怀绝技，我这点能力不算什么。这次狼叔把几个组合并在一起，调集的全是高手。可见这一仗非同小可。"

　　陆军号四下看去，这些人各自忙碌着，如果走在大街上都是普通人，不会有丁点能够引起别人注意的地方，但就是这些人为着某个信念在拼搏着。他看看跟大家一起忙碌的狼叔，狼叔也抬头看到了他，并冲他微微点点头。

　　"你帮我准备一块白板。"

　　常晴忽然笑了："你怎么跟我爸一样，策划的时候需要白板，不过一块肯定不够，他一画经常就是十几块。"

　　"对啊，革命传统不能丢。"

　　午饭前，指挥大厅布置完毕，信息系统的调试完成。别墅区有食堂，大家去吃饭，只有陆军号还在休息室里。

　　竿狼敲门进去。

　　这个休息室很特别，屋子很大但很空旷，中间摆了一把竹椅，边上是竹桌，上面有茶具，左右两边种了竹林，对面墙上有流水。水从墙的上半部分的石缝中渗出来，到下面已经汇集成流，进入水池，水池有弯曲的支流蜿蜒着伸向房间的各个角落。屋顶是一块玻璃，阳光直接照射进来，铺在竹椅上。

　　陆军号坐在竹椅里，望着墙上的水流发呆。

　　"吃饭了。"竿狼在他身边坐下，也望着墙壁。

　　"内部渗透。"陆军号说。

　　"什么？"

　　"就像这个水一样，从每一个小洞一点点渗出来，汇集在一起就是水流。我们让华尔街的每个漏洞都流出致命的血液，就是一种力量。"

　　"你说怎么干？"

　　陆军号呼的一下站起来："五分钟后开会。"

　　五分钟后，大家聚在了会议桌旁。陆军号看看大家，大家看着他。这些人将跟他并肩作战，只要把对手的阵脚打乱就是胜利。

"常晴你来做会议记录，所有的决策我都要具体到几点几分。"

"好的。"

"方强，你是黑客联盟中国区盟主？"

方强淡淡一笑："你想得到谁家的信息？"

"我需要你找出华尔街前十大投行的内部信息，机密级别越高越好，例如财务数据、渠道来往等，总之越不想让别人知道的东西就会越有价值。"

"明白了，给我三天时间。"

"兵贵神速，只给你二十四小时。"

"十家？"方强看看狼叔，竿狼点点头。

"我相信你的团队。"陆军号望着方强背后的一队人员。

他又转向常晴："方强的信息一出来，就要靠你们这组来做商业分析，我需要的是负面信息，包括财务漏洞、官司、丑闻、小道消息等等，越烂越能恶心人的信息越好。我要你在距现在三十个小时内找到至少三家公司的可袭击的漏洞。"

常晴边做记录边回答："好的没问题。"

竿狼心里暗竖大拇指，难怪常老大看得上他，果真跟他当年一模一样，一上战场就精神，敢下命令，压得住场，是个打硬仗的料。

"狼叔，您要在海外媒体中挑出两家非常不起眼的小媒体在三十六个小时后随时准备发消息。让那两家投资公司在四十八小时后随时待命准备收购谈判。收购谈判的文件，您让他们在这段时间里准备好，具体数据会通知他们。另外只有两家投资公司制造不了强大攻势，我需要更多，也不能仅仅是中国的投资公司，还要欧洲的、日本的、香港的，至少要二十家。"

狼叔点点头："好，我来沟通。"

"同时让咱们的海外基金准备好资金，他们的操作就交给您了。"

"收到。"竿狼回答很干脆，陆军号看着他，嘴角微笑一下，这种回答是经过操盘训练的人的习惯性回答。竿狼也会意地回了他微笑。

陆军号拍拍手，示意大家安静下来："各位，我来大致讲一下这次我们要做的事情。美国利用次贷引发了整个世界对未来经济预期的下滑，它牺牲了一个贝普斯顿就引发了多个金融市场的恐慌。美国的目标很明确，自己上不了岸想把别人都拉下水，打击欧盟经济体，压制中国经济增长，孤立俄罗斯。我们这次的任务，就是在美国把我们拉下水之前，踹上它一脚，让它先沉底。我们的核心就一个'乱'字，打乱美国的节奏，让它自顾不暇，没时间再算计别人家的事情。它想看别人的笑话，我们就让它痛哭流涕；它想牺牲一家投行拉住全球经济的后腿，我们就让它牺牲整个华尔街；它想不让中国发展，我们就让它先倒退十年！"

大厅里响起一片掌声。

"或许需要大家昼夜作战，因为时间是制胜的关键。"

"放心，这是金链组织的风格。"竿狼回应，他看到了十多年前常云啸在香港交易大厅的风采，一股内心深埋的战火被点燃，如果是常云啸在这里一样会兴奋的，他这样想着。

半夜第一家公司的数据被破解，黑客的原则是安全进入再安全出来，不会让人发现，因此需要更多细腻的工作和超强的耐心。不过数据来源不是大家预想的莱姆兄弟而是AICG，美国国际中心集团。

"你要十大投行的数据，我们扩大到了对美国股市影响最大的五十家上市公司，AICG是第一个被破解的公司。"方强汇报，"已破解到的机密级文件有47个，已经转交商业调查组。"

常晴接上说："调查文件已经出来，AICG是美国最大的保险公司，经营跨国保险及金融服务，总部设于纽约市的美国国际中心大厦。集团在英国的总部位于伦敦的芬丘奇街，欧洲总部则设于巴黎的拉德芳斯，亚洲总部就在香港。福布斯全球2000名跨国企业名单中排名第十八。1919年创办人施德以300日元在中国上海创立了AICG，提供火险及水险保障，1926年AICG在美国纽约开设分公司。直到日本侵华战争爆发，施德才把公司总部从上海迁到美国。这家公司的财务数据显示从四年前开始公司走下坡路，流动性逐步增大，机密文件中有一套报表显示公司已经连续两个季度净亏损。第二季度的信贷违约掉期业务累计亏损已达250亿美元，在其他业务上的亏损也累计达到150亿美元。但这些数据都被另外一套公开报表所掩盖，这是财务造假。"

"难怪AICG股价近期缩水30%。"

"另外我们还发现AICG曾经涉及过不少官司，其中三个直接影响到公司诚信。一个是四年前美国证券交易委员会曾对AICG就违反联邦证券法提起民事诉讼。AICG为PNCC公司设计了一种特别的产品，将其债务转移到投资者身上。第二个是三年前，AICG卷入一连串的由美国证券交易委员会和纽约州司法部联合展开的造假调查，多个行政人员遭到检控，公司被罚款16亿美元。第三个是去年十月，纽约州起诉金融服务公司马什墨存在欺诈行为。马什墨公司CEO杰弗瑞的父亲正是AICG的董事长，其弟艾文也是ACCE保险公司的CEO。在纽约国家最高法院市民听证会上，纽约州诉称马什墨控制价格、收取保险公司巨额贿赂，并诱导不知情的客户购买特定的保险产品，客户的利益被置之度外。AICG、ACCE保险公司被指控参与了欺诈行为。"

陆军号笑了："你们绝对够优秀，要的就是这个。"

"在金链里，我们不需要优秀，我们要更优秀。"常晴笑着说，"已破译的文件中有一个文件提到，在英国伦敦的金融产品部门发行了一种抵押贷款关联债券，而最大的购买者是莱姆兄弟公司，金额庞大却没有出现在莱姆兄弟公司的公告中，我们会顺着这个线索去摸莱姆兄弟公司。"

陆军号不得不佩服地竖起了大拇指。这群平时嘻嘻哈哈看上去不起眼的人，做起事情来却是这么认真和老道，完全就是另外一种人一种状态。这场战斗，必胜。

"狼叔，咱们第一家就杀AICG。现在是美国的9月1日白天，第一步，让咱们的海外基金开始做空AICG。第二步，让美国那两个小媒体9月1日晚间曝光AICG的小道消息，文字稿咱们要审，时间等咱们通知。第三步，让一家中资投资公司在9月2日向AICG提出收购意向。第四步，9月2日晚让英国一家主流媒体参与曝光。第五步，中资公司必须在9月4日之前跟AICG见面谈判，照死了压低价格，装出非常有诚意。第六步，让美国主流媒体在9月4日晚报道中资收购的情况，包括价格和不良预期。"

"收到。另外你提出的多个地区的投资公司都已经安排妥当，9月3日之前都可以进入角色。"竿狼汇报。

"您太牛了。"

"要相信组织的力量。"竿狼炫耀地抬抬眉毛。

"开始干活。"

"莱姆兄弟公司是1850年成立的百年企业，美国第四大投行，在美国相当有影响，是《商业周刊》上年度评出的最佳投资银行。公司在全球48座城市设立了办事处，这张金融网由设于纽约的世界总部和设于伦敦、东京和中国香港的地区总部统筹管理。雇员人数为2.5万人，员工持股比例达到30%。"第二个被解密的公司正是莱姆兄弟，常晴的调查工作跟上得很快。

"有一份内部资料显示了莱姆兄弟全部次贷证券产品的购买项目和数量，我们初步计算了一下，应该占了11%的市场份额。去年华尔街不少公司因为投资次贷产品蒙受了损失，而莱姆兄弟仍然盈利41亿美元，对于这一点我们很质疑，做了重点调查，发现实际情况是亏损达到28亿。另一份文件显示，很可能是韩国特种产业银行和英国巴赫莱银行在美联储的协助下偷偷在和莱姆兄弟谈收购。"

"你说的莱姆兄弟购买的AICG英国金融部发行的抵押贷款关联债券有消息吗？"

"在一封内部信件中有提及，但没有说数量，其他文件还在调查中。"

"好，安排如下。第一，让英国的媒体9月2日中午质疑此笔抵押贷款关联债券是否有转嫁风险的可能，同时放出风声英国巴赫莱银行参与非公开的收购项目，质疑其中是否有利益输送和不正当竞争。第二，让日本媒体同样在9月2日中午质疑韩国特种产业银行，同时质疑莱姆兄弟的业绩。第三，9月2日晚让小媒体放出莱姆兄弟财务造假的消息。第四，9月3日让日本的投资公司公开提出对莱姆兄弟压低价格收购。第五，日本投资公司要在9月5日前撤出收购，并表示对收购价格过高而不满。第六，随后让美国主流媒体报道莱姆兄弟公司的流动性不足。第七，香港投资公司要在9月5日晚间提出收购，再次压低价格，并要将价格假装无意中泄露，让媒体大肆渲染。"陆军号又低头思索了一下，对竿狼说："狼叔，咱们这些参与收购的公司要轮流轰炸，不断地压低价格，提出收购再撤出收购，让下一家上去继续压低。"

"收到，让它们一次次落入预期失败的痛苦中，价格会越压越低。你觉得有必要真的收购成功吗？"

陆军号摆摆手："就算咱们想，美国也不会允许。杨威背后的美国佬摩通集团，一定会在这个时候借机洗牌，美联储也不会让花落别国。咱们的目的只是搅乱市场。如果AICG先出事，那么在英国的那笔抵押贷款关联债券就很难兑付，这个压力会转移到莱姆兄弟公司，我希望这个数字越大越好。"

9月2日早间新闻一片哗然，信息发酵的速度比预想的要快。AICG和莱姆兄弟的财务造假事件迅速被炒得沸沸扬扬，韩国特种产业银行在当日晚间迫于舆论压力不得不承认了对莱姆兄弟的收购谈判，同时遭到严重质疑。AICG的情况更糟，由于其在过去两年的丑闻不断，造假消息一出很多交易员开始在股市上大肆抛售股票，多笔债务也要求清偿，而它在次贷上的投资短期内根本无法回补漏洞。

第三个被破解的公司信息在9月2日中午摆在了会议桌上，世界最著名的证券零售商和投资银行之一，美银证券。美银证券是世界领先的财富管理和投资顾问公司，创办于1914年1月7日，其分公司及代表处遍及全球六大洲37个国家与地区，雇员6万人。

常晴做调查分析："1994年美银集团进入中国，业务一直比较稳定。因为向大量客户推介了次贷产品，遇到了兑付困难，去年的财务报表开始出现问题，目前从解密的资料中没有看到违规行为，业绩也正常披露了。我们又分析了他们公司的销售报告，发现最大的兑付时间会出现在今年的10月，对照难以兑付的次贷产品名单来计算，美银证券将进入流动性枯竭。"

"那就是破产喽，这就足够了。"陆军号嘿嘿一笑，"证券市场看重的是未来而不是过去，第一大证券公司未来将因流动性枯竭而引发倒闭，这足以让整个市场沸腾。狼叔，就以这个到期兑付数据，让媒体加以报道，时间是9月3日。同时让中方的投资公司提出收购，我相信美联储一定知道美银的情况，也一定暗自安排公司收购，不过没关系，因为我们……"

"只是搅局者。"竿狼替他回答了，逗得大家都笑了。

接下来被破解的公司档案越来越多，包括美国第四大银行美世联合银行、华盛顿互利银行、摩根丹、高美等等金融机构，有违规的，有流动性紧张的，有领导丑闻的，有官司缠身的，有客户结构单一的……各式各样。媒体对这些信息如获至宝，加以挖掘、讨论、争辩、预测。现代社会信息发酵的速度我们可以叫它矩阵式传播，用句老话就是一传十十传百。

整个美国股市就像一个巨人坐在了火山口上，被烫得不停地扭动着屁股，道琼斯和纳斯达克指数上下波动巨大。这座火山已经有岩浆流出来了，随时都有爆发的可能，一旦爆发，这个巨人不知道要被炸到哪里，摔到何方，烫出多大的泡。

爆发，将像多米诺骨牌一样，推倒一切。

第二十五章　开战

一个公司接一个公司被编排，陆军号都觉得好笑，以前做中国股市编概念讲故事，现在走出国门了，消磨着美国的精力和力量。

在陆军号看来，证券市场玩的是预期，用大众通俗的说法就是概念。从管理的角度上看，一个企业从四个层次可以要到利润，最下一层是向业务要利润，上面一层是向管理要利润，再上是向制度要利润，最高级的是向模式要利润，说是模式，其实就是在思想中暂时虚无缥缈的概念。炒股是一样的道理，如果你发现一个企业仅仅是靠增加生产线，增加员工来取得利润，那么就只能算是最下层次，不值得长期持有。如果进行管理层股权激励，就说明公司打算加强管理，向管理要利润，这个公司会有快速发展。如果发现公司进行了制度性大改革，那么就说明业务和管理的升级即将开始。如果公司提出了超前的概念，全体为了一个虚无的理想或让市场认同了一个前所未有的盈利模式，那么这样的公司的股票就值得你长期持有。

所以要打击股市只需要引导投资者将眼光全部集中在业务上就可以了，在经济周期下行过程中，业务报表必定不好看，将不好看的东西摆上桌面是小媒体最喜欢的事情，一旦成气候，大媒体必定不肯落后。趋势形成，大家就都变得鼠目寸光，只看业务，不看模式。所有的投资就变成了过度的短线投机。这就是陆军号要做的事情。

金链组织旗下的海外基金大肆做空美国股市，同时也影响了保持良好关系的其他国基金跟随做空。在美国做空是可以裸空的，所以力量非常大。而自9月2日开始到9月8日之间，美国大型金融机构的众多负面信息相继被全球媒体轮番炒作。

巨人屁股下面的火山，在9月9日爆发了。

9月9日，韩国特种产业银行迫于社会舆论对透明性的质疑，不得不撤出对莱姆兄弟公司的并购计划，中方投资公司虽然前天做出姿态有意并购，却也在此时要求审核更多的尽职调查资料，并放出消息对当前的收购价格表示不满，与预期相差很多。当日莱姆兄弟公司的股价暴跌了42%。

9月10日，莱姆兄弟位于纽约时报广场的总部里，董事长兼执行长官弗莱尔德召开了一个紧急电话会议，财务拿出了真实数据，公布上一季度亏损39亿，这是二十年来最大的单季度亏损。董事会还在苦思如何将业绩进行公示的时候，新闻里已经有了相关报道，股价当日下跌45%。整个股市一片哗然。

9月11日，中方投资公司宣布放弃并购莱姆兄弟计划，股价急挫40%，在不到4美元的位置才开始有买家进场，收盘上到了4.5美元。下午美国商业贸易银行表示有意进行收购，英国巴赫莱银行从暗中跳了出来，表示愿意接手莱姆兄弟。

9月11日，在莱姆兄弟公司，董事长弗莱尔德晕倒在沙发里的同时，美银集团、AICG集团、华盛顿互利银行的董事会、董事局都焦躁得如热锅上的蚂蚁一般。面对股市的抛单、期货的空单、客户的挤兑、媒体的闪光灯，他们感受到了世界末日般的恐惧。越来越多的求救电话打到了美国财政部部长杜尔森的办公室，美联储的求救电话更是应接不暇。

9月12日，莱姆兄弟这个屹立158年的金融公司的悲惨现状引发了蝴蝶效应，欧洲、日本、香港的股市开市恐慌抛盘。晚上6点，财政部部长杜尔森与美联储主席巴南格在曼哈顿召开了一个金融巨头会议，协商拯救莱姆兄弟。在这个时候想寻找民间注资真的比登天还难，大家自顾不暇哪有心思管别人，个个面面相觑。

最后只有美国商业贸易银行的首席执行官问杜尔森，是否愿意为莱姆兄弟做担保承诺，因为贝普斯顿被摩通收购的时候美国政府曾对贝普斯顿的资产做出过承诺，为贷款负责。杜尔森犹豫了良久，甚至和巴南格一起出去私谈了半天。最终的答案是，拒绝为莱姆兄弟的贷款负责，这等于宣布政府放弃了莱姆兄弟。

9月13日上午9点，巨头们再次开会，唯一不同的就是美国商业贸易银行再也没有吱过声。在这个不了了之的会议之后一个多小时，美国商业贸易银行宣布放弃对莱姆兄弟公司的收购计划。求救的眼光就落在了英国巴赫莱银行身上。

在陆军号的要求下，金链组织所影响的几家大型金融集团，在媒体记者的采访中表示没有收购的意向和可能性，这种无中生有的言论加重了市场对莱姆兄弟的不认同，股价落到3.65美元。这个去年股价还在86美元的公司，如今已经惨不忍睹。

此时的AICG和华盛顿互利银行的情况并不比莱姆兄弟好多少。AICG的总裁，这位6月份刚刚荣登宝座的威廉·马斯特先生，都快给美联储主席巴南格跪下了，急需300亿临时贷款。华盛顿互利银行正在市场上四处寻找买家。陆军号不会放过这样的机会，要求各路资金大力做空，痛打落水狗。

9月14日，联邦政府发言人强调不再用纳税人的钱去救火，而众望所归的英国巴赫莱银行在反复犹豫后也撤走了收购莱姆兄弟的计划。看来不用调查AICG与莱姆兄弟之间是否存在非法销售，莱姆兄弟就已经坚持不住了。

到下午，有消息传出莱姆兄弟已经递交了破产申请，董事长因脑血栓被送进了医院。这家被经济学家称为"不死的猫"的公司今天终于要死去了。消息还称大概有4000多员工接到了裁员通知。

稍后市场又传出美国商业贸易银行正在与美银证券谈判收购。

晚间一个重大消息重创了全部美国人的神经，AICG向美联储寻求400亿美元的临时贷款，否则72个小时之后将申请破产。

这是一个让美国金融界震惊的日子，贝普斯顿倒下后市场充满了沉重的气氛，好在这根琴弦没有被绷断，人们的心神没有被反复刺痛。原本这是在可控范围之内的，可是谁想得到会有人突然将一堆干草丢在了这只跟跟跄跄的骆驼身上。进入9月，神经之弦被不断重创、绷紧、再重创，就要崩溃了。所有人都知道最后的结果，华尔街只能做困兽之斗。因为这个结果自从设计次贷的时候就已经预见了，崩溃只是时间的问题，今天或是明天。陆军号要做的，只是在路边捡了几根稻草丢过去。

9月15日，崩溃开始了。一大早就传出了消息，美联储居然拒绝了AICG的请求，很多投资公司认为这是不可能的。三大评级机构的反应非常快，在消息传出不到一个小时内，就下调了AICG两个级别，快的就好像它们的报告早已经准备好了，只等着领导签字一样。股市一开盘AICG就下跌了61%，大量的空单狂涌。美国的交易市场大量采用的是自动化交易，按说一旦激发了大区间的震荡自然会有对手盘出现，但这次没有反方向，只有单边，一路单边下跌，难道所有的自动交易软件全部被关闭了，反手做多的盘子都躲进了深山老林？

中午不到，轰动全球的消息出来了，美国第四大投资银行莱姆兄弟公司正式宣布破产并申请保护，6000多名员工被迫下岗。美国的报纸记录了很多员工抱着装了私人用品的纸箱走出大厦的景象，员工表示不可理解。去年同期，莱姆兄弟公司拥有资产达6390亿美元，持有1105亿美元高级无担保票据、1260亿美元次级无担保票据和50亿美元初级票据。而现在公司股价下跌了近95％，股东权益也仅剩284亿美元。

收盘标准普尔指数下跌5％，道琼斯指数下跌超过了500点。每个人都在谈论着股市，表示着恐惧。

此后不久，美国商业贸易银行用500亿美元收购了美国第三大投资银行美银证券，原6万员工中有将近8000人接到了裁员通知。同样在一年前，美银证券的估值还在1000亿美元之上。很多员工听说这个消息后，抱头痛哭。

早上5点，竿狼做了美国股市收盘报告（美国股市开市时间是北京时间晚上9：30，次日早上4：00收盘）。这段时间大家的生物钟和完全被打乱了，晚上要关注美国市场，白天要看亚洲市场，几乎没有休息时间，多数人只能趴在桌子上小憩。听完报告大家看了美国新闻，当看到大量的莱姆兄弟员工和美银证券员工离场、痛哭、无助的场景，指挥大厅中鸦雀无声。

"会不会我们做得太狠了？"常晴忽然问。

竿狼不作声，看陆军号。陆军号盯着屏幕，似乎略有所思。

"这些员工其实也都是无辜的。"另一个声音说。

"美国有失业救济。"

"无论是金融危机还是战争，最后倒霉的都是老百姓，有钱人的游戏，人民是牺牲品。"

大厅中大家七嘴八舌地议论着。

竿狼平静地问："陆军号，你说呢？"屋里忽然静了下来，大家都看着他。

陆军号站起来毫不犹豫地说："宜将剩勇追穷寇，不可沽名学霸王。"说完，他径自走进了休息室关上了门，留下大家面面相觑。

竿狼看看大家："都听明白了？这个事情以后不用议论了。"

休息室的门突然又开了，传出陆军号的声音："狼叔，让他们开始做多，是时候了。"

"收到。"

9月16日，正如陆军号所料，崩溃的时候就是重生的开始，正所谓物极必反，否极泰来。早盘听到的第一个消息就是美国政府准备接手"房地美"和"房利美"，这两个房屋贷款机构，可以说是次贷的始作俑者，被投资者称为"罪恶之源"。政府接管相当于准备从根源上下手了，这让整个市场重新看到了希望。

第二个消息是，威廉·马斯特先生被解雇，结束了他3个月的AICG总裁的痛苦日子，由爱德·李迪取而代之。与此同时，美联储开始要求高美和摩通带头安排规模700～750亿美元拯救AICG。上午道琼斯指数就反弹了140点。金链组织和各国基金纷纷报喜，进入9月后短短几日的空单使得这些资金获得了巨大的收益，15日收盘（美国时间）接到反手做多的通知和建议，16日早盘就开始大举行动，整个上午传来的都是好消息，支撑股市逐步反弹，让各路资金兴奋不已。

16日下午，又一个利好消息传来，美联储通过回购协议向市场注资1200亿，这是二十年来最大规模的注资行动。美联储还宣布如果有需要可以进一步注资操作，看来美国政府承受的压力已经到了极点。受到利好消息刺激，股市下午继续大涨了100点。

"做空。全面袭击AICG和华盛顿互利银行。"

"昨天咱们刚刚做多。"

"我说做空，做空！"陆军号满眼都是血丝，声音也哑了，脾气也大了，这些天他基本上没有睡觉。

"收到。"竿狼立刻通过电话系统发出指令。

这个该死的电视墙，陆军号几乎一整天一整天地盯着它，每一个数据变动的背后都有雄厚的资金在博弈。技术派说得好，价格的变动代表了一切信息的变动。在这个大厅里，信息变动在先，再看价格变动是否验证了信息变动，而每个价格的变动又直接影响到下一个信息如何变动，向哪个方向变动。方强他们不断地将一些公司的加密文件解码出来，常晴他们又从这些文字、数据中提取了大量好的、坏的信息，每个小时这些信息连同调查文件被打印出来按公司名称和时间顺序摆放在会议桌上。陆军号眼前已经全是文件，耳边听着各方面汇报，他要从这些调查结果中抽取攻击点、撤出点，安排好攻击和撤退的时间和方式，预测在市场上产生的效果，当市场真的发生了某些预测中的情景，再调整下一步的规划。

每一个决策都被常晴记录在白板上，早就是一排白板了，从大厅一直排到楼道里。陆军号每天不知多少次地在这些白板前来回地走，他在思考，在衡量，在计算每一个决策。

他不是不想睡觉，而是睡不着。他可不是一个失眠者，但在这个时候他真的睡不着。要知道那是几十万亿资金的对决啊，不是过家家。一万元炒股，与一亿元炒股，同样承受市场波动，心情可是天壤之别，更何况是各路神仙指挥着各方资金，市场的每一个变动所造成的数字变化在普通人眼里都是天文数字。高度紧张的神经让他无法入睡，兴奋的大脑与憔悴的面容完全对不上，大概是几天没刮胡子了，一脸的胡茬配上发黑的眼袋和布满血丝的眼睛，看上去跟大烟鬼差不多。

"抱歉狼叔，最近太急躁了。您一定记着，美国的救市注资行动不超过三千亿根本不足以让美国股市有新的方向。我要先休息一会儿。"

"收到。放心吧。"

9月17日，3月期美国国债收益率跌到0.03%的低点，上一次出现这个低点的时间应该是1941年1月。说明市场对未来信心不足。高美下跌14%，摩通下跌24%。三大股指平均下跌4%。晚间美联储与多国银行召开了电视会议，美国总统都参加了，倡议全球联手救市。

9月18日早盘，全球各大央行纷纷向市场注资，然而全球股市在短暂上扬后，由美股带领再次回落。

"这种资金规模完全就是做做样子。"

"事不过三，现在已经是第二次注资行动。"

"狼叔，通知下去，如果再看到美国掏2000亿就翻手做多。"

"收到。"

18日中午12：30（美国时间），纽约州参议员苏穆向媒体透露美国财政部和美联储正在考虑一项长久性救助金融企业的计划。

14：00美国有线电视新闻网CNN现场直播了对美联储主席巴南格的采访，巴南格宣布了美联储、欧洲央行、日本央行的联合声明，三方将在当日联手向货币市场注资，总额提高到2470亿美元。

"做多！做多！快啊，做多！"陆军号突然大喊。

"收到。"竿狼一手指着方强的方向，意思是说赶紧发出信息，自己飞奔着冲到电话系统前，大喊："做多！"

一分钟后，美国三大股市忽然飙升，平均涨幅超过了3%，成交量快速堆积，看意思收盘能达到3.5%。欧洲股市和亚洲股市迅速跟上，全球主要市场股指一改颓势，向上猛攻。

港股当然不例外。在最近的一周里，美国股市混战，全球各路资金根本没有时间关注港股，港股借机大力发展与内地的金融合作，完成了"内港通"的通道对接和交易制度对接，恒生指数正在节节攀升，如今遇到美国股市上涨，更是高歌猛进。

"暂时停止负面信息的报道，让大小媒体正面评价美联储和政府的救市政策。"

"收到。"

9月19日，美国证券监管委员会开盘前宣布了一条紧急命令，暂时禁止对799家金融机构的股票做空。财政部几乎在同一时间宣布了一项500亿美元的救市计划。三大股指开盘就跳空上涨了3%。高美和摩通涨幅超过20%。到收盘时间，道琼斯从18日的最低点已经上涨了1000点。

"早知道是这样的，我应该先弄点钱进去。"方强兴奋地说。

"这样算不算内幕交易？"常晴问。

陆军号一脸无奈："别说内幕交易了，咱们这还叫操纵市场呢。"

"管他操纵不操纵的，至少美国这回没工夫参与东南亚这些事了，咱给它搅和得够乱的，美国遭受如此沉重打击估计一年都很难恢复元气，如果想恢复整个市场市值，没有三五年时间根本不可能。"竿狼分析道。

"美国不会善罢甘休，现在它是手忙脚乱，等扎住阵脚必定反扑。"陆军号打着哈欠，睡眼蒙眬。

"兵来将挡啦。"

陆军号站起来直摇晃："我看差不多可以收工了，虽然还有不少银行存在问题，但整体股市的低点就在这里了。我要去睡觉了，真的是站着都能睡着了。"

"你赶紧去休息吧，这里有我呢，如果有特殊信息我会通知你。"竿狼拍拍陆军号的胳臂，表示赞许。

9月21日，美联储宣布，批准高美和摩通提出的转为银行控股公司的申请，不仅可以设立商业银行分支机构吸收存款，还可以与其他商业银行一样永久享受从美联储获得紧急贷款的权利。

9月24日，标准普尔晚间宣布，降低了华盛顿互利银行信用评级。

9月25日，华盛顿互利银行下跌52%。下午摩通正式宣布仅以19亿美元收购互利银行。

25日晚间，美国劳工部公布，9月份以来企业总裁员15.9万人，申请失业救济金的人数创7年新高，达到354万人。美国商务部公布数据，8月份全国新房销售量同比下降11.5%，约46万套。销售价格平均下降11.8%。而工厂新订单减少4%。

短短两周时间，美国股市经历了前所未有的大洗劫，华尔街一片混乱，百年大企业莱姆兄弟倒下，美银证券和互利银行被收购，要不是对AICG及时出手相救，现在恐怕也宣布了破产。这之后的几个月里零星的银行破产接连不断。

"干得漂亮。"常云啸靠在床头上，听完竿狼的汇报赞许地点着头。

"有大将风度，敢下命令，而且坚定不移。"

"像我一样固执？"

"非常的像。"

正说着有人敲门，"应该是他们。"竿狼说着去开门，陆军号、常晴和方强走了进来。

大家落座后，常云啸讲了些鼓励大家的话，并传达了沈先生的意思，"沈先生说，这次在短短的一个月内打乱了美国重返东南亚的布局，使得欧盟、南美、中东和东南亚以及俄罗斯的危机有所缓解，为我们的很多政策出台争取了时间，很了不起。我也认为，你们这次的表现非常优秀。"

"出色的指挥，优秀的分析和快速的信息传递，就是这次取胜的关键。金链组织的资金至少翻了两倍。"竿狼补充说。

陆军号说："要是没有您们调动海外那些基金和投资机构，也不会如此顺利。我真的很惊讶，您们调动的机构绝对够神奇。"

"神奇？怎么讲？"

"什么阿布扎比的阿尔阿巴特石油投资公司、慕尼黑东部再保公司、蒙特利尔金融集团、巴西国民大银行、几内亚豪门投资公司等，我没想到这些大佬都是我们的朋友，能够并肩作战。"

"没有永远的朋友，也没有永远的敌人。我们能说服他们，是答应向他们提供大量的美国潜伏危机的数据，他们认为这是一个机会，只是要等一个导火索。"常云啸看看竿狼。

竿狼接上说："恰好你设计了一个导火索，当你第一天的计划和行动展现在这些大佬们面前的时候，他们做出的回应是站在我们这边。一定记着他们不是朋友，他们是逐利的狼群。"

"我看阿尔阿巴特石油公司对AICG很有兴趣啊。"

"我们获取了AICG的最新文件，表明阿尔阿巴特已与AICG就收购它的私人银行秘密谈判了至少四次。"方强跟上说。

"它们都想浑水摸鱼，捞上一把利益。"常云啸平静地说，"其实每一次危机都是一次洗牌，隐藏了大量黑幕下的交易。你们看这次美国次贷危机中的高美和摩通风光无限，好似美国市场的大救星，但实际上如果没有美国政府、美联储的暗中帮忙，他们能那么便宜就拿到这些香喷喷的蛋糕？其实你们这次能取得如此好的成绩，也正是你们的动作恰到好处地帮助了美国大亨们重新洗牌，你借他的力，他借你的力，看似一边倒但实际上暗流涌动，几家欢喜几家愁。"

"我听说美国总统有意愿近期访问中国。"常晴说。

"中国拿着足够数量的美元国债，对美国是有威慑力的。"常云啸的话逗得大家直笑。

"我总觉得美国不会就此善罢甘休。"陆军号看着常云啸，希望得到一些思想的共鸣。

"美国又没输啥，谈不上什么善罢甘休。借咱们的手消灭了异己，将高美和摩通推上历史巅峰，顺利地完成了资本收购，美国正求之不得。"常云啸谈他的看法，"你认为美国下一步会有什么动作呢？"

陆军号沉思了片刻，有点犹豫地说："我想它的中心还是在恢复美元地位上。既然它的目标是把持美元的全球地位，打压欧元和人民币，那么美元坚挺才是最终目的。"

"这个问题我也想过。"竿狼说，"恢复美元强势有几个方法，一是经济快速恢复，提高投资者信心。二是发动战争，彰显美元稳定。"

"这两个都很难。"

"是啊，虽说美国顺利完成了资本市场的重新洗牌，但也付出了沉重的代价，想在短期内就恢复信心，让人们看到美元坚挺，恐怕有点困难。那么就剩发动战争，但发动现代战争太难，没有合理的理由很难得到世界舆论的支持。"陆军号分析道。

"算了，也别管后面的事情了，船到桥头自然直，等看到美国的招数的时候咱们再说也不迟。"竿狼打断了他们的对话，"晚上咱们去哪里庆祝一下？"

"丰庆鱼汤去吃烤鱼。"常晴回答。

"哪个？我怎么觉得这么耳熟。"常云啸问。

"就是咱家东边十字路口那家啊。"

"哦，差点就忘记了。我向沈先生申请了团队和个人奖励，本次参与行动的团队总奖金是五百万，陆军号个人奖励一百万，你们两个每人五十万，其余是团队的。"

"我一直说换我家的服务器呢。"方强伸出两个手指表示胜利。

"老土的剪刀手，要不要再自拍一张？"常晴奚落他。

之后的三个多个月里，美国一直在修复本次金融危机所造成的创伤。

阿布扎比的阿尔阿巴特石油公司果真以2.79亿美元收购了AICG的私人银行。

英国巴赫莱银行也以13.5亿美元抢到了莱姆兄弟的核心业务。

日本山村控股证券集团以2亿美元瓜分了莱姆兄弟欧洲和中东的业务。

日本方井银行向高美公司投资28.3亿美元，日本三叉金融集团拿走了摩通公司20%的普通股。

阿联酋、新加坡、科威特等国，分别在花之旗银行、美银证券等美国金融机构中增加了投资和占股比例。

全球的狼，擦亮了眼睛，张着血盆大口……

第二十六章　不可断的金链

整个第四季度成都几乎都是在阴雨中度过的，今年的雨水很丰富，就怕明年的雨水不足，老话说年头旱年尾涝，不知道今年涝明年会不会旱。这就是物极必反的道理，大自然给予的一切都是平衡的，多了就会减点，少的会增点，股市跌猛了就涨点，涨多了回调点。美国跌的时候速度太快，所以涨回来的速度也很快。美国传出就业率在不断改善，经济在回暖。

陆军号在春熙路上买了串冰糖葫芦，坐在长椅上边品味边看着报纸。地上铺了一层雪，有小孩在雪地上踩着脚印，在成都是很少能见到这样厚的雪的，一般在空中是晶体落地就化成了水。看到冰糖葫芦就会想起北京，他有点想北京的人，想起唐雁。

财经版报导最近三个月美元持续走低，而国际黄金价格不断上扬。在金链组织的海外资金猛烈做空美国指数的时候，陆军号让竿狼指挥亚洲资金在香港大量做多国际期货黄金，现在一路上扬，这是金链组织今年的又一个增长点，也是陆军号对自己的判断比较满意的地方。

很多人单纯地以为国际黄金产量减少了，而人们的黄金消费量却越来越大，所以黄金就上涨了。也有些人认为影响黄金涨跌是因为汇率或世界稳定因素。陆军号要看到更核心的地方。

按照去年世界黄金主要产区的产量报告来看，南非、澳大利亚和美国的产量都排在中国之前，它们的产量的确在下降，但是下降幅度微乎其微。最大产金国南非连续九年降低黄金的产量，从九年前的315吨降低到去年的292吨，不过降低了23吨。怎么不说中国产量还每年上升呢，所以不是全球减产的原因。黄金的上涨正是美国在危机状态下，不忘拖住人民币国际化进程所用的应急高招，防止人民币趁虚而入抢占世界货币的地位。

黄金分生活用途、工业用途和国家储备。在国家层面黄金的储备应和外汇储备达到一定的比例，才可以证明本币的价值并防范货币市场危机。

前年中国统计局的报表显示，中国的黄金储备仅占外汇储备的1%，美国是75%，意大利是66%，这说明人民币的价值不稳定，很容易遭到外资对货币的袭击。日本就吃过黄金储备不足的亏，当年日本成为世界第二大经济体，黄金占外汇储备刚刚2%，结果被美国略施小计经济就一路下滑，二十年萎靡不振。有了前车之鉴，人民币要想稳住，并走向世界就必须得到足够的黄金储备。美国当然明白这其中的奥秘，因此一方面鼓吹黄金无用论，另一方面收购或控股全球十大金矿，如安格鲁阿山、金田公司等，之后控制产金量；最后一方面就是联合多国降低央行售金量。各国的央行出售的黄金是黄金市场的主要来源，被称作官方净售量。前年官方净售量为674吨，到去年却是328吨，少了51%。产量小减，售金量大减，各国开始囤积黄金。俄罗斯这样，日本更是这样，欧洲、中东同样加入了囤积的队伍。黄金价格就疯狂了。中国想要在短期内得到满意的黄金储备，那就要出高价。

美国在自己深陷泥潭的时候，也不忘记做出反击动作，拖住人民币前进的脚步，真不愧是金融的老手。

"那么混乱中，你还有时间布局黄金，我不得不佩服你啊。"

陆军号抬头看看："真的是很巧啊，咱们总能碰上，难道你在跟踪我？"

杨威摇摇头，用手套掸掸长凳上的雪坐下来："你说是就是啦，或者说我们有缘吧。"

"最近你经常来成都吗？"陆军号看看他，杨威手里拿了一个手提纸袋，上面印了一位驼背老者站在纺织机前的标志，很奇怪的品牌。

"成都是个好地方，难道我不能来？"

"随便你。我看了天恒集团旗下的几只海外基金的报表，最近很是风光，看来你指挥有方。"

"还不是托你这位大英雄的福，听说这次你是总策划，策划得漂亮。其实美国这场危机就是自找的，教训教训他们就对了。"

"你家老板这次可占了不少便宜。"

"你说摩通啊，你的行动也算是正好帮到他们吧，原本一些事情预期的时间要拖后一些。我说老陆啊，说起来这次咱们也算战友呢，我也是做空老美来着啊，也是全力冲杀。"

"资金都是逐利的，这很正常，但不用把你我绑在一起。"

"既然都是逐利，你我有什么区别吗？咋就不能绑在一起？"

陆军号卡住了，对啊，既然资金都是逐利的，那么我和他的区别究竟在于什么呢？如果逐利是目的，那么大家一样。如果我说逐利的手段不同，他一样会反驳我。这次能扰乱美国市场，很大的灵感还恰恰就来自天恒集团，天恒集团最擅长的就是利用信息。

在天恒集团，有价值的信息被分为三类。第一类是讲速度，在没有大面积扩散之前就得到的信息，甚至是捕风捉影，就是在速度上可取胜的信息。就像各国的小媒体前期报道AICG的花边新闻一样，这些信息前期看是零散的，甚至很多信息是单摆浮搁的，但千条溪流最终汇集成大海，力量无穷。第二类是讲逻辑，就是将一个故事讲得头头是道，让听者听起来真的就是那么回事。例如美国平均4.6个人就拥有自己的游艇，由此来计算美国游艇市场有巨大的潜力，这样的伪命题也会让市场产生波动。第三类要讲延展，将所有的信息联系到一起，再加工后成为向外扩展的有辐射性的信息。例如朝鲜曾用海岸炮驱逐过入境的韩国军舰，如此想象到上市公司中的无缝钢管，并找到军工概念的公司交集，来找到投资标的。看上去完全没有关系，但在投资市场，你说它有就一定可以有。

"咱们的不同在于，你是美国老板，我是中国老板，各为其主。"

"有区别吗？我的老板要挣钱，你的老板也要挣钱，没有区别，我挣钱损害其他人的利益，你挣钱也没见是救济民生啊，有区别吗？管他什么主不主的，无非就是比咱们有钱有势力，要是咱们联手，几年之后咱们或许做得更大。你看你这次，绝对有大将风采，英雄气概。"

"被你夸总觉得全身起鸡皮疙瘩，你不会就是想来表扬我的吧？"

"我是向你来求高招的。"

"什么高招？"

"老板让我献计献策，如何加快美国复苏，如何拖住其他经济体。"

"那你给出了什么高招？"

"就是没有才问你呢。"

"别说没有，就算有我也不会告诉我的对手啊。"

"没指望你说，多看你两眼或许就能增加我的思路。"

陆军号笑了，自嘲地说："我比十滴水还醒脑。不想跟你多废话了，我就想踏实地吃个糖葫芦，要不你坐这，我另找个地方。"陆军号站起来，转身特地叮嘱，"别跟踪我啊。"

杨威不屑地向外挥挥手。

就说嘛，美国绝对不会善罢甘休，一个次贷怎么可能打垮一个美国，更何况这其中发生的种种事件，又有哪些是美联储之前不曾预测到的呢？利用一场次贷将社会财富重新洗牌，像摩通集团这样的，用百分之一的价钱得到垂涎已久的惊人资产，估计早就悄悄开过庆功宴了。

陆军号看看竿狼，竿狼示意他别出声。

常云啸紧闭双眼在沉思。

美国究竟会采取什么样的动作呢？这个问题在三个人脑子里不停地回响。如果是一场游泳比赛，想得到第一有两个办法，一个是比别人游得快，再有一个就是拉住对手的腿，让他手忙脚乱失去平衡。从目前的状况分析，美国想迅速游到别人前面很是困难，那么最可能的就是拉住别人的腿。怎么拉呢？用什么来拉呢？难道是战争？

三个人的讨论每次到这里都卡壳。

发动战争可不是容易的事情，首先就要出师有名，否则联合国不干。其次在哪里要选择好，虽然很多地方的确存在政局隐患，小的冲突不断，但升级到战争似乎都需要掂量。现代科技的发展使得大规模的军事行动变得非常可怕，一个按钮就足以消灭一个城市甚至一个国家。参与国要掂量，背后指手画脚的也要掂量，万一控制不住会是什么样。

如果不是战争，又能怎么样呢？

"我想美国可能靠多发行货币。"常云啸说。

"您说的是量化宽松？"

"对对对，是量化宽松，一时想不起来这个词了，就是量化宽松。通过大量印刷钞票，支持国债和企业债。"

"还是从刺激经济的角度去加快发展？"竿狼有点疑惑，"他们会这么老实？"

"最近我一直在研读各国的政治格局，战争的可能性非常渺小，所以还是会从经济的角度解决问题。"

"这样一来，美元不是要贬值？那会有大量的资金流出美国，进入新兴国家，岂不是更达不到美国的目的？"陆军号提出了自己的看法。

多年以来，美国国债被各国的大型资金视为最安全最稳定的投资品种，因此大量的资金源源不断地涌入美国。其重要的原因之一就是货币的稳定，作为世界最主要的货币，各国的外汇储备基本以美元为主，一旦大量印钞，就会造成各国的储备贬值。寻求稳定投资的基金会重新评估在美国的投资，抛出美元购买新兴国家货币，反而会刺激新兴国家经济发展。

那么美国要怎么做才最合适呢？

"从现在来看这次次贷危机的背后受益者，也不仅仅是摩通一家，高美集团也分割了不少蛋糕。它们既然成为了美国新的贵族，就一定会有动作，我们再等等看。沈先生那边最近有什么消息？"

"昨天你不就问过了吗？"竿狼刚说出口就觉得不妥，赶紧汇报，"沈先生说有关部门正在制定新的政策，加快农村改革，刺激内需增长。让咱们盯住美国的动作，他也认为美国必定反扑。"

"嗯，那我们就看看他们有什么高招。"

果然不出常云啸所料，美国次贷危机风暴刚刚过去五个多月，就开始了新的动作。美国忽然宣布提高国债上限，同时发出了量化宽松政策。

"看来常老大预测的没错，美国依靠国家力量担保拯救下来的企业，需要更高的国债来支撑，量化宽松政策中一部分资金可以补充国债上限提高的缺口。"竿狼边看分析报告边说。

"从数据监测上看，已经有资金在撤离美国国债，这样它的缺口压力就会更大。"陆军号看着大家无奈地摇摇头，"我不相信老美会打错算盘，肯定还有什么事情。"

方强说："我们的解密工作受到极大阻力，摩通和高美已经发现了黑客的入侵，找到了高手修复了防火墙并进行反跟踪，我担心被发现启动了应急预案，暂时撤除对这两家的解密工作。从最后一次解密中我们发现了多次重复的密文，翻译过来应该是评级两个字。"

"投资品种有评级、公司有评级、国家有评级，是哪种评级我们还不清楚，正在进行多文件比对。"常晴说。

"更多的文件未能取得，我们就切断了行动。"

陆军号沉思着说："美国国债已经是最高评级，没有更好了啊。"

竿狼忽然说："这不会就是杨威出的高招吧。"

"真有可能。"常晴答道，"我记得摩通集团的电子邮件中，有一封是一个月前天恒集团向摩通发的邮件，里面只有两个字就是评级。这之后摩通和高美的数个邮件中才出现了这两个字。"

"高手过招，无奇不有。"竿狼靠在沙发里望着天花板。

坐在青城山上看着成都方向的灯火，安逸、祥和，围绕着这座城市。周末只要有时间，陆军号和常晴都会到这个山上的茶社喝喝茶，呼吸一下新鲜空气，换一换脑子。最重要的是先要去后山的别墅区看看一灯大师的墓地，扫一扫那个无字的墓碑。陆军号很想知道这其中的奥秘，墓碑上被破坏的碑文的痕迹，几乎都被印在脑海里。他也请方强用电脑技术试图恢复碑文，但恢复出来的文字简直驴唇不对马嘴，根本没法看。

今天他似乎想明白了，这和桑格措钦活佛所给的锦囊不是一样吗？就是一个"乱"字啊。中国自古行军打仗，很讲究阵势，一旦阵脚大乱必败无疑。两军如此，两人如此，两国如此，两股金融力量不是也如此吗，兵来将挡水来土掩这是章法，无论是大兵压境还是兵出奇招，只要能打乱对方阵脚，就已经胜券在握。次贷危机一仗，胜在打乱了对手的节奏。但对手也并不低能，摩通、高美等金融大鳄正好利用这次的混乱，重新洗牌建立了更强大的金融王国。这次再发招，推出量化宽松，超发的货币会使美元贬值，提高本币商品出口，压低他国进口，也是在试图打乱别国的节奏。

如果桑格措钦活佛的第一个锦囊真的说的就是一个乱字，和一灯大师的乱字碑文含义一致，那么第二个锦囊又和一灯大师的墓碑有什么关系呢？微风吹过，树木晃动着，似乎在说：无解。

"天气转暖了。"常晴似乎是自言自语。

"嗯。"陆军号随声应和，"其实谁都没赢。"也像自言自语。

"嗯。"常晴应和。

最近一段时间，很多国际投资品种在走低，香港市场方面也是如此，做空资金的力量重新加大，以至于黑市资金杠杆和成本都有所提升。国内采购经理人指数在下滑，原材料出厂价格压力很大，这很容易引发资金做空行为，而国内市场由于做空产品匮乏，所以仅仅体现为股价下跌，而香港和其他市场更多的力量聚集在了期货和期权上。

资金调查显示，天恒集团的资金和他们所能控制的一些机构，都在香港、日本和台湾的市场上逐步增加空单。以目前的国家经济基本面来看，不至于引来这么多空头资金，这是有意而为之。

忽然陆军号一拍大腿："我明白了。"

常晴被吓了一跳，瞪着眼睛看着他："什么啊，吓死人了。"

"评级，是评级。"陆军号抓起电话打给竿狼，"我知道他们讨论评级是什么意思了，是要降低别的投资市场和投资品种的评级，来突出美国国债的稳定。而不是提高美国某种评级。"

评级果真降了，但出乎陆军号意料的是，美国自己的评级被降低了！

世界第一大评级机构标路公司，将美国主权信用评级由AAA降为AA+。而标路自1941年开始评级后一直对美国主权信用都保持在AAA评级。

美国总统立刻从白宫发表了一份声明，呼吁两党领导人采取共同举措，来提振美国经济并加强美国财政可持续性。表示美国有能力和诚意来应对所面临的财政和经济挑战。

多家国际型投资基金表示不能理解，世界级股神巴福特称，他个人愿意授予美国AAAA评级，表示他本人不会抛售短期美国国债。

在众多的质疑声中，标路发表声明说，在评估美国信用度时采用的时间框架不是10年而是3到5年，在这个基础上进行假设。标路得出的结论是，5年后美国净政府债务将达到14.5万亿美元，占国内生产总值的比例为79%，因此需要降低主权信用评级。

"这不可能。"陆军号拿着报纸在空中挥舞着，"美国怎么会降低自己的评级呢？这样就更没有资金去填补美国国债上限的缺口，全球撤资还来不及呢。"

"一片混乱。"竿狼刚与金链组织的各基金做了讨论，无论国内国际，都一头雾水。

"自金融危机以来，由于实施了金融救助等一系列刺激经济的政策，美国政府的债务问题争议很多。我们计算过，美国政府的财政赤字已占到国内生产总值的10%左右，而且还将进一步增长。如果失去AAA评级，他们举债度日的可能性就非常大。"常晴汇报调查情况。

"美国必须维持高信用评级，才能长期低成本从国际市场融资。这里面一定有文章。"陆军号在屋子里来回来去地踱步。

竿狼看着陆军号的样子忽然笑了："瞧瞧你，转磨呢？咱们扰乱，他们搅浑，不是同出一辙吗？别转了，我已经通知各个单位顺势做空，控制好香港市场的节奏就好。管他什么奇招怪招最后一定有揭秘的时候。"

"看来也只能这样，这个杨威还真的是有一手，搅和得比我还乱。"陆军号也自嘲地笑了，他转脸问常晴："你爸最近怎么样？"

"病情有点加重。唯一的希望就只剩大青叔，他进山后一直能保持联系，但最近一个星期却联系不上了。"

"放心，沈先生已经派人去找。"竿狼安慰她。

"对了常晴，把最近国际关于黄金市场的各种报道给我。"

"怎么了，你觉得黄金市场也会下跌？"

"黄金市场这半年涨幅过大，而里面的炒家多数来自中国和东南亚，现在美债上限缺口过大，很可能就会打击黄金价格，逼迫避险资金撤出，再进入美债。

我只是这么觉得，还需要数据论证。晚饭前能给我吗？"

"你不会又通宵吧？"常晴关心地问。

陆军号笑笑："你们不是说这才是金链组织的作风吗？人在金融身不由己啊，咱们还有好几只基金重仓黄金多单呢。"

美国评级都被降了，全球股市一片下跌，拉美首富、墨西哥电信大亨斯拉姆，在一周内身家蒸发至少67亿美元，可见这次空头的力量来势汹汹。

印度总理经济顾问委员会主席指出，美国应该拿出可信的财政计划。

英国商务大臣说，美国遭降级"完全在预料之外"。

法国经济、财政与工业部长表示，对美国经济稳固程度和基本面依然抱有充足信心，不能理解标路公司的意图。

韩国企划财政部指出，韩国经济有可能在短期内受到影响。

菲律宾财长呼吁对国际货币体系进行改革。

各国的声音此起彼伏，如果你是上帝坐在云端听这些声音，恐怕只能用蛤蟆吵坑来形容了。

"常老大说，你黄金撤出得很及时。"竿狼认可地点着头。

"他最近怎么样？我都没来得及去看他。"

竿狼耸耸肩，表示无奈。

正说着常晴拿着几份文件进来："天恒集团在美国市场连续减空单加多单，在其他市场却增加了空单。"

陆军号看看报表有点迟疑："他这又是什么招数？美国上周刚被降级，他就想反手做多？没道理啊，这个事情的影响力绝不是一两个月，消除心理阴影少说也要半年。"

"咱们刚刚命令美国的基金做空，欧洲的基金做多，他这完全反其道为之啊，你看短期报表已经出现不小的亏损。"竿狼也表示奇怪。

"欧洲方面的调查报告在这里。埃及的局势区域稳定，欧盟已经有救助埃及的计划，意大利的金融拯救计划已经实施。整体趋于稳定。"常晴递上报告，"这份是咱们旗下基金这段时间的业绩报表。"

"你看这业绩，还是狼叔厉害。看来天恒集团和美国佬的步骤有点偏差啊，不过……"陆军号翻着报表，"他们的资金量怎么增加了这么多，美国佬给钱了？"

"我们做了跟踪，初步判断是他们提高了杠杆。"

"这种大幅波动的时期增杠杆？一旦做错，资金链断裂，就满盘皆输了。"竿狼摇头。

"这符合杨威的性格。说到这儿，咱们也该降降杠杆。"

"你是担心天恒集团做多这里面还有文章。"

陆军号笑了："看来您也是这么认为的。"

仅仅一周，戏剧性的变化出现了。

美国评级机构标路突然发表声明，如果周末的欧洲峰会无法就解决债务危机达成一致意见，将对欧洲15个国家的主权信用同时进行降级，其中包括德国和奥地利等所有3A主权信用等级国家，并同时警告可能会对欧洲稳定基金进行降级。

接着，几分钟后就宣布将德国德蒙银行的长期信用评级从AA下调至AA-，同时德蒙银行所有评级前景均为负面。此行为更像是一个警示或威胁，欧洲多个银行立刻变得人人自危。

消息一出，欧洲各国就炸窝了，政要们纷纷表示标路的这个行为没有任何理由和根据，且完全不负责任。

但不管抗议和质疑的声音有多大，也不管这个声明是否合理，股市已经做出了反应，狂跌，简直就像挨了一枪的麋鹿，拼出全身的力量狂奔，这大概就是末路狂奔吧。

"这是阴谋，这是阴谋！"竿狼一边大骂着标路评级公司，一边通知欧洲区域基金不惜一切代价撤出多单。"我不管你有多难，我命令你，立刻撤出来。"不知道电话那边是谁又惹得竿狼一顿大骂。

"这完全就是内幕交易。"竿狼忽然甩过来这么一句，又冲着电话嚷起来。

陆军号在他背后来回来去踱着步。不用看收盘数据，他心里知道金链组织这次的损失巨大。

"看来美国想借助债务危机来获取对欧洲未来经济和政治走向更大的影响力。欧盟各国再不下决心改革，就有可能解体……"陆军号示意常晴别说下去了，他怕狼叔的心理压力太大。

投资市场上谁还没赔过钱吗？都是老同志了，看过贼吃肉也见过贼挨打。投资市场讲究的是心态，甭管赔钱还是赚钱，保持良好心态是最重要的，心态差了，自然就乱了方寸，更多的错误就会出现。

常晴端上一杯咖啡，竿狼逐渐平静下来找椅子坐下。陆军号也搬了椅子坐过去。

竿狼叹口气说："想跑到前面有两种方法。"

"一是自己努力向前，二是拉住别人的后腿。"陆军号感慨地说，"美国不仅努力向前也拉别人后腿。先降自己评级，之后谁家的评级就都敢降了。"

"咱们在欧洲市场的压力很大，想全部从空方撤出来至少要三天，为了保住资金链不断掉，我打算加大俄罗斯的多单，日本维持不变，这就需要调动香港的资金去补充俄罗斯，可我又担心香港市场。"竿狼有点沉重地说。

"为什么做多俄罗斯？"

"俄罗斯的改革已经进入了深化期，正是改革成果将要体现的时候，这种改革红利必定带来货币的上扬。"

"我们做了调查研究。"常晴从一堆资料中找出一份文件递给陆军号，"俄罗斯的改革分为三个阶段，苏联解体后进入第一阶段，称为激进的'休克疗法'，但是走不通。梅尔津斯基当上总统后，放弃休克疗法，但后来发现也不过是'修正的休克疗法'。而普金诺夫当上总统之后，以铁腕维护国家稳定和统一，加强宏观调控，扶持民族工业和高新技术产业，走出了一条新路，我们称为'第三条道路'。最近的六年中，俄罗斯年均增长约6％，经济总量增加了70％，工资和人均收入增加了 500％。可以说俄罗斯正在飞速发展中。"

"明年是俄罗斯换届，普金诺夫必定要有所表现争取连任，所以股市和汇市双双上扬。我打算加大资金做多，获利后再调往欧洲市场保持资金链稳定。"

陆军号连续点头，然后又连续摇头。

"啥意思，你直说，这点头摇头的。"竿狼着急地问。

"你们想想啊，美国最怕的就是别人的崛起，那么称得起煮酒英雄的有几个？也无非就是美国、中国、欧盟、俄罗斯、日本。日本成为世界第二之后不是被美国按住了吗？欧盟建立欧元区，美国放话十五国的主权评级统统降。那么俄罗斯呢？就要见到改革的果实了，才是最危险的时候，你们分析得越透彻，越证明俄罗斯发展得好，我越觉得危险临近。"

"你的意思呢？"竿狼紧张地盯着他的眼睛。

"做空，包括日本，统统做空。"

"经济一片大好，却要做空？"

"现在是非常时期。美国既然是靠拉后腿的方式抢第一，那么拉一个后腿也是拉，拉两个也不多啊，它自己的评级都降了，横向比较，谁的评级应该更高呢？"

"这……别急，别急，我想想。"这回换成竿狼站起来满屋踱步了。转了几圈回来坐下，"我需要开个基金经理会，常晴下通知十五分钟之后上线开会，小陆你跟我上会阐述观点。"

会议最后决定，不做空俄罗斯，撤出俄罗斯资金调往欧洲市场，保持日本的少量空单，部分资金补充欧洲，部分资金撤回香港。

三天之后的清晨，国际评级机构标路突然宣布，对俄罗斯的主权信用评级进行了重新预测，从此前的"稳定"调整至"负面"。同时对于俄罗斯非主权债务人的汇兑风险评级从A-降至BBB+。外币债务的长期信用评级降为BBB+，本币债务的长期信用评级降为A-，短期主权信用评级降为A-2。理由是，在国际储备严重减少的情况下，俄罗斯预算趋向赤字的可能性增大。

"天啊，多亏撤出了，不就是抛售了部分美国国债吗？就叫国际储备减少严重？"竿狼愤愤不平。

"强盗不讲逻辑。"

仅隔一天，国际评级机构布迪宣布将日本主权信用评级下调一级至AA3。理由是预期日本政府难以控制庞大的公共债务负担。

同日，国际信用评级机构汇遇宣布，将日本长期本外币发行人评级由AA下调至A+，评级前景为负面。

次日，标路宣布将全球最大汽车制造商日本收田汽车公司的信用评级从AA下调至AA-。

一时间，三大国际评级机构成了世界上最为瞩目的公司，它们就像拿着板砖的流氓一样，见谁拍谁，看谁不顺眼就拍一板砖，够不着都得跳起脚飞砍。在三大评级机构的狂轰滥炸下，几乎冒点头的国家、企业，都被降了级。世界各路资金忽然发现，原来美国国债依然是世界上最安全，最稳定的投资品种，大量资金从欧洲、东南亚开始向美国流动，美国国债上限提高而留下的缺口全部被填满，各国股市连续下跌，期市更是疯狂，黄金停止下跌开始反弹。

金链组织在欧洲市场撤出的动作慢了，遭受了不小的损失。由于提早撤出了俄罗斯，虽没做空单也算无损失。在日本小挣。在香港市场做多护盘小亏。欧洲区转为了空单，希望能抓住市场下跌的机会。

汇遇率先将希腊的主权信用评级由A-降为BBB+，同时将希腊公共财政状况前景展望确定为"负面"。

四天后，布迪宣布降低希腊主权债务的信用等级。希腊国债市场价格大跌，融资成本飙升。

又在两天后，标路将希腊长期主权信用评级评为垃圾级。同时下调了希腊所有重点银行的评级。希腊债务危机终于爆发了。

"我看今年最忙的就是这三大公司了吧？"

"既然已经开始了就不会轻易完结，我看美国要把所有国家的评级都降一遍，所有人都降了其实就等于没降，老美的国债评级还是最高，但在普遍降级的过程中老美又完成了多次资本洗牌。"陆军号不屑地说。如果这真的是杨威想的招数，他心里倒是着实的佩服。孙子兵法曰：以利动之，以卒待之。就是这个意思吧。

西班牙、意大利、荷兰、葡萄牙等国纷纷遭到降级后，全球股市都进入了暴跌，欧洲最惨成为了重灾区。香港受到牵连，内地也不例外，但由于金链计划的支撑略好于别国。

第二十七章　空

金链组织欧洲区的执行官最近一段时间痛苦得不得了。刚刚转做空单，又因IMF（世界货币基金组织，总部设在华盛顿，历任总裁均来自欧洲，但份额美国绝对第一）忽然宣布了1100亿的希腊援助计划，成为了多方的攻击目标。当日欧洲股市大涨，欧元汇率攻击到1.3美元上方，日本日经指数上涨1.6%，澳大利亚股市上涨2.7%，连香港恒生都上涨2.5%。

欧洲区不得已转战多单。不想三天后，IMF提出了救助的补充条款，要求希腊采取财政"紧缩措施"，大幅削减工资。希腊认为那将推高失业率到15%，并引起通货紧缩，使现有的债务因为实际利率的增加而雪上加霜，双方谈判破裂。欧洲再次陷入危机，股市、汇市双双下跌。

"咱们在美国赚的钱，差不多都填到欧洲了。"竿狼忿忿地说。

"股市老话，在股市里混，总有一天要还的。"

"欧洲区那个黄老财就是不听话，死有主意。"

"也不能全怪他，希腊总统忽然又同意了紧缩措施，市场又翻多了，变化太快了谁也跟不上。"陆军号停了停问，"我不太明白，欧洲区黄经理不归您这里管吗？怎么能不听话。"

"按金链组织的机构设计，美洲、欧洲、南美洲、东南亚各设计了一个分部，设执行官指挥一名，总部有30%的决策权，其他的由执行官定夺。你看美洲的刘大脸多听话，踏踏实实干得漂亮。"

"刘大脸，十年前的德蒙系的那个指挥人？"

"是他。"

"咱这儿人才济济啊。黄老财是'3.24'事件的黄忠强吧。"

竿狼耸耸肩："不跟你说了，我还有事。"说完急急地走了。

常晴走过来："你陪我去逛逛春熙路。"

"我……"

"不许说不，你都好久没陪我出去了。"她顿了一下，"我做了件衣服。大青叔去了这么久，我总觉得就在这一两天就能回来了，我要穿上漂亮衣服，等我爸一睁眼看到我，他一定很开心。"

陆军号看着她，鼻子酸酸的，他怕会有眼泪流下来，赶紧站起来就往外走："那还不赶紧走。"

常晴从后面拉住了他的手，他用力握了握，表示同意也表示安慰。

离开春熙路主路进入一条胡同，常晴指指前面一家店铺："就这了。"

陆军号看看招牌，一位驼背老者站在纺织机前，下面三个字"锦绣坊"，好像在哪里见过。进入店铺，装潢古朴清雅，服务员身穿麻布长衣，绣花鞋，粗大的辫子垂在胸前。见常晴进来，笑容满面地迎上来。

"常小姐过来了。"

"嗯，我上次定的那条裙子可以取了吗？"

"上周就完工了，我去后面取过来。小红招待客人。"她转到后面去了，另一位服务员招呼他们在茶桌前落座，沏上热茶。

"这是个服装店？"陆军号问。

"是啊，她们这里是纯手工制作，客户定一件做一件，做工的师傅都是女孩子，都在后院呢，她们这里的规矩，男客不能进后院，不然还可以带你参观一下。"

"前面一件衣服都不摆，别人哪知道她们是做什么的。"

"这招牌有三百年了，至今还靠的是口口相传，新客户也都是老客户带来的，也不需要摆出来什么。"

陆军号迟疑了一会儿忽然问："这里做男装吗？"

沏茶的小红接过话去："锦绣坊从来都不做男装。您看画中的那位就是祖师爷，她只研究女装不做男装。"

"这是女人家的店，要是在古代，估计都不让你进门。"常晴笑着说。

"姑娘说得对，我家古训上的确这样写的。但现在已经松很多了，只是依然不能进后院。"

两个人你一言我一语地聊着。陆军号的思维根本没在这，他想起来了，在下雪那天，同样在春熙路，他见过这个牌子……

裙子拿来了，一条白色亚麻长裙。常晴去试衣间换上，出来时让陆军号一怔，太漂亮了。那乌黑的长发，那柔弱的细腰，那亭亭玉立的身段，被这条白色长裙映衬得如此完美。他突然想到《纸戒》一书中，林晓雨的经典装束，不愧是林晓雨的女儿，这感觉跟想象中一模一样。

"想什么呢，问你怎么样呢？"

"先生是看呆了，看您这么漂亮。"服务员在边上笑盈盈地说。

陆军号也笑："挺好的。"

正说着常晴电话响，她嗯啊地答应两声，兴奋地跳了起来。连衣服都顾不上换，跟服务员说了声"挂我账上"，拉起陆军号就往外跑。

"大青回来了，拿到曦舞了。"

在楼道里老远就看到大青了，他正坐在长椅上跟竿狼说话，一条腿打着石膏。

"大青叔，我爸怎么样？"离老远呢，常晴就喊。

"我办事，你放心。"大青还是那么洪亮的声音，还做了个OK的手势。

常晴乐得啊啊叫着冲进了病房。

竿狼示意陆军号先等等："医生说不让进去那么多人，你林姨在里面呢，让他们一家人呆会儿吧。"

"现在怎么样？"

"我也没进去呢，听医生说非常好。"竿狼脸上露出久违的笑容。

"您这是？"陆军号指指大青的石膏。

"掉山洞里了，摔折一条腿。哎呦那个破洞直上直下的，还滑不出溜的，根本爬不上来，通讯设施也摔坏了，当时我想这下老子交代了。可又一想常老大交待的任务还没完成呢，于是就在洞壁上凿小窝，一点点往上爬，快到洞口的时候在石壁上居然找到了曦舞，这曦舞啊只接收早上的那点阳光，太阳一转过去它就躲在阴暗中了。你说是不是上天安排好的，不掉到洞里还找不到它呢。"大青把这次遇险讲地津津有味，只字未提拖着一条断腿爬上来的艰难和痛楚。

"您就瘸着一条腿下的山？"

"是啊，要不我还能早几天到这儿。"

这时林晓雨出来了，脸上还挂着泪水。"老常说想你们了。"她拉起大青的手，满眼都是感激，估计一堆话要说。

竿狼和陆军号急急地进了病房，常云啸坐在床头和常晴正有说有笑地聊天，见他俩进来高兴地说："你们看多神奇啊，这世间真是一物降一物啊，刚喝下去半小时，我就好了，脑子也清醒了。"

"太棒了，太棒了。"竿狼激动得一连说了好几遍。

"你们赶紧跟我说说组织最近的情况。"

竿狼和陆军号对视了一下，慢慢地将最近在美国、俄罗斯、欧洲等国的情况一五一十地讲述了一遍。常云啸一会儿凝思，一会儿点头，一会儿摇头。等竿狼全部汇报完，他忽然转向陆军号。

"你觉得谁赢了？"

陆军号被忽然的这么一问愣住了，他看看常晴，常晴眨眨眼意思是说，想什么说什么吧。"我觉得，在金融面前，似乎谁也没赢。"

"最近去大师的墓地了吗？"

前后两个问题完全不挨着啊，陆军号答："经常去看看。"

"看明白了吗？"

"啊？"陆军号摇摇头。

常云啸指指窗外："天高云淡，五千年以前是这样，现在还是这样，并未因为人类分了多少个国家，经历多少次战争，多少次金融危机而改变。你说得对，在金融面前其实没有赢家。躺在这里犹如生死一回，再看一灯大师的墓地和活佛的锦囊，原来不过如此。"

"您是不是有所领悟？第一个您说是乱，那么第二个呢？"

"我看懂了，我也希望你能自己看懂它。别人说的永远都是别人理解的，最重要的是你内心悟到了什么。"

医生进来宣布了一个好消息，经过血液化验，夜魅的毒素全部排除，常先生除了久卧造成了肌肉萎缩以外，全部指标已经正常，只需要肌肉恢复训练，再观察到下午，如果没有变化晚饭前可以出院。

大家一片欢呼。

常晴推个轮椅，常云啸坐着，陆军号也推个轮椅，大青坐着，两个人坐在轮椅上却兴高采烈地聊着，一行人进了桐梓林的别墅，竿狼要处理欧洲和美洲的资金问题，回青城山了。林晓雨提前一步回了家，安排用人打扫房间准备晚饭，忙得不亦乐乎。

就在大家互道有无等着吃饭的时候，陆军号的手机响了，他赶紧去了露台。

"怎么每到关键点，你都正好能出现呢？"陆军号不耐烦地问。

杨威嘿嘿一笑："只能说明我能掐会算啊。我只问你一句，你服不服？"

"服什么？"

"美国的次贷一战，看似你赢了，其实被我们利用了；欧洲的降级之战，摆明了你们输了；要不是你们从俄罗斯跑得早，还是一个败笔；东南亚什么小龙小虎的，哪个都不好过。这里多数是我的谋划，服吗？"

陆军号扑哧一声笑了："我服我服，要不然你把"我服"这两个字录下来，每天听几百遍，心情多愉快。"

"一听就是口服心不服，我一定要叫你输得彻底了。最后还剩一个香港，你和我较量一下，咱们看看谁才是天才。"

"这有什么意义吗？"

"有意义，这很有意义。"杨威的情绪忽然变得很激动，在电话那边嚷，"从大学我就看你不顺眼，想不到毕业后你还是撞到我手心里了，这就是命。劝你跟我一起打天下，你不屑一顾，真不知道唐雁凭什么喜欢上你这样一块又臭又硬的石头。"

开始陆军号还没急，一听到唐雁的名字一股火气立刻顶到了脑门上："我问你，唐雁到底在什么地方？你不是说要结婚了吗，我怎么没得到任何你结婚的消息呢？"

"很着急，很上心？那就来跟我一决高下吧，你赢了我就告诉你。"

"我知道你把唐雁藏起来了，根本没出国。"

"废话少说，今天是周二给你一周准备时间，下周一开始我袭击香港股市，如果你想一起玩玩就给我电话。你不参与也没关系，就看着香港遭殃吧。"

"这是无理取闹。"

"随便你怎么说，要么给我打电话，要么靠边站，你自己选。哦，对了，你也跟常云啸说一声，免得说我不宣而战。"说完杨威挂断了电话。

陆军号愣在那里，他不明白杨威为什么一定要跟自己比个输赢。他一直觉得杨威很神经质，做事情毫无道理，这次又开始发什么神经病，拿香港做赌注。要不要告诉常先生呢，今天刚刚出院就……常先生今天刚刚出院，杨威就提到跟他说一声，果真如朴天恒所说，敌中有我我中有敌啊。

常晴来喊他吃饭，见他面有难色问："怎么了？"

"没事，回头再说。"

"有问题我们可以共同面对。"

这个小女孩忽然冒出这么一句，倒是让陆军号有点感动："今天是高兴的日子，明天再说。"

第二天，陆军号把杨威的事情告诉了大家，话音还没有落竿狼就已经开炮了。

"这小子还来劲了，早早把天恒查封了，看他还叫嚣。"

常云啸平静地说："这是一个坏消息，他们准备对香港动手了。我这里还有一个好消息，陆军号，从今天开始金链计划正式聘用你为总部执行官，接替竿狼。"

"我？"陆军号惊讶地摆摆手，"我怎么行，还是让狼叔来吧。"

"竿狼接任欧洲执行官，同时做总部第一参谋。别推辞，这个决定是你狼叔提议的，我同意，沈先生也认可。你最近的表现让大家都很满意。回头综合部门会准备聘书。"

"这……"陆军号看竿狼。

"别这那的，要么就是你不愿意正式加入金链组织，要么就痛快地答应下来。我举荐的你，我可不希望是婆婆妈妈的执行官。正好我也需要轻松一些，人老了脑子不够用了。"

陆军号点点头："好，我来试试。"

"不是试试，是要做好它。"

"恭喜你。"常晴微笑着说。

"好吧，好吧，我接受任务。"

"那么如何应对天恒集团，就是你做总部执行官后遇到的第一个考验。你来做决策，我听汇报。"

常云啸说得很平淡，但瞬间陆军号觉得肩头就沉重了。狼叔指挥，他做参谋就轻松得多，因为最后决定是狼叔的事情，参谋只表达自己的建议即可。现在要自己下决定了，心情完全不一样。牢骚、意见、建议，这都容易，但真的将事情拍板、落实，就不是那么简单的了。谁拍板谁负责，谁负责谁才头疼。

"你打算应战吗？"常云啸问。

陆军号叹口气摇头："我觉得好无聊，我不想陪一个疯子玩。第一，我想不出来他有什么理由这么做，如果没有理由那就是有毛病。第二，咱们的战线我大致知道，几乎没有资金可以挪动。欧洲前期的损失使得咱们很被动，目前部分美洲的资金都已经调往欧洲，不可能短期内调回香港；而东南亚多空格局基本僵持，一旦撤出资金就会造成快速下跌，这反而会加大香港股市的压力。这样看来没有新增资金能支援香港和内地，而原本我们在这个区域的资金基本上处于持券状态，现金过少。所以从个人来说我觉得是瞎闹，从整体来看我们目前也没能力。"

常云啸看看竿狼，又看看常晴："晴儿，你的记忆中下周一有什么事情要发生？"

常晴想了想说："周一的时候，欧盟有会议，之后外长有会议；英国财政部部长出访法国；美国公布银行经营数据；亚洲四小虎的央行行长会务……"

"等一下。"常云啸打断她，"美国公布银行数据？这里面有交收结算的一些事情吗？或者说到周一某个事情或项目就结束了的？"

"我想想。好像是有几家投资银行的基金到期，具体没有关注。"

陆军号点头："我明白您的意思了，那应该重点查摩通旗下是否有基金到期，包括基金业绩、投资范围、预期承诺等都要查。杨威的行为很可能是美国老板的某种行为。"

"是的，没有无缘无故的事情，偶然背后一定有必然原因。"常云啸表示赞同，"所以不要一上来就觉得很多事情莫名其妙，要深挖背后的故事。"

"我知道了。"

"另外，不要轻易怀疑自己的能力，不要过多地依赖外界条件。你的祖先陆丰武，会不会认为凭借自己那点人马就能打败日军？"

"不会。"

"估计李鸿章大权在握都不会这么想。陆丰武冲上去了，为什么？如果等所有资源都到位，人也有，武器也足，还要我们做什么？那些英雄的先辈们哪一个是等资源到齐了才去做事的，难道他们不知道此去九死一生？没有他们一个一个地扑上去，怎么取得胜利？他们想的不是个人，他们想的是民族，是国家。"常云啸深情地望着陆军号，"咱们，就是这类人，跟陆丰武都是同一类人。"

陆军号觉得鼻子有点酸："我知道了，为祖先而战。"

"为荣誉而战。"

"接受杨威的挑战，这事就定了。下面我要思考一下用什么方法。"

"好啊。作为总部执行官，别忘了去一灯大师的墓地上炷香。"

陆军号和竿狼坐在墓碑旁边的草地上，身后的香炉冒着徐徐的青烟。这里永远都是那么宁静，只有微微的风吹拂四周的竹林，竹叶碰撞发出沙沙的声音。

"数据报表显示，最近几天的确有资金从美洲、欧洲流向东南亚和香港，杨威说的很可能是真的。"竿狼轻轻地说，似乎怕打扰了这里的宁静。

"应该是真的，虽然他有点神经病，但我还是相信他打算这样做的。现在咱们在欧洲市场吃紧，资金调不过来，美洲市场的半数资金已经调往欧洲。能自由活动的资金就只有东南亚，但如果从东南亚撤资金到香港，会直接造成东南亚股市下跌，不可能不对香港造成负面影响，就相当于咱们自己砸盘。如果不调资金到香港，咱们在香港的资金又不足以与天恒抗衡。"

"我可落得清闲喽，咱们在欧洲市场比较成熟，那边的情况我也比较熟悉。中国政府已经有意对欧洲展开援助，近期高层互访频繁，我想欧盟一定能挺得住。美国无非想在欧洲经济恢复中谋得利益，如果得到好处，后面美国也会推动向积极的方面发展。但这边的事情就比较复杂了，要看你的了。"

"不知道哦。"陆军号顺势躺在草坪上。

很少能这么近地闻到泥土和青草的味道，感觉到的是大自然的清香。抬眼可以看到天空飘荡的青云，说是一丝也好说是一片也好，总归是清清淡淡似有似无。耳边有竹林声和鸟鸣，没有人烟嘈杂也没有车水马龙，这让耳朵更灵敏了，他甚至听到了地下小虫的低吟。他觉得自己开始发呆，忘却了四肢，有一股气在下沉，脑子空了，似乎呼吸也停止了，他能感觉到自己的存在但又没有真实的存在感。好舒服，一切都荡漾在"有"与"无"之间。

他试着常云啸上次的方法，在脑海中想象出第二个锦囊，那是一张白纸，慢慢地铺在大师的墓地上，他感觉自己是在空中来俯视这个情景，一切尽收眼底，当白纸覆盖了墓碑，这就是一片空旷的草地。

忽然一个字进入了脑海，也就在那一瞬间真实的存在感又回来了，他好像从发呆中醒了过来。噌的一下坐起来，看看身边不远处大师的墓和平躺着陷在地里的墓碑，他笑了。

"怎么了你，吓我一跳。"竿狼在边上也坐了起来。

"没啥。"

"做噩梦？"

"好梦，咱回去吧。"陆军号笑着说。

第一件事就是打电话给杨威，应战。地点在香港西贡海白沙洲边上的一个小岛上，岛非常小，仅容纳了一栋别墅，大家需要开船上去，杨威搭建了信息系统、会议系统、交易系统等必需的设备。

第二件事就是组建团队。常晴、方强、竿狼和必要的人员配备都到齐了。至于资金，陆军号不打算调用任何地方的资金过来协助香港。这让竿狼很不解，如果仅凭内地和香港的现有资金，根本不足以应战，至少也要调过来百亿才合适。

"我看你信心满满，到底有什么高招？"

陆军号嘻嘻笑着："暂时保密。今天下午我要和方强、常晴的两个小组先到香港打个前站。明天周五您在这边指挥完再过来，有什么情况咱们及时通电话。"说完带上人走了。

当天下午一行七个人已经到达香港，落脚在蓝巾酒吧的分店，梅姨和驼子叔都已经在那里做好了接待准备。驼子叔开了游艇，带大家坐船观察了小岛的地形，之后回蓝巾酒吧做讨论。

"你最近玩什么游戏？"陆军号问。

"地狱亡命徒，怎么？"方强很奇怪。

"一会儿你让每个人都注册个号，然后教会大家怎么玩。"看到方强和一群人都在迟疑，他拍拍他的肩膀，"我有用。"

很快所有人都开了账号，并学会了操作，大家组成了一个作战团。陆军号把方强和常晴喊在一起，将自己的计划讲给他们听，刚讲一半，两个人就惊呼起来。

"这也行？我就带着他们几个玩游戏？"

"我说大叔，您不是开玩笑吧？这让我爸知道，还不气晕过去？"

"这不是还没说完呢吗？之后你们分别要这么做……"陆军号给两个人安排了任务。"说真的，这次不是看我的，而是看你们两个的。"

方强摇着头笑道："真有你的，如果成功了真可以拍好莱坞大片了。"

"你是指挥官你说怎么做我们怎么做，最后挨骂的是你不是我们。"常晴慢慢地说。

"看你们俩这样完全没信心啊。放心吧，我就是创造奇迹的人。"

方强使劲点点头，"我看出来了，我去干活。"说完走了。

"你刚才说要教我操盘手语？是什么？"常晴看着他。

"我现在教你。"陆军号将当年教孙晓乐操盘时用的手势一一教给了常晴。

周五一早方强就叫上几个组员出去了。晚饭前，竿狼到了，林晓雨推着常云啸也来了。陆军号向他们讲述了自己的计划。

竿狼几次想打断他都被常云啸按住了，等陆军号一说完，他就按捺不住了："这能行吗？从来没有这样的，从来没有，你这会玩死自己的。"

陆军号看常云啸。

常云啸问道："你看明白大师的墓地了吗？"

"我想我看明白了。"

"写在手上，咱们对一下。"

两人各自写在手上凑到一起，竿狼也凑过来看，两人张开手心，彼此会心地笑了，上面只有一个字"空"。

常云啸笑着说："我同意你的计划。"

"你们搞什么鬼，这可不是开玩笑的事情。"竿狼还是不满意，"空，空什么，做空吗？"

陆军号刚想解释被常云啸制止了："让他再悟悟吧。"

周六晚上方强一组人回来了，汇报说一切安排就绪。常晴将他们组的信息调查工作稿交上来，陆军号修改后，要求全体在周日演练。

周一早上七点，陆军号、竿狼、方强、常晴等一行八个人如约登上了小岛，杨威等十几个人已经在码头等他们。

陆军号上岸看看对方的阵容，杨威在前，之后是吴尚白，张名、钱海在列，还有一些员工和两个保镖。

"阵容强大啊，很多熟人。"陆军号笑着往上走。

"欢迎你的阵容就要强大点，不然压不住你的锐气。"杨威还是阴阳怪气的，"里面请。"

进了大厅，座椅已经分列两边，分明是对阵的架势。一边电脑齐全，显然是杨威的阵营，一边空空荡荡，这是给陆军号他们准备的。方强招呼组员架设备，一群人忙活起来。杨威请陆军号到卡座喝咖啡。

"看来你都准备好了？"

"只能说是严阵以待。"

陆军号冲着方强喊："他们可能装了微型摄像头，检查一下。"

杨威一震，马上镇静下来："你越来越在行了。"

"主要看跟谁对阵。"

"我的报表显示你们没有从其他市场调集资金，那你们的资金能够用？我来做总指挥，张名负责香港市场的下单，吴尚白负责内地股市下单，钱海在期货市场上做配合，你能不能扛住啊，要是一边倒就不好玩了。"

"你今天什么目标？"

"恒生下跌5%，A股做辅助吧。"

"这么狠的目标？"果真没错，常晴仔细分析了周一的各种事件，最终确认，杨威此举是为了美国红章基金。美国红章基金隶属于摩通集团，主要投资于全球股市，在美国次贷危机中遭受重创，已经到了清盘的边缘，面对巨额赎回，摩通做出在季度结算日前将单位净值提高10%的承诺，之后红章基金转向亚洲市场以做空为主，由于操作不利，一直未能达到预定目标。明天是季度结算日，算上杠杆今日至少要让港股下跌5%才能完成目标。如果目标未完成，一旦出现投资者挤兑，摩通集团很可能成为下一个莱姆兄弟！别看摩通在这次次贷危机中被政府扶持，收购了大量的廉价资产，但并不等于它高枕无忧，吃得太多会忽然消化不良，国际上这种案例屡见不鲜。这次摩通吃得太多了，现在它胖得就要炸了，各个新资产缺钱搞得它分身乏术，顾头顾不了屁股，没有资金再救助红章基金，因此就启动了天恒集团这颗早已埋下的钉子。这才是今天这个场面的真正内因。

陆军号继续说："恒生指数68日均线已经形成向下之势，目前被半年均线支撑，如果指数下跌5%不仅破掉半年均线，连年线也会被击穿，就能造成巨大的市场恐慌，会顺势下跌超过3%，如果动用杠杆，你的这一把收益可能超过30%，恭喜啊。既然是对决，我也就说说我的目标，我要上涨1%，别嫌少，毕竟我资金少嘛。"

杨威看看他，从桌上拿起一盒雪茄，抽出一支熟练地用雪茄钳剪好，点燃，深深地吸了一口，喷了一团浓烟。"好啊，有点意思。谁达目标谁赢，如果都没达标，距离谁近谁赢。"

这时方强走过来对陆军号说："检查过了，找到十四个探头，六个音频接收器，都已拆除。"说着从布袋里拿出一一摆在桌子上，并看着杨威，用手指了指。手指一共在空中点了四次，陆军号明白，还有四个探头没拆。

"别扔，还给人家，固定资产别流失。"

"您放心，咱们是讲原则的人。咱们的设备已在安装，很快可以完成。"方强去准备了。

"你这是什么意思？偷窥可不是什么好习惯。"

杨威的微信响，他看了一眼，告诉他还有四个最先进的探头没被找到，他心里踏实了。"该拆的都让你拆了，大家公平了。"

"讲公平还差得远呢。"陆军号摆着手，"我不过是把你耍诈的东西拔掉了，最多算卑鄙手段被拆除了，还谈不上公平不公平。"

"还哪里不公平？"

"做事情，有四个可利用的资源要衡量，人、财、物、信息。论人，咱们都有自己的队伍而且都是最好的，算是公平。论财，你大我小，咱们就已经不再同一起跑线上了。论物，我在你的地盘上，你有时间安探头我却不行，鬼晓得你还有什么高科技玩意藏在什么地方，所以也不公平。论信息，更难说是否对等，天恒一向都是靠发布虚假信息来取胜的，属于骗子的伎俩。四大资源，你占了三个，能算是公平竞争吗？"

"世界上有完全公平的事情吗？再说了，你自己不从别的市场调资金，你怪谁？探头都被你拆了，物上边也平等了吧。至于信息嘛，那是我们的本事。"

"不公平的战斗，你觉得有意思吗？"

"你想怎样？"

这时方强汇报全部设备已经到位，陆军号会心地向他点点头："赶紧测试。"

第二十八章　决战，在海中

大家落座测试电脑运行，方强给陆军号拿来笔记本。他一边打开市场信息一边继续刚才的话题："我能怎样，上周五道琼斯跌得够多，摩通帮你使的劲？"

"羡慕吗？难道没人帮你？哦对，你已经是金链组织的总执行官，那就是你自己不帮自己了，多调拨点资金来只是你一句话的事情。我来帮你分析一下，欧洲方面吃紧，美洲的资金调过去了，东南亚各国你很难抽身，金链组织在香港和内地股市能活动的现金，我估算不过20亿。我从美洲新调集的资金有80亿进入港股，20亿进A股，吴尚白A股光市值也超过40亿。这些你应该有数据吧？"

"你消息还挺灵通，知道我升官了。我不调资金的原因不是调不开，是我对我的能力有自信。只要给我一个条件，我就能赢你。否则我大概只能处于半弃权状态，陪你走走过场，让你过把干瘾。"

杨威狠吸了一口雪茄，难道这小子背后还有我们不知道的资金？"那你说，怎么你才服气。"

"资金你大我小，这个方面我不担心。我只需要在信息上体现公平。"

"怎么算信息公平？"

"你和我都不发出信息来影响市场，咱们只用资金影响市场。"

杨威笑了："一手是资金，一手是信息，你明知道天恒在信息方面有强大的优势，却要我不发信息影响市场，你不是等于断我一只手吗？"

"我没钱，你没信息，大家都成了残疾，不是很好玩吗？"

"如果我不同意呢？"

"那么你赢了，我现在走人。"陆军号站起来伸出手，意思是握握手。

"坐下坐下，我想想。"杨威盯着陆军号，"那怎么才能确保大家不发信息呢？"

"很简单。在这里设置一个屏蔽，屏蔽之后咱们只能看到去年证券行业评定前三名的金融网站，一个政府网站，一个综合新闻网站，共五个网站和各个市场的交易数据。咱们再建立一个局域网，各自团队可以用IM系统沟通，但你我都无法向外发送信息。向外发送的就只有交易系统中的交易指令。当然手机也要屏蔽。这样我就有信心以少胜多。"

"以少胜多。"杨威嘴里重复着，脑子里不停地盘算。原来陆军号想玩的是这个，他当然知道天恒集团在媒体中的力量，怕我在资金的压制下，再加上媒体的宣传攻势。

"有点犹豫还是不敢？"

"不就是大家不玩信息战吗？没问题。就算是只比资金，我也能压死你。张名，叫信息技术过来。"杨威指着陆军号，"我让你输得心服口服。"

"我这边也有技术，咱们来双重防护，谁也别违规。"

"好啊，我要求在9：15启动这个屏蔽，之前我要做些安排。"杨威跟张名去边上嘀咕了几句，张名去工作了。

陆军号也叫了方强，布置了屏蔽工作。

两个人再次坐进沙发里，喝茶的喝茶，抽烟的抽烟，彼此在揣摩着对方的心态。

"你现在是不是心里特紧张。"

"为什么？"杨威瘪着嘴。

"你资金大，我资金小，你赢了很正常，别人还说你以大欺小，我输了却不丢人。但是如果你输了，那可就传成佳话了。"

"搞心理战？在我这儿很难奏效。我要赢的只是你，他们传成什么样跟我没多大关系，在历史的长河中记录不下你，也记录不下我，所以我们都不用去顾忌别人怎么看，怎么说。要真说怕，那也是你怕，昨晚美国三大股指全部大跌，现在日本开盘也是低开向下，印度、印尼、泰国、新加坡哪一个趋势向好？糟糕的是，你们金链组织看出了向下的趋势，却要稳住市场避免恐慌，这完全就是违背市场自然规律的事情，想让香港独善其身，那是痴人说梦。"

"你出的招数遵守自然规律了？降低各国信用还违背道德呢。你做的是扰乱市场，我做的才是真的让市场正常发展。"

"现在快九点了，距离竞价不到半小时。这是你最后舒服的半小时了，过会儿我就等着看笑话，看你怎么拿鸡蛋撞在石头上。"

"我可没那么软弱。不能乱发消息了，你也就强大不到哪去。"

"我是乱发消息吗？上个星期巴基斯坦面临30亿美金的外债到期，而外汇存款只剩81.4亿美元，它的卢比近半年贬值21%，我不向老板建议降它级别，标路一样会降它。怎么能是我乱发消息呢，别拿我跟那些传小道消息的比，我跟你一样，靠智慧。不发信息，影响不了什么，我一样靠智慧赢你。"

陆军号耸耸肩。方强过来汇报局域网和屏蔽都做好了。那边也有技术人员向杨威汇报了工作。他们在大厅中间还搭起了两块幕布，分别接了陆军号和杨威的一台电脑，有投影将电脑内容展示在幕布上。大家现在看到的就是仅留下的五个网站之一的中华网，这是一个政府信息网站。

"陆军号，这下咱们清静了，踏踏实实地把心思放在交易上，各自就位吧。"

杨威做了个请的动作，陆军号走回了自己的阵营，他看一眼方强，方强使个眼色，表示一切按计划完成。

昨天晚上美国股市在最后的一个小时加速下跌，以跌3%收盘，因此日经指数开盘就下跌了2.8%，这对中国股市必定是不小的压力。国内昨日发布了支持国产汽车的通知，晚间又限制了稀土的出口，这对汽车行业和特种有色都是利好，香港方面昨日报出的经济数据正常，房地产板块经过一段时间的调整，现在个别股有启动的姿态，这个可以利用。

陆军号抬头看看对面，两个阵营中间大概也就三米远，对方的表情都看得清清楚楚。他拿起矿泉水瓶，喝了一口放在桌子的右上角，暗语告诉大家一切都在计划之中，按计划行事。

杨威一回到自己阵营，赶紧看电脑。在他面前的三台电脑中，有一台是监控屏，他打开屏幕，剩下的四个探头图像清晰，调整角度后可以清晰地看到陆军号等人的动作，甚至是他们屏幕上的画面。他发现方强正在和其他四个人玩联网游戏，而竿狼则在看八卦花边，只有常晴老老实实地看着国际市场变动等待指令。一盘散沙，杨威心里笑，论人员素质也是我胜你一筹。他抬头瞧瞧幕布上的投影，又打开网站看到早上安排的负面报告已经出来一些，心里高兴。再从监控器中看看陆军号，一切都在计划中，此战必胜。

方强正在组织游戏军团的人员搞城市建设，实际上他在发出密令：投放第一批段信息。

陆军号翻看着网站信息，冲杨威喊："沙特宣布石油减产三分之一，石油价格开始回升，带动了商品市场，看来老天助我啊。"

杨威也看到了，他打开仔细阅读。沙特股市前两天下跌了将近10%，看来政府有所行动了。沙特阿拉伯的液体燃料日产量为1100万桶，减少三分之一就是366万桶，这对市场是巨大的影响，虽然美国已经成为液体燃料生产的第二大国，但它同时也是消费第一大国。因此还是沙特对世界能源的影响力大一些。

而昨日中国政府宣布限制稀土出口，国内很容易将两个事件结合，给有色喘息之机。他透过监控看见陆军号正在用IM系统跟常晴说话，他放大屏幕观看他们聊的内容，大意是陆军号要求推高A股市场的稀土、钨、钼、镍四种金属股。这四种特殊有色的股票并不多，以镍、钼最少，稀土的影响力最大。

杨威感到奇怪，怎么让个小女孩下单呢？难道让竿狼主管香港市场？管他谁下单呢，都一样死翘翘。他向吴尚白发出指令：压低稀土价格，把包铜稀土压到-5%开盘，武广稀土-4%开盘。

向张名发出指令：将港股紫光矿业开盘下压2%。

向钱海发出指令：压住铜的价格不起，石油可能高开，自己把握。

9：15，A股开始竞价，稀土各股平均低开-3%，几种特殊金属股都不理想。

杨威抬起头冲这边喊："看来沙特没能救得了你啊。"

陆军号不理他，而是低着头忙着敲电脑。杨威赶紧通过监控看陆军号，他正写给常晴："开盘后将其他个股的单子全部撤掉，所有力量集中在包铜稀土上。"

杨威向吴尚白：开盘后撤掉包铜稀土的压单，继续压低武广稀土等所有稀土、钨、钼、镍相关股票，把包铜稀土孤立起来。

此时的竿狼不看美女照片了，竟然玩起了大富翁。杨威摇摇头，转看其他人员动向。

　　杨威给大家发出信息：A股市场咱们只是做辅助影响，重头戏在香港，大家别着急，慢慢来。

　　竿狼真的在玩游戏？他正透过大富翁游戏中的股市模块下单，这个游戏早就被方强改了，股市模块其实是真实的。按计划竿狼首先要以香港红星汽车为头，慢慢买入并推高汽车板块。

　　9:30，两市开盘，低开。上证指数开盘2980.1点，低开-0.415%。恒生指数开盘20668.8点，低开-1.52%（-318.09点）。特种金属一路下滑，包铜稀土并未幸免，在微弱地抵抗后掉头向下。

　　陆军号盯着行情，有色股受到重压，但龙头包铜稀土却意外没有太多压单。奇怪啊，杨威为什么要留一只股？A股市场不许做空，要想砸盘必须手上有股票（各券商是不愿意做融券业务的），从观察来看，杨威在A股市场的持仓主要靠吴尚白的基金，而吴尚白是房地产和尖端科技股的高手，对于有色他们应该不会有太大储备。而在期货方面就不一样，可以做空，利用压低铜、铝、锌、铅的价格来影响整体有色是有可能的。

　　他向常晴发信息：包铜稀土怎么没动静？

　　常晴回：竿狼说再低一点会形成更好的买点。

　　陆军号回：你究竟听他的还是听我的。

　　常晴答：你别急嘛，他说的也不是没有道理……

　　杨威从监控里看着他们你一言我一语的，心里想，看来金链组织中也有不小的矛盾。这可以理解，人家竿狼当总执行官那么久了，你一个刚来没多久的陆军号就想把人家顶了，肯定有矛盾。有矛盾就无法有效指挥，就算是在信息上大家平等，我也不信你能玩出什么花样。

　　杨威接到吴尚白信息：有色下方几乎没有抵抗，港股有色也未有抵抗。

　　张名信息：紫光矿业已经跌到指定价位。

　　没啥奇怪的，对面还在偷偷打架呢，当然没时间来对阵。虽然吴尚白手上的有色股不多，但他手上还有几家投资公司的账号，足以让有色板块产生恐慌。他立刻回复吴尚白：将武广稀土再向下压压，看他们什么反应。

网络上出现了一些关于稀土的各种报道，什么稀土可让农作物抗病抗旱；稀土是精确制造导弹、雷达和夜视镜等各种武器装备不可缺少的元素；冶金用途；石油用途……都来了，还有分析世界稀土产量和缺口的。有文章直指港股紫光矿业，分析特种金属在未来军事中的重要地位。包铜稀土慢慢被拉了起来，紫光矿业也有了买盘。

杨威看看监控，陆军号和常晴已经不吵了，常晴正用账户在操作，角度问题看不太清楚具体数字，看来常晴执行指令了。

杨威对吴尚白下指令：压住了价格，让他们低吸，我看他们能吃下多少，他们没多少资金。

A股市场是T+1交易，当日买入无法当日卖出，如果陆军号将大量资金进入有色，他将失去其他行业的对抗机会。

杨威对张名下指令：做空紫光矿业的备兑权证。

向钱海发指令：少量做空恒指期货，别太着急，慢慢玩。

（港股是有做空产品的，例如权证。用少量资金就能赌未来的方向。港股的权证分为股本权证也叫公司认股证，和衍生权证又叫备兑权证。股本权证没有杠杆比率，而衍生权证有4至8倍左右的杠杆比率。）

宣传力量加上政策支持，稀土等特殊有色股的卖单越来越大，吴尚白抬眼看看杨威，又低下头自己合计。限制出口其实只是第一步，第二步是要稀土行业大合并，最终在中国成立六大稀土集团，内部的红头文件他都看到了。他自己的团队给出的报告是可以增持稀土板块。现在是多么好的进场良机，却非要将筹码丢出去，可惜啊可惜。吴尚白知道美国佬给杨威下了指令要求今天恒指必须下跌5%，但完全没必要拿A股中这么好的板块随地乱扔啊，个人恩怨别阻挡发财的好机会啊。

此时又有信息从幕布上蹦出来：部级领导视察包铜稀土公司，指出中国稀土行业要在国际有发言权，要敢于说不，决不可再廉价出售。接着又传出消息，包铜稀土已经参与崇右西区稀土矿的竞标，势在必得。

　　吴尚白一咬牙，悄悄打开一个账户，挂买单，吃掉包铜稀土的压单。紧接着大量资金就开始涌入了，包铜稀土开始反弹，带动了紫光矿业转头向上。

　　吴尚白给杨威发信息：这样的利好，咱们压不住。

　　杨威看着盘面，似乎买单并没有想象的那么大，只有包铜稀土刚才的买单比较猛。看来陆军号还真的有动作，不是瞎忽悠。这样也好，你占用的资金越多，你成功的可能越小。既然有色压不垮你，我不妨先放放。他哪里知道，刚才包铜稀土的买单是吴尚白的。

　　他下达了停止压有色的命令，张名和钱海也都撤了下来。这下倒好，有色全体启动。

　　张名的备兑权证有损失，钱海基本持平，而吴尚白正偷偷地乐。

　　"看到没有，有色起来了。"陆军号隔着通道喊着，同时抬起一只手做着胜利的手势。

　　他心里明白，这是杨威放弃了在有色上的打压。不过他心理也嘀咕，刚才有资金迅速吃掉了包铜稀土的压单，算是解了燃眉之急，如果没有这笔单子，杨威一定怀疑我这边干打雷不下雨。常晴手上根本没钱，绝对不是这边的资金，那还能是谁这么恰到好处呢？再看杨威，杨威的注意力很可能从有色股上移走，将他吸引在我们设定的板块上时间越长才越有利。不能让他分心，必须将他的注意力集中在监控范围内。

　　他做了一个动作，方强暗中进入了第二阶段信息的发布。

　　杨威在监控中看到陆军号给常晴发出了信息：做空香港电动汽车概念。

　　什么路数，自己做空？香港市场有关电动汽车概念的股有六只，占比并不大，影响力自然不大。为什么做空这个板块呢？杨威觉得奇怪。紧接着他又看到陆军号竟然让常晴在A股市场做多电动汽车。这一边空一边多，让杨威更加纳闷，他决定先看看。

　　很快港股电动汽车行业开始下跌，不过A股电动汽车并没有什么变化，依然散沙一样。而此时稀土概念股已经全面启动，又开始带动了传统有色股，有色带动指数开始缓慢向上，恒生指数竟然翻红，接近20700点。吴尚白在心里为自己叫好。

既然你砸港股汽车，那我就帮你一把，反正我的目标是向下。杨威向张名发指令：做空港股汽车板块。

香港汽车股开始一路下行，忽然杨威看到陆军号向常晴发指令，香港反手做多汽车股，他赶紧命令张名平仓。这是在搞什么？

监控里竿狼也在问为什么，陆军号回答：高层领导今日视察山东，行程单的第二个企业是第一汽车集团，按照时间推算应该差不多到了。

"高层领导视察山东这个事情我知道，你们知道行程单吗？"杨威通过IM系统问大家。

还真有人在这五大网站上搜出一条信息，传给了杨威。闹半天在这等着呢。果真没多久网上已经晒出了领导在第一汽车集团视察的照片。领导表示，在美国和日本汽车行业走下坡路的时候，正是中国汽车崛起的时候，要重点发展电动汽车，因为中国和外国在电动汽车领域是同一起跑线。

再看A股的第一汽车和港股的红星汽车，纷纷开始拉高。再看监控器，发现竿狼还在玩游戏，常晴在不断敲击数字键盘。啊，果真狡猾啊，陆军号。先做空单压低股价，盘中低吸，再借助领导视察的利好反手做多。我做的空单正好帮他压低了股价，完成了低吸，现在又转头向上。难怪香港做空，A股做多呢。看来我要倍加小心。好，那我就打你的汽车股。

他下指令给张名：港股大华汽车、星宇配件、汇泉电池等再上涨1%就做空。

今年以来北京中关村汽车交易市场的成交量不断萎靡，电动公交车在北京有发展，但进入上海的时候没有得到市政府的允许。昨天在江西有一辆电动汽车造成的严重交通事故。这些都可以作为电动汽车的负面佐证，杨威心里想着，可惜狡猾的陆军号将信息屏蔽了，否则以天恒集团在传媒上的力量，瞬间就可以有铺天盖地的负面报道，不用资金都能砸得下去。

很快港股汽车板块逐渐翻红（竿狼还在偷偷地买多），张名开始利用备兑权证做空单，汽车股掉头向下，重新进入绿盘。恒生指数分时盘中的多空指标掉头向下，多空指标作为分时盘的先行指标，预示着指数将很快掉头。紧跟着恒生指数开始掉头，刚刚在有色、汽车板块带动下有所反弹的指数再次进入下行通道。

杨威正自喜，看到监控中竿狼在用IM跟陆军号对话，他正跟陆军号说要停止多单，转为股本权证做空。常晴问为什么，竿狼答说一定是杨威在压盘，不如先借力量挣钱，手上腾挪出一些资金。

"靠，借我生蛋呢？"忽然他又想到一个问题，竿狼怎么知道一定是我在压汽车股？难道他们在也偷偷安装了监控器？没看到他屏幕上有监控界面，难道是手表？水杯？或者更高级的什么？想到这，他赶紧让技术人员悄悄用仪器探测。杨威发指令：你们的重点就是给我全力探测他们在什么地方安了监控设备，决不能让他们监控到我们的行动。

这时候陆军号和竿狼已经在IM系统中吵起来了，一个坚持要做多拉高指数，一个要做空先挣钱。常晴干脆停止了交易。最后陆军号拿出了总执行官的身份来压竿狼，竿狼忿忿地扣上了电脑笔记本，闷闷地抽烟去了。其实竿狼的空单早已经挂上了。

杨威咧咧嘴差点笑出声来，内讧，内讧了。看来陆军号在组织内部根基不稳，竿狼因降职怀恨在心，常晴摇摆不定，方强组织技术人员玩游戏倒是很开心。就这么个团队，居然想跟我强大的团队和资金较量，也真的是苦了陆军号。

来吧我再给你们加把火，他向三员大将发出指令：加大做空汽车，重新做空有色。

有色开始缓慢掉头向下。吴尚白只是象征意义地挂了些空单，港股中的有色因为加了杠杆跌得较快。恒生指数出现了短暂的加速下跌，好在地产和金融股动作并不大。

陆军号腾的一下站起来，走到休息区倒了一杯咖啡。他抬眼向对面望去，眼光扫到杨威的时候，他看到杨威正龇着牙冲他这边笑。他装出一副尴尬的样子，点点头算是打个招呼。其实他心里非常高兴，因为杨威还困在局里。

早就猜到杨威会安监视器。这个地方是他的地盘，以他的行事习惯肯定会做手脚，这更有助于演一出好戏。周末这两天大家没干别的，一直在排练，现在所有人都在按部就班地演戏。

常晴根本没在下单，方强更不是在玩游戏，竿狼才不是无所事事。常晴是个幌子，吸引着对手的注意力。方强控制着大家眼前看到的五大网站，这些信息只能说一半真一半假，资金的真正控制人是竿狼。

陆军号看看时间，距离中午收盘不到半小时，让杨威停留在戏中的时间越长距离最终的胜利就越近。

这时投影上出现了关于地产方面的负面信息，杨威向陆军号挥挥手，再指指投影。

陆军号心里明白，杨威自傲并不等于不做功课。天恒集团的力量一方面是调用资金，另一方面就是媒体。媒体打前站资金背后推的方式从股市成立之初就有，沿用到现在依然百用不厌经久不衰。有关部门多次集中整治，也是屡禁难改，因为法律取证非常困难，使得很多人愿意在河边走一圈。

最近半年香港富豪大量抛售手中地产，民间已有微词认为香港经济将跟随美国出现大幅滑坡。而中国大陆为确保人民币国际化，也遏制房地产上涨的速度，多个城市发出了限购令。三日前香港第三富豪何远华声称将抛出手中大量房产，应该在今日上午召开新闻发布会公布抛售的数量和面积。

杨威当然知道房地产股在香港股市中的重要地位，必定早就安排好各路吹鼓手制造做空的声势，以便为资金的冲锋铺平道路。新闻发布会的消息该出来了，杨威该动手了。

陆军号端着咖啡站起来，抬眼看方强，方强眨了一下眼，低头继续玩游戏。实际发出了新的指令：准备释放第三批信息。

房地产的负面消息在增多，有统计几年内房地产销售数量和面积曲线走势的，有分析中国人口机构影响刚性需求的。

陆军号挑衅道："你的做空力量来了，还不赶紧下单，我好在下面接点货。"

"不急，让子弹再飞一会儿。"杨威笑答。大多数的中小投资者在股市中就是在投机，一点点信息的风吹草动都能改变他们买卖的初衷，更何况房地产股的价格争议已经不是一天两天，因此消息一出，就会有中小投资者迅速杀跌出局。

杨威要等第一拨自动杀跌之后，再来个雪上加霜，造成恐慌后自然还有投资者会加入做空的团队。

眼看还有几分钟就中午收盘了，陆军号冲杨威说："没看到什么威力啊，你是依然在让子弹飞呢，还是偷偷摸摸地已经做空了？"

"这就要看陆大师的眼力了。"

"开盘前你安排了不少信息吧，不过对房地产股的影响也没超出想象啊，带动恒生指数向下不过1.8%，可见市场上的资金很多跟你预计的是背道而驰。要不我先通过内港通稍微影响一下香港，计算一下联动系数？等你把恒生地产股跌多点我再当救世主吧。"

"请便了，也展现一下你的能力。"

"那我也不着急了。"说着他抬手用中指和无名指向上捋了两下头发，常晴立刻低头开始敲键盘。

杨威的耳麦里传出声音："他刚才的动作指令是动用20%的资金，向上慢速拉升。"杨威立刻抬头看了一眼陆军号的手，见他已经做完动作，赶紧侧眼去看监视器，想看看常晴在做什么。

他的这一个不太明显的动作没有逃出陆军号的眼。他心中又是一喜，一位一直没有现出真身的人物出现了。在杨威阵营的角落里，有一个带了墨镜和口罩的人，应该就是他了。当年有意无意地埋下的地雷，今天正是炸鬼子的好日子。

杨威看常晴的屏幕，从软件显示的颜色和结构来看是在买入。这个时候就想托起房地产股似乎有点过早了吧？IM系统中吴尚白和张名都在问是否行动，他让他们再等等。恒生指数之前下跌了1%，现在已经下跌接近2.5%，恐慌盘应该很快就能被激发，中午休息时间必定有更多的人了解到股市信息，会集中在下午开盘后爆发抛盘，届时再推波助澜一举就可歼灭陆军号。

低头再看监控器，竿狼凑在方强耳边正窃窃私语，只有常晴还在执行命令。

11：30，A股市场中午收盘。上证指数报2893.10点，下跌3.35%（-100.33点）。

香港股市还在继续交易中。杨威清晰地看到陆军号给常晴发出的指令中有铜锣界和长江地产这两只股票，铜锣界是香港新上市的房地产股，长江地产是A+H

股，大红筹股。看来陆军号想买高这两只股票来带动香港地产股，真的有点痴人说梦，这两只股是我的天下啊。

杨威下令给张名：将铜锣界砸去跌停，开始增加地产的做空权证。

他一转脸忽然发现竿狼打开了一个账户，仔细辨认发现竿狼在买中国通讯和中大网讯两只通讯指标股。他情不自禁地用鼻子哼了一声，本来资金就紧张，现在还不能集中火力。很显然竿狼想自己单干，这么一个不团结的队伍，必输无疑。

铜锣界跌停，长江地产下跌6%。

12：00，恒生指数中午收盘，报20399.26点，下跌2.8%（-587.63点）。

第二十九章　陷阱背后还是陷阱

　　杨威叫大厨给大家做了两大桌饭菜，两拨人各自吃着。他叫上陆军号在休息区单独炒了小菜，还倒上两杯红酒。

　　"上证下跌3.35%，恒生下跌2.8%，胜利的天平正偏向我这边。"

　　"还有后半场呢。"

　　"你没戏了。"

　　"为什么这么说？"

　　"第一是筹码。A股方面吴尚白是大地主，宝丽地产、万克地产、金荣房产这样的房地产龙头全在手上，说一声砸盘你就能看到形势突然变化。港股方面咱就不说期权做空，单说实物做空，无论是超级大盘的长江地产还是新股铜锣界，我都有大量持单，想砸盘也都是分分钟的事。第二是羊群效应。香港第三富豪何远华的新闻发布会已经结束，准备出售72套房产。这会在市场产生怎样的影响，你也清楚。收盘前已有机构在抛售，下午开盘后必定大量空单涌出，我再使点劲。下跌5%唾手可得。"

　　"我不得不提醒你一下，你太注重资金量和散播假消息的力量了。"

　　"那又怎样，你在A股上的实力也一般，上午也就在包铜稀土上展示了一下，其他板块我看你基本毫无建树。"

　　"你听我说完，你忽视了政策层面的变化。常先生是什么人，他背后是什么人，你以为是我一个人在战斗吗？"

　　"你什么意思？"

　　"政策尾面要有变化了。"

　　香港股市是上午12:00收盘，而下午13:00两市又要开盘，因此中间休息时间只有一小时，时间很紧张。

12:50，杨威站在投影前发呆，之后怂怂地走回休息区，陆军号还在那里吃午饭。

"五个省取消限售令，这是你编的吧。"

陆军号摇摇头："你看清楚了，那是政策文件。上周已经有个别省份尝试着取消限售令。而广东省早在两个月前就申请取消，一直没批下来，没想到今天批了。"

杨威切了一声："原来你提前知道了，难怪你刚才买那么多地产股呢。"刚说完他突然意识到说漏嘴了，这不是告诉人家我在偷看吗？

陆军号假装没听到："常老大最擅长的就是政府关系。"

"你这是内幕交易。"

"别给我扣大帽子，咱俩还属于操纵市场呢。"陆军号笑着回到自己阵营。

杨威也回阵营赶紧开碰头会。吴尚白认为房地产板块必涨，不如先赚把钱。张名说坚决听领导的，没任何意见。钱海汇报，上午做空了A股的指数期货，香港压了空单，有色和石油上都加大了做空力量。

"他们很难轻易翻身。"钱海给出了最后结论。

"但期货标的物中没有房地产。好啊，咱们就在房地产上来个对决，老吴和张名，开盘后我要看到长江地产下跌8%，宝丽地产、万克地产、金荣房产至少要跌到8%。开盘前把上边30个基点全部给我封住，我看它怎么涨上去。"

"咱们何苦呢？既然有利好不如就先做上去，地产不行咱们再用银行股嘛。"吴尚白心疼自己手上的仓位。

"美国佬怎么说的，今天必须将恒指打下去，这是全球战略的一部分。你能不执行吗？万一有点闪失你担当得起吗？老板说了，这次成功了，将增资500亿到亚洲市场，那个时候你跺跺脚都颤一颤，还怕挣不回来吗？"杨威压低着声音说，停了一下又加了一句，"要是坏了大事，我饶不了你们几个。"

吴尚白点点头，心里可是老大不乐意。对于地产股他相当熟悉，在业内提起他都叫他吴地主。前三个月大量进地产就是因为已经有地方政府向中央提出取消限售令，中央已经派了六批工作组去各地调研，原本预计下个月会有讨论结果。

今天这个利好出来得似乎有点早，但只要出来了必定是好事。三个月前辛辛苦苦的建仓，可没说有今天，结果美国佬要救自己的基金就要牺牲我们。什么500亿啊，这美国佬的钱是没影的事，眼前这赔钱可是从自己腰包掏的，现在卖出去等于前面三个月白忙活。

13：00，A股市场、香港市场同时开盘。杨威好像知道吴尚白怎么想的，于是站到了老吴身后，督导下单。令两人没有想到的是，除了宝丽地产有所抵抗以外，其他个股抵抗并不强烈，吴尚白很顺利地将房地产板块打压了下去。

张名也遇到同样的问题，多方抵抗力量非常弱。长江地产A和H股突然联动了一下，但很快就被吴尚白和张名同时打压下去了。

杨威心里也很纳闷。取消限购令对房地产板块来说是重大利好啊，怎么会毫无反应呢，虽说现在整个市场并不好，但还不至于对利好政策无动于衷啊，难道会滞后反应？

有色、汽车、房地产相继失手，A股市场和港股市场，纷纷走出了分时线的下降通道。A股上证指数2856.57点，距前收盘2993.43点已经跌去136.86点（-4.57%）。港股19996.31，跌990.58点（-4.72%）。

14：00，陆军号把几个干将叫到了一起，低声讨论。

"A股剩一个小时，港股剩两个小时，现在市场承接力非常差，我担心杨威已经开始起疑，咱们需要提前动点真格的了。"

"就按原计划启动通讯板块，我刚才试过，盘很轻。这几天跟几大基金都打过招呼，只要咱们动他们一定助阵。"竿狼说。

"暗号还没起，常先生那边应该还没有确定消息。"方强说。

"香港那边午前做了地产空单，现在已经收回来，浮盈3亿，刚才在长江地产上做假冲击消耗2亿，咱们现在能用的不到15亿。"常晴汇报。

陆军号看看窗外的海面，一直盼望着要出现的事情还没有出现，但还是要坚持到底。他明白今天指数的意义，如果扛住杨威的进攻，很可能美国红章基金就面临挤兑，摩通集团也可能会因为这最后的稻草而轰然倒下，天恒集团也可能因此而结束不良使命。

"竿狼还是你来下单，给你10亿额度推高通讯股。常晴、方强咱们还要继续把戏演好啊。"

大家点头散去，各自就位。

中国通讯的A股和H股突然同时启动，别看是大盘股，但一直交投清淡上方压单并不重，买单迅速推高了5%，中大网讯紧跟其后，瞬间上涨4.47%，港股市场中讯网通同时启动上涨6.23%。网上一下炸窝了，各种猜测全出来了，有说中大股启动的，有说中讯网通要整体上市的，有说国家通讯网要合并的。

买盘蜂拥而进，盘中短暂调整后再次直线冲高，中国通讯8.79%，中大网讯7.73%，中讯网通干脆涨停。在三大通讯股的带动下，两地三市的通讯、通信及相关设备股整体启动。

14：27，上证指数2928.57点，跌64.86点（-2.17%）。港股20416.31，跌570.58点（-2.72%）。

眼看就要成功了，怎么被杀了个回马枪，按今天上午的操作来看，陆军号的资金应该弹尽粮绝才对，哪来的资金。杨威怒视着监控屏幕，他忽然明白了到底哪儿不对劲。

他站起来走到休息区，向陆军号招招手叫他过来，他倒上两杯茶递给陆军号一杯。

杨威压低着嗓子说："你行啊，你特意留下几个监控器让我看着，然后你们一直在演戏给我看。"

"演什么戏？你还有监控器？"陆军号假装很惊讶。

"别装了。竿狼才是真正的下单员对不？他下的通讯股才是真的下单。常晴表面上看是在下单，但每次她下的单完全没有力量，其实她根本就没下单。方强更可疑，几个技术人员虽然在玩游戏，但是他们一直都在同一关里没有任何进展，你在玩猫腻。"

陆军号很平静地看着他："你安了监控器，偷看对手，这么卑鄙下流的手段，还敢对我兴师问罪，你搞错没有？"

"你只告诉我，对还是不对。"

陆军号笑着示意他坐下，看杨威一肚子火气地坐下才慢悠悠地说："我给你讲两个故事吧，或许可以缓和一下你焦躁的心情。"

杨威没说话只是抬抬下巴，意思是让他继续。

"东汉时期，羌人围攻赤亭。武都太守虞诩在每次小战中命令只准使用小弩，还经常丢下粮草、牲畜。羌人误以为汉军弩小威力不大，兵力不足，战斗力低下，便十分轻敌，集中兵力发动猛攻。此时虞诩下令强弓劲弩万箭齐发，羌人才知道上当，但已伤亡惨重，只能仓皇撤退。虞诩又派精兵埋伏在羌人撤退的必经之路上，给了羌人沉重一击，使羌人多年不敢再冒犯。"他看出杨威的眼睛忽然像被刺了一下，眉心动了一下。他继续讲。

"第二个故事是《屠康僖公集·重建陉门桥记》中的记载。春秋时代，赵襄王向王子期学习驾车。学成后与王子期比赛。他同王子期换了三次马却每次都落在了王子期的后面。赵襄王责问王子期：'你教我驾车，为什么不将真本领教给我呢？'王子期答：'驾车的技术我已经都教给你了，只是你运用上有毛病。驾车最重要的是协调好你的马和车，才能比对手跑得快、跑得远。你在比赛中，落后了就着急想着超过我；超过又着急怕我赶上你。你的心思都在我身上，不能集中精力专注你自己的事情，又怎么可能协调好车和马呢？'"再看杨威的时候，发现他已经像半个泄了气的皮球。

"你的意思是，我又轻敌又不集中精力？"

陆军号微笑着点头不答。

"你安装了监控器？"杨威低沉着声音问。

"我没安，但我知道你会安，这就足够了。"

杨威抬手看看表，14：33。他站起身来，指指陆军号，本想说真有你的，却没说出来，转身径直向阵营走去。陆军号也站起身，他看见大家都在看着他，他微微点头用一根手指在胸口画了一下，意思是：第一层陷阱已经被破解。

杨威回到座位，立刻关闭了监控器，通过IM系统通知：张名立刻做空中化石油、中华油气、港天燃气，吴尚白全力压住房地产股，范围再扩大些，我要它们跌停，钱海全面做空港指期货。

他想了一下又在IM上写：你给我盯住他的每个动作。

戴墨镜口罩的家伙回复：收到。

一时间，市场一片混乱。A股市场地产股大面积跌停，港股石油股快速下跌，两地指数再次向下。

忽然市场上传出消息，银行内部会议，周末有可能降息。宝丽地产忽然有资金买入，吴尚白怕自家仓位受损，赶紧偷偷撤了跌停的封单。跌停地打开似乎给了多方信心，宝丽地产立刻反抽，只下跌-7%。

杨威皱了一下眉，慢慢站起来。刚刚宝丽地产在跌停板上的成交量，绝不是被买开的，吴尚白没有执行命令，他撤了跌停的单！但他发现了另外一个更关键的事情，信息……今天看到的消息一直都有一种怪怪的感觉，消息的互动性非常差，例如新闻有报道了，评论有人发了，但为什么股吧论坛中却没有人聊？

他三步两步蹿到技术人员身边："打开屏蔽，快打开屏蔽！"

"收到。"几个技术人员的手指在键盘上飞快地敲着："奇怪，在咱们的屏蔽外面还有一层屏蔽，遇到强大的防火墙，无法突破。"

杨威暴怒地冲到陆军号面前，常晴赶紧站到了陆军号身边。

"你在屏蔽上做了手脚！外面还有一层屏蔽，这里看到的消息是假的！"

陆军号站起来。也就在他站起来的一瞬间，他看到了窗外的烟花，紧跟着听到烟花爆裂的轰隆声。他心上的石头算是落地了。他抬起手，指指手表，14:54，他又指指投影上的信息。

网站上登出了最新消息：几大网站同时登出，港交所（香港交易及结算所有限公司）、上交所、深交所，三大交易所的新闻发言人，在港交所召开了联合新闻发布会。第一，对两地经济抱以高度的信心；第二，将联合打击内幕交易操纵市场行为；第三，将成立联合基金，稳定两地股市。上交所发言人表示，将大力促成沪港市场的联动。深交所发言人表示，将推动两地企业的兼并重组。港交所发言人称香港一向是兵家必争之地，无论是在军事还是在经济，而香港人民就是在艰苦环境中成长起来的，次贷危机之后国际游资再次袭击香港，但香港人民不会对任何困难低头。"我坚信胜利最终属于香港人民，我会组织一切力量彻查那些毁坏港股秩序的个人和团体，最终让他们埋葬在自己的阴谋中！"

"放屁，你这个卑鄙小人，还在发这些骗人的信息。你把网站控制在五家之内，其实是你自己做了五个网站，对吧，我们看到的是赝品，接收的是你在第二层屏蔽中发出的信息，对吗！"

"你很聪明破解了第二层陷阱，你有没有发现这个岛的周围有十六艘游船从早上到现在没有移动过。"陆军号指指外面，"每艘船上都有我设置屏蔽的设备，也是你看到的信息的发源地。"

杨威气得抬起手准备打他，常晴一晃身就到了他面前。这时张名急切地喊："杨总，快看，你快看。"

杨威赶紧跑回阵营，看到A股指数和恒生指数一路反弹："吴尚白！你的筹码呢，你在做什么！"

"杨总，大利好了。"吴尚白辩解到。

"利好个屁，所有信息都是他们做的假的。快，快给我压盘。"

"深市已经集合竞价了。"

"上海，做上海！"杨威像疯子一样又冲到张名面前，"都给我做空，备兑权证，全部打下去。"随后又冲钱海歇斯底里地喊："做空恒生期指，把资金给我全部打出去！"

15：00，A股市场收盘，上证指数收盘2915.80点，跌-2.59%（-77.63点），成交2652亿。港股股市还有一个小时的交易时间。

恒生指数向上的力量被压制了，多空双方持平。杨威干脆自己打开账户，将账户中的股票向外砸出。指数开始向下。天恒集团在港股市场上的持仓量很大，同时张名控制的资金以四倍杠杆做空备兑权证，再加上钱海的指数期货杠杆力量，指数承受了巨大压力。

不过杨威也心里纳闷，陆军号不可能有这么大的资金来抵抗。他抬头看，陆军号已经站起来了，看来也是急了，但他不说话，只是做着一些手势，而他背后的人们全都盯着他。

他在说什么，给我好好看！

戴墨镜口罩的人不停地用耳麦给他传信息：两成资金做多航空股，两成资金做多远洋航运，挑高中字头的地产股，工业银行放下去，腾挪资金补有色股。

杨威边听边调整资金的方向，香港股市是T+0的，刚刚卖出的资金可以立即买入，之后又可迅速卖出。他要利用这种频繁的交易加大自己做空的力量，在任何一个陆军号想要冒头的地方给他重重的一击。

15：34，恒生指数下跌超过4%。

"我们还有多少资金可用？"陆军号焦急地问。

"不到2亿"。

坚持了一天，难道就这么失败了？杨威拆穿陷阱的速度比预计得要快，虽然还有第三个陷阱在，但他已经基本上不再跟着我的思路走，怎么办？资金，现在急需的是资金。

15：37，忽然竿狼喊了一句"快看"。其实陆军号已经看到了，恒生地产股忽然启动了，而且是连续扫单。铜锣界盘子小，在5分钟内已经上涨到了8%并且还在吃掉上方的压力盘，长江地产也在不断爬升。恒生指数在强大的买盘推动下，快速回升，下跌-2.66%。

这是什么资金？陆军号看竿狼，竿狼也在看他并摇摇头表示不清楚。难道是天降神兵？要不就是常先生？既然有资金进来，就别浪费。很显然这批资金的主要战场就是地产，那么我就继续扰乱杨威的视听。他用操盘手语发出指令，这回假装下单的改成了竿狼，而常晴正在用最后的一点资金做多恒生指数期货。

15：46，杨威突然甩掉了耳麦。这个两成，那个两成，最后加起来早就超过100%了。陆军号啊陆军号，看来我又上当了。居然今天给我设计了三层骗局，你的手语是假信号，难道你知道我这边有人会读你的手语，你又在演戏，又在演戏！

15：48，技术人员通知杨威，外部屏蔽已经打通，现在所有信号恢复正常。网站重新刷新，手机信号恢复。

杨威嘴角抽动了一下，前面的确有大量的假消息，但三大交易所的声明是真的，难怪之前觉得陆军号有气无力，而现在有那么大的资金进场。

"高，实在是高。比我还能骗。"杨威打开所有账户，一个账户一个账户的将所有股票向外卖出，嘴里不停地唠叨，"必须5%，必须5%。"

15：52，恒生指数-3.67%。

忽然一股更加强大的力量冒出来，在恒生指数期货上狂扫做多。这又是哪路资金？杨威眼睛都红了，一定是陆军号调用了其他市场的资金。陆军号一脑袋糊涂，这个资金量绝对不是来自常晴的2个亿，真是天助我也。

15：56，杨威将最后一只股票全部卖出后，眼睛发愣地看着电脑。指数还在回升，还在回升，还在回升。

耳朵里似乎钻进了一只苍蝇，一片嗡嗡声。他站起来，向对面望去。对面的每个人似乎都在冲他笑。他回头再看自己的阵营，好像他们也在笑。完了，一切都完了，持仓没有了，杠杆资金的方向是错误的，美国老板那边如何交代，天恒集团还活着吗？

16：00，香港股市收盘，恒生指数收盘20594.44点，下跌-1.87%（-392.45点），成交953.37亿。

他只觉得喉咙发紧，咬紧的后槽牙有咸咸的味道，他偷偷用手指在舌头上蘸了一下，是红的。

杨威瞪着电脑，像一只困兽失去了力量。手中的筹码全部砸出去了，有的是赚钱的有的是赔钱的，这样快速地砸出去，估计损失要在10亿左右。但是要想从市面上收集到这么多筹码可不容易。不收集到足够的筹码，就很难控制盘面的价格走向，就等于失去了控制权，有钱可不等于能控盘。张名那边做的是看空备兑期权，按四倍杠杆计算，估计今日的损失大概在14亿左右，钱海做空指数预计也有3亿的损失。如果再加上吴尚白的内地市场的损失，这一天他至少损失了30亿。

更糟糕的是，美国老板的目标没有达到，这必将影响红章基金的承诺，一旦进入挤兑，摩通的体系真的有可能崩溃。怎么办，怎么办？

陆军号走过来说："结束了。"

杨威像从睡梦中惊醒，抬头看着他："没到你的目标，也没到我的目标，咱们平手。"

"我的确没赢，但是你输得更惨。跌不到5%，你老板的金融大厦即将倒塌，红章基金就是最后一根压垮骆驼的稻草。原本你偷偷地袭击一下香港或许我们还措手不及，你却偏偏想借机与我比试高下，反倒弄巧成拙了。"

"没想到你知道红章基金的事。看来你从开始就没想过要达到对阵的目标。不过跌不到5%，我也不一定是输家。"

"你还有什么办法吗？"

"你这么大资金扑出来，一定是调动了欧洲的资金，但现在你想调资金回欧洲可来不及了。摩通可以在晚间通过在欧洲市场上的交易保住红章基金，我这个战场吸引了你足够多的弹药，也值当了。"

"真抱歉，我没调用资金。那两笔重磅资金，我都不知道是谁的功劳。"

杨威怀疑地看着他："我是被你卑鄙的手段打垮的。"

"你是被你自己打垮的。"陆军号拉了把椅子坐下，"都跟你说了注意力要集中，你为什么还偷看我的手语？"

"谁偷看你的手语了？"

"后面戴墨镜的那个难道不是孙晓乐吗？"

杨威无奈地点点头："好吧，好吧。但是你不可能事先就想好了利用手语来骗我，你不可能知道孙晓乐在场，更不可能知道他是我的人。"

"我还真的就是早设计好的。"

"除非你知道他是我派的。"

"是的。"

"你怎么知道的？"

"在山西的时候我就怀疑了。"

"为什么？"

陆军号指指桌上的雪茄烟："我看见过他有一把雪茄钳，跟你的雪茄烟是一个牌子的，应该非常名贵吧，是你送给他的，对吗？"

"所以你那个时候就教了他一套手语，为了有朝一日？"

"没想到真的用上了，不是你自己打败了自己吗？"

杨威自嘲地笑了笑："好，算我疏忽大意了。那前面呢，又是演戏，又是假网站，不算你卑鄙无耻吗？"

"我们演戏，你可以不看，戏都是演给那些爱看戏的人。我没有资金，就只能唱个空城计，你眼睛看到的都是表象，你是自己打乱了自己的阵脚，自己玩火，自己接招。"

杨威深呼了一口气，说到："如果我没有上当，没有监控你，没有看你们演戏，就不是现在这个结局了，你们一定输得很惨！"

"那又怎样呢？你干吗那么在乎输赢？就算今天没有咱们这出戏，难道股市就不存在了吗？是会井喷还是会股灾？其实没有咱们股市依然往右走。你有实力可以一天影响它5%，又能怎样？你能一直影响它吗？市场自身的能量最后还是会掀翻你。在你盲目自大急于求成的心境下，我只用了一个空字，就击败你了。你为何不静下心好好思考一下，却还在争论输赢。"

"一个空字？说得你跟大师似的。最后你还是赢在资金上了，装什么清高啊！"

"说明我还没有悟到空的真谛。"

杨威摆摆手，对这种论调他可不耐烦。"三个交易所的联合声明是真的？"

"的确是真的。"

"常云啸搞的吧，能把三大交易所领导请到一起的人不多。"

"一切都有可能。"

杨威笑了，"神经病，拽什么高深啊。"他又想了想，"做地产一笔资金，临近收盘做指数期货一笔资金，你说不是你的，那是谁的？"

这一点也是陆军号不解的地方，挑高地产的资金大概在30亿，做多指数期货的资金至少在10个亿，哪路大侠这么帮忙。在市场趋势并不良好的当下，愿意拿出这么多资金做多的人太少见了。

"不是我的，我也真的不知道。"

这时张名过来将杨威叫到了一边，给他看手机。

杨威露出惊诧的表情："这是什么意思？"

　　"他把两市的空单都撤了，并转成了多单。而他，大量买入了地产股。"

　　"不可能，不可能。"他嘴里念叨着冲到电脑前打开账户，交易明细单显现在眼前，多单，多单，还是多单，为什么多单，为什么不是空单……

　　"钱海！"他大叫，有人回答说上厕所去了。

　　他又喊："吴尚白！"有人回答刚才出去抽烟了。

　　这时他看到钱海走了过来。

第三十章　爱，请别放弃

"为什么是多单！钱海，告诉我这是什么！"杨威冲到钱海面前，"你为什么要这样做！"

钱海站住冷静地说："算你发现得快，那么重新认识一下吧。"说着他从怀中掏出一个警徽，"金融刑侦处，钱海。杨威你恶意扰乱金融市场，内幕交易，操纵股市，证据确凿……"

没等钱海说完，杨威抬腿就是一脚，钱海赶紧招架，两人打作一团。陆军号都懵了，这是什么情况？这么说，钱海是个卧底警察？今天是要抓杨威的？

"快，快帮钱海抓人。"他下意识地赶紧招呼常晴等人。

杨威的几个保镖冲上来助战，整个场面乱作一团。等钱海和陆军号控制住场面，大家发现杨威不见了。

"他乘快艇跑了。"有人喊。

等大家追出门看时，快艇已经开出老远。

钱海在后面说："放心，跑不了。"他拉着吴尚白出来，显得很冷静，完全不是他平日里的那种唯唯诺诺的样子。

吴尚白一脸沮丧，央求的声音道："老钱，老钱，我也算是帮你们的啊，是我把地产股买上去的啊，我跟你们是一头的，或者能从轻发落吧。"

这时几艘快艇开过来，警察跳上岸。

钱海对吴尚白说："回去老实交代，或许还能宽大处理，要是不老实，罪加一等。"

"是是是，一定老实交代。"

把吴尚白移交给了别人后，钱海走了过来。

"你是警察？"陆军号完全不能理解，共事这么多年，怎么看他也不像个警察。

"怎么看着不像。警察也不能写脸上啊。"

"那杨威被抓了，你说是操纵市场，那我们呢？"

钱海笑了："先不说这么多，我得把这几个小子送局里。晚上蓝巾酒吧见。"

"你知道蓝巾酒吧？"

钱海诡异地笑着："我知道的还多着呢，晚上好好聊。"

陆军号带领大家回到蓝巾酒吧，庆功宴都摆上了。今天蓝巾酒吧就没开张，梅姨准备了几大桌美食，专门为大家开庆功大PARTY。

林晓雨推着常云啸的轮椅迎了上来。常云啸一脸笑容："好样的，一个空字，完全让对手没了章法。"

"不说工作你就不会开口，大家赶紧往里，都辛苦了。"林晓雨招呼大家往里坐。

一群人坐在那里叽叽喳喳地议论着，还沉浸在今天这传奇的操作中。在好多人看来，这简直就是一个天方夜谭。尽管大家在周末彩排过多次，但大多数人还是没弄清楚今天发生了什么，陆军号站起来给大家又讲了一遍这三层的陷阱，众人一再称绝，报以掌声。搞得陆军号倒是脸红起来。

酒过三巡，陆军号低声问常云啸："钱海是金链组织的人？"

"是的。"

"那您怎么不早告诉我？"

"都告诉大家，就不是卧底警察了。"

"我明白了，那张乌龙指的时间表是他给你们的。"

常云啸点点头："没错。因为这个详细的时间安排，才让我们有了盘口压力测试的想法。"

"那他为什么要告诉杨威，把我的钱弄没呢？"

常云啸看看他："不义之财，不可放过。"

"太原的那五兄弟被抓了，您知道吗？"

"不是说嘛，不义之财，不可放过。可惜那个大哥在逃。"

"他叫什么？"

　　"目前是机密，不能说。"

　　"那我在忠羊挣的钱更多，你怎么不说不义之财了呢？"

　　"这个是我的秘密，不能说。"

　　陆军号接上问："这算不算操纵人生？我忽然觉得完全被利用了。"

　　竿狼凑了过来，刚刚喝了两杯酒脸上起了红光："老弟，别生气，怎么算被利用怎么不算？谁是被利用谁又不是？天恒集团帮美国佬是，咱们稳定金融市场就不是？能被利用说明你有能力。从你进入天恒集团一展身手的时候我们就开始关注你了，你的能力显露出来，只是天时不好、地利不和，你没有找到正确的方向。现在，你对了。来干一杯。"

　　"为能被利用干杯。"

　　"你祖先明知大清气数将尽，却也义无反顾，算不算被大清利用？"常云啸反问。

　　"咦，你怎么知道？"

　　"不是朴天恒说的吗？常晴告诉我的。"

　　"我倒是很想问个问题。"竿狼插进来，"你们怎么就理解出个空字来，一张白纸就是空吗？"

　　常云啸看看陆军号："你告诉他吧。"

　　陆军号点点头："一张白纸当然就是空了。一灯大师将墓放平，将墓碑陷在地中，从远处看什么都没有，大师是想告诉我们生来是无，走时为空的道理。"

　　"这么深奥，凭我的悟性是没戏了。"

　　"你啊，跟小陆多喝几杯吧。"常云啸给他俩倒上，撺掇着他们干杯。

　　"我还有一件事情不明白，"陆军号说，"最后的时刻有两笔资金帮了我，一笔是钱海的，另外一笔是谁，您调用资金了？"

　　常云啸卡住了，他看看竿狼，竿狼点头，于是他接下去说："有一个人暗中帮了你。"

　　"朴天恒。"

　　"你怎么知道？"

　　"突然感觉到的。他为什么要帮我？良心发现？"

"先吃饭，晚上来我房间。"

大家吃得很高兴，这一段时间大家的神经都绷得太紧了，稍微放松，大家喝得有点多。不过钱海没有如约出现。

晚饭并没吃踏实，陆军号在宾馆的走廊里溜达了好几趟了，他不敢敲常云啸的门，他怀疑有一件事情要发生，隐藏在内心有一种恐惧。最终他还是敲门进去了，该发生的总要发生，不面对它也存在。

林晓雨倒上茶，找个借口离开了。

两个人喝了又沏，沏了又喝，半天谁也没有说话。

最后还是常云啸先开了口："你知道朴天恒他……"

"我知道，我知道……"

"你已经知道了？"

"啊，不，我不知道。"

或许这个结果已经在脑海里有了预期，但现实是否等于预期，在没证实之前谁都在猜测。就像炒股票，挑出股票一定有它的道理，买入股票一定有它的预期，但现实如何，所有人都在猜测。直到有一天用事实来证明。

"那还是我来说吧。"或许这个结果还是出自别人的口比较好。

"不，别说了。"陆军号从怀中掏出两块半个的紫玉龙纹虎头佩，向常云啸摆了摆，"我知道了。"他的眼里有些湿润。

又过了半天，陆军号站起来向门口走，在大门前停下来问："他原名叫什么来着？我妈说过，我给忘记了。"

"陆恒。"

第二天钱海才来到蓝巾酒吧，说杨威跑掉了。陆军号想了想，心里暗自拿定了主意，杨威，应该不难找到。

两个朋友又坐在了一起，彼此看着觉得很好玩。

"没想到你是个警察，警察都像你那么贪财吗？"

"那是执行任务前给设定的性格特征，还给我设计了一个名字叫钱海，必须很贪财。"

"那你真实姓名叫什么？"

"保密。"

"你们净来这玄乎的，动不动就保密。定杨威什么罪？"

钱海耸耸肩："操纵市场、内幕交易、扰乱金融市场、洗钱之类的，足够判他十年的。"

"说得我怎么这么心虚呢。"

钱海嘿嘿地笑，掰着手指头："你小子，我给你数数啊，操纵市场、虚设交易所、虚假重组并购、内幕交易……"

"停，我求饶，什么时候抓我？"

钱海把头凑过来，低声说："其实你早就在我们的卷宗里了，提档都提了几回，是常老大要你，说你对国家有用。"

陆军号撇撇嘴："我可没有那么高大，或许是我命大呢。"

"暂时吧。"钱海也撇撇嘴，又拿出了混的样子，怎么看他也不像个警察。

门铃响。杨威心里咯噔一下，差点将手中的药瓶打翻。他皱皱眉，还是去开了门，开门的一瞬间，他后悔了。门外不是别人，正是陆军号。

他噌的一下挤到门外，把门从身后关上了，"你怎么找到这里的？"他压低声音恶狠狠地说。

"你把唐雁藏在这里了。"

"你怎么找到这里的？"

"在春熙路你拿着锦绣坊的手提袋，锦绣坊只做女装。我在锦绣坊查到了你在成都用的手机号，调大数据就能找到手机收发信号最多的地方，就是这里了。"

杨威无奈地摇摇头瞪圆了眼睛："你适合做侦探。你来做什么？"

"我只想问问她，为什么？"

"有什么好问的，她不爱你了，她爱我了，就这么简单。"杨威咬牙切齿，"现在我什么都没有了，难道你还不肯放过我？她是我的。"

"她不是一件物品，她也不归属于谁。我只要她亲口告诉我真相，其实是你把她囚禁了是不是？你让我进去！"

"是她不跟你了，是她亲口告诉你的啊。"

"不，我要她看着我说出来。"

杨威回头看了一下大门，突然跪下了："求求你，我求求你了，我真的爱她，我从来没有伤害她。我对她很好，真的很好，我不会再针对你了，我们就在这里安安静静的。我知道你爱他，但我也爱她，我求你了，她病了，已经禁不起任何情绪波动，我是在救她，我在救她你懂不懂？"

他的这个举动倒把陆军号吓了一跳。"喂你搞什么，赶紧起来。她病了？什么病？"他焦急地问。

就在两人拉扯的时候，门忽然开了。两个人都僵在那里，倚着门框站着的是唐雁，一脸的消瘦和憔悴，穿着宽大的睡衣，戴了帽子。

"你怎么起来了？"杨威惊讶地说。

看到陆军号，她微笑着说："你终于来了。"说完头向后一仰身子向下一软，瘫倒了下去。

杨威一步跨过去扶住她，抱起来就往里走，陆军号跟在后面，一直进了卧室。到了这里简直像进了医院，陆军号叫不上来名字的医疗仪器、吊瓶、医用的床和轮椅。

"你进来干吗？"

"她得的什么病？"

"你给我出去。"

"你俩别吵了，"唐雁微弱的声音打断了他俩，她抬抬手指指陆军号，又拍拍床沿，示意他坐下，"杨威对我很好，你不用担心。"

陆军号望着她，眼泪唰的一下就下来了，几次想开口张张嘴又不知道从何说起。

"我知道你想问我当年为什么离开你，我的确跟杨威做了个约定……"没等说完已经喘得不行。杨威赶紧上前弄氧气罩打吊瓶，陆军号觉得自己就像个废物一样，一点都帮不上忙。看着唐雁渐渐平静下来昏昏地睡了，杨威示意陆军号一起出去。

到了客厅杨威似乎已经平静下来，请陆军号坐下，自己倒了两杯热水，递给他一杯。

"我有事相求。"

今天这个场面陆军号怎么也没有想到，他看着杨威等着他继续说。

"他们立案了，如果我进去了将没有人再照顾她。"

"你想让我不要说出去？"

"不是。"杨威喝口水，"我想让你替我照顾她，她爱的是你。"

陆军号脑子一片混乱："可是……"

"你想知道当年为什么她会离开你吧。我来告诉你。我一直看你不顺眼，从大学起就是。我觉得唐雁爱上你，的确是因为你的能力，那么我就要比你更有本事。我总想把你打垮，但每次你都搞点惊人之举又活过来了，我不得不佩服。"杨威自嘲地笑笑，继续说，"就在你策划阳光证券乌龙指的时候，我提前知道了你的计划，你是在犯罪，恰好你的资金在钱海那里，于是我打算让钱海将你洗劫干净，之后再告发你，让你彻底倒下。就在你成功实施了乌龙指计划的当天晚上，我找到了唐雁，算是威胁也好，算是炫耀也好，把事情跟她说了。没想到她拿出了一张诊断书，我立刻失去了战胜你的喜悦，她的生命还剩一年。她说她要离开你，她不想你看着她死去，怕你难过。她要求我演一出戏，让你相信是她追求金钱自愿离开了你。还要求我不能告发你，不能要回给你的钱。"

"什么病？"

"蓝血病，而且急性，当时仅有一年的生命。我没让她走，我请了大夫给她治疗。"说着杨威眼睛一红，两行泪滚了出来，"你放心，我没有动过她。我爱她，我必须按她说的做，但可惜，她爱的是你。"

"蓝血病是什么意思？"

"正常人的高铁血红蛋白仅占血红蛋白总量的1%左右，当血中高铁血红蛋白量超过1%时，称为高铁血红蛋白血症。这会降低人体血液中携带氧气的能力，起初心跳加速、气短、头晕昏睡，中期部分皮肤发紫发蓝，后期损害内脏，最后会细胞病变。"

"她难道就后期了？"

杨威翻起眼睛瞪着他："所以你不配当她男朋友，之前你都没发现症状吗？"

陆军号说不出来了，是啊，自己要不就春风得意，要不就愤世不公，要不就策划阴谋，有没有好好关心一下唐雁？她的确说过气短心跳，我却说她缺少锻炼，她是睡得比别人多，我却说在浪费时间。天啊，我都做了什么？如果早一点发现，怎么会看到诊断就只剩一年。

"我找来最好的医生，建立了一个医药研究机构，专门研究这种病，他们研究了一期药物，但只能是延缓病情的恶化速度，延续到现在。但她已经支撑不到二期药物了，医生说她最多还有一个月的生命。我，无能啊，我无能。"杨威抱着头痛哭起来。

陆军号的心情无比的沉重，他不知道应该说什么，嘴里只能喃喃地说："谢谢，谢谢，对不起，对不起。"

杨威平静下来："你的金链其实是她要的，那天在你面前晃一圈，是表演给你看的，以表示她的决心。看病的时候医生不让戴，她死活不摘，被我拽断了。后来她收起来了，她不是忘记了你，而是怕我看到了之后生气，会去找你麻烦，所以只是趁我不在的时候偷偷拿出来带上。我假装不知道，但我每次想起来都恨得牙痒痒，你究竟有什么好，有多大本事，就这样深埋在她心里？所以我一定要跟你比个高下，我一定要赢你。"

"所以你就借着摩通给你下的命令，来给我下战书？"

"是的，我想在她有生之年证明我比你强。"杨威又自嘲地笑了，"是不是很可笑。我自己也觉得很可笑，就算我真的赢了又能怎样，也赢不了她的心，更换不回她的命。你全当是发泄吧，看着自己心爱的人爱着别人，看着她的生命慢慢流逝，我觉得我每天都走在崩溃的边缘，你根本无法体会。"他把头埋在手臂里抽泣着，过了很久他抬起脸看着陆军号，"可惜你胜之不武，设计了陷阱害我，不然我一定赢你。"

"你还是很在意输赢的。"

"对我很重要。"

"我知道。"

两人相对无语。他知道杨威的输赢与其说是给唐雁看的，不如说是给自己内心看的，他要赢的并不是别人，而是自己。

"你来了，也是好事。她心里也踏实了，你心里也踏实了。我可以去自首了，与其被人家铐着走出去，不如我自己大摇大摆的走进警察局。"

"你是不想看到最后的一个月。"

杨威嘴角抽动了一下，继续平静地说："你会继续照顾她，这点我很放心。你有没有觉得有很多事情原本可以不发生，不发生的时候都挺踏实的，折腾了一圈忙活了一圈，还不如什么都没有发生过。"

屋里又静下来，或许都在找着话题。桌上的铃响了，杨威站起来按了它，刚想抬步又停了下来。

"这是她醒了，在叫人，我想现在她更想见的是你。"

陆军号快步往卧室走去。

杨威在后面追了一句："你看看吊瓶，把速度降一半下来。"

陆军号鼻子一酸眼泪落了下来，这一刻他看到的不是那个令人生厌的杨威。他赶紧咬紧牙关让自己不要激动起来，在卧室门口擦了擦泪痕，平静地走了进去。看见唐雁醒了，他过去把吊瓶调整好，坐在床边。

唐雁眼睛看看门外。

"他在外面，他让我自己进来，我们讲和了。"陆军号赶紧说。

唐雁握住了陆军号的手，静静地看着他，他不知道应该说什么，只是握着她的手抚摸着。似乎有千言万语要说，但又不知道应该先说什么，看着她憔悴的面容，他觉得自己的心在哭泣，这些年她病着，他却没有一天陪伴在她身边。倒是杨威任劳任怨地伺候在她身边，为她治病，陪她忍受痛苦。自己真的不配做一个男朋友。

"是我太自私了，当年完全没有体会你的感受，你病了我居然都不知道，我对不起你。"

"你好好的我就安心了。"唐雁微笑着。

"没有你，我怎么能好呢。多少个夜晚我想起你，想起我们一起的日子。你这个傻丫头，有什么苦我们一起面对啊。两个人在一起了，就是要一起去面对，一起做饭、一起收拾房间、一起游玩，而不是一个人承担，即使生病也应该一起承担。是我忽视了，我只顾着我的工作，却没有看到你的痛苦。"

"我更希望的是你好。"唐雁抬起胳膊，陆军号赶紧把脸凑过去，让她轻轻地抚摸着，"当我看到诊断书的那一刻我只想到三个人，我的爸爸妈妈还有你。我好难过，因为我就要失去你了。我看到你失去财富时候的失落，看到你的颓废和不安，我不想再看到你即将失去我的时候的难过。我不想看到你的痛苦，也无法面对那种痛苦，那将比我自己的病痛还难受。我就选择了这个方式。"

"突然地离开？"

"原谅我。我去找了杨威，我让他帮我演了一场戏。"

"你真傻。"陆军号的泪水又一次流了下来。

"后来才发现真的很傻，我没有想到能活这么久，而且每天还都会想起你，好煎熬啊。"

"我也是，一天都不曾忘记。"他抓紧了她的手。

唐雁喘了一会儿轻声问："杨威出事了？"

陆军号犹豫了一下说："没啥事，公司的事吧。"

"我听广播了，警察在找他。"

"不怕，不是什么大问题。"

"其实他也不是坏人。"

"我知道，我知道。"

一个多好的女孩，为什么要经历这种折磨，上天就不能把美好留存得更长一点吗？那段时间，正好是设计"乌龙指"的时候，陆军号现在后悔死了。如果不是自己利益熏心，怎么会接这样的活，又怎么会忽视了唐雁。她当时一定很痛苦，不可能表现不出来，而自己却完全没有发现。如今让她一个人受苦，却还一心惦记着他的幸福。

他好心酸，抬起头平静一下，避免影响唐雁的心情，忽然他被床头柜上放着的一个相框吸引了。里面是一家人，父亲、母亲和一个小女孩。"这个小女孩，是……"

他惊奇地看看唐雁，又看看小女孩。唐雁发现他看到了相框，闭闭眼，算是回答了他心里的疑问。

"你是小辫子？你怎么会是小辫子？"

唐雁笑了一下轻声地说："我们搬去广州，十七岁那年我出了车祸毁容了，后来我整了容，连你也没认出来。"

"这么说在大学的时候你就认出我了？你怎么不早说呢？"

"我就喜欢跟在你屁股后边，不让你知道。"

陆军号实在憋不住了，嚎啕大哭起来，他没想到，万万没有想到唐雁竟然就是小辫子。那年他回去找过小辫子，邻居说他们搬去南方了，也没有联系方式。他以为一辈子都不会再见到她，一辈子不会见到对他有恩的叔叔、阿姨。没想到，原来这个恩人在大学就已经见到了，站在眼前却无法辨认，默默地陪伴着他走了这么久。

唐雁抚摸着他的手臂，让他渐渐缓和下来。

"当年在哈尔滨要不是你在车棚里救了我，我可能没福气活到现在。小辫子，小辫子，是我不好，没能照顾好你。你们一家当年对我有恩，我却没能照顾好你。"

唐雁微笑着说："我就是怕你有这种心情，才不告诉你。我不想你是为了报恩，我要你真真正正地爱我。"

"我爱你，我真真正正地爱你。"

唐雁微笑着闭上眼睛，陆军号不知如何是好，赶紧叫杨威进来。杨威处理完，将唐雁现在的情况，以及各种仪器的使用、药物处理方式一一交代给陆军号，就像已经确定明天就回不来了一样。最后他把一串门钥匙也给了陆军号。

"你明天就过来吧，试用期，试用三天如果合格我回北京自首。"

"司法不一定这么快查到这里。"

"等查到了来抓人怎么办？你想让唐雁看我笑话？"杨威笑笑，"有你在她身边，我也就放心了。"

"或许他们找不到你。"

"安慰我还是当我白痴？你都找到了。"

"真没想到我们一直距离这么近。"

"唐雁说要住青城山，是你笨到今天才找到这里。最远的距离就是站在对面却看不到。你明天就搬过来吧，这儿还有两个医师，他们轮流在这儿值班，24小时都有人。"

"谢谢你一直照顾她。"陆军号很真诚地说，伸出手想要与杨威握手。

杨威切了一声，把手一摆："有病吧你。"

第二天陆军号就搬过来了，开始学着照顾唐雁。

第三天带来了个好消息，常云啸说找到一家医药研究所，也在研究这方面的药物，已经进入了二期临床，医师次日就到。

第四天研究所的医师到了，但检查结果令人失望，几个医师都摇头，二期药物已经来不及了，他们答应留下来尽量维持病人的生命。杨威在后院摆了一桌酒席，请医师和陆军号。陆军号知道，他打算回北京了。两人没有话，只有倒酒，干杯，倒酒，干杯，很快就喝多了，两个人都哭了。前一星期还冤家路窄，现在却成了同命相连，只因他们都爱着她。

第五天杨威回北京了，临走也只是狠狠地握了握陆军号的手。

每天陆军号就坐在床边陪唐雁聊天，即便唐雁睡了他也不肯离开，他就睡在边上的沙发上。

今天的阳光特别好，从窗户照进来，被窗棂分割开变成一条一条的，有轻微的灰尘在光条上浮动，就像在舞蹈。唐雁的精神儿特别好，说想出去在阳光下走走，陆军号用轮椅推她到院子里。

"还记得你带着大家在公园里炒邮票吗？"

陆军号笑了："编钟张。"

"我那个时候好崇拜你，可能就是那个时候喜欢上你的。"

"别逗了，那个时候你那么小。"

"我懂事早呗，你忘了我总跳级的。所以当我在大学里看到你的时候，满心全是惊喜，上天好像就是在有意安排。"

"如果不是被我发现了，你不会想瞒我一辈子吧。"

"干吗，在生我气？开始的时候我不想说，怕你是因为这样的关系才喜欢我，后来我就不知道应该怎么开口了，就是怕你生气。"

"我怎么会生你的气。"他抚摸着她的头，"我只会更爱你。"

唐雁嘟着嘴："哦，原来在爱上面，你还藏了更爱没有拿出来给我，准备留给谁啊？"

"被你带沟里了。"他弯下腰亲亲她的额头。

"常晴那个女孩不错。"

"组织里的小女孩，不让她来，她硬要来，说来照顾你。"

"她喜欢你。"

陆军号看着她，不知道说什么好。或许任何一个男人被一个爱他的女人指出还有别的女人喜欢他，都会变得尴尬。

"干吗这个表情，怕我吃醋啊？我有那么小气吗？从她看你的眼神就知道了，她满眼都是你。有一个人喜欢你，是你的福气。她虽然在你面前咋咋呼呼，但一进我屋就能安安静静，做起事有条不紊，说明是个开朗而有章法的女孩。她在你面前表现，其实只是想引起你的注意啊。"

"好了，她只是小女孩。"

"谁说小女孩就不能有爱了？更何况她是常云啸的女儿，应该不会差的。"

"你怎么知道？"

唐雁一笑："你这几天给我讲金链组织，讲你的偶像常云啸，你的那个《纸戒》我也看过的，里面的小女孩不就叫常晴吗？"

"你最聪明。"陆军号蹲在她腿前，拉起她的手，"小辫子，没有谁能代替你在我心中的位置。我们在雪山发过誓的，我们会永远在一起，我们的爱就像山尖的积雪一样，千年永恒。"

唐雁抬手去解脖子上的金链，动作有点艰难。陆军号赶紧帮她解下来："怎么了，不舒服？"

她拉起他的手，将金链放在他手中："把爱延续下去。"

陆军号心中瞬间充满了恐惧："小辫子，是不是哪不舒服？"

"这几天是我这几年最快乐的时光。"说着唐雁的气息越来越急促。

"医生，医生！"

"别放弃，求你了小辫子，别放弃，不要丢下我，会好起来的，一切都会好起来的。"陆军号满脸泪痕地跪在床头拉着唐雁的手，放在唇边亲吻着。

几个医师站在后面，已经束手无策。常晴站在更远的后面，默默地流着泪。

唐雁微睁着眼，眼里有泪，很大一颗从眼角滑落，她慢慢地闭上了眼睛，嘴角浮现了一丝微笑……

电话通了，陆军号举着电话不知道说什么，就好像是一个犯错的学生站在了老师面前，一时间哑口无言。

"她走了？"杨威先开了口，超乎想象的平静。

"是，昨天晚上。"

"她，她说什么没有？"

陆军号知道杨威很在意唐雁的感受："她说，你对她很好，你不是坏人。"

电话那边的杨威不屑地笑了一声，"也是，我问你能问出什么。"显然这不是他想要的，"怎么处理？"

"她想留在青城山。"

"回头给我个地址。"

"一定。"

"帮我办个事。"

"你说。"

"帮我问问后来的那个医药机构，需不需要我的研究所和资金设备，我打算把我的医药机构赠送给他们。反正也没有用了，或许他们有用。"

"好，我去问。你……我给你找个好点的律师吧，我认识一些律师。"

"别费心了，我自己有律师。"

起风了，越来越大，吹低了整个草场，天色昏暗下来，头上有乌云，有零星的水滴已经飘落下来，看来大雨将至。经幡在风中呼啦呼啦地响着，一遍一遍地诵着经，为人们祈福。塔公寺的白墙在乌蒙蒙的天色的衬托下显得更加洁净。

"请问桑格措钦活佛在吗？"

"你贵姓，是否有预约？"大堪布问。

"我叫朴……"老者顿了一下，"我叫陆恒，约好的。"

燕子阳光村很安静，大家都在上课，等下课后这里就变成了欢乐的海洋。阳光村边上的草莓大棚里已经长出了鲜红的果实，有工作人员正在采摘，一部分要留给孩子们，另一部分要卖到市场上去，算是阳光村的收入。

操场上，大青正在教大点的孩子们练拳。孩子们一招一式地学着，还真有点那个意思。

陆军号坐在操场边上的长椅上翻看着报纸，忠羊的宋愚石因经济问题被抓了。他抬头看着操场上的孩子们，叹了口气。正好看见常晴走过来。

"怎么样？"他急切地问。

"办成了。赵兰兰和张宏来已经合葬在一起了。"常晴坐下说。

"钱都收下了吗？"

"一家300万，很痛快。我看啊，赵兰兰他爸还得赌。"

"你是说我等于害了他？"

"帮他尽快得到应有的惩罚吧。"

陆军号看着她，点点头，大概是吧，如果赵兰兰的爸不赌博，可能一切都不是这样的结果，给他钱只会加快他得到惩罚的速度。也好，不是不报，只是时机不到。

陆军号把报纸递给常晴，让她看宋愚石被抓。"有时候我真不明白，常先生为什么一定要保我，真的就因为我指挥过一些事情吗？比我能力强的人有得是。"

常晴笑了，向操场努努嘴："因为他们。你离开忠羊的时候有八千多万，现在你还剩多少？"

"你的意思是，如果不是我当时开了这个阳光村，很可能也就被办了？"

"不知道。"常晴看着远处，"有可能吧。"

"说到还剩多少，的确是个问题。没有收入怎么支撑这么大的摊子啊。要不我跟钱海一样，去做卧底吧，还能赚点工资补贴一下。"

"让你当总执行官你不干啊，那不是有工资吗？"

"我有自知之明，做个顾问不是挺好吗？"

"钱少啊，你不是缺钱吗？"

陆军号挠挠头："这实体经济还真的不好搞，怎么总缺钱呢？"

正说着常晴的手机响了："喂狼叔……嗯好的……好的，我们马上出发。"

"希腊危机愈演愈烈，有机密文件指出摩通集团正调集资金准备袭击欧洲，如果欧元解体，人民币走出去的战略就会失去支持，狼叔让咱们立刻飞往德国，我爸已经在那里等咱们了。"

"我最近忙着管理阳光村，根本没关注欧洲那边的事情。"

常晴站起来，伸个懒腰："走吧，你忘记我的特殊功能了？"

"对，你有超强记忆大脑。好吧，路上你给我讲讲。"陆军号也站起来。

常晴拉了他的手，一甩一甩地往办公室走去。

"哦，对了，还有一个好消息。我妈的第二部小说写完了，叫《金链》。"

"林阿姨可真厉害。金链好啊，金融不就是一个资金链吗？谁断谁完蛋。"

操盘手传奇系列小说

战庄：一纸戒律

著者：周雅男

书号：978-7-5502-8129-5

出版时间：2016.08

定价：42.00元

涨落之间上演股市版"魔兽争霸"

勾勒国际金融势力关系图谱

洞悉金融风暴背后惊天内幕

预测中国股市未来发展走向

是正义，是邪恶，还是正义原本就是邪恶！

内容简介：

一次基金阴谋中，老实的哥哥血本无归，含恨自杀，老妈因悲痛气绝身亡！

离京寻亲，谁承想却身陷牢狱！

贫富悬殊，心爱女友竟嫁金融新秀！

一系列巧合中，拜股市奇才为师，忍饥挨饿，委曲求全，不料师父卷走千万，销声匿迹，是陷阱还是机遇？

香港经济危机，金钱与良心的较量，神秘电话的授意，一灯大师的指点，是力挽狂澜还是全身而退？

与狼共舞之时，杀兄夺妻的仇人也渐渐浮出水面……